FOLIO POLICIER

Yvonne Besson

Meurtres
à l'antique

La Table Ronde

Née à Rennes, Yvonne Besson a passé son enfance en Bretagne. Fille de libraire, professeur de lettres, elle vit à Dieppe. *Meurtres à l'antique*, son premier roman, qui se situe à Marville, petite commune de la côte normande, a inauguré une série d'enquêtes menées par l'inspecteur Carole Riou.

À Alice
À Stéphane.
À mes enfants, Ivan et Morgane.

Je tiens à remercier particulièrement P. G.,
mon « conseiller technique ».

Le Chœur : *Heureux ceux qui, dans leur vie, n'ont pas goûté du malheur ! Quand les dieux ont une fois ébranlé une maison, il n'est point de désastres qui n'y viennnent frapper les générations tour à tour.*

On croirait voir la houle du grand large, quand, poussée par les vents de Thrace et par leurs brutales bourrasques, elle court au-dessus de l'abîme marin, et va roulant le sable noir qu'elle arrache à ses profondeurs, cependant que, sous les rafales, les caps heurtés de front gémissent bruyamment.

Ils remontent de loin, les maux que je vois, sous le toit des Labdacides, toujours, après les morts, s'abattre sur les vivants, sans qu'aucune génération jamais libère la suivante : pour les abattre, un dieu est là qui ne leur laisse aucun répit.

SOPHOCLE, *Antigone.*
(Traduction de Paul Mazon.)

I

Dimanche soir.

Anne-Marie réfléchissait en conduisant. Elle ne pouvait s'empêcher de se demander si elle avait bien fait d'accepter la proposition du type au téléphone. Évidemment, le premier versement avait bien été déposé le lendemain du coup de fil dans sa boîte aux lettres. Dans une enveloppe brune, avec juste son nom en lettres capitales. Et cet argent tombait à point car, après les fêtes, elle était complètement à sec. Elle se ruinait toujours à Noël, pour offrir à ses deux gamins des cadeaux au moins aussi beaux que ceux dont les couvraient ses ex-beaux-parents, manifestant, sans doute, une fois par an, qu'ils avaient mauvaise conscience d'avoir un fils irresponsable ! Elle avait déposé l'argent sur son compte, sans scrupules... Après tout, « on » ne lui demandait que d'écouter ce que dirait la vieille si jamais elle reprenait ses esprits et de passer ensuite un coup de téléphone. Quelle importance ses mots pouvaient-ils avoir ? Elle se demanda si d'autres filles avaient été contactées : elle n'était là que la nuit, et plusieurs équipes assuraient le service de jour. Au bout du fil, la voix semblait lointaine, déformée. Pourtant, elle lui disait quelque chose. Mais bon, cela ne la regardait pas, s'il voulait savoir, il saurait, et ensuite elle oublierait cette histoire.

La voiture pénétra dans la cour de l'hôpital. La corne de brume ululait depuis le matin. Du haut de la côte, quand elle était partie de chez elle, Anne-Marie n'avait même pas distingué les lumières des réverbères qui dessinaient, les autres soirs, comme une carte de la cité. Janvier était un mois pourri. Elle laissa sur sa droite les blocs de béton et d'acier de l'hôpital général, et se dirigea vers les services de gériatrie, un peu en retrait, entourés d'arbres dont les silhouettes dénudées dessinaient dans l'ombre des formes floues aux bras tendus. Elle se gara sur sa place de parking, et ouvrit sa portière en grelottant déjà.

Les bâtiments de briques émergeaient à peine du brouillard, les fenêtres éclairées n'envoyaient que des lueurs jaunâtres et tremblantes sur les pavés humides. Il régnait sur les lieux un silence oppressant, comme si les images émanaient d'un téléviseur privé de son. Elle ouvrit la grande porte vitrée, et grimpa les deux étages qui menaient à son service. Étant un peu claustrophobe, elle préférait éviter l'ascenseur. Sur le palier, la porte peinte en vert était ornée de feuilles de houx, vestiges de Noël, qui cachaient en partie l'inscription :

« Les Prairies. Long Séjour. Visites autorisées de 13 heures à 19 heures. »

Quelle drôle d'idée, ou quelle hypocrisie, d'appeler d'un nom aussi vert et fleuri un endroit comme celui-là ! Le « long séjour » cachait un mouroir, où l'on pouvait effectivement rester des années. Mais on n'en sortait qu'entre quatre planches. Les familles y déposaient leurs vieux devenus gâteux ou graba-

14

taires, et leurs rejetons handicapés adultes, qu'elles n'avaient pas la force ou la volonté de garder à la maison. La société s'y débarrassait des solitaires qui avaient perdu leur autonomie. Si, après son divorce, Anne-Marie avait été heureuse de trouver cet emploi de garde de nuit qui lui permettait d'élever ses enfants, elle n'avait jamais pu s'y habituer complètement.

C'était le genre de lieu où l'on pénètre avec une vague nausée, un pincement d'appréhension. Et tous les matins, quand elle sortait dans la fraîcheur, elle se disait qu'aucune douche ne pourrait effacer les odeurs d'excréments et de sueur, qu'aucune musique ne pourrait estomper les cris et les gémissements entendus dans la nuit. Elle avait encore la chance qu'ils soient tous couchés à son arrivée, de n'avoir pas, comme ses collègues du jour, à s'occuper des repas, des activités, des habillages. Il suffisait bien d'assurer les changes, de tenir de vieilles mains ridées quand les cauchemars faisaient se dresser en hurlant les morts-vivants dans leurs lits, les yeux ouverts sur des abîmes d'angoisse. Il suffisait bien d'entendre les cris qui déchiraient leurs gorges aux petites heures de la nuit. Il suffisait bien de renifler l'odeur de leur sommeil, en espérant qu'il se prolongerait jusqu'à la relève du matin. Les infirmières de nuit, avec qui elle travaillait, lui reprochaient parfois de manquer de tendresse, d'humanité. Peut-être. Elle faisait consciencieusement son boulot. Personne ne pouvait l'obliger à l'aimer.

À neuf heures moins cinq, ayant enlevé pull et jupe, et revêtue de sa blouse bleue, elle sortit du vestiaire et pénétra dans la salle de soins. Les aides-soignantes de jour s'apprêtaient à partir, et Michèle, l'infirmière de nuit, était là depuis une heure. Assise devant l'ordinateur, elle consultait les dossiers des pensionnaires et notait les instructions pour la nuit.

— Le 506 a une gastro. Faudra que tu le changes toutes les deux heures.

— La barbe ! Quoi d'autre ?

— Mme Barbée a refait une crise. Avec ce qu'on lui a donné, tu as peu de risques de l'entendre cette nuit. Quant au gros Dédé, j'ai eu un mal fou à le coucher. Fais gaffe qu'il ne se relève pas.

— D'accord. Et Mme Malot ?

Elle se dit qu'elle n'aurait pas dû prononcer ce nom. Michèle pourrait se demander les raisons de cet intérêt.

— Rien de neuf. Pourquoi ?

— Pour rien. C'est simplement une nouvelle.

— Elle risque bien de devenir une ancienne. Cela m'étonnerait qu'elle retrouve l'usage de ses membres, après l'attaque qu'elle a eue.

— Et la parole ?

Quelle idiote. Voilà qu'elle insistait.

— Aucune idée. Personne ne sait comment ça peut évoluer. C'est quand même drôle que des gens comme ça ne l'aient pas mise dans une clinique privée.

— Plus ils sont riches, plus ils sont radins.

— Ils ne sont peut-être pas si riches que cela... Bon, tout est prêt. Je monte. Je suis crevée. Ma fille a une angine, et j'ai dû la garder à la maison aujourd'hui. Avec toutes les interventions de la nuit dernière, j'aurais bien aimé récupérer.

Anne-Marie se dit qu'elle récupérait rarement, elle qui devait veiller toutes les nuits, « interventions » ou pas, et qui avait à la maison deux garçons particulièrement remuants et bruyants. L'infirmière de

16

garde avait le privilège de pouvoir dormir dans une petite chambre aménagée dans les combles du bâtiment, reliée par téléphone au service. Les médecins, eux, pouvaient rester chez eux, ou aller où ils voulaient, à condition d'avoir toujours leur portable à portée de la main. L'infirmière essayait de gérer l'urgence au mieux. Si on dérangeait ces messieurs, ils arrivaient la plupart du temps d'une humeur massacrante.

Dès qu'Anne-Marie se retrouva seule, elle commença sa première ronde. En général, le début de la nuit était calme. Les portes des chambres restaient ouvertes, et la lumière du couloir permettait de jeter un coup d'œil sur les lits. Pépé Maurice, le 506, semblait dormir calmement. Il serait toujours temps de s'en occuper quand il le réclamerait. C'était un vieillard assez doux, au délire pacifique, mais dont les incontinences nocturnes mettaient Anne-Marie hors d'elle. Quelques portes plus loin, une voix geignarde appela :

— Madame ! Madame ! Bisous, madame !

Allons bon, le gros Dédé ne dormait pas. Ce fils de paysans, qui avait un cerveau de petit enfant dans un corps adulte, avait été placé là dix ans auparavant, à sa sortie de l'institution où il avait passé son enfance, par des parents fous de rage qu'il ne pût même pas mettre ses bras au service de la ferme. Ses besoins affectifs et sexuels effrayaient la garde de nuit. Elle n'avait ni la patience ni les compétences pour les gérer efficacement comme pouvaient le faire ses collègues. Mais elle eut peur qu'il ne réveillât les autres et pénétra dans sa chambre.

— Tais-toi, Dédé, dors.

— Bisous, je veux des bisous.

17

En soupirant, elle se pencha vers lui, et embrassa le front moite.

— Dors, maintenant.

Elle s'éloigna, fuyant presque. Arrivée devant la chambre de la vieille Mme Malot, elle hésita, s'avança un peu et tendit l'oreille. Elle n'entendit qu'une respiration rauque, malaisée. La forme, sur le lit, ne bougeait pas plus que la veille. Allons, ce ne serait pas encore pour cette nuit. Elle regagna le bureau, et ouvrit son livre. Si tout allait bien, elle avait devant elle une bonne heure de tranquillité.

À une heure du matin, elle n'avait été dérangée que par le 506 qui s'était mis à geindre en se réveillant souillé, et avait mal au ventre. Elle l'avait changé, et lui avait donné l'un des comprimés laissés par Michèle. Ce n'est qu'une heure plus tard que le cri la fit sursauter, alors qu'elle s'assoupissait. C'était un son inhabituel, un appel de détresse proféré par une voix qu'elle ne reconnaissait pas. Pendant un instant, la jeune femme se demanda où elle était, mais retrouva vite toute sa lucidité, sans pourtant se départir d'un fort sentiment d'angoisse. D'habitude, elle savait toujours d'où provenaient les bruits, localisait rapidement la voix qui trouait la nuit. Chaque vieillard avait sa manière propre de s'exprimer. Sur un grognement, sur un hurlement, Anne-Marie mettait instinctivement un nom. Là, non. Elle se précipita dans le couloir. Le cri s'était mué en sanglots, entrecoupés de mots, marmonnés, incompréhensibles.

C'est en s'approchant de la chambre 519 qu'elle identifia l'origine des pleurs. Mme Malot était sortie de sa prostration. Elle avait été amenée dans le service quelques jours auparavant, après avoir déjà passé de longues semaines à l'hôpital, en réanimation, d'abord, puis en neurologie. Elle avait eu, chez elle, une attaque imprévisible qui l'avait laissée dans un état comateux stationnaire. Des soins intensifs n'étant plus nécessaires et les médecins réservant leur pronostic quant à son retour à la conscience, son mari, un chef d'entreprise de la ville, par ailleurs conseiller général, avait demandé son admission en long séjour. Depuis, elle était restée inerte sur son lit, ouvrant parfois ses grands yeux verts qui semblaient ne rien voir, lavée et soignée comme un bébé, nourrie par perfusion. Un légume, pensait Anne-Marie, mais des légumes, il y en avait d'autres dans le service.

Sur le lit, plongé dans l'obscurité, la forme allongée remuait. Les bras battaient l'air convulsivement, comme si la malade les tendait vers un improbable visiteur. Le premier réflexe de la garde de nuit fut de se précipiter vers le téléphone pour appeler l'infirmière, mais elle se rappela sa « mission », alluma la lumière et s'approcha du corps agité. Des larmes ruisselaient sur les joues cireuses de la femme, sa bouche était grande ouverte, et des mots en coulaient en un flot ininterrompu. Anne-Marie posa les mains sur les bras raidis, qui retombèrent sur le drap. Elle se pencha vers le visage empreint de désespoir.

— Calmez-vous, tout va bien, je suis là. Avez-vous mal ? Voulez-vous me dire quelque chose ? Essayez de parler doucement. Qu'est-ce que je peux faire ?

Mme Malot ouvrit les yeux, tenta de se redresser dans son lit, bredouilla une phrase, puis retomba sur l'oreiller inerte et muette. Il aurait vraiment fallu prévenir Michèle. Anne-Marie retourna dans le bureau du personnel, souleva le téléphone, puis le reposa. Elle pensait au deuxième versement, qui devait être plus important que le premier. Elle prit son sac, en sortit un petit calepin. Sur une des pages elle avait noté un simple numéro de téléphone qu'elle composa. Au bout du fil, on décrocha très vite, ce qui l'étonna à cette heure avancée de la nuit. Mais pas une parole ne fut prononcée. Elle se lança :

— Allô ? Je vous appelle de l'hôpital.

La même voix, toujours assourdie, lui répondit :

— Alors ? Elle a parlé ? Elle est consciente ?

— Je crois qu'elle s'est rendormie, mais elle a eu quelques moments de lucidité. Elle a crié d'abord, puis murmuré quelques mots.

— Vous avez compris ce qu'elle a dit ?

— Très vaguement. Je ne suis pas sûre d'avoir bien entendu. C'était quelque chose comme : « Il ne faut pas que — elle a dit un nom que je n'ai pu comprendre — sache. » Et puis elle a murmuré : « C'est horrible, c'est monstrueux » et ajouté quelque chose comme « antidote », ou « Antigua », ou « Antigone ». Cela ne voulait rien dire. Elle délirait, je crois.

— Ne cherchez pas à comprendre. Ce n'est pas votre problème. Ne bougez pas, ne dites rien à personne, je vous rappellerai demain chez vous comme la dernière fois pour vous donner mes instructions pour la suite. Mais, surtout, ne prévenez pas qu'elle s'est réveillée cette nuit. Et débrouillez-vous pour qu'elle dorme jusqu'à demain matin.

— Mais elle a peut-être besoin de soins... et puis, demain, dans la journée, cela peut se reproduire et je ne serai pas là.

— Faites ce que je vous dis, et ne vous occupez pas du reste.

Le message se termina par un clic sonore. Le mystérieux interlocuteur avait raccroché. Anne-Marie garda un moment l'appareil à la main, avant de le reposer sur son socle. Elle éprouvait un malaise diffus, mélange d'inquiétude et de culpabilité. Que voulait cet homme ? Jusqu'à quel point avait-elle le droit de garder pour elle l'épisode clinique auquel elle avait assisté ? Ne mettait-elle pas la vie de sa malade en danger ? Même si les difficultés de sa propre existence l'avaient blindée contre tout sentimentalisme, si l'attrait de l'argent restait pour elle très fort, elle avait quand même l'impression de commettre une faute grave. Elle posa à nouveau la main sur le téléphone, hésita, puis renonça. Après tout, la vieille ne risquait pas grand-chose et, le lendemain, le médecin serait à même d'agir si elle bougeait à nouveau. Ce qui, d'ailleurs, n'arriverait pas forcément. Pourtant, elle reprit son calepin, et y nota quelques mots. À tout hasard.

Anne-Marie retourna dans la chambre 519, éteignit la lampe. Tout y était à nouveau calme, et seul le bruit d'une respiration un peu saccadée troublait le silence. Elle fit le tour de tout le service. Rien à signaler. Nuit calme.

Quatre heures. La plainte de la corne de brume dont le son, jusqu'alors, avait traversé, assourdi, les fenêtres closes, vient de cesser. Dehors, les squelettes des arbres sans feuilles commencent à se détacher sur le bleu marine du ciel. Le vent d'est s'est levé, et leur imprime un léger balancement. La lune se dévoile. Mais nul veilleur n'est aux aguets pour entrevoir une silhouette qui avance à pas de loup en longeant les murs. Anne-Marie s'est endormie, la tête posée sur les bras. Elle a enlevé ses chaussures plates et ses jambes sont croisées. Elle rêve. Ses deux fils ont enfin la console de jeux qu'ils désirent depuis longtemps, mais une femme en noir qui ressemble à

Mme Malot est en train d'essayer de la leur arracher. Ils pleurent. De la bouche d'Anne-Marie, s'échappe un filet de salive, qui se dépose sur la table. Les pas feutrés dans le couloir ne font aucun bruit, et la porte ne grince pas quand le mystérieux visiteur la pousse. Quelqu'un gémit dans le sommeil. La silhouette s'immobilise, puis repart. Elle parvient au local du personnel, qui est resté ouvert. Anne-Marie ne bouge pas. Dans ses songes, la femme en noir a disparu, et les garçons, déguisés en Indiens, exécutent une sorte de danse du scalp autour de ce qui pourrait être le cadavre de leur père.

Elle n'entendra pas l'inconnu arriver derrière elle. Elle ne verra pas se lever le bras armé d'un objet noir et long. En une seconde de conscience, elle sentira le poids énorme du coup sur son crâne, derrière ses yeux clos brillera une intense et brève fulgurance. Tout ce qui se passera par la suite ne la concernera plus. Il y aura pourtant encore une présence étrangère pendant de longues minutes, du sang répandu, un corps transporté, une corde sortie d'un sac à dos, passée autour d'un cou et attachée à la poignée d'une haute fenêtre.

À six heures du matin, le réveil sonna dans la chambre de Michèle, l'infirmière. Elle ouvrit difficilement les yeux : elle avait eu de la chance, la nuit s'était bien passée, et elle n'avait pas été appelée par Anne-Marie. Elle avait pu récupérer. En sortant du lit, elle s'étonna pourtant. C'était rare qu'il n'y eût aucun problème, et la garde de nuit paniquait assez rapidement en général, dès qu'un patient avait un cauchemar ou une colique. Michèle n'aimait pas beaucoup Anne-Marie. Elle l'enviait : l'aide-soignante avait gardé, à trente-cinq ans, la silhouette et la fraîcheur blonde de ses vingt ans, alors qu'elle-même avait tendance à s'empâter et à grisonner. Elle lui en voulait surtout de considérer leurs pensionnaires comme des objets qui ne devaient lui causer aucun tracas. Michèle avait choisi son métier par conviction et se forçait à chercher en eux l'humanité enfouie sous la souffrance ou le gâtisme.

Elle prit une douche rapide dans la petite salle de bains attenante, et passa des sous-vêtements et sa blouse blanche. Dans une heure, la relève assurerait la distribution du petit déjeuner, et elle pourrait aller retrouver sa fille et son mari. Pourvu que la petite aille mieux ! Elle était bien contente de n'avoir à travailler la nuit qu'une semaine par mois et plaignait, malgré tout, Anne-Marie qui passait presque toutes ses nuits ici, sauf pendant ses congés, et était obligée de laisser seuls à la maison deux enfants de onze et neuf ans, sous la garde problématique d'une voisine de palier. Enfin, si toutes les nuits de garde étaient comme celle-ci !

Elle emprunta l'ascenseur pour rejoindre le deuxième étage et se retrouva au milieu du couloir central, en face de la porte 504. Elle entrevoyait l'intérieur de la pièce, occupée par deux vieilles femmes en fin de vie qui ne quittaient plus leur lit, et devinait les formes immobiles sous les couvertures. Son regard fut attiré par un mouvement à l'entrée de la chambre 506. Pépé Maurice était debout sur le seuil, vacillant sur ses maigres jambes. Il avait baissé sur ses chevilles la culotte de son pyjama, maculée de traînées brunâtres. En s'approchant de lui, elle fut assaillie par l'odeur, insupportable. Il la regarda comme un enfant pris en faute, puis, avec de petits sanglots, retourna dans son lit dont les draps étaient constellés d'excréments. Au même moment, Dédé et deux vieilles femmes valides arrivèrent en courant. Ils avaient l'air très énervés. L'une des femmes se mit à émettre une litanie d'agaçants petits aboiements, en montrant du doigt le coude du couloir. Dédé, le nez humide, se pendit au cou de Michèle, la faisant presque tomber. La colère s'empara d'elle.

— Merde, qu'est-ce qui se passe ici, qu'est-ce qu'elle fout ? dit-elle à voix haute, puis, exaspérée, elle hurla en direction des trois pensionnaires : Calmez-vous ! Retournez dans vos chambres !

Gagnée par l'inquiétude, elle appela Anne-Marie, mais n'obtint aucune réponse. Saisie de panique, elle se précipita vers le bureau du personnel. Elle entendait sur son passage un concert de grognements, de gémissements, qui bourdonnait, puis enflait, jusqu'à atteindre un volume sonore digne d'une foule en furie. Machinalement, elle jetait un coup d'œil dans chacune des chambres devant lesquelles elle passait. Heureusement, les autres, même s'ils criaient, étaient encore couchés. Pourtant, elle s'arrêta net devant le 519. Ce qu'elle vit lui sembla tellement invraisemblable qu'elle dut s'appuyer au chambranle de la porte pour mieux regarder, hébétée de stupeur. Dans sa chemise de nuit blanche et rose, Mme Malot était à demi agenouillée devant la fenêtre, les bras ballants, ses longs cheveux blancs cachant son visage penché sur le côté.

Michèle pénétra dans la chambre, tremblante, et prit la femme dans ses bras, comme pour la relever. Alors, à son tour, elle poussa un hurlement. Elle lâcha le corps qui reprit sa position initiale, puis trouva le courage de relever la chevelure sur le haut du crâne. Grands ouverts, les yeux exorbités la fixaient.

La langue pendait, violacée. L'autre bout de la corde qui serrait étroitement le cou était accroché à la poignée de la fenêtre. Mme Malot s'était pendue, pensa-t-elle, avant de réaliser que quelques heures auparavant la femme ne pouvait même pas remuer un doigt. C'était un cauchemar, elle n'était pas réveillée ! Elle fut prise de vertiges, et de haut-le-cœur incoercibles. Elle sortit de la chambre à reculons, ferma la porte derrière elle, et s'y adossa un moment. Elle désirait avant tout la présence de quelqu'un qui s'occuperait d'elle, lui dirait ce qu'il fallait faire. Elle prononça à nouveau le nom d'Anne-Marie, de plus en plus fort, sans se soucier du bruit qu'elle faisait. Mais l'écho ne lui renvoyait que les plaintes des malades.

Elle finit par se remettre en marche. Sous ses pieds le linoléum tanguait. L'air avait la consistance d'un épais coton. La femme aux aboiements la suivait. Elle la ramena dans sa chambre, et l'y enferma. Quand elle parvint devant le bureau du personnel, elle en trouva la porte fermée, ce qui était inhabituel. Elle l'ouvrit. Anne-Marie était assise. Sa tête, de profil, et ses bras reposaient sur la table, dont le dessus était inondé du sang qui continuait à couler, goutte à goutte sur le plancher. Mais la plaie béante qui traversait la gorge de part en part ne saignait plus. L'infirmière ne cria plus, ne trembla plus. Depuis un moment, elle savait qu'elle découvrirait une scène horrible. Dans un geste absurde, elle regarda sa montre. Six heures et quart. Il n'y avait qu'un quart d'heure qu'elle s'était réveillée. Le monde, alors, était encore normal.

Elle fit ce qu'il fallait faire. Elle décrocha le téléphone, et composa le 17. Puis, après une courte conversation, elle appela le médecin de service et le directeur de l'hôpital. Après quoi, elle sortit du bureau, en ferma la porte à clé, et se rendit dans la chambre 506 pour faire la toilette du pauvre Pépé Maurice, et changer ses draps.

II

Lundi matin.

Ce matin-là, à la permanence de police secours, c'était le brigadier Yves Canu qui prenait les appels. La nuit avait été calme, le fourgon n'était sorti qu'une fois pour aller dans le quartier chaud du Val-Rudel calmer un mari irascible qui tapait sur sa femme. La ville était relativement tranquille. Les violences urbaines dont on parlait si souvent à la télé n'avaient pas atteint le port normand. En tout cas, quand des incidents se produisaient, ce n'étaient que de pâles échos des nuits d'émeute qui enflammaient, ailleurs, les banlieues. Yves Canu avait rarement eu à traiter un crime de sang depuis dix ans qu'il était dans la police, à part le règlement de comptes entre drogués qui avait fait un mort quelques mois auparavant et des bagarres de marginaux imbibés d'alcool qui, parfois, se terminaient à la morgue.

Sa première réaction, quand la femme lui dit qu'elle avait trouvé deux personnes assassinées dans un service de l'hôpital, fut qu'il s'agissait d'une mauvaise plaisanterie et il raccrocha en la traitant intérieurement de « vieille conne ». Puis il réfléchit. Son interlocutrice n'avait pas l'air hystérique, seulement un peu affolée. Elle avait donné son nom, précisé qu'elle était infirmière. C'était peut-être sérieux. Il valait mieux bouger. Il envoya donc immédiatement sur place un véhicule avec deux agents, puis composa le numéro de l'officier de police judiciaire de permanence, tout heureux d'avoir à réveiller Carole Riou, la « nana », première femme nommée au commissariat, dernière arrivée, et qui allait subir son baptême du feu dans de drôles de circonstances... si ce n'était pas une blague.

Encore une fois, la voiture venait de s'écraser contre l'arbre. Encore une fois, Carole savait que ses jambes étaient paralysées, que le véhicule allait prendre feu et qu'elle allait mourir. Pierre, lui, était dehors, debout, et derrière la vitre elle voyait ses lèvres bouger, sans l'entendre. Son visage était défiguré par l'angoisse. Il essayait d'ouvrir la portière, en vain. Il tirait, s'écorchait les mains, donnait des coups de pied dans la carrosserie, mais la tôle résistait, la route était déserte, nul ne viendrait l'aider. Et Carole, prisonnière, attendait l'inéluctable explosion qui la pulvériserait. Encore une fois, le rêve inversait les rôles. Pourtant, cette fois, dans le silence qui précédait la déflagration, une sirène hurla dans l'habitacle, clameur monstrueuse qui s'arrêtait pour mieux repartir, et finit par réveiller la dormeuse. Le téléphone sonnait. Carole s'échappa du rêve, comme d'habitude, en larmes, en sueur, et tâtonna sur la table de nuit pour attraper le récepteur. Le radio-réveil indiquait six heures trente.

La voix lointaine lui sembla d'abord venue d'une autre planète, et les mots vides de sens. Elle dut demander à son interlocuteur de répéter, et son cer-

28

veau, subitement redevenu lucide, identifia la voix d'Yves Canu, goguenarde comme chaque fois qu'il s'adressait à elle. Elle savait bien que celui-là, comme la plupart des autres collègues, n'accepterait jamais, non seulement qu'elle fût flic, mais surtout qu'elle fût son supérieur hiérarchique. Ce qu'il lui annonçait la fit sortir instantanément des dernières brumes du sommeil. Elle se fit préciser quelques détails, et demanda à Canu de téléphoner à l'inspecteur Modard pour lui ordonner de la rejoindre à l'hôpital.

Dix minutes plus tard, elle était prête, vêtue d'un jean et d'un pull gris. Elle refusait d'y renoncer, même dans l'exercice de ses fonctions, et ne les troquait contre un strict tailleur beige que lors des cérémonies officielles. Grande et mince, Carole avait une silhouette d'adolescente. Quelques fines rides autour des yeux, quelques cheveux gris apparus dans sa courte chevelure brune après l'accident et la mort de Pierre, révélaient pourtant qu'elle avait trente-cinq ans. Ses yeux verts, dont la clarté avait long-temps reflété la joie de vivre, s'étaient comme délavés, miroirs du drame récent qui la hantait quotidienne-ment. Elle avala rapidement un café dans la petite cuisine du deux pièces sous les toits qu'elle avait loué en arrivant à Marville, trois mois plus tôt. Elle avait demandé une mutation et quitté la Bretagne pour s'éloigner d'un lieu qui lui rappelait trop douloureuse-ment la vie heureuse avec son mari, avant sa mort dans l'accident.

Elle adorait cet appartement situé dans l'ancien quartier des pêcheurs, de l'autre côté du pont tour-nant, d'abord parce qu'il ne ressemblait à rien qu'elle eût connu — avec Pierre, elle habitait un pavillon neuf, dans la banlieue rennaise —, ensuite pour la grande salle de séjour en forme de coque de bateau renversée avec ses poutres de chêne et ses murs blancs, pour la minuscule chambre bleue où elle dormait comme dans un nid. Elle avait couvert tous les murs de rayonnages où s'empilaient ses livres. Et elle aimait par-dessus tout la vue qu'elle avait de ses fenêtres qui donnaient sur le port. Elle contemplait les grands cargos qui suivaient doucement le chenal, les manœuvres des pontiers qui ouvraient aux navires la voie vers le bassin du Canada, les gestes précis des lamaneurs tournant les aussières, l'arrivée des dockers qui venaient décharger les cargaisons d'agrumes, de bois, de minerai.

Elle disposait d'un garage, dans la cour de l'immeuble. Elle sortit la Clio, et se dirigea rapidement vers le centre-ville. La longue nuit de janvier enrobait encore les rues, mais la brume s'était levée. Dans le froid et le vent, les quelques piétons matinaux marchaient courbés vers le sol, nostalgiques de la chaleur des lits. À l'entrée principale de l'hôpital, tout était calme, et la grille grande ouverte. Comme Anne-Marie la veille au soir, Carole continua jusqu'aux vieux bâtiments de briques où l'on reléguait les incurables. La camionnette blanche, rayée de rouge, était là, et le gyrophare lançait ses éclairs. À l'entrée, un jeune flic en uniforme gardait la porte. Il la reconnut et elle n'eut pas à lui montrer sa carte. Elle eut même droit à un salut réglementaire.

Quand elle franchit la porte du second étage, l'odeur la suffoqua. L'air chaud drainait des relents écœurants d'urine, de nourriture, de café fade. Les murs du couloir étaient ripolinés de rose pâle, les portes peintes en rouge foncé. La rumeur qui l'enveloppa était une vague qui semblait enfler au fur et à mesure que Carole avançait dans le couloir, murmures, plaintes, jappements, rires hystériques. Leroux, l'un des brigadiers arrivés sur les lieux avec le fourgon, vint à sa rencontre.

— Bonjour, inspecteur, lui dit-il. Mon collègue fait le planton au rez-de-chaussée. Je vous attendais. Je me suis contenté de faire les premières constatations et de veiller à ce qu'on ne touche à rien. Le personnel de jour commence à arriver mais, pour l'instant, on les a consignés au premier étage. Seule l'infirmière de nuit est toujours là. C'est elle qui a trouvé les corps. C'est une horreur. Ce n'était pas une blague malgré ce que pensait Canu !

— Modard est arrivé ? demanda Carole.

Elle faisait généralement équipe avec Alain Modard. Jusqu'ici, ils n'avaient eu à régler que des affaires mineures, mais elle jugeait le jeune inspecteur intelligent et fiable. Il était le seul à lui avoir manifesté une sympathie spontanée, et avait même fait l'effort, dans les premiers jours de son arrivée, de lui présenter des condoléances maladroites mais sincères. Modard, plus jeune qu'elle, acceptait sans complexe qu'elle fût inspecteur-chef, et l'appelait en riant « mon capitaine », une loi récente ayant affublé les policiers de grades militaires.

— Non, pas encore, mais il vient de téléphoner pour dire qu'il partait. Vous savez, il habite à plus de dix kilomètres de Marville.

— En attendant, reprit Carole, racontez-moi ce que vous avez déjà appris.

Le policier, l'air inquiet de celui qui n'a pas l'habitude de ce genre de situation, sortit un carnet de sa poche et récita :

31

— À six heures et quart, la dénommée Michèle Bourdot, infirmière de garde, mais qui a dormi toute la nuit dans une chambre du troisième étage, est descendue pour reprendre son service...

— Attendez, elle était de garde et elle dormait ?

— Oui, l'infirmière n'assure que les urgences médicales. C'est l'aide-soignante qui reste en permanence sur place. Ce n'est pas vraiment un service de médecine, mais une sorte d'hospice pour personnes âgées ou handicapées.

— D'accord, continuez.

— Elle a trouvé les patients livrés à eux-mêmes, certains errant dans les couloirs et donnant des signes de panique. Après inspection des lieux, elle a découvert dans la chambre 519 une certaine Mme Malot, pendue à la poignée de la fenêtre, et la garde de nuit égorgée dans le bureau du personnel. C'est une pièce qui sert de salle de soins, où sont installés les ordinateurs sur lesquels sont enregistrés les dossiers des pensionnaires, avec aussi une table et des chaises, deux ou trois fauteuils et la machine à café. L'aide-soignante s'appelait Anne-Marie Dubos, et travaillait à l'hôpital depuis deux ans. C'est pas beau à voir...

— A-t-elle constaté des traces d'effraction ?

— Elle ne m'en a pas parlé. Il y a des clés sur toutes les portes, mais j'ai l'impression qu'on ne s'en sert pas. Les malades qui ne doivent pas se lever sont attachés pour la nuit. En tout cas, la porte palière était ouverte et intacte quand je suis arrivé. J'ai fermé à clé les portes du bureau et de la chambre 519. Mais je n'ai pas pu empêcher les allées et venues dans les couloirs. D'autre part, Mme Bourdot insiste pour que le petit déjeuner soit servi rapidement, sinon on risque une émeute. Certains le prennent dans leur lit, d'autres dans la salle commune. Qu'est-ce qu'on fait ?

— Je vais voir les victimes, et l'infirmière. On avisera après pour le petit déjeuner. Vous, téléphonez tout de suite à l'Identité judiciaire et faites en sorte de joindre le procureur ou le substitut de ma part. Sortez-les tous de leur plumard, et qu'ils rappliquent vite. Avec le légiste, évidemment. Le téléphone se trouve dans le bureau, je suppose ?

— Ben, oui...

— Alors vous descendez au premier, et vous réquisitionnez le poste. C'est encore un « long séjour » ?

— Non, c'est un service de rééducation. J'y vais.

Au moment où son collègue disparaissait derrière la porte palière, celles de l'ascenseur s'ouvrirent sur deux hommes qui se précipitèrent à travers le couloir, sans même regarder Carole.

— Attendez ! Où allez-vous ? cria-t-elle.

Ils s'arrêtèrent, revinrent vers elle.

— Qui êtes-vous ?

— Inspecteur principal Carole Riou.

Confus, ils s'excusèrent, et se présentèrent. Le plus jeune, vêtu d'une veste en cachemire rouille et d'un pantalon de flanelle grise, était le médecin que Michèle avait prévenu et son compagnon, un homme corpulent, aux cheveux gris, engoncé dans un costume bleu marine froissé et qui visiblement n'avait pas eu le temps de se raser, le directeur de l'hôpital. Carole leur expliqua brièvement ce qui s'était produit. L'un et l'autre semblaient totalement abasourdis, effondrés. Le médecin demanda l'autorisation d'aller réconforter l'infirmière et de tenter de calmer les plus agités des pensionnaires. Soulagée, Carole le laissa aller. Le directeur, lui, ne cessait de marmonner :

— Madame Malot, madame Malot... Comment est-ce possible ? Qu'est-ce que je vais dire à son mari ? C'est impensable qu'une chose pareille arrive ici. Il s'agit sûrement d'un accident.

— Pouvez-vous m'attendre une minute ? lui demanda Carole. J'ai une ou deux questions à vous poser, mais je veux d'abord me rendre compte par moi-même...

Quand Carole pénétra dans la salle des soins, une odeur fétide de sang flottait dans l'atmosphère surchauffée de la pièce. Le corps d'Anne-Marie n'avait pas été déplacé. Venues on ne sait d'où, deux énormes mouches bourdonnaient autour de la gorge de la morte. Surmontant à grand-peine une nausée, Carole s'obligea à regarder le cadavre. La jeune femme avait la position d'une dormeuse. Rien, autour d'elle, n'indiquait qu'elle avait lutté pour survivre. Mais une grosse bosse sur l'arrière du crâne semblait prouver qu'elle avait été assommée avant d'être égorgée. À ses pieds, déchaussés, le livre qu'elle lisait, un roman de la collection Harlequin, était tombé, ouvert, et les pages étaient imbibées de sang. Aucun objet, dans la pièce, barre de fer ou couteau, qui pût avoir servi à commettre le crime. Carole énonça ses constatations dans son dictaphone.

Comme elle ne pouvait rien toucher avant l'arrivée des hommes de l'Identité judiciaire, ou plutôt de la « police technique », comme ils s'appelaient désormais, elle ressortit de la pièce et se rendit dans la chambre 519 dont Leroux lui avait remis la clé. Le spectacle avait quelque chose de surréaliste. Entre la banalité du décor — murs vert clair, bouquet de fleurs sur la table de nuit, photos de gens souriants posées dans leurs cadres sur une petite étagère en

34

bois — et le pantin désarticulé dans son linceul en coton blanc et rose, accroché à la fenêtre par une corde grise, enroulée autour du cou, le contraste frappait par son incongruité.

Si la mort avait donné au visage une pâleur de cire et un hideux rictus, la souplesse de l'épaisse chevelure blanche, la sveltesse du corps, le modelé des traits témoignaient d'une beauté certaine que l'âge n'avait pas encore détruite. Carole contempla le pitoyable cadavre, prise d'une infinie pitié pour la vieille dame qui était passée de la paralysie à la mort brutale, dans la solitude absolue. Elle se demanda si Anne-Marie Dubos avait aussi une famille, des enfants, et réalisa que ce serait à elle d'annoncer aux proches la disparition violente des deux victimes.

Le brigadier Leroux la rejoignit.

— J'ai eu tout le monde. Ils arrivent. Quant au personnel du matin, ils sont au complet au premier étage. Ils monteront dès que vous les y autoriserez.

— En attendant, je vais interroger le directeur et l'infirmière.

Le gros homme ne cessait de s'éponger le front en poussant de profonds soupirs. Il expliqua à Carole la configuration des lieux, dans cette annexe de l'hôpital. Le rez-de-chaussée était réservé à l'accueil des visiteurs — une hôtesse se tenait en permanence derrière un comptoir, dans la journée —, aux salles de kinésithérapie, et à l'animation. C'est là qu'avaient lieu les séances récréatives, les spectacles. On y trouvait aussi un salon de coiffure, un bar, et un étal de journaux et de confiseries tenu par un pensionnaire valide. À partir de dix-neuf heures, tout était désert. Le premier étage recevait des accidentés pendant leur période de rééducation, ou des convalescents.

Le deuxième et le troisième avaient même vocation : des longs séjours. Le soir, on fermait la grille principale, mais il n'était pas difficile de passer par-dessus le mur d'enceinte, qui n'était pas très haut. La porte vitrée du rez-de-chaussée était normalement verrouillée à partir de huit heures mais, à l'intérieur du bâtiment, les portes des paliers et des chambres restaient ouvertes.

— Vous comprenez, ajouta-t-il comme pour se justifier, nous nous sommes toujours sentis en sécurité. Il n'y a rien à voler, ici. Mais normalement personne n'a pu pénétrer en bas sans forcer la porte. À moins de s'être laissé enfermer avant huit heures et de s'être caché quelque part.

Carole le remercia, l'autorisa à retourner dans son bureau, et se rendit auprès de l'infirmière qui avait découvert les corps.

Michèle, complètement prostrée, maintenant qu'elle n'avait plus d'initiative à prendre, souhaitait avant tout qu'on la laissât rentrer chez elle. Elle était assise dans une chambre inoccupée, avait retiré sa blouse et passé ses vêtements de ville. Elle ne put que répéter ce qu'elle avait déjà dit : elle avait dormi sans interruption jusqu'à six heures, avait découvert les corps à six heures et quart, n'avait rien entendu de sa chambre au troisième étage. Elle ne se souvenait pas d'avoir vu un couteau à côté du corps de sa collègue. Ceux qui servaient pour les repas étaient dans les tiroirs d'un placard de la cuisine, qui se trouvait de l'autre côté de la salle à manger. Mais c'étaient des objets qui coupaient mal, car on avait toujours peur que les malades ne se blessent. Il serait facile de vérifier s'il en manquait un. Elle confirma que les portes du service n'étaient pas fermées à clé.

— Avant de monter vous coucher, demanda Carole, avez-vous remarqué quelque chose de particulier, soit dans l'état de Mme Malot, soit dans le comportement d'Anne-Marie Dubos ?

— Rien. Mme Malot est dans le service depuis une semaine. Son état n'avait pas évolué, c'est-à-dire qu'elle était totalement incapable de bouger et de parler. Nous l'alimentions dans la journée par perfusion. Nous n'enlevions l'appareil que la nuit. Quant à Anne-Marie, elle était comme d'habitude. Nous n'étions pas très amies. C'était une fille efficace, mais peu communicative, et qui n'aimait pas vraiment son travail ici. Elle demandait depuis longtemps, mais en vain, à être mutée en médecine générale ou en pédiatrie. Mais, vous comprenez, elle a été recrutée après son divorce parce que le patron a eu plus ou moins pitié d'elle, mais elle n'avait même pas le diplôme d'aide-soignante.

— Elle n'a rien dit de particulier, hier soir ?

— Attendez… Si, je me souviens qu'elle a justement demandé des nouvelles de Mme Malot. Je venais de lui passer les consignes. J'ai été étonnée qu'elle me pose la question car, généralement, elle se contentait d'écouter, sans s'intéresser particulièrement à l'état des pensionnaires.

— Vous lui avez demandé la raison de cet intérêt soudain ? dit Carole.

— Oui. Elle m'a dit : « C'est une nouvelle. »

— Mme Malot a-t-elle reçu des visites depuis son arrivée ?

— Je n'en sais rien, répondit l'infirmière, je suis de nuit depuis cinq jours, et avant j'avais eu deux jours de repos. Il faudra que vous demandiez à l'équipe de jour. Mais, vous savez, c'est la femme d'un type important, et on a apporté, comme vous avez pu le constater, des objets personnels dans sa chambre. La famille devait passer régulièrement.

— Je vais essayer de vous libérer le plus vite possible. Reposez-vous en attendant.

Tout à coup, dans le couloir, des bruits de pas, des conversations, dominèrent le brouhaha des pensionnaires auquel Carole avait presque cessé de porter attention. Tous arrivaient en même temps, les techniciens avec leurs gros sacs de matériel et les appareils photo, le médecin légiste, le substitut du procureur, et Alain Modard, tout essoufflé, qui se jeta vers elle dès qu'elle parut, comme un jeune chien vers son maître qui se noie.

— Excusez-moi, haleta-t-il. J'ai fait le plus vite possible, mais il y avait un tracteur en panne sur la départementale, j'ai perdu un temps fou.

— Ne vous inquiétez pas, le rassura Carole, de toute façon, je ne pouvais pas faire grand-chose tant que messieurs les scientifiques ne s'étaient pas mis à l'ouvrage. Venez d'abord voir la garde de nuit. Mais respirez un bon coup, mon petit Alain, ou votre petit déjeuner ne passera pas...

— Si vous croyez que j'ai pris le temps de déjeuner, grogna le jeune homme, en la suivant vers la salle de soins.

La porte qu'elle avait poussée était à présent entrouverte. Réalisant qu'elle ne l'avait pas fermée à clé, elle se rua à l'intérieur. Un homme jeune, aux cheveux longs, vêtu d'un jean et d'un blouson de cuir, les mains gantées de laine noire, était en train de prendre des photos. Carole, folle de colère, reconnut Didier Fréhel, un reporter de *La Vigie de Marville,* le journal local, et hurla :

— Qu'est-ce que vous foutez là ? Comment avez-vous pu entrer ?

Modard s'était précipité sur le journaliste et l'avait éjecté sans douceur dans le couloir.

Sans perdre son sang-froid, l'intrus se justifia :

— Canu m'a filé le tuyau, quand je suis passé prendre les nouvelles de la nuit au commissariat, comme quoi il y avait du louche à l'hosto. J'étais planqué derrière le fourgon. J'ai profité de l'arrivée de plusieurs personnes en même temps. Votre planton m'a pris pour un technicien de l'Identité. Et voilà, je fais mon boulot. Soyez sympa ! J'ai rien touché, j'ai même gardé mes gants…

Carole se jura de passer un savon à Yves Canu, qui bavardait toujours beaucoup trop avec les journalistes, mais, en attendant, il fallait neutraliser celui-là. Le traitant de charognard dans son for intérieur, elle précisa au photographe qu'il venait d'agir dans l'illégalité la plus complète, et obtint qu'il lui donnât sa pellicule, non sans avoir dû lui promettre de le tenir au courant du déroulement de l'enquête. Elle bouillait encore de rage en le raccompagnant jusqu'à l'ascenseur, imaginant fort bien que le journal aurait considérablement augmenté son tirage s'il avait publié à la une la photo d'une femme égorgée. Elle se souvenait assez des clichés de la voiture calcinée reproduits dans le quotidien régional, à côté d'un portrait de Pierre, jeune et souriant, dont elle n'avait jamais pu savoir où ils l'avaient déniché.

Les deux policiers inspectèrent les « lieux des crimes », mémorisant tous les détails, notant leurs constatations. Ils ne découvrirent rien qui pût être utilisé pour trancher une gorge.

Puis, pendant que les techniciens de la police occupaient les lieux, mitraillant les cadavres sous tous les angles, relevant les empreintes tant autour des mortes et sur les ordinateurs que sur la porte palière et celles de toutes les chambres environnantes, pendant que le médecin légiste procédait aux premiers examens, Carole et Alain Modard mirent le substitut du procureur au courant de ce qu'ils avaient appris. Celui-ci semblait particulièrement embarrassé.

— Je vais rentrer au palais de justice et désigner un juge d'instruction pour suivre l'enquête. Il saisira rogatoirement le SRPJ de Rouen. La victime est l'épouse du propriétaire d'un chantier naval, une des plus grosses fortunes de la ville. Il est également conseiller général. Il faut agir avec le plus de tact possible, ce crime est sûrement l'œuvre d'un désaxé.

— Pour l'instant, monsieur le substitut, répondit Carole d'un ton sec, rien ne permet de tirer des conclusions. D'autre part, je vous signale qu'il n'y a pas une victime, mais deux. Même si Anne-Marie Dubos n'était pas une personne influente, elle laisse deux enfants, et mérite aussi qu'on recherche son meurtrier avec tout le tact possible. Quant à nous dessaisir de l'enquête au profit des gens de Rouen, cela me paraît prématuré. Laissez-nous une chance de faire nos preuves. Je vous rappelle qu'à Rennes j'ai travaillé pour la Criminelle.

Modard regarda son « capitaine » en riant sous cape. Celle-là ne se laisserait marcher sur les pieds par personne et il espérait bien pouvoir continuer à travailler avec elle sur l'affaire. Pour une fois qu'il aurait à s'occuper d'autre chose que de chiens écrasés, son épouse le traiterait peut-être avec un peu plus de considération.

Le magistrat eut un sourire crispé puis se dirigea vers la sortie en disant :

— D'accord, je vous laisse une semaine. Tenez-nous au courant. J'avertirai le commissaire dès que le juge aura été désigné. Occupez-vous également de prévenir les familles.

Restés seuls, Carole et son collègue se regardèrent, complices. Un grincement derrière eux leur fit tourner la tête. Le médecin poussait, dans un fauteuil roulant, un vieil homme obèse, dont les deux jambes étaient amputées à hauteur des genoux. Il expliqua :

— Je commence à les sortir de leurs lits, il faut que la vie reprenne normalement, sinon nos patients vont être trop perturbés. Ils sont psychiquement fragiles, et le moindre changement dans leurs habitudes peut provoquer des troubles graves dans tout le groupe. Je vous supplie de laisser monter les autres pour qu'on puisse servir le déjeuner, sinon on va avoir la révolution !

Deux ambulanciers, portant des civières, sortirent de l'ascenseur. Les techniciens avaient fini leur travail.

— O.K., dit Carole, dès qu'on aura emporté les corps, vous pourrez reprendre le déroulement normal de la journée.

Le légiste sortit des toilettes où il venait de se laver les mains.

— À première vue, dit-il, les deux morts ont dû intervenir entre quatre et cinq heures du matin. La femme égorgée a été préalablement frappée à la tête par un instrument contondant, du genre matraque. Elle était certainement inconsciente quand elle a été tuée. La deuxième victime n'a pas été frappée, mais il paraît qu'elle était dans un état comateux depuis

41

des semaines. La mort par strangulation, en tout cas, ne fait aucun doute. Je vous en dirai plus après l'autopsie.

— Le plus vite possible, docteur !

— On va faire ce qu'on pourra. Salut, j'emporte vos macchabées...

Les civières repassèrent devant eux mais, cette fois, lourdement chargées. Les deux corps étaient recouverts de draps blancs et le visage des porteurs empreint d'une gravité recueillie. Comme par l'effet d'une baguette magique, les bruits de fond cessèrent soudain, un grand silence s'abattit sur l'étage. Du fond de leurs cerveaux malades, les pensionnaires avaient senti passer le fantôme à la faux qui les guettait tous. Mais dès que l'ascenseur eut atteint le rez-de-chaussée, une énorme clameur déferla à travers les couloirs, noya les mots des vivants, les ronflements des dormeurs, s'infiltra d'une chambre à l'autre, vague d'angoisse, d'hystérie, hurlement primitif de l'humanité que vient de frôler la conscience de la mort.

Carole sentit ses cheveux se dresser sur sa tête. À ses côtés, Modard était pâle. Ils s'ébrouèrent. Une longue journée les attendait.

— Qu'est-ce qui vous frappe, dans cette histoire, Alain ? demanda le « capitaine ».

— Je dirai, en priorité, la différence entre les deux crimes. Un égorgement et une pendaison, au même endroit et à la même heure, c'est complètement absurde. Il serait plus logique que le meurtrier ait frappé deux fois de la même manière. Et surtout, pendre une vieille femme paralysée, cela ressemble quand même à l'œuvre d'un cinglé, comme le dit notre ami de la justice !

— Un bon point pour vous. C'est aussi ce qui m'avait frappée. Bon, commençons par le commencement. Il faut aller rendre visite aux familles. Cela ne va pas être drôle. Mais avant, j'aimerais jeter un coup d'œil sur le sac d'Anne-Marie Dubos, qui est resté sur une chaise. Si son adresse n'est pas dedans, on la demandera au directeur.

Dans le sac, se trouvaient un portefeuille contenant les papiers d'identité de la victime et un peu d'argent liquide, un chéquier, un peigne, un mouchoir, un paquet de cigarettes et un briquet Bic. Les enquêteurs furent particulièrement intéressés par un petit calepin à la couverture rouge. Carole entoura sa main du mouchoir avant de sortir le carnet. Il contenait des adresses, des numéros de téléphone, quelques listes de courses. Modard le feuilleta et poussa un cri étouffé.

— Regardez, là, une page a été arrachée.

Effectivement, des bribes de papier restées coincées dans la spirale métallique indiquaient qu'il manquait une page. Carole regarda attentivement la page suivante, vierge, mais sur laquelle on devinait d'infimes incrustations, marques laissées par la pointe d'un stylo-bille fortement appuyée.

—On dirait des chiffres, un numéro de téléphone… On portera ça au labo. Ils en tireront peut-être quelque chose. Il faudra aussi qu'ils cherchent d'éventuelles empreintes sur le calepin.

Un peu plus loin, au milieu de pages inutilisées, ils découvrirent ces quelques mots griffonnés : « Il ne faut pas que… sache. C'est horrible c'est monstrueux. (Antigua ou antidote ou antigomme ou antigone ?) »

— Qu'est-ce que ça veut dire ? demanda Modard.

— Je n'en sais rien, mais on embarque tout cela.

Elle enveloppa le carnet dans le mouchoir et le remit dans le sac, qu'elle emporta avec elle.

III

Le jour n'était toujours pas levé quand les deux policiers se retrouvèrent dans l'allée qui menait du pavillon de briques à la sortie de l'hôpital. Le vent avait forcé, et déposa sur leurs joues des caresses glaciales. Quand ils avaient quitté le deuxième étage, les lieux fourmillaient d'hommes et de femmes, en bleu ou en blanc, qui s'activaient avec des sourires contraints à redonner sa priorité à la vie quotidienne, répétitive et banale. De lourds chariots métalliques chargés de bols, de pots fumants, de monceaux de tartines beurrées et de biscottes, étaient poussés d'une chambre à l'autre, et les « Bonjour ! Bien dormi ? » claironnés avec la jovialité de mise chez ceux qui, en réalité, n'attendent pas de réponse. Quelques fauteuils roulants furent véhiculés vers la salle à manger, dont les occupants avaient été lavés, coiffés, habillés de vêtements propres. Le gros Dédé et la femme qui aboyait déambulaient, la main dans la main, dans les couloirs, et, à leur sourire béat, on devinait que les terreurs de la nuit étaient déjà effacées de leur mémoire.

Dehors, Carole respira à fond. La fraîcheur de l'air iodé lava ses poumons des miasmes douceâtres dont ils étaient imprégnés. Il n'était pas encore huit heures. Elle décida de repasser chez elle avant de se rendre au commissariat d'où elle repartirait pour s'acquitter de la pénible visite aux familles. Elle se souvint qu'après son accident, alors que les gendarmes insistaient pour l'emmener en observation à l'hôpital, elle avait refusé parce qu'elle voulait être présente quand ils annonceraient la nouvelle aux parents de Pierre. Devant leur douleur, alors qu'elle-même était terrassée par le chagrin, hallucinée par la scène apocalyptique qu'elle venait de vivre, elle se sentait surtout coupable d'être vivante, d'avoir été éjectée de la voiture, de n'avoir pas brûlé avec Pierre, et surtout, surtout de ne pas avoir réussi à ouvrir cette portière. Aujourd'hui, elle aurait besoin de toutes ses forces pour accomplir son devoir. Mais elle savait, en décidant de continuer à faire ce métier, qu'elle serait confrontée, un jour ou l'autre, à ce genre d'épreuve.

Modard reprit sa voiture. Elle lui ordonna d'aller boire un café et manger un morceau avant de la rejoindre, puis monta dans la Clio. Dans la rue Gambetta, déserte quand elle était passée une heure et demie plus tôt, la circulation intense la ralentit. La ville s'éveillait, les commerçants commençaient à lever leurs rideaux de fer, les bureaux et les écoles allaient se remplir. Carole se dirigea vers le front de mer, qu'elle longea tout doucement. Au loin, le faisceau du phare d'Armer balayait la surface bleu marine de la mer. Les mouettes matinales se posaient sur les poubelles. À gauche de la plage, la blancheur crayeuse de la falaise émergeait vaguement de la noirceur et au bout de la jetée, en haut du mât de signalisation, les lumières rouges indiquaient la prochaine entrée du premier ferry de la journée.

Quelques chiens vaguaient, suivis par leurs maîtres, et levaient la patte sur les réverbères encore allumés. Dans la froidure de janvier, la vie suivait son cours, indifférente au drame qui venait de se dérouler.

Rentrée chez elle, Carole se rendit compte qu'elle n'avait pas encore allumé de cigarette depuis son réveil, et l'envie de tabac s'empara d'elle, brutalement. Elle se prépara un café en fumant, fut presque tentée de se servir un verre de quelque chose de plus fort. Après la mort de Pierre, elle avait beaucoup trop bu, puis s'était imposé des restrictions en arrivant à Marville, par instinct de conservation, sans doute, et puis parce que l'alcool, loin d'effacer les cauchemars, les amplifiait, créant dans son cerveau embrumé des fantômes immondes qui défiguraient le souvenir de son mari. Elle mit ensuite tous ses vêtements au sale, et resta longtemps sous la douche. Sans réfléchir, elle se choisit une jupe et un pull-over noirs.

Elle rejoignit son adjoint au commissariat. Le commissaire venait d'arriver et voulait immédiatement les voir. Ils montèrent au premier étage, frappèrent à la porte du bureau de leur chef. Paul Giffard était un géant normand, dont le ventre et le double menton attestaient le goût pour la bonne chère. Issu du rang, il avait gravi tous les échelons à l'ancienneté, sans faire de vagues, sans compétences particulières si ce n'est un sens aigu des relations humaines et une prudence matoise qui faisaient qu'en haut lieu on avait toujours confiance en lui.

Il était arrivé à Marville depuis cinq ans, et savait que ce poste serait son bâton de maréchal, mais il avait suffisamment d'intelligence pour ne pas prendre en grippe les jeunes qui, comme Carole, étaient entrés dans la police sur concours et nantis d'une maîtrise de droit. Au contraire, il utilisait habilement leur talent, quitte à s'octroyer la gloire de leurs réussites. Carole avait, certes, demandé à être transférée dans une petite ville à la suite d'un problème personnel, et elle était appelée à aller beaucoup plus loin. Mais il comptait bien profiter au maximum de sa présence à Marville, surtout quand lui tombait dessus une affaire dont la gravité le mettait très mal à l'aise, lui qui espérait n'avoir à gérer que des délits mineurs.

— Bon, dit-il. Canu m'a prévenu chez moi, et je viens d'avoir un coup de fil du palais de justice. C'est le juge Paquet qui est en charge de l'affaire. Il est tatillon, n'oubliez pas de le tenir au courant, et ne prenez pas d'initiatives intempestives. Il paraît qu'on nous laisse l'affaire pour l'instant. C'est trop beau pour durer ! Racontez-moi ce que vous avez appris.

Carole résuma ce qu'elle savait et les mesures qu'ils avaient prises.

— Très bien, mes enfants, je compte sur vous pour nous trouver un assassin présentable rapidement, sinon Rouen prendra la relève. Vous désirez travailler ensemble ?

Modard regarda Carole, à qui la décision revenait.

— Bien sûr, dit-elle, au grand soulagement du jeune homme.

— D'accord, dit le commissaire. Vous avez carte blanche, et vous pouvez envoyer les brigadiers disponibles en mission si besoin est. Maintenant, il faut aller prévenir les familles. Modard, chargez-vous de l'aide-soignante — Anne-Marie Dubos c'est ça ? Vous avez l'adresse ? Il y a un mari ?

— J'ai l'adresse, mais je crois qu'elle élevait seule ses enfants. Qu'est-ce qu'on va faire pour ces gosses ?

— Débrouillez-vous. Le parquet saisira le juge pour enfants et enverra une assistante sociale. Ce n'est pas notre boulot de jouer les nounous. En ce qui concerne les Malot, je vais y aller avec Carole.

Évidemment, pensa celle-ci, il se déplace pour le ponte.

Ils partirent ensemble dans la voiture de service, pendant que le pauvre Modard reprenait sa R 21.

Pendant ce temps, dans la grande maison des Malot, l'immuable rituel du lever avait commencé. La propriété datait du début du siècle. Elle avait été construite sur les hauteurs de Marville, pour un armateur qui envoyait sur les bancs de Terre-Neuve de grands morutiers, lesquels faisaient alors la fortune de la ville et surtout celle de leurs propriétaires. Entourée d'un vaste parc planté de sapins et de chênes, la demeure se donnait des airs de petit château. Tourelles, clochetons, colonnades, témoignaient de la mégalomanie du premier propriétaire, mais satisfaisaient finalement assez bien la vanité de l'actuel occupant. Toutes les fenêtres de la façade donnaient sur la mer, et les habitants pouvaient contempler, en contre-bas, le ballet des voiliers ou la grise rage des flots les jours de tempête.

Âgé de soixante-douze ans, Malot père, comme disaient ses ouvriers, n'était pas décidé à laisser sa place à la tête du chantier naval qu'il avait créé quarante ans auparavant, où se construisaient aussi bien des bateaux de plaisance renommés que des chalutiers ou des vedettes. Il aimait le pouvoir, et l'exerçait tant dans la cité qu'au chantier et dans sa famille. N'ayant jamais pu être élu maire, puisque la liste de gauche l'emportait systématiquement depuis plus de vingt ans, il rongeait son frein en siégeant comme simple conseiller municipal, mais avait remporté les dernières élections cantonales. Il considérait ses deux fils, nés d'un premier mariage, plus comme des employés que comme des associés, et avait divisé la maison en appartements, où il les logeait avec femmes et enfants. Bien que largement quadragénaires, Étienne et Pascal, de nature indolente, semblaient se satisfaire de ce genre de vie, dans la mesure où leur père les faisait largement profiter des richesses familiales. Obligation leur était faite de se rendre tous les jours au chantier, et les repas devaient être pris en commun dans l'immense salle à manger du rez-de-chaussée, où le patriarche trônait au bout de la table.

Les enfants, seuls, déjeunaient le matin, avec leurs mères, dans les appartements privés, avant que le chauffeur ne les emmenât à l'école, mais les fils retrouvaient leur père autour de la grande table. La bonne avait disposé les tasses en porcelaine, les toasts, les croissants et la confiture, et vint servir le café. Avant son hospitalisation, l'épouse participait au rite, et personne, depuis son départ, ne s'était assis à sa place. Ils commencèrent à manger en silence. Pascal, l'aîné, prit la parole le premier :

— Souhaites-tu que nous allions rendre visite à Mère, aujourd'hui ?

Quand leur propre mère était morte, les enfants avaient six et cinq ans, et quand leur père s'était remarié trois ans après, en 1963, ils avaient pris l'habitude d'appeler Mère la nouvelle venue.

— Non, j'irai tout à l'heure, moi-même. Vous n'avez pas de temps à perdre. N'oubliez pas que le lancement du *Paul-André* est prévu pour dans trois jours et qu'on a pris du retard. Il faut que vous secouiez sérieusement le chef de chantier.

49

— Mais cela fait plusieurs jours que nous ne sommes pas allés à l'hôpital. Cela va faire jaser.

— Faites ce que je vous dis. La seule chose importante est que vous, vous ne jasiez pas à tort et à travers. J'espère que vous n'avez rien raconté à vos femmes. Je me méfie de leurs bavardages. Vous feriez mieux de tout oublier.

— Tu sais bien que tu n'as rien à craindre. Ce qui s'est passé ne sortira pas d'ici. Mais, Papa, est-ce que tu nous diras un jour ce qu'il a…

— Tais-toi. Ce n'est pas ton problème. Moins vous en saurez, mieux cela vaudra. Ce type est un fou. Je ne veux plus en entendre parler. Je ne tolérerai aucune allusion à tout cela, même entre ces murs, et vous le savez très bien. Dépêchez-vous d'aller vous préparer. J'ai du courrier à faire dans mon bureau. Je vous rejoindrai plus tard au chantier.

Quand ses deux fils eurent regagné les étages, Louis Malot resta assis un long moment. Dans la tasse, le café refroidissait. Il émietta distraitement le croissant qu'il avait à peine entamé. Le masque autoritaire et froid qu'il avait arboré devant ses fils sembla brutalement se fissurer. Son front se plissa, et le visage au regard plein de détresse fut alors celui d'un très vieil homme. C'est à ce moment-là qu'on sonna à la porte d'entrée.

Le commissaire et son inspecteur n'eurent pas longtemps à attendre derrière la lourde porte de chêne. Une jeune bonne en blouse rose vint leur ouvrir, et les introduisit dans un grand salon tapissé de tissu beige. La pièce était richement meublée, de fauteuils et canapés de cuir noir, avec des tables basses, des guéridons et un secrétaire visiblement achetés chez des antiquaires haut de gamme. Sur les murs, des peintures hollandaises, et quelques bons tableaux de peintres locaux, représentant des paysages marins ou des bateaux. Une bibliothèque en acajou renfermait des livres reliés en cuir, mais aussi des ouvrages brochés ou des collections de poche, faits pour être lus, pas pour la décoration. Louis Malot les rejoignit rapidement. Son visage avait retrouvé son habituelle arrogance tempérée d'une lueur d'inquiétude. Il savait très bien qui étaient ses visiteurs.

— Commissaire, inspecteur, qu'est-ce qui me vaut l'honneur ? J'espère qu'il n'y a pas eu d'accident sur le chantier, ou que des voyous n'ont pas encore commis dégradations ou vols pendant la nuit ?

— Non, monsieur Malot, il ne s'agit pas du chantier. Nous avons une mauvaise nouvelle à vous annoncer... au sujet de votre femme.

Giffard, inconsciemment, parlait à voix basse, avec de l'onctuosité dans l'intonation.

— Ma femme, s'enquit Malot, qu'est-ce qui lui est arrivé ? Je n'ai eu aucune nouvelle de l'hôpital ce matin ! Qu'est-ce qu'elle a à voir avec la police ? Vous savez qu'elle a eu une attaque ? Elle est paralysée...

Le commissaire dut endiguer le flot de paroles.

— Je suis désolée, monsieur, mais il y a eu un problème cette nuit. Votre épouse est morte.

— Morte ? Mais c'est impossible. Les médecins m'ont dit hier encore qu'elle n'était pas en danger dans l'immédiat. Ils espéraient même qu'elle pourrait reprendre conscience un jour ou l'autre, parce qu'elle n'avait pas de lésion irréversible.

L'homme avait blêmi. Carole remarqua que ses mains s'agrippaient au dossier d'une chaise.

— Je suis désolée de devoir vous annoncer cela d'une manière aussi abrupte, mais elle a été assassinée, ainsi que la garde de nuit.

— Assassinée ? Mais c'est invraisemblable ! On n'assassine pas les gens à l'hôpital ! C'est un malentendu, une erreur...

Il devenait rouge, tout son corps tremblait à présent. Carole avait l'impression de jouer dans un mauvais mélodrame et se dit qu'il fallait aller jusqu'au bout, que ce n'était pas la peine de distiller les informations ni de prolonger la scène.

— Elle a été pendue, vers quatre heures ce matin, à la poignée de la fenêtre de sa chambre. Quant à la garde de nuit, on l'a égorgée.

— Pendue... Mon Dieu, pendue...

L'homme vacilla. Il répéta le mot, encore et encore, comme si cette manière de mourir évoquait pour lui une abomination qui allait plus loin dans l'horreur que le meurtre lui-même. Carole remarqua que les jointures des doigts qui serraient le dossier de la chaise avaient blanchi.

— Excusez-moi, dit-il, les yeux embués. Pouvez-vous me laisser seul quelques minutes ? Après, je me tiendrai à votre disposition pour répondre à vos questions.

Il quitta la pièce, à petits pas. La jeune bonne réapparut et leur demanda s'ils souhaitaient boire quelque chose. Carole opta pour un café, et son patron préféra un cognac. Ils étaient tous les deux très mal à l'aise, et ne prononcèrent pas un mot jusqu'au retour de Louis Malot, quelque dix minutes plus tard. Il semblait avoir repris ses esprits, s'était rafraîchi le visage, recoiffé et tentait de se redresser. Mais c'était visiblement un homme meurtri qui s'assit en face d'eux, dans un confortable fauteuil de cuir.

— Je vous écoute.

— Monsieur Malot, nous sommes désolés de devoir vous importuner en ces moments tragiques, mais ce crime est incompréhensible. Nous ne savons pas pourquoi deux femmes ont été assassinées et, surtout, pourquoi elles l'ont été de manière différente. Dans le cas de votre épouse, la mise en scène macabre fait penser à l'œuvre d'un fou. Si cette information peut vous aider, le médecin légiste pense qu'elle n'a pas repris conscience, et ne s'est donc pas rendu compte de ce qui lui arrivait. Dites-nous tout ce que vous pensez pouvoir nous être utile sur votre épouse. Quelqu'un lui en voulait-il, à elle ou à votre famille ?

— Vous savez sans doute que Jeanne est — était — ma seconde femme. La mère de mes fils est morte très jeune, d'un cancer. En 1963 j'ai eu un grave accident de voiture, dans la région parisienne, et j'ai passé plusieurs semaines dans un hôpital de la capitale. C'est là que j'ai connu Jeanne.

La voix de Louis Malot trembla quand il prononça le prénom. Il s'agita dans son fauteuil, secoua la tête.

— Je compte que ce que je vais vous dire restera entre nous. Elle était alors elle-même hospitalisée à la suite d'une tentative de suicide. Elle est restée longtemps entre la vie et la mort. Ne me demandez pas pourquoi elle avait cherché à mourir, elle n'a jamais voulu me le dire, et je n'ai pas souhaité la forcer à remuer des souvenirs pénibles. Vous connaissiez ma femme, commissaire. Vous savez quelle classe elle avait. Alors, imaginez à quel point, à trente-six ans, elle était superbe.

Giffard acquiesça, mal à l'aise. Le vieil homme se leva, commença à arpenter la pièce et continua sans regarder ses interlocuteurs :

— Je suis tombé follement amoureux, et nous nous sommes mariés dès que je suis rentré à Marville. Avant de me connaître, elle était secrétaire mais, évidemment, elle n'a plus travaillé après notre mariage. Elle a élevé mes enfants, qui l'adoraient, avec beaucoup d'amour et de compétence.

— Et vos éventuels ennemis ?

Carole nota chez son interlocuteur une hésitation presque imperceptible. Il secoua la tête, comme pour chasser une pensée inopportune.

— J'ai sûrement beaucoup d'ennemis, soupira le vieil homme, comme tous ceux qui ont réussi et ont un engagement politique. Mais qui aurait pu vouloir s'attaquer à une femme de soixante-dix ans, qui n'avait d'autres activités que celles inhérentes à sa qualité d'épouse d'un homme en vue ? Qui plus est, une femme diminuée par une attaque cérébrale, gisant sans défense sur un lit depuis de longues semaines. Non, elle n'a jamais fait de mal à personne.

Le ton était péremptoire, l'homme avait retrouvé toute sa combativité. Il sembla hésiter, puis ajouta :

— Je ne vois qu'une solution. C'est moi qu'on a voulu atteindre, en tuant ma femme d'une manière aussi ignoble. Vous devriez chercher du côté des quelques bons à rien que j'ai flanqués à la porte récemment, ou des loubards contre qui j'ai porté plainte il y a quelques mois, parce qu'ils s'étaient introduits sur le chantier, la nuit, pour voler du matériel. Pour les employés virés, voyez mon secrétariat. Pour les voleurs, commissaire, vous avez leurs noms. Quant à mes adversaires politiques, je les vois mal commettre ce type d'acte crapuleux, même s'il leur arrive de me vouer aux gémonies.

— Nous ne négligerons aucune piste, affirma Carole. Autre chose, le nom d'Anne-Marie Dubos vous dit-il quelque chose ?

— Non, qui est-ce ?

Ou bien il était excellent comédien, ou bien, vraiment, il n'avait jamais entendu prononcer le nom de la garde de nuit.

— C'est la jeune femme qui a été tuée cette nuit, à peu près au même moment que Mme Malot. Elle assurait la surveillance du service.

— Peut-être avait-elle vu l'assassin. Pourquoi autrement aurait-on tué cette pauvre fille ?

— Parce qu'il y avait une raison pour tuer votre femme ?

La colère empourpra les joues de l'homme.

— Je n'ai pas dit cela. Cette personne laisse-t-elle une famille ?

— Deux enfants, sans père, je crois.

— Si je peux faire quelque chose...

— Merci, monsieur. On vous tiendra au courant. Mais permettez-moi une autre question, insista-t-elle. Pourquoi avez-vous laissé votre épouse dans le service « long séjour » de l'hôpital public, alors qu'il me semble — excusez-moi — que vous avez les moyens de la placer dans un établissement privé beaucoup plus luxueux ?

La réponse fut apparemment spontanée :

— Parce que j'ai une confiance totale dans les médecins de l'hôpital de Marville. Mon épouse était très bien soignée, et n'avait de toute façon absolument pas conscience du cadre qui l'entourait. J'appréciais aussi la proximité de cet établissement de ville, qui me permettait de me rendre fréquemment à son chevet.

— Nous n'allons pas vous déranger plus long-temps, conclut le commissaire. Permettez-moi de vous présenter toutes mes condoléances. Nous serons sans doute amenés à revenir vous voir, mais nous nous efforcerons de vous déranger le moins possible. Si vous souhaitez vous rendre à l'hôpital, j'ai le regret de vous dire que le corps de votre épouse a été déposé à la morgue. L'autopsie est indispensable. Nous vous préviendrons quand on pourra vous la rendre, pour que vous organisiez ses obsèques. Au revoir, monsieur.

Un pâle soleil avait succédé au brouillard de la veille. Les cimes des sapins du parc s'inclinaient doucement vers la pelouse. Au pied de la falaise sur laquelle était bâtie la maison, la mer avait des ondulations vert pâle, et l'écume y jetait des éclairs d'acier. Les gravillons de l'allée crissaient sous les pas des policiers qui regagnaient la voiture. Sur le chemin du retour, Paul Giffard interrompit la méditation silencieuse de Carole.

— Votre avis ?

— Je ne sens pas ce type. Je crois qu'il est sincèrement bouleversé par la mort de sa femme, mais en même temps j'ai l'impression qu'il cache quelque chose. Il en sait plus que ce qu'il nous a dit.

— C'est possible, mais n'oubliez pas qu'il a le bras long. Vous allez devoir manœuvrer en douceur. Que comptez-vous faire, à présent ?

— Je vais attendre le retour d'Alain, pour savoir ce qu'il a récolté du côté de la garde de nuit, et les résultats des autopsies. Il y a aussi le calepin, qui peut nous apporter des indices. Je vais demander aux techniciens d'essayer de reconstituer le numéro écrit sur la page arrachée à l'aide des incrustations sur la page suivante. Je vais aussi étudier de près le message griffonné.

— Et si les deux meurtres n'étaient pas liés ?

— C'est improbable. Cela serait un hasard invraisemblable. Ce qui me perturbe, c'est qu'effectivement ils ne se ressemblent pas. L'un pourrait être improvisé, commis dans l'urgence, alors que la pendaison implique une mise en scène probablement préméditée. Il y a là une théâtralité qui ne peut être fortuite. Le tueur a apporté la corde et le couteau, que l'on n'a pas retrouvé sur place. On ne sait pas non plus avec quoi la garde de nuit a été frappée à la tête. Mais le couteau pouvait être prévu, à l'origine, simplement pour couper la corde. On peut émettre l'hypothèse que le criminel est venu pour tuer Jeanne Malot, et qu'il a été obligé pour une raison indéterminée de supprimer ensuite Anne-Marie Dubos. Mais après tout, c'est peut-être l'inverse.

Carole récupéra sa Clio au commissariat et, comme Modard n'était pas encore revenu, elle décida de se rendre au chantier naval qui occupait un immense terrain au bord d'un bassin derrière le port de commerce. Elle se fraya un chemin entre les voiliers encore démâtés, posés sur des cales, les coques d'acier, couleur de rouille, que les chalumeaux maniés par des ouvriers en bleu de travail, masques sur les yeux, arrosaient de myriades d'étincelles blanches. Elle longea un chalutier peint en rouge, posé sur son ber, juste devant la descente en ciment qu'il emprunterait bientôt pour rejoindre son élément naturel, l'eau du port. Un homme était en train de peindre des lettres blanches à la poupe, qui formaient déjà PAUL-AND, une tête sortit du poste de pilotage, puis le torse d'un menuisier qui portait deux planches vernies. Les bureaux se trouvaient un peu plus loin, bâtiment blanc, de plain-pied, entretenu avec soin, et même souci d'esthétique. Des jardinières aux fleurs multicolores, qui avaient mystérieusement résisté aux froidures de l'hiver, étaient posées sur le rebord des fenêtres garnies de rideaux orange. Sur la porte, un écriteau invitait à entrer sans frapper. La réceptionniste, assise derrière un bureau métallique, pianotait sur son ordinateur. C'était une femme d'une quarantaine d'années, au chignon blond impeccable, en tailleur fuchsia et chemisier blanc. Carole lui présenta sa carte de police, le sourire s'effaça.

— Qu'est-ce que je peux faire pour vous ?

— J'ai besoin de la liste de toutes les personnes qui ont été licenciées ces derniers mois par votre patron, et si possible que vous m'indiquiez les raisons qui ont motivé ces renvois.

— Si vous voulez... Mais je peux savoir ce qui se passe ? On n'a pas été une fois de plus cambriolés, aux dernières nouvelles !

— Mme Malot a été assassinée cette nuit.

La secrétaire la regarda d'un air stupéfait. Son visage passa du blanc au rouge en l'espace de deux secondes. Puis des larmes remplirent ses yeux.

— Ce n'est pas possible ! Une femme aussi gentille !

— Vous la connaissiez bien ?

— Bien, non, elle venait très rarement avec son mari. Elle était surtout présente lors des cérémonies officielles, comme les baptêmes de bateaux. Lui, il est plutôt dur, mais elle, elle avait toujours un mot gentil pour les employés, prenant des nouvelles des enfants, de la santé. Elle nous connaissait par nos noms, alors qu'elle nous voyait très peu souvent. Elle n'était pas fière… Vous pensez que c'est une vengeance de quelqu'un qui aurait été mis à la porte ?

— Pour l'instant, je ne pense pas. Je vérifie.

— Bon, je vais vous donner la liste.

Il lui fallut un quart d'heure pour sortir de l'ordinateur les renseignements. Tout en travaillant, elle expliqua à Carole que, quelques années auparavant, l'entreprise avait connu une période difficile et que M. Malot avait dû effectuer une compression de personnel. Bien des dents avaient grincé, quand des ouvriers qui travaillaient là depuis parfois plus de vingt ans s'étaient retrouvés au chômage. Les commandes avaient ensuite repris, mais le patron avait tendance à employer systématiquement du personnel temporaire, plus facile à renvoyer.

La liste des licenciements récents comportait six noms. La secrétaire expliqua :

— Cinq d'entre eux avaient des CDD avec période d'essai de deux mois. Les contrats n'ont pas été renouvelés. Pour le sixième, il a été fichu à la porte par le patron qui l'a surpris en train de voler du matériel au moment de repartir chez lui.

— Et les autres ?

— Incompétence, tendance à l'alcoolisme, absentéisme… Ils auraient pu rester, il y a du travail en ce moment, et on a dû en embaucher d'autres. Mais c'étaient des jeunes qui n'avaient visiblement pas vraiment envie de travailler. Enfin, ce que j'en dis, c'est ce que prétendait M. Malot. Moi, je ne suis pas sur le chantier.

Dans la liste que Carole empocha, les noms étaient suivis des adresses. Quatre d'entre eux avaient des consonances maghrébines. Toutes les rues indiquées se trouvaient dans le quartier du Val-Rudel. Le travail de routine allait commencer. Tous ces gens-là avaient intérêt à avoir des alibis pour la nuit du crime. Mais pour l'instant elle devait rentrer à la « boîte », pour taper son rapport.

IV

Alain Modard avait pris le chemin du quartier de Villeneuve, quand il fit demi-tour pour revenir dans le centre-ville et s'arrêter devant le palais de justice. Le juge Paquet, qui était dans son bureau, ne l'importuna pas trop de questions — il avait beau aimer être tenu au courant, il savait que l'enquête démarrait — et lui signa l'ordre de perquisition qui lui permettrait de fouiller l'appartement de la victime.

— Occupez-vous quand même en priorité des enfants, précisa-t-il. S'ils sont partis à l'école, j'enverrai une assistante sociale les prendre en charge. Il va falloir essayer de localiser le père, puisque, d'après ce que vous avez appris, la victime était divorcée. Bon courage.

Alain repartit vers Villeneuve. C'était un faubourg de la ville, sorti de terre dans les années 60, là où il n'y avait que des champs surplombant le port. Quatre grandes barres de huit étages, et des petits immeubles, à quatre niveaux, avaient surgi en peu de temps, et on avait l'impression de constructions jetées au hasard sur le sol, comme des osselets tombés d'une main enfantine. Dans les interstices laissés entre les habitations avaient poussé un bureau de poste, trois écoles et deux collèges, des supermarchés, quelques petits commerces et un square à l'herbe maigre agrémenté d'une aire de jeux, dont le toboggan avait perdu ses couleurs.

Toute la communauté turque, arrivée dans la région au moment où avaient été mises en chantier les deux centrales nucléaires qui entouraient Marville, était regroupée là, mais la cohabitation avec les Normands de souche ne posait pas trop de problèmes. Les Maghrébins, eux, vivaient en majorité à la sortie de la ville, dans le quartier du Val-Rudel, réputé plus difficile, surtout parce que le taux de chômage y était plus élevé. Entre les populations de différentes origines, les heurts n'étaient pas plus nombreux que les contacts amicaux. Chacun vivait chez soi, ignorant son voisin. Si les femmes se retrouvaient dans les magasins, elles communiquaient peu. C'est seulement à l'école, au gymnase ou au foyer de loisirs que les plus jeunes apprenaient à vivre ensemble.

L'immeuble où avait vécu Anne-Marie était l'un des petits cubes. Modard monta jusqu'au troisième par l'escalier. Les murs étaient peints en bleu délavé, et couverts de graffitis et de dessins obscènes. Derrière les portes closes, son passage déclencha de furieux aboiements. Il pesta à l'idée que les gens ne pouvaient s'empêcher de garder des chiens en appartements. Quatre portes donnaient sur le palier du troisième étage. Sur l'une d'entre elles, une carte de visite au nom de Dubos était punaisée. Il sonna, mais n'obtint pas de réponse. Il était neuf heures trente, les enfants devaient avoir rejoint leur école. Au moment où il se dirigeait vers la porte voisine, celle-ci s'ouvrit, et une femme en robe de chambre, dont les cheveux étaient enroulés autour de bigoudis, passa la tête dans l'entrebâillement.

— Vous désirez quelque chose ? Elle est pas rentrée.

La femme avait la voix rauque des grands fumeurs.

— Vous connaissez bien votre voisine ?

— Oui, c'est ma copine. Elle travaille de nuit, à l'hôpital, et je jette un coup d'œil aux gamins, avant qu'ils se couchent. Puis ils savent que s'ils ont un problème quand elle n'est pas là, ils n'ont qu'à venir me prévenir. Vous êtes qui ? J'espère qu'il lui est rien arrivé, parce que d'habitude elle rentre à temps pour faire le petit déjeuner des gosses et les envoyer à l'école. François est venu me chercher à huit heures pour me dire que sa mère était pas là. Je les ai fait déjeuner avec les miens. Ils sont à l'école. Mais je suis pas tranquille. C'est pas le genre d'Anne-Marie de pas prévenir.

— Je crois que j'ai une mauvaise nouvelle à vous annoncer. Inspecteur Modard, se présenta-t-il. Votre amie a eu un problème.

— Un accident ?

— Pas exactement.

Il se balançait d'un pied sur l'autre, affreusement mal à l'aise.

— À vrai dire, lança-t-il, elle a été assassinée cette nuit.

Il se précipita pour rattraper la femme qui s'écroula dans ses bras. La portant à moitié, il pénétra dans l'appartement, et la déposa dans un fauteuil. Elle reprit assez rapidement ses esprits, mais éclata en gros sanglots qui l'étouffaient, la faisaient hoqueter. Elle sortit un mouchoir de la poche de sa robe de chambre et se moucha bruyamment.

Celle-là, au moins, a un vrai chagrin, pensa le jeune policier.

Entre deux crises de larmes, la voisine avait allumé une cigarette. Elle put bientôt parler.

— Mais qui c'est qu'a pu lui faire du mal ? Comment on l'a tuée ?

— Elle a été égorgée.

Il revoyait la tête inclinée, la plaie béante sur le cou, le sang qui s'écoulait encore de la table... La même vision d'horreur secoua l'amie de la pauvre morte.

— C'est pas possible. Elle était pas très causante, Anne-Marie, mais fallait la connaître. Elle en avait bavé. Son mari s'est tiré avec une autre nana, il y a trois ans. Il lui donnait pas un rond. Elle trimait dur pour élever ses gamins. On peut dire qu'ils manquaient de rien, ces deux-là. Personne aurait voulu lui faire de mal, elle s'occupait que de ses affaires. C'est pas possible, c'est pas possible.

Elle réfléchit.

— Vous êtes sûr qu'on l'a pas prise pour une autre ?

— Une autre femme a été assassinée dans le service, cette nuit. Peut-être votre amie a-t-elle surpris l'assassin ?

— C'est sûrement ça. La pauvre. Qui c'est, l'autre ?

— La femme de Louis Malot.

— C'est une rupine, celle-là, on a dû la tuer pour l'héritage, et c'est Anne-Marie qu'aura trinqué !

Alain endigua le flot de récriminations que déversait la brave dame.

— Vous n'avez rien remarqué de particulier dans l'attitude de votre voisine, les jours derniers ?

— Non... sauf que, peut-être, elle avait un drôle d'air, comme quelqu'un qu'aurait eu une surprise, mais qui saurait pas encore si elle est bonne ou pas. Dites, qu'est-ce qu'on va faire pour les garçons ?

— Savez-vous où est leur père ? Il faudra le prévenir. En attendant, une assistante sociale va aller les chercher à l'école et les placer provisoirement dans un foyer.

— C'est qu'il est pas dans le coin. Je crois qu'il habite à Strasbourg, avec sa nouvelle femme. Ils ont eu une petite fille. Il s'est jamais occupé de ses fils, ça m'étonnerait qu'il veuille les prendre. Je les aurais bien recueillis, moi, mais j'en ai déjà trois. Vous devriez plutôt aller voir les grands-parents.

— Les parents d'Anne-Marie ?

— Non, la pauvre, ils sont morts. Les parents du mari. Ils habitent toujours à Marville. Ils prennent pas souvent les gosses, mais ils leur font des cadeaux à Noël et pour leur anniversaire. Lui, il a une bonne place à EDF.

— Vous avez leur adresse ?

— Moi, non, mais vous la trouverez, ou dans les papiers d'Anne-Marie. Lecomte, ils s'appellent. Elle avait repris son nom de jeune fille.

— Je suppose que vous avez les clés de l'appartement ?

— Bien sûr.

Une lueur de méfiance passa dans ses yeux.

— Vous êtes sûr que je peux vous les donner ? Et qui viendra chercher les affaires des enfants ?

— Ne vous tracassez pas. On les accompagnera ici, avant de les emmener ailleurs. Peut-être qu'ils pourront aller chez leurs grands-parents.

65

Il lui montra sa carte de police et l'ordre de perquisition. Elle sembla à la fois rassurée et indignée.

— Vous allez tout fouiller partout ? C'est quand même malheureux.

Modard eut du mal à empêcher la dame, qui avait retrouvé de l'énergie, de le suivre dans le logement voisin. C'était un intérieur modeste, le mobilier était bon marché, mais tout était impeccable et de bon goût. On sentait que l'occupante s'était vaillamment efforcée de donner à ses enfants un cadre de vie agréable. Une fois encore, en pensant à la petite silhouette recroquevillée sur sa chaise, le policier eut le cœur serré. Il pensa un bref instant à sa propre maison, au désordre qui y régnait, mais chassa pour l'instant l'image de son esprit.

Armoire et commode, dans la chambre d'adulte, ne contenaient que des vêtements. Un buffet de salle à manger recelait un service de table aux couleurs vives, des verres, quelques vases. Il s'arrêta devant le secrétaire du coin salon et en ouvrit les tiroirs. Pas de correspondance autre que des factures, quelques publicités, et des relevés de compte-chèques. Il feuilleta rapidement la liasse. Tous les mois, vers le 28, une somme fixe d'un peu plus de sept mille francs était virée, qui devait correspondre au salaire d'Anne-Marie. Mais le regard du policier fut tout à coup attiré par le dernier feuillet. Le 12 janvier, soit trois jours avant le meurtre, un versement de deux mille francs avait été effectué sur le compte.

Modard empocha les papiers et retourna chez la voisine.

— Dites-moi, votre copine, elle jouait au loto, ou à un autre jeu ?

— Certainement pas. Elle avait pas de quoi. On gagne jamais à ces machins-là.

— Bon, merci. Je m'en vais. Je garde les clés. Pour les enfants, on vous tiendra au courant.

Le « capitaine » n'était pas encore rentré du chantier quand Modard se retrouva au commissariat. Il pénétra dans le bureau de sa collègue. Carole n'avait pas eu le temps d'emporter le sac de la garde de nuit au labo. Il y prit le calepin qu'il laissa enveloppé dans le mouchoir. Il y trouva l'adresse et le numéro de téléphone des Lecomte qu'il nota sur un papier. Il sortit également le carnet de chèques et vérifia les talons annotés. Les sommes dépensées étaient modiques et correspondaient à des achats effectués en grande surface, assurément les courses quotidiennes. Anne-Marie n'avait donc pas utilisé les deux mille francs qu'elle avait versés sur son compte. Il faudrait essayer d'apprendre de la banque si elle avait déposé un chèque ou du liquide.

Modard se laissa tomber sur une chaise. Il pensait aux enfants, qu'on avait dû faire sortir de leur classe, à qui l'on venait d'annoncer qu'ils n'avaient plus de mère. Il en était malade. Il ne connaissait pas leurs visages, mais imaginait la détresse dans leurs regards, la même sans doute que celle qu'il lisait dans les yeux de ses propres enfants quand sa femme et lui se faisaient ces scènes continuelles. Il décrocha le téléphone. Une femme répondit. Il se présenta, lui demanda si elle était bien la belle-mère d'Anne-Marie Dubos.

— Ex-belle-mère, répondit-elle sèchement. Qu'est-ce qu'elle a fait ?

La moutarde lui monta au nez.

— Oh, elle n'a rien fait. On l'a assassinée.

Le silence au bout du fil sembla durer une éternité. Puis la voix reprit :

— Quand est-ce arrivé ? Où sont les enfants ?

— C'est pour cela que je vous appelle. Je crois qu'on est allé les chercher à l'école, et qu'ils sont entre les mains d'une assistante sociale, et sans doute d'un psychologue, au foyer de la DDASS. Vous ne pourriez pas y aller ?

— J'y vais immédiatement.

La voix s'était radoucie. Elle ajouta :

— Merci.

Au moment où il raccrochait, Carole entra dans le bureau.

— Venez, dit-elle. On va au labo. Après, on fait une pause déjeuner. Il faudra qu'aujourd'hui ou demain on monte au Val-Rudel. Je vous expliquerai.

— Moi aussi, patron, j'ai découvert quelque chose.

Et il lui parla du versement du 12 janvier.

Carole avait souri quand il l'avait appelée « patron ». C'était la première fois qu'ils partageaient une vraie enquête criminelle, et visiblement Modard se croyait dans l'univers de Maigret. Elle espéra qu'elle ne le décevrait pas, tout en pensant, tristement, que la réalité des meurtres n'avait rien à voir avec le jeu littéraire des romans policiers.

La morgue, dite par euphémisme Institut médico-légal, était cachée dans les sous-sols du centre hospitalier, mais le local attribué à la police technique se trouvait derrière le commissariat, au fond d'une cour goudronnée. Là, travaillaient des flics pas comme les autres, des hommes de l'ombre, qui n'arpentaient pas les rues de la cité mais passaient leurs journées, en blouse blanche, penchés sur des microscopes ou secouant des éprouvettes, des hommes qui sauraient faire parler, dans un silence paradoxal, des empreintes de pied, des cheveux, des fibres textiles, des rognures d'ongles, des taches de sang ou des bouts de papier.

Dans une petite ville comme Marville, ils n'étaient que trois permanents, et l'essentiel de leur travail consistait à tenter d'identifier les noyés rejetés sur le rivage, ou les substances saisies sur les toxicomanes. Ce jour-là, leur excitation était presque tangible. Deux d'entre eux étaient en train de comparer de grandes photos d'empreintes digitales affichées sur les murs et discutaient avec animation. Le troisième étudiait au microscope un morceau de corde. Ils se tournèrent vers Carole et son coéquipier, quand ils entrèrent dans leur antre.

— Salut ! dit l'un de ceux qui contemplaient les empreintes. Rien de neuf à propos de l'arme du crime ? On aurait bien aimé lui dire un mot ! En tout cas, ce n'est pas un couteau pris dans le service. D'abord, ils ne sont pas assez tranchants, de plus il n'en manque aucun. On est retournés à l'hosto, on a les empreintes de tout le personnel présent aujourd'hui, ainsi que celles des pensionnaires, de l'infirmière de nuit et des victimes. Dans la salle de soins, une ou deux empreintes non identifiées. Par contre, il y en a plein les chambres, mais il passe des tas de visiteurs tous les jours. Je vois mal comment on pourrait les répertorier. Quant à la texture de la corde, elle ne retient pas les empreintes. Par contre la corde elle-même nous a parlé !

— Racontez vite !

69

— Vous pouvez trouver la même dans n'importe quel Brico ou Castorama… Mais celle-ci a certainement été utilisée comme écoute sur un bateau. Des particules de sel y sont collées : elle a dû tremper dans l'eau de mer. Elle porte aussi des traces de rouille, et l'extrémité qui était nouée à la fenêtre était arrêtée par une épissure. L'autre extrémité a été coupée avec un instrument tranchant, mais… et c'est le plus important, on y a découvert des traces de sang.

— Le meurtrier aurait donc accès à un bateau… et si le couteau était taché de sang, cela pourrait vouloir dire que la garde de nuit a été égorgée avant que Jeanne Malot ne soit pendue.

— Mais alors, dit Modard, cela exclurait l'hypothèse qu'elle est morte parce qu'elle avait vu l'assassin ?

— Pas forcément. Mais si elle l'a vu, il n'avait pas encore tué la vieille dame.

— En tout cas, les traces de sang prouvent qu'il n'y a qu'un tueur.

— Si le sang est bien celui d'Anne-Marie Dubos.

— On va très vite le savoir. Charvet, le légiste, vient de commencer les autopsies. Il va nous faire parvenir des échantillons de sang. Au fait, il vous fait dire que vous aurez son rapport en fin d'après-midi.

— Parfait. Avez-vous une idée de la façon dont l'assassin s'est introduit dans les lieux ?

— Pas de traces d'effraction dans les étages, mais la serrure de la porte vitrée du rez-de-chaussée a dû être forcée. Les traces se voient à peine, et c'était un jeu d'enfant avec n'importe quel tournevis. On peut entrer là-dedans comme dans un moulin. Pas d'empreintes lisibles, trop de monde a touché à cette porte.

— On a autre chose pour vous. Vous avez intérêt à jouer les Rouletabille, dit Carole.

Et elle leur donna le calepin, expliquant ce qu'elle attendait.

— Cela va être dur. Le crayon n'a pas été appuyé très fort. Enfin, on va essayer.

— Vérifiez aussi les empreintes. Autre chose : il y a une phrase bizarre, quelques pages avant la fin. L'écriture est mal formée, comme si on avait écrit dans l'urgence et peut-être même debout. Assurez-vous que c'est la même main qui a rédigé ce texte et les adresse et listes de courses. Et grouillez-vous…

— On n'est pas graphologues !

— Trouvez-en un, débrouillez-vous. Pour une fois que vous avez quelque chose à faire !

Ils aimaient bien Carole, et éclatèrent de rire, sans se formaliser de la rudesse du ton.

— O.K. On s'y met, et on vous tient au courant.

La matinée s'achevait. Carole s'était installée devant la machine à écrire pour la corvée du rapport sur les constatations. Elle avait terminé. Généralement, elle rentrait déjeuner chez elle et Alain Modard se contentait d'un sandwich et d'une bière pris dans un bar du port où il avait ses habitudes. Mais ce jour-là, ils n'avaient pas envie de se quitter. Et ils avaient besoin de faire une pause. Ils décidèrent donc de s'offrir un restaurant.

— Où on va, « capitaine » ? McDo, pizza, ou moules-frites ?

— Ni l'un ni l'autre, « mon lieutenant », répondit-elle, entrant dans le jeu. Langouste et turbot.

Ils s'installèrent finalement dans l'arrière-salle du « Grand Chalut », un bistrot sympathique, essentiel-

71

lement fréquenté par les pêcheurs, et dont les murs étaient tendus de filets dans les mailles desquels étaient accrochées des carcasses de crabes et des étoiles de mer. On y mangeait le plat du jour, généralement du poisson, que la patronne cuisinait avec amour pour ses protégés. On y buvait sec aussi, pour se donner du cœur avant de reprendre la mer, et le café était systématiquement servi « arrosé ». Quand les deux policiers avaient pénétré dans la première salle, qui servait surtout de bar, les conversations avaient brutalement cessé. Au comptoir, les hommes en bottes et pulls marins avaient dévisagé les nouveaux venus, sans hostilité notable, mais avec une curiosité mal dissimulée. Maintenant qu'ils étaient installés au fond de l'établissement, le brouhaha des conversations avait repris, et Carole et Alain percevaient des bribes de phrases qui prouvaient que, si tous les détails n'étaient pas encore connus, puisque les quotidiens du jour étaient déjà dans les kiosques quand on avait découvert les corps, des rumeurs qui évoquaient les Malot, l'hôpital et un mystérieux assassin commençaient à se répandre à travers la ville.

Carole regarda avec amusement Modard dévorer son plat avec l'enthousiasme d'un gosse devant un gâteau au chocolat. Elle-même se surprit à retrouver le plaisir de manger, qu'elle croyait avoir définitivement perdu, comme tous les autres plaisirs. Depuis son arrivée à Marville, elle s'efforçait de survivre au jour le jour, mesurant ses gestes, accomplissant son travail mécaniquement, avec l'impression qu'elle évoluait dans un film passé au ralenti. Elle donnait l'apparence de vivre tout à fait normalement mais, en fait, avait mis entre le monde réel et sa conscience une sorte de vitre qui agissait comme un anesthésiant. Elle accordait à son entourage une politesse de façade, mais les autres lui étaient, au fond, complètement indifférents. Elle avait plusieurs fois travaillé avec Modard, mais ne savait rien de lui. Elle le regarda cette fois avec une attention réelle. Il était encore très jeune, mais commençait à prendre de l'embonpoint. Sa bouille ronde, aux joues roses parsemées de taches de rousseur, surmontée d'une tignasse blonde, frisée, souvent hirsute, lui donnait un aspect enfantin, insouciant, mais son regard était rarement gai, il y avait en lui quelque chose d'un animal traqué.

Comme si le monde extérieur retrouvait une certaine consistance, une réalité qui ne fût pas forcément blessante, elle eut envie d'en savoir plus sur le jeune homme, de lancer une vraie passerelle entre elle et lui. Elle alluma une cigarette et, à brûle-pourpoint, lança :

— Dites-moi, Alain, pourquoi êtes-vous entré dans la police ?

Il la regarda, étonné. C'était la première fois qu'elle s'intéressait à autre chose qu'aux enquêtes en cours.

— Par désespoir, répondit-il. J'ai échoué trois fois au concours de la magistrature. Je voulais être juge pour enfants. J'ai fini par passer un concours d'inspecteur. Ma femme ne me l'a jamais pardonné, ajouta-t-il, d'une voix étouffée. Elle déteste les flics, elle déteste surtout les salaires des flics…

Carole n'osa pas s'aventurer plus loin, dans ce qu'elle devinait un douloureux constat.

— Vous avez des enfants ?

— Oui, une fille et un garçon. Quatre et trois ans. Sans eux…

Il ne termina pas sa phrase, et enchaîna :

— Et vous, comment êtes-vous devenue flic ?

— Par idéalisme… idiot, sans doute. Je faisais une maîtrise de droit, au moment des grandes manifestations de 86 contre la loi Devaquet. J'étais là quand on a tabassé Malik Oussékine. J'ai voulu entrer dans la police pour changer les choses de l'intérieur… C'était bien présomptueux ! Mon ami, qui n'était pas encore mon mari, a tout fait pour me faire changer d'avis. Mais vous savez, je suis d'origine bretonne, je suis têtue… Lui a choisi l'autre camp. Il était avocat.

Un silence s'établit. Modard regarda subrepticement la jeune femme, dont les yeux s'étaient remplis de larmes. Mais il pensa, malgré sa gêne, que c'était une bonne chose qu'elle pût enfin parler de sa vie d'avant, évoquer l'homme qu'elle avait perdu. Il fut envahi d'une bouffée de tendresse, mais sut ne pas la montrer. Il se rappela le difficile retour à la vie de l'héroïne incarnée par Juliette Binoche, dans le film *Bleu*. Il eut envie de serrer la main de Carole, mais, intuitivement, il comprit qu'il ne valait mieux pas. Il ne laissa pas s'appesantir le silence :

— Vous verrez, on le trouvera le salaud qui a fait cela. À nous deux, on vaut bien tous les Rouennais, et même la PJ de Paris !

Ils terminèrent leur repas en programmant les activités de l'après-midi. Ils n'allaient pas chômer.

J... s'est pendue. Maintenant, il reste les autres. Je regrette seulement d'avoir été obligé d'ajouter la femme blonde à l'histoire. Elle ne devait pas en faire partie. Si seulement elle n'avait pas tant bavardé. Si elle n'avait pas prononcé ce mot... Je crois qu'il aurait été possible d'agir sans qu'elle m'entende. Elle dormait.

Ce qui m'ennuie le plus, c'est de ne pas pouvoir reconstituer l'histoire dans l'ordre. Mais est-on sûr que Dieu a créé le monde dans une progression logique ? Moi, je vais fabriquer les pièces du puzzle les unes après les autres. Et puis, je les remettrai à leur place, et alors, tout sera dit.

Quand j'ai découvert que les mythes ne se reproduisaient pas éternellement seulement dans l'imaginaire des hommes, mais aussi dans la réalité, il a bien fallu que j'agisse. Sinon, la malédiction aurait continué à frapper.

Je suis détenteur du plus terrible des secrets : les mythes peuvent encore s'incarner. Au cours des siècles, ils n'ont rien perdu de leur force de destruction, et les hommes se trompent qui croient pouvoir vaincre le destin. Moi seul puis le corriger. Elle sera épargnée parce que les autres mourront et emporteront son secret dans leur tombe. Je jure qu'on ne me la volera pas et qu'elle ne saura jamais. Par son innocence, elle triomphera de la malédiction.

Les autres vont bientôt disparaître, vaincus par la haine que j'ai instillée dans leurs cœurs, ou par mon bras armé pour la vengeance. Bientôt, plus personne ne pourra parler, et la police ne comprendra jamais rien. Je ne crois pas à la justice des hommes. Moi seul ai le pouvoir d'anéantir la puissance du mythe.

V

De retour dans son bureau, Carole trouva un mot
posé à côté du téléphone. Elle devait rappeler d'urgence le numéro noté par le gardien de permanence.
Au bout du fil, une voix de femme se présenta :

— Excusez-moi de vous avoir dérangée. Nous
nous sommes vues ce matin. Je suis la secrétaire des
Établissements Malot. Vous m'avez demandé la liste
du personnel qui avait été licencié, mais j'ai omis un
renseignement qui a peut-être de l'importance. Vous
savez, normalement, M. Pascal est responsable de la
bonne marche du chantier, un contremaître, en quelque sorte, et M. Étienne plutôt chargé du secteur ventes : recherche de marchés, relations avec les clients,
etc. Mais depuis un an, M. Louis avait embauché un
vrai directeur commercial, Olivier Marek. Je crois
qu'il l'avait plus ou moins soufflé à un concurrent. En
tout cas, il est arrivé chez nous peu de temps après
le Salon nautique de décembre 96. Hiérarchiquement,
il était considéré comme le numéro deux de la boîte.
M. Étienne avait plutôt mal pris la chose. Enfin, ce
que je voulais vous dire, c'est qu'Olivier Marek n'a
pas réapparu depuis plus d'un mois, et que j'ai été
chargée de lui préparer son compte, avec des indem-

nités de licenciement très importantes. Le patron ne m'a donné aucune explication.

« On a tous été étonnés parce que ce type était très fort, et que, depuis son arrivée, le carnet de commande ne désemplissait pas. Je ne les ai jamais entendus se disputer, mais...

— Mais ? (Carole avait senti une réticence.)

— Je ne sais pas si je dois me mêler de ce qui ne me regarde pas. Enfin, j'aime autant vous raconter. De ma fenêtre, j'ai assisté à une scène bizarre. Vous savez que Mme Malot ne venait presque jamais au chantier. En tout cas, je ne l'avais jamais vue avec Marek, et les Malot ne sont pas du genre à inviter les employés chez eux. Donc, je ne peux pas dire si elle le connaissait. Toujours est-il qu'il y a deux mois environ, disons fin novembre, je les ai aperçus ensemble, dans la cour. Leur discussion semblait très animée, ils faisaient de grands gestes. Je dirais que Jeanne Malot avait l'air suppliante, et Marek plutôt furieux. D'ailleurs, les jours suivants, il avait une drôle de tête. C'est tout ce que je sais.

— Merci de m'avoir prévenue. Pouvez-vous me donner l'adresse du directeur commercial ? Savez-vous s'il est encore à Marville ?

Carole nota l'adresse. Mais la secrétaire ignorait si l'homme avait quitté la ville. Elle ajouta :

— C'était un très bel homme, au type méditerranéen, d'un peu plus de cinquante ans. Je crois qu'il a une fille, mais je ne l'ai jamais vue. On l'a bien regretté. M. Étienne n'est pas aussi dynamique !

— Est-ce que M. Malot est au chantier ?

— Oh, non, le pauvre. On ne l'a pas vu aujourd'hui. Il aimait tant sa femme ! Il n'y a que M. Pascal.

Vous comprenez, le *Paul-André* doit être lancé très prochainement. Il faut faire accélérer les travaux.

La conversation se termina par des promesses de se tenir mutuellement au courant — Carole ménageait toujours ses informateurs ! — et elles raccrochèrent, contentes l'une de l'autre.

Au patron, à présent. Il eût été plus correct de se présenter à la propriété, mais sa présence n'y serait sans doute pas bienvenue. Carole préféra décrocher à nouveau le téléphone. Une voix féminine répondit.

— M. Louis Malot est-il là ? demanda Carole, après s'être présentée.

— Mon beau-père se repose. Il vient de rentrer de l'hôpital, et est passé aux pompes funèbres. Il est très éprouvé. Est-il indispensable de le déranger ?

— Oui, madame. Juste une ou deux questions à lui poser, je ne l'importunerai pas longtemps.

— Très bien, ne quittez pas.

Il se passa peu de temps avant qu'un « Allô » irrité ne retentît dans l'écouteur.

— Vous avez du nouveau ? dit la voix, impatiente.

— Pas encore. L'enquête ne fait que commencer. Juste quelques questions. Votre femme avait-elle eu des enfants, avant de vous connaître ?

— Non.

La réponse, sèche, n'appelait aucun commentaire.

— Pouvez-vous me dire ce qui a provoqué la commotion qui l'a laissée paralysée ?

— Les médecins disent qu'elle a dû avoir peur de quelque chose. Nous l'avons retrouvée sans connaissance dans le salon. C'était début décembre. Il y avait un violent orage. Ma femme avait très peur de l'orage.

— Il n'y avait donc personne à ses côtés quand cela s'est produit ?

— Non.

Encore une fois, un seul mot péremptoire, fermant la porte à tout développement. Pourtant Carole, sans savoir pourquoi, avait l'impression qu'il lui mentait.

— Parlez-moi d'Olivier Marek.

Le silence sembla durer une éternité. Carole regretta de ne pas s'être rendue sur place, pour voir l'expression de son interlocuteur.

— Sans intérêt. Un cadre de la boîte qui a commis des malversations. Je l'ai viré, et il a eu de la chance que je n'aie pas porté plainte.

— Une dernière chose, monsieur Malot. Les mots « antidote » ou « Antigua » vous disent-ils quelque chose ?

— Je sais ce qu'est un antidote, et Antigua doit être une île des Antilles. Mais quel rapport avec la mort de ma femme ?

— Et « Antigone », monsieur Malot ?

Cette fois, le hoquet de surprise fut perceptible à l'autre bout du fil, et Carole regretta encore plus d'avoir téléphoné au lieu de s'être déplacée. Mais elle devinait le désarroi de son correspondant, qui répondit pourtant :

— Aucune idée. À quoi vous jouez ?

— À rien, excusez-moi de vous avoir dérangé. Je vous laisse vous reposer.

Alain Modard la rejoignit. Il semblait inquiet.

— Je viens de téléphoner à ma femme. Je voulais la prévenir que je rentrerais tard. Elle n'est pas là. Elle m'avait dit qu'elle ne bougerait pas aujourd'hui. On attend un plombier.

80

— Ne vous tracassez pas, elle a pu avoir une course à faire...

Cela ne sembla pas le rassurer. Mais son regard reprit tout son éclat quand Carole lui dit :

— À propos, je crois qu'il faut s'intéresser à Antigone, plutôt qu'à Antigua.

Elle lui parla de la réaction de Malot au téléphone.

— C'est qui, Antigone ?

— J'ai une petite idée, mais on va se renseigner plus précisément.

Dans la grande maison, au bord de la falaise, le silence régnait. La bonne, à la cuisine, nettoyait l'argenterie en reniflant. Madame n'était pas toujours commode, mais tout de même, mourir comme ça ! On avait hésité à remettre les enfants à l'école, mais finalement leurs parents avaient pensé qu'ils seraient mieux en classe que dans la demeure endeuillée, et qu'ils ne dérangeraient pas leur grand-père. De toute façon, les journaux n'avaient pas encore parlé des meurtres, et il était peu probable que leurs copains fussent au courant. Pascal avait une fille de dix ans, et Étienne, trois garçons de onze à six ans.

Les épais tapis assourdissaient le bruit des pas de Caroline, qui, dans le salon de sa belle-sœur Florence, tournait en rond comme un écureuil en cage. Le rez-de-chaussée, qui comportait la grande salle à manger, les pièces de réception et un appartement privé, était le domaine du couple le plus âgé. Le premier étage avait été divisé en deux logements pour les fils. Au second étaient aménagées, outre une salle de jeux pour les enfants et une salle de billard, les chambres des employés qui vivaient sur place. Si la salle de séjour de Florence était confortable, elle ne présentait pas le luxe ostentatoire qui s'étalait en bas. Il y régnait même un certain désordre, attestant que vivaient là trois petits garçons. Les deux femmes, très différentes, avaient pourtant établi entre elles une relation de complicité obligée, conscientes que seule une alliance indéfectible leur permettrait d'échapper quelque peu à la tyrannie de leur beau-père, à l'atmosphère étouffante dans laquelle elles étaient confinées.

— C'est abominable ! Qui a pu lui faire un truc pareil ? Pourquoi a-t-on tué Jeanne ?

L'épouse de Pascal avait une silhouette élancée et gracile, de longs cheveux noirs qui retombaient en vagues souples sur ses épaules. Mais la fille du Val-Rudel, sur le passage de qui sifflaient tous les garçons, avait appris, dans le giron de la famille Malot, à évoluer avec distinction, à s'habiller avec une élégance que lui permettait la générosité de son mari. Même en jean, accompagné, il est vrai, d'un chemisier de soie verte, elle avait de la classe. Florence, au contraire, n'avait jamais été jolie, et ses trois maternités successives avaient à tout jamais arrondi son ventre et ses hanches. Elle portait d'ordinaire des jupes amples et de grands pulls informes, privilégiant le confort à la coquetterie.

Elle eut un sourire las.

— Comment veux-tu que je le sache ? Je ne comprends pas plus que toi. Même si nous savons que notre belle-mère n'était pas tout à fait la femme que Marville connaissait, elle ne méritait pas cette fin horrible.

— C'est vrai. Je ne l'adorais pas, mais finalement elle nous fichait plutôt la paix.

— J'ai toujours pensé qu'elle cachait quelque chose. Mais elle avait un art extraordinaire pour apparaître à l'extérieur, ou lors des soirées, comme la parfaite et digne épouse de M. le conseiller général. Quelle classe elle avait encore !

— Qui aurait pu se douter qu'elle buvait en cachette ? Souviens-toi de ces dîners de famille où elle avait grand-peine à tenir sur sa chaise.

— Louis a toujours fait celui qui ne voyait rien. Je suis sûr pourtant qu'il était furieux. Il lui passait tout. Imagine, si ça avait été Étienne ou Pascal ! Quelle scène on aurait eue !

— Tu sais à quoi je pense ?

— Dis.

— Elle avait changé depuis un an environ. Je la trouvais moins abattue, pas moins déprimée, mais comme excitée par quelque chose. Elle sortait plus. Et je l'ai vue plusieurs fois en ville, dans le quartier du Bout du Quai, avec un type blond. Elle l'a même reçu ici. Je l'ai rencontré dans le hall. Crois-tu que tout cela puisse avoir un rapport avec sa mort ? Devons-nous en parler ? Est-ce qu'Étienne t'a dit quelque chose ?

— Non, tu sais bien que nous ne sommes pas dans le secret des dieux. Il s'est contenté de me répéter la même chose. Version officielle : personne n'est venu ce jour-là, nous n'avons rien entendu sauf le tonnerre et nous avons retrouvé Jeanne évanouie dans le salon. Laissons-les faire. Pourquoi nous mêlerions-nous de leurs histoires ?

— J'ai peur, Flo. Il se passe des choses qui nous échappent. Je ne supporte plus cette maison, j'ai l'impression que d'autres catastrophes vont se produire.

— Que veux-tu qu'il nous arrive ? De toute façon, nous n'avons aucun pouvoir sur les événements. Le mieux que nous ayons à faire, c'est de nous taire. Crois-tu que les flics vont nous interroger ?

— Je pense. Mais je ne dirai rien. N'empêche, j'aimerais bien savoir qui était là le soir où Jeanne a eu sa commotion cérébrale. Il a dû se passer quelque chose de grave. Rappelle-toi comme ils criaient, tous.

— Oui, jusqu'au silence final... et puis on a entendu cette voiture qui partait en trombe, et le médecin est arrivé peu après. Puis l'ambulance.

— Et l'on nous a fait descendre au salon, en nous disant que Louis venait d'y trouver Jeanne... Ils nous traitent comme des demeurées !

Caroline sourit, rêveusement.

— Qui aurait pu croire que je finirais par détester cette vie ? J'en ai marre des réceptions, des dîners en ville, j'en ai marre d'être surveillée, de devoir faire attention à tout ce que je dis... J'en ai marre d'être mariée à un lâche qui tremble comme un gamin devant son père. Tu te rappelles notre double mariage ? Les deux frères en smoking noir, nous en robe blanche à traîne ! Moi, la petite nana, fille de prolo, qui épousait le riche héritier, je n'aurais donné ma place pour rien au monde quand on est sortis de l'église et que les gens de Marville me reluquaient avec envie... J'avais même peur que ma mère ne fasse des gaffes. Quelle conne j'étais ! Toi, au moins, tu sortais d'une famille bourgeoise, tu avais l'habitude des mondanités !

— Oui, moi j'étais la fille laide qu'ils étaient bien contents d'avoir enfin casée !

— N'exagère pas ! Étienne ne t'a quand même pas épousée de force ! Tu sais, aujourd'hui je donnerais

84

n'importe quoi pour avoir ma propre maison. Même un petit appartement, mais être chez moi, faire ce que je veux, aller tranquillement prendre un pot, ou emmener ma gamine à l'école. Tu te rends compte que l'année prochaine ton aîné et ma fille vont se retrouver pensionnaires à Rouen dans une boîte privée, alors qu'ils auraient pu aller au collège comme les autres gosses et rester avec nous. J'en suis malade. J'ai vraiment envie de me tirer d'ici.

— Tu n'en es pas capable. Tu te retrouverais sans un sou. Ils s'arrangeraient pour ne te donner que le minimum. Tu n'as jamais travaillé, tu n'as aucun diplôme, tu sais bien que tu es coincée. Et puis, tu ne te débrouilles pas si mal pour faire ce que tu veux.

Caroline jeta à sa belle-sœur un regard interrogateur. Florence la fixa, intensément, et dit :

— Ton époux est au courant. Il veut casser la gueule à Étienne.

Caroline, interloquée, bafouilla :

— Au courant de quoi ? Qu'est-ce que tu racontes ?

— Ne fais pas l'idiote. Il y a des mois que je sais que tu couches avec mon mari. Mais cela m'est égal. De toute façon, Étienne ne me touche plus depuis la naissance de Matthieu. À la limite, j'aime autant que ça ne sorte pas de la maison. Je savais que tu ne pourrais pas t'en empêcher. Ce qui m'ennuie, c'est que Pascal vient de l'apprendre. Il me l'a dit. Je voudrais bien savoir quel est le salaud qui l'a mis au courant. Vous n'avez sans doute pas été discrets.

La ronde des pieds sur la moquette blanche reprit de plus belle. Le teint de la jeune femme avait pâli. Elle se demanda un moment si elle devait s'indigner, opposer à sa belle-sœur de véhémentes dénégations.

Mais Florence n'avait même pas l'air en colère et son visage restait placide.

— Comment l'as-tu su ?

— D'abord, ton parfum, ma chère. Et puis, Étienne a fini par me le dire. Cela fait partie de ses petits plaisirs d'essayer de m'humilier en privé. Il se venge sur moi des humiliations que lui fait subir son père.

— Tu m'en veux ?

— Je ne sais pas. Un peu, sûrement. Mais j'ai besoin de toi, comme tu as besoin de moi, alors je ne peux pas me permettre de me fâcher. Mais tu n'as pas répondu à ma question : comment quelqu'un a-t-il pu savoir ?

— On a pu nous voir rentrer dans un hôtel...

— À Marville ? Vous êtes fous !

— Non, à Rouen. On se retrouvait quand Étienne avait des clients à voir, et moi des courses à faire. Comment tout cela va-t-il se terminer ?

— Tu sais qu'il y a toujours eu rivalité entre Étienne et Pascal. Ou bien cela ne changera rien, ou bien leur haine va s'aggraver. Et alors...

— Je sors, dit Caroline. J'ai besoin de prendre l'air.

Au même moment, Carole Riou et Alain Modard franchissaient à nouveau les portes des Prairies. À cette heure de l'après-midi, ils eurent du mal à reconnaître les lieux qu'ils avaient quittés le matin. Si les couloirs restaient éclairés à la lumière électrique, la salle commune était traversée par les rayons du soleil d'hiver que les larges baies vitrées laissaient généreusement pénétrer. La pièce, immense, était pleine de monde. Un gros poste de télévision trônait sur une étagère haut placée, et diffusait un feuilleton américain. Le son, au maximum, couvrait le brou-haha des voix. Certains patients étaient à demi cou-chés dans des fauteuils de repos, les hommes en survêtements, les femmes en robes, avec leurs pau-vres jambes variqueuses posées sur des poufs, et leurs pieds enflés chaussés de charentaises éculées.

La plupart d'entre eux somnolaient, la tête sur le côté, la bouche ouverte. Parmi ceux qui étaient en fauteuils roulants, certains se déplaçaient à la force des poignets, zigzaguant entre les tables recouvertes de Formica vert, comme des fourmis, s'arrêtant ici ou là, pour invectiver un dormeur, ou frapper d'un coup sec sur le bras d'un de leurs semblables. Un homme aux cheveux noirs, hirsutes, était assis à une table, la tête reposant sur ses bras, et chantait des cantiques. Deux femmes déambulaient, l'une derrière l'autre. Quand elles arrivaient à la porte ouverte, elles faisaient demi-tour, comme si elles avaient rencontré un obstacle insurmontable, et reprenaient leur ronde infernale, leur va-et-vient dérisoire. La plupart des yeux semblaient ne rien voir, ne plus rien regarder, hagards et fixes, comme si les âmes enfermées dans ces corps difformes avaient définitivement rencontré le néant. Des visiteurs, assis sur des chaises inconfor-tables, tenaient les vieilles mains décharnées, mais ne trouvaient plus rien à dire, après le « ça va ? » obligatoire.

On avait fait, pourtant, des efforts de décoration, pour rendre l'endroit moins sinistre. Aux murs étaient punaisées des reproductions de tableaux célèbres, des bouquets de fleurs artificielles s'em-poussiéraient dans des vases de verre. Sur un grand tableau blanc, étaient présentées des photos, souve-nirs des fêtes données une fois par trimestre pour les anniversaires, qu'on groupait. Et l'on voyait sur les crânes au cheveu rare des chapeaux pointus, des toques de papier, et l'on devinait serpentins et confettis. Des filles de salle, en pantalon blanc et courte blouse bleue, étaient en train de servir le goûter. Les mentons de ceux qui avaient commencé à boire dégoulinaient de chocolat, les lèvres luisaient du beurre des biscottes.

Les deux policiers furent reçus dans le bureau du médecin-chef, présent l'après-midi.

— Ils sont particulièrement énervés, dit celui-ci, mais heureusement la plupart d'entre eux ne mémorisent pas les événements récents. Ils vivent dans leur passé, dans leurs vieux souvenirs, et, quand ils sont capables de parler, les évoquent comme s'ils étaient leur présent. C'est leur manière à eux de lutter contre la peur et la souffrance.

— Est-il possible, demanda Carole, que l'un de vos pensionnaires se soit levé cette nuit, ait vu quelque chose et puisse le raconter ?

— Je ne pense pas, mais on peut rapidement le savoir. Si l'on exclut tous ceux qui ne peuvent se déplacer, ceux qui sont attachés dans leur lit et ceux qui n'ont plus de discours cohérent, cela nous laisse quatre ou cinq personnes à interroger.

— Vous pouvez faire ça pour nous ? Vous les connaissez, et les interrogerez plus efficacement qu'un étranger. Nous avons aussi besoin de savoir quelles visites recevait Mme Malot, et si l'on n'a rien remarqué d'anormal dans les allées et venues de gens de l'extérieur ces jours derniers.

— C'est plutôt du domaine des infirmières. Je ne reçois les familles que dans ce bureau et sur rendez-vous, alors qu'elles et les aides-soignantes passent en permanence dans les chambres ou la salle commune. Je vais vous faire envoyer la surveillante et, pendant ce temps-là, j'irai faire mes interviews !

L'infirmière-chef arriva une minute après le départ du médecin. Les cheveux gris, l'opulente poitrine, le bienveillant regard clair lui donnaient l'allure d'une bonne grand-mère, rassurante, protectrice. Chacune de ses réponses était réfléchie, pesée, comme si elle eût craint de se tromper, de ne pas être parfaitement honnête. Jeanne Malot n'était pas arrivée depuis longtemps dans le service, mais son mari était présent une bonne heure chaque jour, et c'est lui qui avait apporté les fleurs, les photos de famille. Les beaux-fils n'étaient venus qu'une fois, et l'une des belles-filles, elle ne savait pas laquelle, une grosse, avait fait un passage éclair pour récupérer du linge à laver, et apporter des chemises de nuit propres. L'infirmière expliqua que la lingerie de l'hôpital ne prenait en charge que les vêtements des personnes sans famille. Quant à d'autres visiteurs... Elle hésita.

— Je ne suis pas sûre, finit-elle par ajouter. J'étais occupée à calmer Mme Barbée qui se roulait par terre dans le couloir, mais il m'a semblé voir un jeune homme sortir de la chambre 519. Je le connais, et sa présence m'a choquée, parce que j'ai eu peur d'une curiosité « professionnelle ». C'était Didier Fréhel, le journaliste de *La Vigie de Marville*. Je suis sûre de son identité, mais pas du fait qu'il sortait de la chambre de Mme Malot.

Carole et Alain se regardèrent. Il faudrait avoir une petite conversation avec ce jeune fouineur, qui aurait sans doute des choses à expliquer.

— Le dernier incident qui pourra vous intéresser s'est produit il y a trois jours. J'allais quitter mon service, et l'heure des visites était passée de quelques minutes, quand j'ai croisé un homme d'une cinquantaine d'années, très brun, qui semblait chercher quelque chose. Il regardait les noms inscrits sur les portes. Je lui ai demandé s'il avait besoin d'un renseignement, et il m'a répondu qu'il n'était pas d'ici et que, de passage dans la région, il venait rendre visite à une vieille tante. Il m'a donné un nom, mais qui ne correspondait à aucun de nos patients. Il a alors prétendu qu'il s'était sans doute trompé d'établissement, et est parti par l'escalier. À part cela, les visiteurs de la semaine sont nos habitués : les familles, les dames du Secours catholique qui passent le vendredi bavarder un moment et distribuer des revues, et l'aumônier de l'hôpital.

— Et vos collègues, auraient-elles pu remarquer un fait inhabituel ?

— Je me doutais que vous alliez venir cet après-midi, et je les ai interrogées. Non, rien de spécial.

Elle se tut, sortit de sa poche un grand mouchoir à carreaux qu'elle tritura, l'air malheureux. Avant de quitter le bureau, elle se retourna et lança :

— Je ne connaissais pas beaucoup Anne-Marie Dubos. Je ne travaille jamais de nuit. Nous nous croisions parfois. Il m'arrive de partir en retard. Mais j'ai beaucoup de peine, surtout sachant qu'elle laisse deux petits orphelins. J'espère que vous allez trouver rapidement le fou qui a fait cela. Tout le monde a peur, ici. J'ai décidé de dormir là-haut, aujourd'hui, et le directeur va mettre deux aides-soignantes de garde pendant quelque temps. N'importe qui mourrait de peur, seul dans le service, avec l'ombre de cet assassin.

Le médecin ne tarda pas. Son enquête n'avait pas

donné de résultats probants. Pépé Maurice, malheureux de s'être sali, disait qu'il avait cherché « Mamarie », mais qu'il n'avait trouvé que le diable. Hélas, son témoignage s'arrêtait là, et il refusait de décrire le fameux diable ! Une vieille dame, Bernadette Mével, avait raconté qu'elle était sortie dans le couloir parce qu'elle avait des fourmis dans les jambes, qu'elle avait vu son père, habillé de noir, et qu'elle s'était cachée pour qu'il ne la batte pas. Cette ancienne institutrice de quatre-vingt-dix ans avait perdu un fils de vingt ans dans un accident d'auto, et s'était installée dans son histoire personnelle avant la naissance de l'enfant. Elle vivait donc en permanence dans ses jeunes années. Mais si l'on faisait abstraction de son délire, elle s'exprimait parfaitement bien et sa vue restait correcte. Pouvait-on en déduire qu'elle avait rencontré l'assassin vêtu de noir ? Carole décida d'aller elle-même interroger la vieille dame.

— Dites-moi, madame Mével, vous avez vu votre papa cette nuit ?

— Oui, j'ai eu peur, il voulait me battre. Il avait un grand bâton à la main, et je n'ai pas été sage.

— Comment était-il habillé ?

— Tout en noir, avec un bonnet.

— Vous êtes sûre que c'était lui ?

— J'ai bien reconnu sa barbe !

Modard nota « bonnet » et « barbe » sur un des bouts de papier qui traînaient dans toutes ses poches, avec de grands points d'interrogation. C'était peut-être le début du commencement d'une piste.

À leur sortie, le soleil s'était caché. Le vent avait tourné à l'ouest, le froid était moins vif, mais de gros nuages gris obscurcissaient le ciel, et se confondaient avec le voile sombre du soir qui commençait à se déployer au-dessus des maisons. Ils croisèrent un fourgon de police qui filait à toute vitesse vers la sortie de la ville, sirène hurlante, suivie d'une voiture du Samu. Au commissariat, ils apprirent qu'un accident de la route venait de faire deux morts. C'était vraiment une mauvaise journée pour Marville.

Une nuée de journalistes était agglutinée dans le hall d'entrée et, à l'extérieur, sur le trottoir. Les « locaux » avaient rapidement été rejoints par les « parisiens », dès que les fax des agences de presse avaient annoncé l'assassinat de la femme d'un conseiller général. Les cameramen de FR 3 se préparaient à l'action. Tout ce monde bourdonnait, s'agitait, se congratulait

Anne-Marie toute seule n'aurait pas déplacé une telle foule, se dit Carole.

Le commissaire les rejoignit au rez-de-chaussée.

— J'ai annoncé une conférence de presse à cinq heures. On en dit le minimum. Je vous présente, on annonce officiellement le double décès, on peut leur offrir la pendaison, l'égorgement, et l'identité des victimes. Pour le reste, ils se contenteront du classique « l'enquête est en cours ». J'ai interdit qu'on filme aux Prairies.

Les caméras se braquèrent sur Carole Riou et Alain Modard, désignés comme « inspecteurs chargés de l'enquête ». Des cris, des questions fusèrent à la fin du bref discours du commissaire, on réclamait le mari de la victime, on demandait si les policiers avaient déjà une piste... Mais tous les trois se retirèrent au premier étage, sans ajouter un mot, et la foule, peu à peu, se dispersa.

Carole fit entrer son coéquipier dans son bureau, et poussa un gros soupir. Elle commençait à se sentir épuisée. Le rapport du légiste n'était toujours pas arrivé.

— J'ai le cerveau en compote. Je sais bien que les journalistes font leur boulot, mais ils m'horripilent. Cette enquête part dans tous les sens, et je ne vois aucune logique dans tout ça. Vous avez une idée ? Toute suggestion sera la bienvenue...

— Demain, on s'occupera de Fréhel, des employés licenciés et particulièrement de Marek. Pour l'instant, en attendant le rapport, je vous propose Antigone.

— Tiens, oui, j'avais oublié. Dictionnaire, cher ami.

Le Larousse leur offrit ceci :

« ANTIGONE, fille d'Œdipe, sœur d'Étéocle et de Polynice. Elle fut condamnée à mort pour avoir, malgré la défense du roi Créon, enseveli son frère Polynice. »

— Est-ce que ça nous avance ?

— Pas vraiment, patron !

VI

Le rapport du médecin légiste arriva à six heures, mais il ne fut pas déposé par un coursier. L'auteur vint en personne le remettre à Carole. Elle n'avait eu à faire à lui que deux fois avant les meurtres, dans l'affaire d'un lycéen mort d'overdose et après la découverte du corps d'un pêcheur tombé d'un chalutier et que la mer avait déposé, quelques jours plus tard, au pied de la falaise. Elle le trouvait plutôt sympathique, et appréciait qu'il n'abusât pas de l'humour macabre qu'on attribue toujours à ses semblables dans les romans policiers. Alain, qui connaissait le docteur Charvet depuis plus longtemps, lui sourit amicalement.

— Salut, toubib ! Qu'est-ce qui vous fait sortir ainsi de votre antre et amener en personne jusqu'aux simples mortels le fruit de votre labeur et votre odeur de formol ?

— Une petite bombe, mes très chers. Et comme je ne suis pas sûr que vous lirez assez attentivement mon jargon médical, j'ai préféré venir vous prévenir en termes profanes.

Les policiers devinrent immédiatement sérieux.

— Allez-y, docteur.

— Bien. D'abord, la garde-malade. Rien de sensationnel en ce qui la concerne, sinon qu'elle était en excellente santé et qu'elle aurait pu vivre centenaire. Elle a bien été assommée avant d'être égorgée. Le coup n'était pas mortel, mais lui a sûrement fait perdre connaissance. La mort a dû intervenir vers quatre heures du matin. J'ai envoyé un échantillon de son sang à vos techniciens, qui m'ont chargé de vous dire que c'était le même que celui qui était sur la corde. Il semblerait donc qu'elle ait été tuée la première, et que l'assassin ait coupé le bout de la corde avec le couteau maculé de son sang. Mais c'est le deuxième corps qui m'a réservé des surprises. D'abord, parce que cette femme n'avait aucune lésion au cerveau. Son état n'était donc dû qu'à un choc psychologique grave. Si l'on exclut l'hypothèse que c'était une simulatrice, alors, il lui est sûrement arrivé une aventure particulièrement traumatisante ! Mais ce n'est pas le plus fort.

— Ne nous faites pas languir...

— Je me suis renseigné auprès du mari, quand il est venu la reconnaître officiellement. Il m'a dit que sa femme n'avait jamais eu d'enfant. Or, et je suis formel, cette femme a eu au moins un enfant.

— Quoi ! s'écrièrent en même temps Carole et Modard. Vous êtes sûr ?

— Certain. L'homme de l'art que je suis est parfaitement capable de faire la différence entre un utérus qui a été gravide, et un qui ne l'a jamais été ! Cette femme a eu des enfants. Autre chose. Elle n'avait pas le foie en très bon état. Je pense qu'elle buvait. Débrouillez-vous avec ça. Tout est dans mon rapport, ajouta-t-il en riant, avant de quitter le bureau.

Dans le lourd silence qui suivit sa sortie, on aurait pu entendre le grincement des rouages de deux cerveaux en train de digérer cette nouvelle donne, et surtout d'essayer de mettre en place les implications qui pouvaient en découler.

— Il faut fouiller dans le passé de Jeanne Malot. On y trouvera peut-être les mobiles du meurtre. Où sont passés ces enfants ? Sont-ils vivants ? A-t-elle été déjà mariée ? Nous allons retourner chez Malot, dès demain matin. Je suis sûre qu'ils nous cachent des tas de secrets de famille. Lors de ma première visite, j'étais paralysée par la présence du commissaire, et puis on ne pouvait pas se permettre de trop bousculer un homme à qui on vient apprendre la mort de sa femme ! Mais, maintenant, je veux tous les interroger, savoir où ils étaient la nuit du meurtre, les fils, les belles-filles, les domestiques et même les gosses, s'il le faut !

Carole avait retrouvé son dynamisme. Modard approuva et ajouta :

— N'oubliez pas l'autre victime. Le fait qu'elle ait été tuée la première semble avéré. Il faut aussi chercher la provenance de cet argent qu'elle a touché. Tout peut être lié. Et après tout, je n'ai pas non plus demandé à sa voisine si elle avait un alibi...

— Vous la voyez en criminelle ?

— À priori, non. Mais comme je ne vois, de toute façon, personne...

— Je crois, ajouta Carole, qu'il faut aussi s'intéresser davantage à la pendaison en elle-même. Plus j'y pense, plus je me dis que cette macabre mise en scène a un sens précis. Si le tueur avait juste voulu se débarrasser de deux personnes, il n'aurait pas cherché la difficulté. Il avait un couteau avec lui, il aurait tranché deux gorges. Est-ce que vous imaginez les efforts déployés pour sortir de son lit une femme inerte, nouer la corde autour de son cou, la tenir pendant qu'on attache l'autre bout à la poignée de fenêtre, couper la corde avec une arme ensanglantée, rehausser le corps, puis le lâcher brutalement...

— Arrêtez, l'interrompit Modard, vous me flanquez la frousse...

— Petite nature ! Bon, je continue... avec le risque de se faire surprendre, parce que ça a dû lui prendre un sacré bout de temps ! Ce type, il a des nerfs d'acier, et je suis persuadée que, s'il s'est donné tout ce mal, c'est parce que Jeanne Malot ne pouvait mourir que pendue. Et je crois fermement qu'il y a là un message destiné à quelqu'un, et que, quelque part, ce quelqu'un a compris le message. À nous de découvrir et le destinataire de la mise en scène, et son sens.

— Facile à dire !

— On est payés pour ça !

Modard lui sourit. Il aimait décidément travailler avec son « capitaine » et il était heureux de constater que, dans l'excitation de l'enquête, le masque de souffrance qui assombrissait d'habitude son visage était en train de s'effriter. Il se rappela la première fois qu'il l'avait vue. Elle allait remplacer un inspecteur principal atteint par la limite d'âge, bougon au cœur d'or, efficace et sympathique, dont les collègues déploraient le départ en retraite.

Quand le commissaire les avait avertis de l'arrivée d'une femme, qui plus est fragilisée par un récent veuvage, tous avaient considéré l'événement comme une catastrophe. Lui, le premier ! L'idée d'être sous

97

les ordres de la première femme flic du secteur ne le réjouissait guère. Quand elle s'était présentée, il avait été frappé par l'apparente fragilité de cette petite silhouette tout de noir vêtue, par la douleur qui, telle une aura, émanait d'elle. En fait, il s'était très vite rendu compte qu'elle ferait très bien son travail. Elle cachait derrière ce masque de vulnérabilité beaucoup d'énergie et de volonté, et elle était très habile dans l'art d'exercer son autorité sans l'imposer. Modard, qui avait été le seul à essayer de l'accueillir cordialement, n'avait pas longtemps simulé la sympathie. Il l'avait vue arrêter trois voleurs de voitures, en flagrant délit, avec un courage qui avait forcé son respect. Il regrettait aujourd'hui que les collègues se fussent cantonnés dans leur machisme primaire, leurs préjugés dépassés. Il savait très bien que la plupart d'entre eux n'arrivaient pas à la cheville de Carole.

Celle-ci enfila sa veste.

— Il est trop tard pour entreprendre quoi que ce soit aujourd'hui. Rentrez chez vous, et occupez-vous de la fuite si le plombier n'est pas passé ! Réfléchissez en dormant, puisqu'on dit que la nuit porte conseil !

— D'accord, chef ! J'espère qu'on n'assassinera personne pendant mon sommeil !

— Le patron envoie un brigadier, à tout hasard, surveiller l'entrée du bâtiment cette nuit. Mais je doute fort que cela soit utile, sauf contre les journalistes... À demain.

Didier Fréhel était encore assis devant son ordinateur, dans la salle de rédaction de *La Vigie de Marville*. Il lui restait à peine dix minutes pour boucler son article qui devait partir à l'imprimerie. La mise en pages était presque terminée, mais on lui avait réservé la une, où l'annonce du double meurtre paraîtrait le lendemain. C'était un collègue qui avait couvert l'accident de voiture, relégué en page deux. Il était à la fois embêté et assez content de lui. Il avait eu un premier coup de chance, en passant de bonne heure au commissariat pour consulter la main courante de la nuit. Canu, qui le connaissait bien, avait été sympa de lui filer le tuyau ! Et il avait pu voir les lieux du crime, même si sa pellicule — quel dommage — avait été confisquée. Mais il avait déniché dans les archives du journal une photo où l'on voyait les Malot, ensemble, lors de l'inauguration de la nouvelle bibliothèque. M. le conseiller général donnait le bras à Madame, superbe dans son tailleur beige. Pour la garde de nuit, cela avait été plus difficile mais, à force de cajoleries, il avait réussi à persuader la voisine de lui confier un cliché où elles étaient toutes les deux. Il lui avait suffi de découper la voisine !

Il se réjouissait surtout d'avoir grillé les confrères de la presse régionale et nationale. Les premiers n'avaient été sur place qu'à onze heures, et les autres étaient arrivés dans l'après-midi, et n'avaient eu à se mettre sous la dent que la laconique conférence de presse du commissaire. Même la télé n'aurait pas, au « vingt heures », d'images chocs, l'approche du service de gériatrie ayant été interdite aux caméras. Malot allait s'enfermer chez lui, avec sa petite famille, et ne recevrait sûrement pas la presse. Lui, Didier, ne perdrait rien en n'allant pas faire le guet aux abords de la propriété. Pas ce soir.

Ce qui l'ennuyait, c'est qu'il n'arrivait pas à terminer son article. Il avait bien raconté les faits, décrit avec force métaphores l'horreur d'une profonde nuit dans un monde à part, clos, peuplé de vieillards errant, tels des fantômes, dans le néant de leur petit reste d'existence. Pas de problème de ce côté-là. Mais il se demandait s'il devait ou pas ajouter la petite phrase sibylline qui ferait comprendre à l'assassin qu'il en savait plus que les autres. Et qui prouverait, le jour où il aurait fait toute la lumière sur le crime, qu'il était un grand journaliste d'investigation. Didier Fréhel s'ennuyait mortellement à Marville. Il avait accepté le poste qu'on lui proposait, à la fin de ses études, comme un pis-aller. Mais, au bout d'un an de chiens écrasés, il aspirait à s'échapper, il voulait devenir un de ces grands reporters dont les noms sont aussi célèbres que ceux des vedettes du cinéma ou du monde politique.

Le hasard avait bien fait les choses, le jour où il avait entendu cette conversation alors qu'il venait juste pour un papier sur le nouveau bateau. Depuis, il avait pris toutes les mesures nécessaires pour aller plus loin. Il avait été prêt à payer le prix qu'il fallait pour être tenu au courant mais, évidemment, il regrettait que l'aventure se fût terminée ainsi... Il fallait pourtant aller de l'avant. Et obliger « l'autre » à se démasquer. Même s'il n'était pas forcément l'assassin, d'ailleurs. Pour l'instant, Didier n'en savait rien. Il prit finalement sa décision, et rédigea une phrase finale d'une affligeante banalité : « La rédaction de *La Vigie* s'associe à la ville tout entière pour présenter ses sincères condoléances aux familles des victimes de ces crimes horribles. »

Il était encore trop tôt pour abattre ses cartes. Il valait mieux rester dans l'ombre et essayer d'en apprendre un peu plus avant d'agir.

L'article sortit de l'imprimante, et Fréhel le porta au rédacteur en chef. Puis il rentra chez lui.

C'est ce que venait de faire Alain Modard. Sa femme et lui avaient acheté, trois ans auparavant, dans un hameau et pour une bouchée de pain, une vieille maison normande qui leur avait semblé pleine de charme. Béatrice était enceinte de leur deuxième enfant, et l'appartement qu'ils louaient au centre de Marville allait devenir trop petit. Et puis, ils avaient le rêve d'être propriétaires, et des désirs de campagne, d'air pur. Assise sur un tertre couvert d'herbe verte, sous le soleil d'un beau mois de juin, la chaumière, ancienne dépendance d'une grosse ferme, les avait immédiatement séduits. Tout en longueur, avec son toit pentu, ses murs de torchis où les colombages dessinaient des parallèles un peu tremblées, et surtout la grande cheminée de pierre qui trônait dans la pièce principale, elle semblait tout droit sortie des contes de leur enfance. Juste en face, une vieille église au clocher tordu, dont les cloches carillonnaient encore pour annoncer le repos dominical, et, autour, des champs parsemés de granges et de bâtisses en briques rouges descendant en pente douce jusqu'à la rivière qui avait creusé la vallée. Les vaches paissaient tranquillement, quelques chiens efflanqués erraient sur la route déserte, un vieillard clopinait, appuyé sur une canne. Ce serait un petit coin de paradis, où élever les enfants.

Leurs dernières économies avaient été englouties par les travaux indispensables. Il fallut abattre des cloisons, aménager des chambres dans le grenier, installer une salle de bain, des convecteurs électriques. Ils quittèrent l'appartement de Marville en octobre, et posèrent leurs meubles dans les pièces encore en chantier, ni repeintes ni tapissées. Il pleuvait. Sous les pieds des déménageurs, le jardin herbu se transforma en champ de boue. Ils voulurent faire du feu dans la cheminée, mais furent rapidement enfumés. C'est du provisoire, se disaient-ils, tout s'arrangera au fur et à mesure.

Rien ne s'arrangea. Béatrice faillit accoucher dans la voiture, parce que l'hôpital était à dix kilomètres. Alain partant tôt le matin, rentrant tard, n'eut pas le courage de consacrer tous ses week-ends aux travaux de rénovation. Le provisoire dura, et ils vécurent dans le plâtre, sous les plafonds écaillés. En hiver, le village idyllique de conte de fées se révéla d'un ennui mortel. Rien ne s'y passait, les gens ne se rencontraient pas, n'ayant nul lieu pour le faire, pas même un café. Il fallait se rendre au bourg voisin, à trois kilomètres, pour acheter le moindre bout de pain, et sortir sans arrêt les voitures pour emmener les enfants à l'école ou chez le pédiatre. Béatrice, qui ne travaillait pas, sombra dans la mélancolie, renonça à tout effort, et en voulut au monde entier, et particulièrement à son mari, de sa déconvenue. La maison était trop délabrée pour être revendue autrement qu'à perte. Ils ne pouvaient se le permettre.

La vie du couple devint lamentable, l'épouse reprochant quotidiennement au mari d'être un flic minable, de ne pas gagner assez d'argent pour les faire vivre décemment. Et devant les enfants dont les vêtements n'étaient pas toujours propres, dans la cuisine où régnait un indescriptible capharnaüm, alors qu'on n'y mangeait que des plats surgelés, c'étaient, chaque soir, des récriminations et des querelles interminables. Modard, qui avait adoré sa femme au début de leur mariage, ne la reconnaissait pas dans cette mégère mal coiffée, empâtée. Lui-même, d'ailleurs, prenait de la mauvaise graisse et il trouvait ses enfants, qu'ils avaient voulu épanouis grâce à la vie campagnarde, un peu pâlichons. Il conseillait à Béatrice de consulter un psychothérapeute, mais elle s'y refusait catégoriquement, préférant s'enfermer dans son malheur. Et chaque soir, comme ce soir, Alain avait le ventre noué en franchissant le seuil de son logis.

Les enfants étaient assis dans le canapé, devant la télévision allumée. Ils n'avaient pas été lavés ni mis en pyjamas. Des jouets traînaient par terre. Dans des assiettes, sur la table basse du salon, séchaient des restes de purée. Alain embrassa les deux petits, qui le regardèrent à peine.

— Où est maman ?

— Dans sa chambre, répondit Thibaud, l'aîné.

— Vous avez mangé ? Alors, allez vous déshabiller. Il y a école demain.

Il les obligea à monter avec lui, et se rendit dans la chambre conjugale. Béatrice était allongée sur le lit, fumant une cigarette, en robe de chambre, clouée devant une petite télévision, elle aussi allumée.

— Qu'est-ce que tu fabriques ? Tu pourrais t'occuper des gamins… Est-ce qu'on peut manger ? J'ai faim, j'ai eu une journée difficile.

— Débrouille-toi, j'ai pas eu le temps de faire des courses, tu n'as qu'à te faire des œufs et des pâtes. Moi, j'ai pas faim.

— Pourtant, tu es sortie, cet après-midi. J'ai essayé de t'appeler pour savoir si le plombier était venu. Il n'y avait personne, et ce n'était pas l'heure de la sortie de l'école !

— Tu m'espionnes, maintenant ? J'ai le droit d'aller où je veux, et pas seulement pour acheter de la bouffe. J'en ai marre de cette vie...

La scène quotidienne allait démarrer quand, sur l'écran, le présentateur annonça les meurtres de Marville, et tout à coup apparut le trio de policiers, pendant la conférence de presse. Béatrice se redressa sur son lit, comme hypnotisée :

— Mais c'est toi ! Tu passes à la télé maintenant ? Tu aurais pu me prévenir... C'est qui cette poufiasse, à côté de toi ?

— C'est une collègue. L'inspecteur principal Riou. Je travaille avec elle sur les deux meurtres.

Il espérait qu'elle allait lui poser des questions, s'intéresser enfin, puisque l'événement dépassait largement en importance les affaires qu'il traitait habituellement, à ses activités. Mais Béatrice prit une expression rageuse :

— Elle n'a pas l'air plus vieille que toi, et elle, au moins, elle est inspecteur principal ! Tu es vraiment nul. Je suis sûr que tu couches avec, en plus, c'est sûrement une salope, comme tous ces flics...

Alain pensa à l'assassin. Pour la première fois de sa vie, lui qui passait son temps à lutter contre le crime, il comprit que ce n'était peut-être pas si difficile de tuer son prochain. Une énorme bouffée de colère monta en lui et l'envie de sortir brutalement cette femme de son lit, de mettre ses doigts autour de son cou, et de serrer, serrer, pour l'obliger enfin à se taire. La violence qu'il découvrait au fond de son être l'effraya. Il fit brusquement demi-tour, redescendit l'escalier, sortit dans la cour. Le moteur de la voiture était encore chaud. Il le mit en route, et prit

104

la fuite. Il ne savait pas encore où il passerait la nuit mais, en tout cas, pas dans cette maison.

Carole aussi avait regagné son appartement. Elle se prépara un dîner léger, et alluma la télévision. Au 19 h 30 de FR 3, elle se vit en gros plan sur le perron du commissariat, ensuite elle zappa sur les journaux de la Une et de France 2 qui diffusèrent les mêmes images. Seul variait le degré de dramatisation des commentaires. Elle fut surprise par son image. Elle eut l'impression de reconnaître l'ancienne Carole, pas la jeune veuve accablée que lui présentait son miroir le matin. Elle s'en voulut un peu de constater que sa confrontation avec d'autres morts violentes avait un peu apaisé la terrible blessure provoquée par celle de Pierre. Elle prit entre ses mains le cadre dans lequel, sur une photo de vacances, il lui souriait. Elle comprit qu'il ne lui en voudrait pas. Qu'il serait content qu'elle recommence à vivre. Pierre l'avait aimée gaie et courageuse. Demain, elle téléphonerait à sa famille. Il y avait bien un mois qu'elle ne leur avait pas donné de nouvelles, mais chaque conversation la remuait trop. De son côté, il ne lui restait que son père. Elle était fille unique et ses parents l'avaient eue très tard. Le vieux monsieur vivait encore seul, dans sa maison de Bretagne, ancien marin replié sur ses souvenirs, qui fabriquait des bateaux en bouteilles pour les enfants du village. Certes, il adorait sa fille et en était fier, mais ils n'avaient pas les mots, tous les deux, pour se dire leur affection et, au moment du drame, il lui avait été de peu de secours, se bornant à grommeler :

— Quel malheur ! Quel malheur !

Recroquevillée dans le canapé, ses bras entourant ses genoux, Carole sentit que bientôt la présence de ses livres, des objets familiers et de quelques photos ne lui suffirait plus. Le bruit du téléviseur, qui débitait à présent la litanie des publicités, ne meublait même pas le silence. Dehors, il ne passait plus de voitures, le port dormait, les gens étaient chez eux en train de dîner, se racontant leur journée. Une fois de plus, elle regretta de n'avoir pas voulu d'enfant. Plus tard, disait-elle toujours à Pierre. Maintenant il était trop tard. Elle se leva en soupirant, éteignit le poste de télé, et se préparait à aller choisir un livre pour finir la soirée, quand on sonna à sa porte.

Elle sursauta. Personne ne venait jamais la voir, surtout à cette heure ! Elle ne s'était pas fait d'amis, dans cette ville, arrivée depuis trop peu de temps, et d'ailleurs, cultivant son chagrin dans sa retraite volontaire. Si c'était un problème de boulot, on lui aurait téléphoné… Elle alla ouvrir la porte, derrière laquelle elle découvrit son adjoint, Modard, livide et au bord des larmes.

— Qu'est-ce qui vous arrive ?

— Désolé de vous déranger. Je suis venu presque machinalement. Je peux entrer ?

— Bien sûr. Installez-vous. Vous voulez boire quelque chose ? Vous avez mangé ?

Il resta un moment debout, les bras ballants, puis s'affala sur un fauteuil et, retenant son souffle, annonça :

— J'ai failli tuer ma femme !

Carole fut efficace. Modard se retrouva vite avec un verre de whisky dans la main, et une oreille attentive l'écouta raconter toute son histoire. Il s'en voulut un peu d'ennuyer avec ses problèmes personnels quelqu'un qui avait vécu un drame autrement plus atroce, mais parler le soulagea.

Beaucoup plus tard, Carole lui proposa de dormir sur son canapé et, pour qu'il n'y ait aucune équivoque, elle ajouta :

— Comme ça, on sera à pied d'œuvre de bonne heure demain matin.

Dans la grande salle à manger du rez-de-chaussée, la famille Malot avait dîné dans un silence pesant. Les enfants eux-mêmes, qu'il était d'habitude difficile de faire taire, malgré les remontrances de leur grand-père, s'étaient figés sur leurs sièges, chipotant dans leurs assiettes. Les adultes n'avaient pas été plus loquaces. Étienne et Pascal évitaient de se regarder, et leurs épouses essayaient surtout de se faire oublier. Le père, raide sur sa chaise, contemplait la place vide, à côté de lui. Il n'avait pratiquement rien mangé, et jetait à la bonne, qui reniflait en servant, des regards furieux. Son visage émacié, surmonté d'une épaisse toison blanche, restait imperturbable, mais il n'avait pas ce regard olympien qui, les autres jours, lui suffisait pour exercer son autorité. Il était grand et maigre, et se tenait toujours très droit, mais depuis le matin il donnait l'impression de s'être affaissé, d'avoir perdu de la hauteur, de la consistance.

Après le dessert que tous avaient boudé, les femmes et les petits remontèrent au premier. Florence et Caroline, chacune de son côté, allaient s'occuper de la toilette et du coucher de leur progéniture puis attendraient, dans la solitude de leurs salons, que leurs maris les rejoignent.

Étienne regarda son père qui, après avoir bu son café, allumait une cigarette. Il hésita, puis, prenant son courage à deux mains, lança la question qui le taraudait depuis le matin :

— Père, il s'agit d'un crime. Nous avons le droit de savoir. Pensez-vous qu'il y ait un rapport entre le meurtre et la visite de cet homme ? Que vous a-t-il dit après que vous nous avez demandé de sortir de la pièce ? Qu'a-t-il appris à Mère qui l'a bouleversée à ce point ?

Son frère, sans le regarder, renchérit pourtant :

— C'est votre devoir de nous mettre au courant, et surtout de prévenir la police…

Il fut interrompu par une sorte de rugissement. Louis Malot laissa exploser sa colère :

— Je vous ai dit de ne pas vous mêler de cette histoire. Cela n'a aucun rapport. Je vous ai interdit d'y faire allusion devant qui que ce soit. La mort de mon épouse n'y change rien. Il faut chercher l'assassin ailleurs. C'est sûrement un crime crapuleux.

— Mais pourquoi l'avoir pendue ? hasarda Étienne.

Le vieil homme leva la main, semblant vouloir corriger son fils, comme il le faisait quand il était enfant.

— Allez-vous-en, fichez-moi la paix.

Et il quitta la pièce, rejoignant son salon particulier. Les deux hommes, restés seuls, furent incapables d'amorcer une conversation. Même la mort, même les graves interrogations qu'ils partageaient ne pouvaient réduire l'antagonisme qui les éloignait l'un de l'autre, et ils se séparèrent.

Dans une maison confortable, les deux fils d'Anne-Marie Dubos, que leurs grands-parents avaient pu ramener chez eux, hébétés, pleuraient leur mère, sans comprendre tout à fait ce qu'il leur arrivait. La nuit avait apparemment apaisé la ville. Aux Prairies, les patients avaient regagné leurs lits, et les deux gardes remplaçantes ne se quittaient pas d'une semelle. La chambre 519 était vide, le ménage y avait été fait à fond. Le lendemain, elle accueillerait un malade en attente d'une place. Le gros Dédé réclama un bisou, Pépé Maurice allait mieux. Une voiture de police banalisée « planquait » du côté de la place de la République avec à son bord deux flics de service de nuit. Un indic les avait avertis qu'un casse était prévu au magasin de motos et scooters. Pour les habitants de Marville, qui toute la journée s'étaient livrés à mille supputations, c'était finalement une soirée comme les autres. Une pluie fine se mit à tomber.

VII

Mardi matin.

Le bruit d'une sirène de bateau réveilla Alain Modard. Il ouvrit les yeux sur l'obscurité, et se demanda pendant un moment où il était. En tout cas, pas dans son lit. Il se trouvait enfoncé jusqu'au cou dans un duvet et, devant lui, une lueur venue du dehors se dessinait à travers les rideaux d'une fenêtre qu'il ne reconnaissait pas. Il avala difficilement sa salive. Sa bouche était pâteuse, avec un goût de gueule de bois... Et puis il se rappela, et fut brutalement envahi par un sentiment de honte. Il avait craqué, et étalé devant sa collègue les miasmes de sa vie intime. Et en plus, il avait pleuré et abusé du whisky ! Il se sentit ridicule, coupable aussi d'avoir fui ses responsabilités, d'avoir abandonné ses gosses et celle qui malgré tout était sa femme, et dont il savait bien qu'elle était plus malade que foncièrement méchante. Comment Carole allait-elle le juger ? Pourquoi fallait-il qu'il eût choisi comme confidente celle sous le regard de qui il travaillait toute la journée ? Il eut envie de replonger dans le sommeil, pour ne pas avoir à affronter la journée à venir, mais un réveil sonna dans la chambre voisine, et il sut qu'il allait devoir faire face. D'ailleurs la porte de communication s'ouvrit, la lumière fut allumée, et sa collègue, en robe de chambre, s'approcha du canapé :

— Debout, là-dedans.

Elle regardait avec une sympathie amusée la tête ronde, la tignasse ébouriffée, et les yeux rougis qui la fixaient comme le ferait un gamin pris en faute, ou un chien craignant d'être battu. Le remettre sur pied et lui redresser l'échine allaient demander tact et délicatesse !

— Je vais faire ma toilette. Pendant ce temps-là, habillez-vous et débrouillez-vous pour nous faire du café. Vous trouverez tout ce qu'il faut dans la cuisine. Vous occuperez la salle de bains après le petit déjeuner.

Et elle disparut. Alain s'ébroua, sortit précautionneusement une jambe, puis l'autre, du duvet, et s'assit. Après tout, il n'allait pas si mal que ça. Il enfila pantalon et chemise, et se rendit dans la petite cuisine. Quand Carole revint, revêtue d'un jean et d'un pull bleu marine, ses cheveux encore humides frisant autour de son visage reposé, le café finissait de passer, le pain de mie était grillé, et le beurre et la confiture posés sur la table avec les bols.

— Vous vous en êtes sorti comme un chef ! Bon appétit !

Modard toussota.

— Je suis confus, désolé… Quelle image de moi je vous ai…

Elle ne le laissa pas terminer.

— Écoutez, mon petit Modard, n'importe qui peut avoir des moments de déprime. Je préfère que vous soyez venu ici, plutôt que d'avoir tapé sur votre épouse. Pour le reste, ne vous faites pas de souci. Ce qui s'est passé restera entre nous, et je ne vous en reparlerai que si vous le souhaitez. Une dernière chose : la seule solution que vous ayez pour sauver votre vie de famille est d'obliger votre femme à consulter un médecin, car il est clair qu'elle présente un état dépressif, et de vendre cette maison, quitte à y perdre de l'argent, pour revenir en ville. Maintenant, mangez, et cessez de vous faire du mouron. Quand nous serons prêts, je descendrai et vous appellerez Béatrice pour la rassurer.

La nuit s'appuyait sur le vasistas, seule ouverture de la petite pièce. De cet appartement haut perché, on pouvait croire toucher le ciel, être enveloppé par lui. De fragiles gouttelettes se déposaient doucement sur le verre, puis glissaient vers le bas, s'accumulaient en fines flaques, avant d'être remplacées par de nouvelles.

Dans deux heures, quand le jour s'installerait, la ville et la mer s'habilleraient de grisaille, les voitures et les rues seraient luisantes d'eau, et les piétons se hâteraient sous les parapluies multicolores.

Modard se sentit soudain en harmonie avec le monde et avec lui-même. Janvier était un mois déprimant, mais la vie continuait, et le soleil reviendrait. Il sourit à Carole, et avala tartines et café.

Une demi-heure plus tard, il restait seul, avec ordre de fermer en partant, d'emporter les clés qu'il rendrait à leur propriétaire au commissariat, et d'acheter la presse du jour. Il décrocha le téléphone et composa son propre numéro. Béatrice répondit aussitôt :

— Allô ? C'est toi ? T'es malade de partir comme ça. Les enfants ont demandé où tu étais. J'ai eu peur qu'il te soit arrivé quelque chose.

112

La voix était nettement moins agressive que la veille.

— Écoute Béatrice, tout va bien. Tâche de passer une bonne journée, va te balader. On parlera de tout ça ce soir. Calmement. Enfin, on essaiera.

— Ne rentre pas trop tard. À ce soir.

On aurait dit une petite fille, au bord des larmes.

— Je t'embrasse.

Il raccrocha, soupira, puis alla reprendre sa voiture.

Dans le bureau du « capitaine » Riou, le « lieutenant » Modard était redevenu cent pour cent professionnel. Ils décidèrent de s'accorder une heure pour faire le point. Ils commencèrent par éplucher les journaux, qui n'avaient pu qu'opérer le délayage habituel autour des seuls faits avérés dramatisés au maximum. Ils s'intéressèrent particulièrement à l'article de Didier Fréhel, dans *La Vigie*, mais n'y trouvèrent rien qui pût faire penser qu'il en savait plus que ses confrères. Carole déclara néanmoins qu'elle l'avait beaucoup trop rencontré sur sa route la veille, et qu'elle aurait en priorité une conversation avec lui.

— Hier, dit-elle, nous avons démarré l'enquête dans tous les sens, sur des suppositions, des intuitions, ou des informations qui n'ont apparemment aucun rapport entre elles. Il faut repartir de zéro, sans a priori. Et établir un plan de bataille. Commençons par Anne-Marie Dubos. Nous sommes partis du principe que les crimes étaient liés, qu'elle était morte parce qu'elle en savait trop sur l'assassin de Mme Malot. Mais nous n'avons aucune certitude. Imaginons qu'elle devait être éliminée indépendamment de l'autre victime. Quelles recherches suggérez-vous ?

— Il nous faut des renseignements sur le mari qui l'a plaquée, et même sur ses parents. On peut, à tout hasard, se renseigner sur la voisine. Après tout, il y avait peut-être entre elles un désaccord dont nous ignorons tout. Ensuite, il faut s'occuper du versement des deux mille francs, en chercher la provenance. Ce n'est pas normal. Enfin, il reste le calepin. Avec la phrase gribouillée. J'espère que le labo aura pu reconstituer également les chiffres sur la page blanche.

— Notez tout cela. On se partagera les tâches après. C'est tout ?

— Pour Anne-Marie, je ne vois rien d'autre. Si, **aller** parler au directeur de l'hôpital, voir s'il ne s'est rien passé dans sa vie professionnelle, qui aurait pu lui valoir, par exemple, la rancune de quelqu'un. N'oublions pas non plus de travailler sur les autres « objets ». Il y a le calepin, mais aussi la corde, qui semblerait venir d'un bateau. Et on peut essayer de trouver le couteau.

— Autant chercher une aiguille dans une botte de foin ! Mais d'accord pour le reste. Passons à Mme Malot. C'est moins simple. La question n'est plus seulement : pourquoi l'a-t-on tuée ? mais : pourquoi l'a-t-on pendue ? Et qui pouvait en vouloir à ce point à une femme complètement diminuée par la maladie ?

— On peut prendre comme première hypothèse que le criminel a voulu se venger du mari.

— Possible, dit Carole. Cet homme semble avoir été fou amoureux de sa femme. La toucher, c'était l'atteindre lui, dans ce qu'il avait de plus cher. Dans cette optique, il nous faudra interroger tous les employés qu'il a virés, et je veux tout particulièrement retrouver le dénommé Olivier Marek, qui, en plus d'avoir été remercié par son patron, a été vu en conversation houleuse avec l'épouse. Mais Malot peut aussi avoir provoqué la haine d'un ouvrier qui a été victime du plan de restructuration, il y a quelques années, voire de quelqu'un qui travaille actuellement pour lui. Il paraît qu'il n'est pas commode.

— N'oubliez pas, ajouta Modard, que c'est un homme politique. Vous savez que, dans ce milieu, tous les coups sont permis. Même si je vois mal un concurrent malheureux venir pendre une malade dans un hôpital !

— On a dit qu'on n'excluait aucune possibilité. Il faudra se renseigner sur les dernières campagnes électorales, tant municipales que cantonales, et savoir quels sont les rapports de Malot avec les autres élus de la mairie, qu'ils soient de la majorité ou de l'opposition. Ne doit-il pas y avoir bientôt de nouvelles élections ?

— Si. Malot fait partie de la moitié des conseillers généraux sortants. Il doit remettre son siège en jeu au mois de mars.

— Et c'est sûr que son deuil peut l'affaiblir. Est-ce qu'on sait déjà qui est candidat face à lui ?

— Oui, ils sont à peu près tous désignés. Je les trouverai, et on ira les voir. On ne sait jamais. Malot appartient à la majorité de droite du Conseil général, et la ville vote à gauche. Il a été élu grâce aux gros bourgs du canton. Mais ce n'est pas un mobile vraisemblable !

— Il y a d'autres mobiles que la vengeance, reprit Carole. Nous ne savons pas quels étaient les rapports de Jeanne avec les autres membres de la famille. Louis Malot dit qu'elle a élevé ses beaux-fils avec amour, mais on n'a que sa parole. J'aimerais bien aussi rencontrer les belles-filles.

— Nous arrivons dans le cas de figure où c'est elle, et elle seule, qui était la victime désignée. Nous avons appris qu'elle avait eu des enfants. Il est indispensable de fouiller dans son passé. Où est-elle née ? Où vivait-elle avant d'arriver à Marville ? Elle doit avoir des papiers, un livret de famille. Si les enfants ont été officiellement déclarés, il ne doit pas être difficile de retrouver leurs traces. Elle semble ne plus s'en être occupée depuis plus de trente ans qu'elle est ici, et son mari prétend ignorer qu'elle a été mère... C'est dingue. Ils sont peut-être morts, ce qui pourrait expliquer la tentative de suicide, en 1964. Est-ce ce passé qui resurgit aujourd'hui ?

— C'est possible. (Carole réfléchit.) La résurgence d'une tragédie qui reste mystérieuse... Cela peut avoir un rapport avec la pendaison. Mais comment le savoir ?

— Vous avez dit hier que vous aviez l'impression que Louis Malot en savait plus qu'il ne le disait. Il faudra le cuisiner. Vous pourriez vous installer chez lui et tricoter des brassières, comme Miss Silver... Et alors on vous apportera la vérité sur un plateau de thé !

— Arrêtez vos bêtises ! Il nous reste Antigone, conclut Carole. Mais c'est nébuleux. Un personnage mythologique... mais on donne à n'importe quoi le nom d'un personnage mythologique. Ce peut être un mot de passe, le nom d'un bateau, ou même un prénom ! Je connais un petit garçon qui s'appelle Apollon, et une fille prénommée Eurydice ! Alors...

— Je passerai quand même à la bibliothèque municipale pour essayer d'en savoir plus.

— Ce n'est pas le plus pressé. On attaque d'abord le travail de routine. Je vais voir si on peut avoir du renfort.

116

— On arrête tous les barbus à bonnet ?

— Les quoi ? s'exclama Carole.

— Les barbus à bonnet. Rappelez-vous le papa de la vieille dame des Prairies !

— Mettez-vous une fausse barbe et un bonnet de laine. Je vous arrête et on part en vacances !

— Ce que j'en disais...

Carole alla frapper à la porte du bureau du commissaire, qui l'accueillit avec un sourire narquois.

— Devinez qui vient de m'appeler en se plaignant de ne pas avoir de nouvelles ?

— Oh ! Le juge d'instruction ! Je l'avais complètement oublié, celui-là. Je n'ai pas grand-chose à lui dire.

— Téléphonez-lui quand même. Il a chargé le juge pour enfants de s'occuper des fils de la garde de nuit. Ils ont agi intelligemment : ils les ont confiés, au moins provisoirement, aux grands-parents paternels.

— Promis ! Dites-moi, j'ai besoin de renfort pour des enquêtes de routine. Vous avez du monde ?

Le commissariat disposait de dix officiers de police judiciaire. Le reste du personnel était un mélange d'agents de police judiciaire — gardiens de la paix et brigadiers — et d'administratifs.

— Tous les inspecteurs sont pris, lui dit Giffard. Le divisionnaire est en vacances. On a eu un cambriolage dans les entrepôts du port, il y a une descente dans les lycées pour essayer de trouver les petits dealers qui inondent les établissements scolaires de cannabis depuis un mois ou deux et Pajot est en arrêt maladie. Vous pouvez prendre deux brigadiers, Leroux et Barré.

117

Carole n'était pas emballée. Leroux, elle l'avait vu la veille, puisqu'il était arrivé le premier sur les lieux du crime. Il était plein de bonne volonté, mais pas trop malin. Quant à Barré, elle éprouvait à son égard une franche hostilité. C'était un homme brutal, porté sur la boisson, qui professait une nette aversion pour tous ceux qui ne portaient pas un nom bien français et affichait sans vergogne des sympathies pour l'extrême droite. Il était toujours prêt à lever la matraque sur les gamins un peu bronzés du Val-Rudel dès qu'il en soupçonnait un de faire l'école buissonnière. Son passage dans les quartiers populaires provoquait souvent des insultes, et parfois même des jets de pierres sur les voitures de police. Et dans ce cas, Carole avait du mal à ne pas donner raison aux jeunes. Mais, bon, il faudrait faire avec Barré.

— O.K., dit-elle. Je vais organiser la journée.

— N'oubliez pas le juge !

— Non, j'y vais tout de suite.

Elle l'appela effectivement, et le mit au courant des informations qu'elle possédait, et de ses projets, avant d'aller rendre visite à l'équipe scientifique. Ils étaient arrivés aux aurores, et travaillaient sur le calepin.

— Charvet vous a mise au courant pour le sang sur la corde ?

— Oui. Vous êtes sûrs que c'est bien le même ?

— Certains. La jeune femme égorgée appartenait, en plus, à un groupe sanguin assez rare.

— Quoi d'autre ?

— On n'a pas encore vérifié l'écriture. Quant aux chiffres incrustés, il y en a dix. Il s'agit donc sûrement d'un numéro de téléphone. On en a identifié trois.

118

On espère faire mieux ! Mais votre carnet, il a quelque chose de bizarre.

— Allez-y !

— Il ne présente aucune empreinte. La personne qui a déchiré la page l'a soigneusement essuyé.

— Et la corde, rien de neuf, à part le sang ?

— Non, mais tout confirme qu'elle vient d'un bateau.

L'inspecteur principal Riou dérangea les brigadiers Barré et Leroux dans leur partie de belote, mais ils durent faire contre mauvaise fortune bon cœur, et la suivre dans son bureau où elle réunit toute son équipe pour planifier le travail de la matinée. Les deux agents furent chargés d'aller interroger les jeunes qui avaient été renvoyés du chantier naval, pour savoir où ils étaient la nuit du crime, et de vérifier si Olivier Marek habitait toujours à l'adresse qu'avait fournie la secrétaire, mais sans chercher à le contacter. Carole préférait s'en charger plus tard. Modard devait s'occuper de tout ce qui concernait Anne-Marie. Quant à elle, elle se rendrait à *La Vigie* pour essayer de voir Fréhel, puis chez les Malot. Ils devaient tous se retrouver à quatorze heures pour faire le point.

La jeune femme décida de se rendre au journal à pied. Elle longea les quais du port intérieur. La pluie avait cessé, et de nouvelles rafales de vent faisaient onduler des reflets dans les flaques. La façade néoclassique de la chambre de commerce abritait des pigeons, perchés sur la tête des deux statues érigées entre les colonnades et qui semblaient picorer le crâne de l'amiral et de l'explorateur, enfants célèbres de Marville. Dans le bassin, la plupart des chalutiers étaient à quai, devant les halles grises des mareyeurs. Les deux grues vertes, immobiles, pointaient leurs bras inutiles vers le bâtiment ultramoderne de la médiathèque. Quelques voiliers, abandonnés pour l'hiver et qui n'avaient pas trouvé place dans le bassin de plaisance, heurtaient doucement les pontons humides. Sous les gifles du noroît, les drisses et les haubans donnaient un concert grinçant. La ville semblait déserte, figée dans le gris et le froid. Toute son énergie s'était concentrée dans les maisons, dans les bureaux, dans les ateliers, au chaud. Les rares promeneurs avaient des allures de rescapés, et pressaient le pas. Carole, en fille de Bretagne, ne craignait pas l'hiver. Elle serra son manteau contre elle, et respira à pleins poumons l'air iodé. Il était difficile d'imaginer, dans cette atmosphère provinciale et gelée, dans le calme de la matinée, qu'on pût être à la recherche d'un assassin.

Au bout du quai, elle tourna à gauche pour rejoindre la rue piétonne, cœur de Marville, où se tenait le samedi un marché très animé, riche d'odeurs et de couleurs, et qui drainait des foules venues de la campagne environnante et même d'Angleterre. Au-delà de la place de la République, tout un pâté de maisons anciennes et insalubres avait été récemment détruit, qu'on avait remplacé par un ensemble flambant neuf abritant un supermarché, un parking souterrain, un hôtel Ibis et les nouveaux locaux du quotidien local. Celui-ci était distribué dans un rayon d'une vingtaine de kilomètres et assurait sa survie par l'intérêt que portaient les populations à la vie de leurs villages, aux accidents du week-end, à la politique locale et à la rubrique nécrologique. Sur les vitres de la devanture était scotchée la une du jour. Mme Malot y figurait, très chic, au bras de son époux, et à côté, mais plus petite, Anne-Marie, souriante dans une robe d'été.

Dans le hall à la moquette marron, et aux murs décorés de grandes photos du port et de la plage, la réceptionniste recevait des clients venus déposer leurs petites annonces. Carole attendit patiemment son tour, et, sans se présenter, demanda à voir Didier Fréhel.

— C'est pour quoi ?

— Police. Quelques questions.

La fille ouvrit de grands yeux, et rougit vaguement.

— Excusez-moi, je ne pouvais pas deviner. Il doit être là. Je ne l'ai pas vu redescendre. Premier étage, deuxième porte à droite.

Le journaliste s'apprêtait à sortir. Le rédacteur en chef l'avait chargé de couvrir une remise de médaille dans un village voisin, et il ne décolérait pas. Il avait insisté pour être déchargé de ce type de corvées, disant qu'il voulait se consacrer à l'affaire Malot. Mais son patron lui avait répondu qu'il n'était pas payé pour faire le travail de la police, que *La Vigie* n'était pas *Détective*, et que le commissaire lui avait promis de le prévenir si des faits nouveaux pouvaient être divulgués. Fréhel dut obtempérer, mais il pestait de ne pouvoir partir en chasse. À l'entrée de la femme flic, il fut tout de suite sur le qui-vive.

Carole attaqua directement :

— Monsieur Fréhel, vous semblez vous intéresser de très près à la famille Malot. Passe encore pour votre intrusion pour le moins intempestive sur les lieux du crime hier matin. Je sais de quoi sont capables les journalistes pour faire une photo sensationnelle ! Mais j'ai appris qu'on vous avait vu sortir de la chambre de Mme Malot quelques jours avant sa mort. Pouvez-vous m'expliquer ce que vous y faisiez ?

— Qui prétend m'avoir vu sortir de cette chambre ? C'est n'importe quoi, je ne connais ces gens-là que de vue, comme tout le monde à Marville. Pourquoi serais-je allé lui rendre visite ?

Carole se dit qu'il ne servait à rien de mentir.

— C'est bien ce que je me demande. Et en réponse à votre première question : une infirmière, qui était dans le couloir en train de s'occuper d'une malade.

Le jeune homme réfléchit, sembla fouiller dans sa mémoire.

— Je ne nie pas être allé dans ce service. On prépare un papier sur les différentes structures d'accueil des personnes âgées dépendantes, dans la région. Je me suis donc normalement rendu aux Prairies, pour voir comment fonctionnait ce service.

— Mais vous n'avez pas questionné l'infirmière, ni personne d'ailleurs. Drôle de manière de se renseigner, ironisa Carole.

Son interlocuteur parut pris au dépourvu, puis retrouva le sourire :

— J'ai besoin, d'abord, de m'imprégner des atmosphères, de voir évoluer les gens hors de la présence de la presse. C'était, en quelque sorte, une première approche, incognito.

— Belle conscience professionnelle ! Mais vous ne m'avez pas vraiment convaincue. Je suis sûre que vous me cachez quelque chose. Que vous tourniez autour des Malot avant le meurtre. Vous vous mettriez gravement en tort en gardant pour vous des informations qui pourraient faire avancer l'enquête de la police.

Cette fois, Didier Fréhel la regarda en face.

122

— Vous vous trompez complètement. Je ne sais absolument rien de plus que le peu que vous avez bien voulu dire aux journalistes, et ce que j'ai vu sur place.

— Très bien. Je suis obligée de me contenter de ce que vous me dites. Mais méfiez-vous quand même. Nous avons affaire à quelqu'un qui a déjà tué deux fois. N'essayez pas de faire cavalier seul, cela pourrait vous jouer des tours. Et je ne veux pas vous retrouver dans mes pattes !

— J'ai le droit de faire mon boulot.

— D'accord. Je vous laisse, mais réfléchissez. Vous savez où me joindre si vous changez d'avis.

Elle redescendit l'escalier en traitant intérieurement le reporter de petit imbécile. Elle se sentait frustrée, avait l'impression d'être passée à côté d'une parcelle de vérité, mais de l'avoir laissé s'échapper. Elle retourna au commissariat pour prendre sa voiture, et naturellement se fit tremper par une averse qui s'abattit brutalement sur la ville au moment où elle repassait devant la bibliothèque. L'envie de s'abriter un moment la décida à y entrer. Même si cela lui semblait dérisoire, elle allait chercher à se documenter un peu plus sur la fameuse Antigone. Dans le fichier thématique, étaient proposées deux œuvres sous ce titre, une pièce de Sophocle, l'autre d'Anouilh. Elle emprunta les deux livres. Quand elle retrouva sa voiture, elle les déposa sur le siège arrière. On verrait plus tard. Pour l'instant, elle allait essayer d'en savoir un peu plus sur la personnalité de Jeanne Malot, et sur toute cette maisonnée. À cette heure de la matinée, elle avait une chance de rencontrer les brus, seules. S'il le fallait, elle trouverait les hommes au chantier. Elle savait qu'il lui faudrait être très prudente dans sa manière d'agir avec ces gens-là. Mais elle n'avait pas l'intention de se laisser impressionner.

Elle décida de garer sa voiture au parking, et de prendre une des voitures de fonction. Ainsi, on pourrait toujours la joindre par radio. Elle prévint donc le planton et le standardiste.

Elle avait à peine parcouru la moitié du chemin qui la menait chez les Malot que le grésillement de la radio envahit l'habitacle. Furieuse, elle prit la communication. Trois personnes venaient d'arriver au commissariat et demandaient à lui parler d'urgence à propos des meurtres de l'hôpital. Pas d'autre choix. Elle fit demi-tour.

VIII

Ils n'avaient pas voulu s'asseoir, et attendaient debout dans le grand hall gris et blanc où s'alignaient pourtant des chaises recouvertes de skaï noir sur lesquelles patientaient des gens venus déposer plainte. De l'accueil, on les lui désigna d'un signe de tête. Deux hommes et une femme. Carole se dit que Modard aurait passé les menottes aux hommes qui étaient tous les deux barbus ! Elle fut saisie, dès le premier regard, par l'étonnante beauté de ces trois êtres. Le plus âgé pouvait avoir entre cinquante et soixante ans. Ce qui frappait en lui était à la fois le caractère excessif du physique dont la nature l'avait doté, et en même temps l'harmonie qui se dégageait de ces excès. Il était trop grand, trop mince, vêtu d'un costume de velours brun. Il portait, assez longs, des cheveux poivre et sel, tellement drus et souples qu'il était difficile de les croire naturels. Son teint mat, ses yeux noirs, sa barbe fournie évoquaient irrésistiblement un voyageur venu des mers du Sud, égaré dans les brumes normandes. Du regard, vif, émanait d'ailleurs une indéfinissable nostalgie, comme la trace d'une très ancienne douleur. Le nez, un peu long, ne déparait pas la finesse des traits. Son compagnon était blond, âgé d'une quarantaine d'années, plus petit, mais bien proportionné, et, derrière ses lunettes cerclées d'acier, brillaient des yeux d'un bleu intense qui pour l'instant étaient tournés vers l'arrivante avec une lueur d'hostilité, ou de méfiance.

La jeune femme, qui avait à peu près l'âge de Carole, incarnait à la fois la grâce et la fragilité. De frêles poignets ornés d'un bracelet d'or dépassaient des manches d'un pull tunique noir, à motifs de feuilles rouille. Une jupe, également noire, et longue, flottait autour de son corps délicat. Elle était brune, avec une chevelure soyeuse, coupée au carré à hauteur des épaules. Elle garda les yeux baissés vers le sol quand l'inspecteur Riou s'approcha du trio. Mais alors que le plus grand des visiteurs se détachait du groupe en tendant la main, elle releva la tête, et dévoila, dans ses yeux clairs, presque dorés — des yeux de chat — l'expression égarée d'une enfant qui supplie qu'on ne l'abandonne pas.

Quand l'homme se présenta, Carole ne fut pas étonnée. Elle avait deviné qui il était.

— Je suis Olivier Marek. C'est bien vous qui êtes chargée de l'enquête sur la mort de Jeanne Malot ?

Carole acquiesça.

— Je vous présente ma fille, Anne, et Antoine Bouvier, un ami, professeur au collège Louis-Guilloux. Ils ont tenu à m'accompagner pour ne pas me laisser affronter seul les foudres de la police ! Deux de vos sbires en uniforme ont arpenté mon quartier ce matin et sonné chez tous mes voisins, qui ont eu la gentillesse de me prévenir qu'apparemment ils cherchaient des renseignements sur mon compte. J'ai préféré venir vous voir, pour vous demander ce que vous me vouliez, avant que ma réputation ne soit définitivement perdue !

Les abrutis ! pesta Carole intérieurement, maudissant les méthodes de Leroux et Barré.

— Pouvez-vous me recevoir ? ajouta Marek. Si vous n'y voyez pas d'inconvénient, mes compagnons m'attendront ici.

— Très bien. Montez dans mon bureau.

Anne amorça un mouvement, comme pour suivre son père, mais l'homme aux yeux bleus lui prit le bras, et la mena jusqu'à la rangée de chaises. Ils s'assirent tous les deux. Olivier Marek suivit Carole dans l'escalier. Debout près de lui, sur le palier du premier, elle se sentait minuscule. Elle lui ouvrit la porte et le laissa entrer le premier, puis elle s'installa derrière son bureau, lui fit signe de prendre le siège qui lui faisait face. L'homme croisa ses longues jambes, la regarda d'un air légèrement narquois. Normalement, Carole aurait dû dactylographier toute la conversation, mais après tout son visiteur n'avait pas été convoqué comme témoin, et elle préféra garder à l'entretien sa spontanéité.

— Alors, pourquoi me tournez-vous autour ? attaqua-t-il. Dois-je me considérer comme suspect ?

Sa voix était chaude, avec une pointe d'accent méridional, et sans aucune obséquiosité. Il mettait tout de suite les choses au point. Il avait sollicité l'entretien pour avoir des explications, non parce qu'il craignait la police.

— Nous n'avons pour l'instant aucun suspect, monsieur Marek. Mais nous nous intéressons à tous ceux qui, de près ou de loin, ont pu avoir des relations conflictuelles avec la famille de l'une ou l'autre des victimes. Vous avez été, m'a-t-on dit, cadre commercial du chantier naval, et récemment licencié.

— C'est vrai.

Carole attendit, mais rien ne suivit la confirmation.

— Pouvez-vous m'en dire plus ?

— C'est un peu gênant.

— Dans une enquête criminelle, c'est une notion qui n'a pas cours. Je peux vous dire que M. Malot prétend que vous avez commis des malversations.

— Quel salopard ! C'est entièrement faux.

— Je m'en doutais un peu. Sa secrétaire m'a appris qu'on vous avait versé une confortable indemnité. Et Louis Malot n'est pas homme à ne pas porter plainte, en cas de faute grave. Si nous reprenions tout à partir du commencement ? D'abord, comment êtes-vous entré dans l'entreprise ?

— Ils sont venus me chercher ! Je vous explique. J'ai vécu de longues années à l'étranger. J'avais une formation de comptable, et l'envie de bouger. Les écoles commerciales n'avaient pas fleuri, dans ma jeunesse, comme maintenant. J'ai appris sur le tas. J'ai travaillé dans l'import-export pour de nombreuses entreprises européennes, j'étais établi à l'étranger pour prospecter des marchés. J'ai vécu en Amérique du Sud, aux États-Unis et en Afrique. Récemment, j'ai eu envie de revenir en France, et j'ai trouvé un emploi de directeur des ventes dans un chantier de construction navale de Marseille, qui fabriquait des voiliers haut de gamme en séries limitées. C'est à ce titre que je tenais leur stand, lors du Salon nautique de Paris, en 1996. Tout a bien marché, j'ai décroché pas mal de commandes. Je suppose que Malot l'a appris. À ce moment-là, sa propre entreprise battait de l'aile et je crois qu'il s'était rendu compte que son

128

fils Étienne était un incapable. Il est venu me trouver la veille de la fermeture du Salon, et m'a proposé un pont d'or pour me faire venir chez lui. J'ai accepté, je ne sais pas trop pourquoi... la bougeotte, sans doute, et puis, le salaire proposé était attractif ! En tout cas, en un an, je lui ai sauvé la mise !

— Et alors ? Que s'est-il passé entre vous ?

— C'est délicat... Étienne me détestait. Il avait la sensation, et à juste titre, que j'avais pris sa place. C'est vrai que, s'il continuait à rencontrer les clients, c'était sous mon contrôle. Avec son frère, cela se passait mieux, parce que je n'empiétais pas sur ses responsabilités de chef de chantier. Le problème est que Pascal a une femme ravissante, et que celle d'Étienne vieillit mal. Et un jour, à Rouen, j'ai rencontré Étienne et sa belle-sœur Caroline, au moment où ils pénétraient, ensemble, dans un hôtel. Ils m'ont vu. C'est devenu infernal. Étienne était terrorisé à l'idée que son frère apprenne sa trahison et cherchait par tous les moyens à se débarrasser de moi. Je ne sais pas au juste ce qu'il a comploté, mais Caroline s'est mise à me faire une cour effrénée, et s'est arrangée pour que son beau-père nous surprenne alors qu'elle était pendue à mon cou... bien malgré moi, vous pouvez me croire ! Bref, le vieux est entré dans une colère noire. Je ne sais pas comment il a réagi par rapport à sa belle-fille, ni ce qu'elle lui a raconté, mais moi, il m'a fichu à la porte.

— Mais pourquoi les indemnités élevées ?

— Je me demande s'il ne soupçonnait pas la vérité. Je n'en sais rien. J'ai été le premier étonné. Je ne me suis même pas défendu. L'atmosphère était devenue irrespirable et je n'étais pas mécontent de partir. Je n'ai plus eu aucun contact depuis avec ces gens.

— Vous ne les avez jamais revus, ni les uns ni les autres ?

Marek eut un moment d'hésitation.

— J'ai pu les croiser, dans la rue, c'est tout.

— Avez-vous révélé à Pascal ce que vous aviez découvert sur sa femme et son frère ?

— Certainement pas ! Pour qui me prenez-vous ? D'abord, leurs histoires de fesses ne me regardaient pas, et je n'ai rien d'un délateur.

— Que comptez-vous faire, maintenant ?

— Je m'apprête à repartir à l'étranger, j'ai plusieurs propositions de travail en Europe de l'Est.

— Votre départ n'est pas imminent ?

— Ne vous inquiétez pas, je ne vais pas m'enfuir !

— Autre chose. On vous a vu dans la cour du chantier en conversation pour le moins animée avec Mme Malot.

Carole sentit un étonnement, une gêne, chez son interlocuteur. Il demanda :

— Qui vous a dit cela ?

— La secrétaire. Elle vous a vus par la fenêtre.

Marek sembla soulagé.

— C'est la seule fois où j'ai eu affaire à la femme du patron. Je n'ai pas très bien compris ce qu'elle me voulait. Elle prétendait qu'il fallait que je parte, qu'Étienne était trop humilié par ma présence. C'était une situation ridicule. J'ai d'ailleurs été viré quelque temps après. Un vrai complot familial !

Il se força à sourire. L'explication n'était guère convaincante, mais Carole sentit qu'elle devrait s'en contenter. Elle consulta ses notes et se souvint de l'homme brun qui avait été vu aux Prairies.

— Vous êtes-vous rendu récemment dans le service de l'hôpital où était Jeanne Malot ?

— Certainement pas. Vous m'imaginez lui apportant des fleurs ? C'est tout ?

Elle avait envie d'en savoir plus sur ce personnage, tant qu'elle l'avait à sa disposition. Elle lui demanda, d'un air amusé :

— Dites-moi, je n'ai pas l'impression que vous êtes effrayé à l'idée d'entrer dans un commissariat de police. Comment se fait-il que vous ne soyez pas venu tout seul ?

Olivier Marek se rembrunit. Son ton se fit plus grave, et son visage afficha un désarroi presque pathétique. Il expliqua :

— C'est à cause d'Anne. Ce n'est pas elle qui ne voulait pas me laisser seul, c'est moi qui n'ai pas osé la laisser à la maison. Elle a été affolée par la présence de vos policiers autour de chez nous. Voyez-vous, ma fille présente des troubles psychologiques graves. Sa mère est morte quand elle était encore un bébé, et nous ne nous sommes jamais quittés. J'ai essayé de la pousser dans le monde, de lui apprendre à devenir adulte, mais elle est incapable de s'assumer seule, même à trente-cinq ans. Un rien provoque en elle de graves crises de panique. À dix-huit ans, elle était anorexique, et a fait, depuis, plusieurs tentatives de suicide. C'est à la suite d'une période dépressive aiguë que j'ai souhaité revenir en France, où je pensais qu'elle serait mieux soignée. Mais elle n'a guère progressé. Elle a une intelligence tout à fait normale, et lit beaucoup, mais elle a gardé l'âme et la fragilité d'un petit enfant. Antoine est un ami, le seul ami que j'aie à Marville. Nous nous sommes rencontrés parce que nous jouons tous deux au tennis. Je lui ai demandé de venir avec nous, pour tenir compagnie à Anne pendant notre entretien auquel je préfère qu'elle n'assiste pas.

— Et que faisiez-vous d'elle, quand vous travailliez chez Malot ?

— Elle peut quand même rester seule à la maison, en temps normal, dans la journée, et j'avais une femme de ménage qui venait tous les jours. Antoine passait, aussi, régulièrement. Elle l'aime bien.

— Votre ami n'est pas marié ?

— Il est divorcé, depuis longtemps.

— Et vous, monsieur Marek, vous n'avez jamais eu envie de refaire votre vie ?

— Je pense que cela ne vous regarde pas. Je peux seulement vous dire que j'ai consacré ma vie à ma fille, et que j'ai souvent déménagé, ce qui implique que, si j'ai eu des aventures, elles furent sans lendemain.

Un charme puissant émanait de cet être, et en même temps on sentait une fêlure, une blessure secrète qui le faisait paraître vulnérable sous son air sûr de lui.

— Je peux vous demander d'où vous êtes originaire ?

— Votre curiosité à mon égard est décidément sans limite ! Je suis né en 1942, dans un village du Gard, près d'Alès. Mais comme je suppose que vous n'allez pas manquer de faire des vérifications, et que vous ne trouverez pas trace d'Olivier Marek sur les registres d'état civil, je préfère vous mettre au courant de ma petite histoire. Père et mère inconnus. D'après ce qu'on m'a dit, ma mère était une très jeune fille, qui travaillait depuis peu dans une ferme. Elle a accouché, puis disparu en me laissant dans l'étable ! Belle entrée dans le monde, n'est-ce pas ?

132

Les fermiers m'ont apporté au curé du village. Il a prévenu l'Assistance publique, et m'a baptisé Jules Olivier. On donnait toujours deux prénoms aux enfants trouvés. Jules, comme le curé, et Olivier, du nom du saint fêté le 12 juillet, jour de ma naissance. J'ai eu la chance qu'un couple de paysans du village propose de me garder. On m'a laissé à eux, c'étaient de braves gens, disparus à présent. Ils m'ont élevé et aimé comme un fils. Quant à mon actuelle identité, sans entrer dans les détails, je l'ai, disons, négociée au prix fort, quand je me suis fait établir un passeport pour mon premier départ à l'étranger. J'avais dix-huit ans. C'était pour moi le symbole d'un nouveau départ dans la vie.

— Et Anne ?

— Marek. Elle est née en Amérique. Mère étrangère. Nous n'étions pas mariés. Je vous ai déjà dit qu'elle ne l'avait pas connue.

— Vous l'avez eue très jeune.

— Vingt ans. Cela vous suffit, comme mélo ?

Non, cela ne lui suffisait pas, mais que pouvait-elle lui demander d'autre, à part s'il avait un alibi pour la nuit des crimes ? Question à laquelle il répondit sans hésitation :

— Pas vraiment, mais cela dépend de l'heure à laquelle cela s'est passé. Attendez... C'était avant-hier soir ?

— Plutôt hier matin.

— Tout ce que je peux vous dire, c'est que, dimanche soir, Antoine a dîné avec nous. On a un peu regardé la télé et bavardé. Il est parti vers onze heures, parce qu'il avait cours le lundi de bonne heure. Il ne travaille pas le mardi matin, c'est pourquoi il est là.

— Qu'enseigne-t-il ? demanda machinalement Carole.

— Le français.

— Et après, monsieur Marek ?

— Après, j'ai traîné un peu, j'ai lu. Anne était couchée, mais elle s'est relevée vers une heure du matin. Elle a souvent des insomnies. Je lui ai donné un somnifère — vous comprenez, je préfère qu'elle n'en ait pas dans sa chambre — et puis je me suis mis au lit à mon tour. À partir de ce moment, évidemment, personne ne peut confirmer que j'étais bien chez moi !

— Où habitez-vous ?

— Vos Dupont et Dupond ne vous l'ont pas dit ?

— Je connais l'adresse, mais je ne situe pas la rue.

— C'est dans le quartier Saint-Michel.

— Juste derrière l'hôpital, alors ?

— Hélas oui ! Juste derrière l'hôpital. Cela ne fait pas de moi un assassin.

— Je ne vous ai pas accusé. Et votre ami, où habite-t-il ?

— À deux rues de la mienne. Quartier Saint-Michel, derrière l'hôpital. Et il vit seul. Vous allez l'arrêter ?

Carole ne put s'empêcher de sourire. Elle avait décidément du mal à le laisser partir.

— Vous êtes sûr de n'avoir rien d'autre à me dire ?

— Sûr. Et je voudrais bien, à présent, rejoindre ma fille.

— Vous pouvez partir, monsieur Marek. Je vous remercie de votre collaboration spontanée.

Il déploya son grand corps, et au moment de sortir se retourna et ajouta :

134

— Vous savez, je déplore la mort de ces deux femmes. Je n'avais rien contre Mme Malot, et je suis désolé pour la garde de nuit.

— Vous la connaissiez ?

— Absolument pas. Mais le journal dit qu'elle laisse deux enfants.

Il était sur le point de passer la porte. Sans très bien savoir pourquoi, Carole lança :

— Antigone, cela évoque quelque chose pour vous ?

Marek tressaillit. Il ne se retourna pas immédiatement. Le silence sembla durer une éternité. Quand l'homme présenta enfin son visage à Carole, il était livide.

— Pourquoi me demandez-vous cela ?

— Comme ça. Un mot sur un bout de papier.

— C'est une héroïne de l'Antiquité ?

— Oui, je crois.

— Rien d'autre à vous en dire. Je ne connais pas vraiment.

Il fit un rapide demi-tour et sortit du bureau. Ce simple mot semblait provoquer des réactions bizarres chez les interlocuteurs de Carole, mais elle ne comprenait toujours pas pourquoi. Elle ne put s'empêcher de se lever pour suivre Marek. Elle voulait revoir les deux autres. Ils étaient toujours assis, et l'homme tenait la main de la jeune femme. Ses yeux bleus brillaient étrangement en la regardant et, quand elle se leva pour aller au-devant de son père, ils ne la quittèrent pas.

Une constatation s'imposait : ce type était follement amoureux de la fille de son ami.

Au moment où les trois visiteurs s'apprêtaient à franchir la porte d'entrée, une bousculade se produisit. Ils furent refoulés vers l'intérieur par un groupe vociférant. Deux officiers en civil et trois agents en tenue amenaient, en les tirant ou en les poussant sans ménagement, un groupe d'une dizaine de jeunes qui protestaient avec véhémence et se défendaient comme de beaux diables. Martin, l'un des inspecteurs, fit un clin d'œil à Carole, et, retenant toujours par le bras l'un de ses prisonniers, lui dit à l'oreille :

— Fouille surprise à la grille du lycée professionnel. On en a chopé trois qui dealaient, et les autres avaient des barrettes dans leurs poches ou dans leurs cartables ! Foutus gamins ! On va flanquer une belle trouille aux consommateurs et garder quelque temps les dealers au frais avant de les déférer au parquet.

Martin n'était pas un mauvais flic, mais il avait tendance à se prendre pour un cow-boy. Du groupe de lycéens fusaient des insultes :

— Enculés de flics ! On n'a rien fait ! Vous n'avez pas le droit !

Carole sourit. Elle détestait les dealers, ceux qui se faisaient de l'argent en vendant de la drogue et incitaient même de très jeunes collégiens à voler leurs mères pour s'en procurer, mais elle ne dramatisait pas le fait de se rouler quelques joints pour avoir l'impression de transgresser un interdit. Il fallait bien, pourtant, que la police remplisse son rôle répressif... Plantée au milieu du hall d'entrée, elle eut droit à son lot de noms d'oiseaux, mais elle n'écoutait pas. Elle regardait Marek, sa fille et son ami qui avaient réussi à regagner la sortie. Au milieu des gosses échevelés ou aux crânes rasés, tous chaussés de baskets et vêtus des mêmes blousons, sur des jeans ou des pantalons de survêtement, ces trois-là semblaient des extraterrestres, appartenaient à un autre univers. Elle franchit aussi la porte, laissant la ruche à son bourdonnement, et regagna la voiture. Il était presque onze heures. Elle avait encore une petite chance de trouver les belles-filles à la maison, si elles n'allaient pas elles-mêmes chercher les enfants à l'école.

À ce moment précis, Caroline venait de finir de s'habiller. Elle avait traînassé, comme d'habitude, sans rien faire de particulier, sinon un long séjour dans la salle de bains. Elle était mal à l'aise, vaguement angoissée. Pascal ne lui avait pas dit un mot depuis la veille. Si vraiment il était au courant, elle aurait préféré qu'il lui fît une bonne scène. Tout était préférable à ce silence. Même Étienne semblait la fuir, et les deux frères se jetaient des regards de haine. Elle n'avait pas osé avouer à Florence, la veille, la rencontre qu'ils avaient faite à Rouen, devant l'hôtel. Ce directeur commercial, qu'elle et Étienne avaient décidé de faire virer. Ma foi, elle avait bien joué sa petite comédie, et en avait été quitte pour un savon de la part du vieux Louis. Elle se demandait à présent si c'était ce fumier qui avait parlé pour se venger. Mais pourquoi maintenant ? Pourquoi n'avait-il rien dit au moment où on l'avait flanqué à la porte ?

Et puis après ? Finalement, elle ne savait plus très bien ce qui l'avait poussée à devenir la maîtresse de son beau-frère. Elle n'était pas plus amoureuse de lui qu'elle ne l'avait été de Pascal. Elle avait tout fait pour se faire épouser, parce qu'elle voulait sortir de son milieu, profiter de ce bonheur dont elle pensait que les riches jouissaient forcément. On l'avait acceptée à contrecœur, Pascal n'avait pas cédé. Et elle avait été enfermée dans cette grande baraque, où elle s'ennuyait à mourir. Étienne était le seul remède qu'elle eût trouvé sur place pour mettre un peu de piment dans sa vie. Qu'est-ce qu'elle risquait ? Un divorce ? Être chassée comme une pestiférée ? Cela lui faisait de moins en moins peur, à condition qu'on ne la prive pas de Mélanie, sa fille. Ils seraient bien obligés de lui verser une pension alimentaire. Elle se débrouillerait. Elle serait libre. Elle n'aurait plus à supporter l'atmosphère délétère de cette baraque.

Elle se revoyait, gamine, quand elle descendait en bus jusqu'au port, et qu'elle retrouvait son père au Café des Amis. Il était docker, il y avait du boulot, à l'époque, quand les bananiers déchargeaient encore leurs cargaisons à Marville, avant que la containérisation ne dévie le trafic vers Le Havre et ne réduise le paternel et ses copains au chômage et à la déprime, avec ou sans alcool. Il lui payait un coup. Elle adorait l'ambiance des bistrots, l'odeur du tabac, les grosses rigolades des hommes, et les regards qu'ils lui lançaient. Elle était parfaitement à l'aise dans ce milieu qui vivait de la mer, mais elle avait voulu plus, elle s'était crue trop jolie pour ne pas mériter mieux. Mais se morfondre chez les Malot, c'était plutôt pire.

Caroline se sentait écœurée et flouée. Écœurée d'elle-même, flouée par les autres. Les sales hypocrites. S'ils voulaient à tout prix qu'elle se taise sur ce qu'elle avait entendu le jour où Jeanne était tombée malade, c'est qu'ils devaient avoir des choses pas jolies à cacher. Des choses qui expliquaient peut-être pourquoi la vieille dame, quand elle n'était pas en représentation à l'extérieur, titubait presque tous les soirs, comme l'une de ces ivrognesses à qui elle donnait dix francs dans les rues de la ville.

Elle regarda par la fenêtre. Il faisait un temps pourri. Elle vit arriver la voiture blanche et en sortir la femme flic qui était venue la veille. Les autres étaient tous absents. Caroline décida brutalement qu'elle allait régler ses comptes.

Elle alla elle-même ouvrir la porte du bas, et fit monter Carole dans son appartement. Elle joua parfaitement son rôle. Fut souriante, courtoise, proposa des boissons que l'autre refusa. Oui, elle avait tout son temps, sa belle-sœur ramènerait les enfants de l'école. Non, personne d'autre qu'elle n'était à la maison. Son mari et son beau-frère étaient au chantier. Son beau-père s'occupait des formalités pour l'inhumation de sa femme. Oui, elle avait été bouleversée par ce qui était arrivé, et elle plaignait aussi l'autre victime. Pauvre femme !

— Parlez-moi de votre belle-mère, dit l'inspecteur. Quel genre de femme était-ce ? S'entendait-elle bien avec son mari ?

— Ils s'adoraient. C'était sa deuxième épouse. La première est morte quand les garçons étaient tout petits. Vous connaissiez Jeanne ? Une très belle femme, et avec beaucoup de caractère. Forte personnalité. C'est terrible de mourir comme cela !

— Je l'imaginais plus fragile, s'étonna Carole. Il paraît qu'elle en avait tellement peur que c'est un orage qui a provoqué son état comateux.

— Mais pas du tout ! Qui vous a dit cela ? Fragile n'est sûrement pas le qualificatif que j'aurais employé pour dépeindre ma belle-mère ! En tout cas, je ne l'ai jamais vue trembler à cause d'un orage !

Carole aperçut la lueur sournoise dans l'œil de son interlocutrice. Elle sentit un sous-entendu, et ajouta, sans répondre directement :

139

— Tremblait-elle pour d'autres raisons ?

— Disons qu'il lui arrivait de boire un peu trop. Mais que cela reste entre nous.

La perfidie de la remarque choqua presque Carole, qui insista pourtant :

— Ce soir-là, il semble bien qu'elle ait vraiment éprouvé une grande frayeur ?

— Sans doute, mais je ne sais pas exactement ce qui s'est passé. Ma belle-sœur et moi-même étions à l'étage. Il y avait du monde, en bas, au moins une personne, avec les trois hommes, mais nous n'avions pas été conviées à descendre. Tout ce que nous avons entendu, ce sont les échos d'une dispute violente, en tout cas, ils avaient l'air très énervés. Puis nos maris sont remontés, très pâles, mais ils n'ont rien voulu nous dire. Le visiteur était encore là, mais le bruit s'était calmé. Tout à coup, Jeanne a poussé un grand cri, puis le silence. J'ai entendu un peu plus tard démarrer une voiture, qui est partie à toute vitesse. Mon beau-père nous a dit que sa femme avait eu un malaise, et a appelé un médecin. Jeanne était par terre, elle ne bougeait plus du tout. Quand le médecin est arrivé, il a tout de suite téléphoné pour avoir une ambulance, et on l'a emmenée à l'hôpital. Elle ne s'est jamais remise.

— Votre beau-père ne nous a pas parlé de ce visiteur. Avez-vous une idée de son identité ?

— Non, pas la moindre. On nous a demandé de ne pas en parler.

— Alors, pourquoi me l'avoir raconté ?

Caroline eut un petit sourire.

— On doit tout dire à la police, n'est-ce pas ?

IX

Quand Carole reprit le volant, elle éprouvait des sentiments mitigés. Elle pestait contre Malot, qui lui avait raconté des bobards, et l'entrevue avec sa belle-fille engendrait un sentiment de malaise. D'un côté, elle avait l'impression que c'était la première fois, depuis le début de cette affaire, que quelqu'un lui disait vraiment tout ce qu'il savait. En même temps, elle se rendait compte que la confession de Caroline était dictée par un désir de mettre en difficulté ceux avec qui elle vivait. Bien sûr, tout ce qui pouvait aider à faire connaître la vérité était bienvenu. Mais l'entrevue lui laissait un goût un peu amer, comme si elle avait fouillé dans le linge sale de cette famille qui, depuis des années, était considérée dans la ville comme éminemment respectable. En tout cas, elle allait convoquer le patriarche, deuil ou pas, le plus rapidement possible, officiellement cette fois, et elle le mettrait face à ses mensonges.

Midi approchait. Elle venait de décider de faire une pause déjeuner quand la radio se manifesta à nouveau. Cette fois, la voix de Giffard en personne tonitruait dans l'appareil. Le commissaire avait l'air furieux.

— Qu'est-ce qu'ils étaient censés faire au Val-Rudel, vos deux zozos ?

— Mes deux zozos ?

Elle était à des lieues de la réunion du matin.

— Leroux et Barré. Ils ont déclenché une véritable émeute. Ils viennent d'appeler de leur voiture, ils sont encerclés par un groupe de jeunes de la cité et ne savent pas comment s'en dépatouiller !

Et merde... se dit Carole, puis à voix haute :

— J'y vais. Si Modard rentre, dites-lui de me rejoindre là-haut. Envoyez-nous du renfort si c'est possible.

— Ça va être duraille. C'est l'heure de la bouffe. Je vais faire ce que je peux.

Carole mit le gyrophare en route, enclencha la sirène « deux tons » et la voiture fonça, grillant les feux rouges. Elle avala l'avenue Carnot, qui grimpait vers la sortie de la ville, passa le rond-point sur les chapeaux de roues, tourna derrière le centre commercial que surmontait l'immense enseigne de l'hypermarché Auchan et dont le parking était plein, comme d'habitude, et ne ralentit qu'en approchant des premiers immeubles du Val-Rudel. Des écoliers, pourtant libérés depuis une demi-heure, traînaient encore par petits groupes.

L'école primaire était posée au milieu des tours, seule construction plate, dans la verticalité des habitations. La municipalité avait fait des efforts pour diversifier la population. La zone centrale, occupée par les logements collectifs H.L.M., était ceinturée d'un ruban de pavillons individuels, avec des jardins, dont les occupants étaient pour la plupart propriétaires. On avait planté des arbustes, semé des couleurs gaies sur les volets et les portes, donné aux rues des noms de peintres, mais aucun artifice ne parvenait à dissiper, sous ce ciel d'hiver, l'infinie tristesse de ces lieux.

Carole, qui arrivait des quartiers chics, fut frappée, plus encore qu'à l'ordinaire, par la coexistence de deux mondes totalement opposés, dont les occupants ne pouvaient qu'avoir des modes de pensée inconciliables. Elle aperçut un rassemblement au pied de l'un des quatre immeubles qui avaient été construits les premiers, et qu'on appelait les « barres ». La voiture de police était bien là, cernée par un groupe compact et hétéroclite d'adolescents et d'adultes qui l'empêchait de démarrer en formant barrage, et, visiblement, injuriait les prisonniers. L'inspecteur Riou arrêta sa voiture à une dizaine de mètres, et en descendit tranquillement. Elle n'avait pas peur. À quelques exceptions près, il n'y avait pas, ici, d'individus vraiment dangereux. La colère, l'humiliation ou l'alcool pouvaient déclencher des bouffées de violence. Le chômage et le désœuvrement généraient des conflits. Mais la plupart des habitants étaient de braves gens. Elle s'approcha calmement, personne ne la regardait, les cris continuaient :

— On n'est pas des assassins ! Bandes d'enfoirés ! Foutez-nous la paix !

Une femme l'aperçut, vit la voiture stationnée juste derrière.

— En v'là une autre ! Qu'est-ce qu'elle veut encore ?

— Qu'est-ce qui se passe ici ? lui demanda Carole.

Tous se tournèrent vers elle, continuant à gesticuler, mais sans la menacer réellement.

— Pourquoi on vient nous accuser dès qu'il y a un problème en ville ? Pourquoi on l'aurait tuée, la femme à Malot ? Pourquoi c'est toujours nous qu'on trinque ?

— Si vous parlez tous à la fois, je ne comprendrai rien. Vous commencez par me laisser passer, et par dégager la voiture de mes collègues. Après, on pourra peut-être s'expliquer.

Il y eut dans la petite foule comme une hésitation et, peu à peu, le calme revint. Ils s'écartèrent, redevenus silencieux, attendant la suite, prêts à s'enflammer si de nouveaux motifs leur en étaient donnés. Barré et Leroux, furibards mais penauds, descendirent de leur voiture.

— Alors ?

Avant qu'ils aient pu répondre, deux jeunes garçons tendirent vers eux un doigt accusateur :

— Ils voulaient coffrer Salim ! Il a rien fait...

Le visage de Barré vira au rouge vif. Il s'apprêtait à répliquer, quand un coup d'œil de sa supérieure hiérarchique l'obligea à se taire. Le grondement déferla, vague de protestations confuses, houleuse réprobation. Les halls d'entrée environnants dégorgeaient de nouveaux arrivants, on venait s'informer, on faisait front. Carole commençait à se demander si elle pourrait rétablir le calme. Elle fut sauvée par l'arrivée d'une troisième voiture. Le commissaire lui envoyait Modard, accompagné de deux gardiens de la paix, qui avaient l'habitude de patrouiller dans le quartier, et connaissaient à peu près tout le monde. Soulagée, l'inspecteur principal eut presque envie de rire, en voyant ses deux collègues en uniforme fendre la foule en roulant des mécaniques, la matraque réglementaire négligemment balancée au bout du bras.

— C'est une manif de keufs, lança une voix dans la foule.

144

Immédiatement, le rire remplaça la colère et les visages, une minute avant tendus, déformés par un sentiment qui était bien proche de la haine, redevinrent bon enfant. Alain Modard se plaça devant Carole, comme pour la protéger :

— Rien de grave, capitaine ?

— Mais non, je pense simplement que nos shérifs ont fait du zèle !

— Faut vraiment qu'on fasse tout nous-mêmes !

Dans une certaine confusion, tout finit par s'expliquer. Chargés d'interroger les jeunes qui avaient travaillé aux chantiers Malot, les deux brigadiers s'étaient rendus au domicile du premier de la liste, un jeune Beur d'origine marocaine, aîné d'une famille de cinq enfants. La mère leur avait ouvert. Elle était seule à la maison avec ses deux plus grands fils. Les garçons regardaient la télé. Barré leur avait lancé :

— Salim Ouzzari ?

— Oui, c'est moi.

— Tu as été fichu à la porte par M. Malot. Où étais-tu la nuit où sa femme est morte ?

Le garçon avait immédiatement perçu la phrase comme une accusation de meurtre et, sans plus réfléchir, avait hurlé :

— Ça va pas, non !

Puis il avait bousculé les deux agents et s'était enfui vers l'escalier, suivi par son frère. Une course-poursuite s'était engagée qui avait ameuté d'abord les habitants de l'immeuble, puis tout le pâté de maisons et, quand les policiers étaient montés dans leur voiture pour tenter de rattraper le fuyard, la solidarité anti-flics et les explications d'Ahmed, le frère, qui criait qu'on voulait embarquer Salim alors qu'il n'avait rien fait, avaient abouti à créer un attroupement de voisins, poussés par un sentiment d'injustice à immobiliser le véhicule et à insulter ses occupants. Salim, lui, avait disparu.

Carole renvoya la première voiture, puis, avec les îlotiers, expliqua que personne n'était accusé, qu'il était simplement normal, dans une affaire de crime, d'interroger comme témoins tous ceux qui, de près ou de loin, pouvaient avoir été en contact avec les victimes, et aider à découvrir le meurtrier. L'auditoire restait dubitatif :

— On les connaît pas, nous, ces gens-là. La garde de nuit, elle était de Villeneuve, c'est à l'autre bout de la ville ! Et la femme à Malot, elle montait jamais par ici, sauf au moment des élections, des fois elle accompagnait son mari ! Alors là, c'est pas pareil... on a des sourires et des poignées de main. Mais entre deux, on n'existe pas.

— Certains d'entre vous travaillent ou ont travaillé au chantier.

— S'il fallait qu'on tue tous les patrons et leurs femmes ! Pourquoi vous cherchez toujours par ici ? Interrogez leurs copains...

— Nous le faisons. Est-ce qu'Ahmed est là ?

L'un des garçons au doigt accusateur s'approcha.

— C'est moi.

— Tu connais les autres garçons qui ont travaillé chez Malot, puis ont été renvoyés ?

— Oui, je crois.

— Bon, tu vas leur dire, ainsi qu'à ton frère, qu'ils vont tous recevoir une convocation pour venir me voir dans mon bureau, au commissariat. Explique-leur bien qu'on doit juste leur poser quelques questions, mais qu'ils ne sont accusés de rien. Par contre, ils doivent obligatoirement se déplacer, sinon, là, ils risquent de gros ennuis. D'accord ?

— Ouais. Ils l'auront quand, la convocation ?

— Demain matin.

On aurait dû commencer par là, se dit Carole, mais le mal était fait.

Elle allait retourner vers sa voiture quand elle vit arriver un homme en veste de cuir, qui portait un cartable. Elle le reconnut tout de suite. C'était Antoine Bouvier. Il la salua. Le regard bleu était ironique. Il posa sa main libre sur l'épaule d'Ahmed et lui demanda :

— Tu as des ennuis ?

— Pas moi, répondit le garçon. Salim.

— Qu'est-ce qu'il a fait ? demanda le professeur.

Carole ne répondit pas directement, mais s'enquit :

— Vous les connaissez ?

— Tous les gosses du quartier sont mes élèves, ou, comme Salim et Ahmed, mes anciens élèves. Mon collège est à cinquante mètres d'ici. Vous ne saviez pas ? Je reprends mes cours dans une demi-heure.

Carole se souvint qu'Olivier Marek lui avait dit, effectivement, que son ami travaillait au collège Louis-Guilloux, le collège du Val-Rudel.

L'homme fit un salut complice au groupe qui se dispersait, et jeta aux policiers :

— Ne vous fiez pas aux apparences. Le crime n'est jamais là où on l'attend ! Bon courage.

Et il s'éloigna à grands pas. Carole demanda aux deux agents de rester encore un moment pour s'assurer que le calme était bien revenu, et ramena Modard en ville.

— Vous croyez que ce peut être l'un d'entre eux ? lui demanda-t-il alors qu'ils redescendaient l'avenue Carnot. Et qui c'est, ce type ?

— Je vous expliquerai. Quant à la première question, je ne crois rien. Mais franchement, cela m'étonnerait. Ils pourraient dévaliser la propriété, pas pendre une femme dans un hôpital. Mais ils ont pu voir ou entendre des choses intéressantes au chantier.

Tout naturellement, ils décidèrent de déjeuner ensemble. Modard semblait avoir oublié sa gêne du matin et Carole se rendit compte, avec un sentiment étrange, fait à la fois de culpabilité et de soulagement, qu'elle reprenait goût à la présence de ses semblables, que la solitude qu'elle s'imposait depuis la mort de Pierre commençait à lui peser. Ils garèrent la voiture dans la cour du commissariat, laissèrent un message au planton pour Giffard qui était parti manger, disant que tout s'était bien terminé, et un autre pour les brigadiers, les rendant à leurs occupations ordinaires.

— Il faudrait vraiment les laisser régler la circulation, ces deux-là, soupira Carole. Et encore, ils seraient capables de provoquer des accidents !

Il était tard, les restaurants déjà peu remplis en semaine étaient déserts. Ils durent se contenter d'un croque-monsieur et d'un quart de rouge dans un bar. Quelques habitués prolongeaient pourtant l'apéro, au comptoir, en bavardant avec le patron, dont l'immense carcasse enveloppée d'un tablier bleu cachait les rangées de bouteilles. Une femme aux cheveux platinés, dont la jupe moulante remontait sur les cuisses, buvait un café. Elle intervint dans la conversation, d'une voix traînante :

— Moi, j'ai toujours dit, je préfère crever d'un coup que de me retrouver chez les petits vieux. Et si en plus on s'y fait assassiner ! Autant rester chez soi.

Carole et Modard retinrent difficilement leur rire. Les consommateurs approuvaient, renchérissaient :

— Moi je vous dis, on n'est plus en sécurité nulle part. Avec tous ces étrangers ! Mais les flics, ils osent rien leur dire, c'est mafia et compagnie.

Cette fois, les deux policiers n'eurent plus envie de rire. La salle était toute petite, enfumée et bruyante. Ce n'était pas du tout l'endroit idéal pour parler boulot. Modard avait juste soufflé :

— J'ai du nouveau.

Ils se dépêchèrent de finir leur repas, ne demandèrent même pas de café et furent heureux de se retrouver dehors. Le vent continuait à balayer le port. Sous les friselis de l'eau, les bateaux se balançaient. La marée était haute, et deux « coquillards » s'apprêtaient à prendre la mer, leurs dragues, ici appelées « grages », pendant à l'arrière de la coque. Le ciel semblait avoir pris de la hauteur, et, çà et là, entre les nuages qui filaient vers la falaise, des pans de bleu jouaient à cache-cache. Au poste, la pause de midi était terminée, et le hall d'entrée avait retrouvé son animation. Quelques journalistes rôdaient, essayant de glaner des informations sur l'enquête, mais Fréhel n'était pas parmi eux. Un vieillard, portant dans ses bras un petit caniche, voulait porter plainte contre un enfant qui avait lancé une pierre au chien. Deux Africains, assis sur les chaises noires, tenant dans les mains des liasses de papiers salis, froissés, baissaient la tête vers le sol, comme s'ils avaient voulu s'y enfoncer. Personne ne semblait s'occuper d'eux. Ils ne semblaient rien réclamer. Un inspecteur entra, tenant par le col de sa veste en toile de jean un gamin qui avait encore sur la tête un casque de moto. Il le poussa vers les escaliers.

Alain et Carole s'arrêtèrent à la machine à café, et rejoignirent le bureau en tenant précautionneusement les gobelets de carton. Quand ils furent seuls, l'inspecteur-chef résuma à son adjoint ce qu'elle avait appris le matin.

— Cet Olivier Marek, c'est un personnage étonnant. Il a sûrement eu une existence bizarre. Je le pense sincère. En tout cas, il est très perturbé par la maladie de sa fille, qu'il adore. L'autre, le prof, que vous avez vu tout à l'heure, au Val-Rudel, je ne vois pas en quoi il pourrait nous intéresser. La seule chose que je puisse en dire, c'est qu'il est visiblement amoureux d'Anne Marek. Mais de là à fouiner dans sa vie... Je ne veux pas risquer de déclencher une autre émeute. J'ai l'intention de téléphoner à la mairie du village où dit être né Marek, pour vérifier s'ils ont bien enregistré un Jules Olivier, né de père et mère inconnus, en 1942. Puis de passer à la sous-préfecture pour savoir quand son passeport au nom de Marek a été établi et vérifier le lieu de naissance de sa fille. Quant à Malot, maintenant que j'ai la certitude qu'il nous a menti, je ne vois aucune raison de le ménager davantage. Je me demande pourquoi Caroline leur en veut tant ! Bon, à vous.

— Je me suis intéressé de plus près à Anne-Marie Dubos. Sa voisine a été totalement indignée quand je lui ai demandé ce qu'elle avait fait la nuit des crimes ! Je crois qu'on peut vraiment la mettre hors de cause. Son mari, qui est allé voir un match de foot dimanche, est rentré vers dix-huit heures, et n'est pas ressorti. Elle a elle-même trois gosses, et comme elle me l'a répété, avait la responsabilité de ceux d'Anne-Marie pendant que celle-ci travaillait. Elle a autre chose à faire, dit-elle, qu'aller courir le guilledou à pas d'heure, avec son petit dernier qui fait des cauchemars toutes les nuits !

Carole sourit :

— Je crois qu'on peut l'oublier !

Modard redevint sérieux.

— J'ai aussi rendu visite aux grands-parents des enfants, les Lecomte. Je voulais savoir comment joindre le père. Là, c'est beaucoup moins drôle. Premièrement, ils refusent de s'occuper des obsèques... alors comme la pauvre n'avait pas de famille, c'est la ville qui va devoir organiser une cérémonie à la sauvette. C'est dégueulasse. En plus, ils en ont déjà marre des gamins. Vous verriez leur maison ! Une salle d'exposition pour catalogue de La Redoute ! Rien qui traîne, pas un grain de poussière. Les enfants étaient à l'école, mais la grand-mère m'a dit qu'elle était trop vieille pour s'occuper de si jeunes garçons, qu'ils lui faisaient du désordre partout, qu'elle était épuisée. Enfin, qu'il fallait trouver une autre solution. Je lui ai dit que c'était à leur père de les prendre en charge. Elle m'a répondu qu'il ne voudrait pas en entendre parler, qu'il ne s'en occupait plus du tout. Il vit avec une jeune nana, dont il a une fille, et qui refuse jusqu'à l'existence des deux autres enfants. Bref, ces pauvres mômes, je sens qu'ils vont se retrouver placés en foyer. Personne n'en veut. Ça me fout en rogne.

La capacité qu'avait Modard d'être touché par les injustices de la vie faisait partie de ce que sa supérieure appréciait le plus chez lui. Il se tut un instant puis reprit :

— Mais vous ne savez pas le plus beau ! D'abord, Lucien, le fils, quand il vivait à Marville, travaillait chez Malot. Il était dans la charrette à l'époque de la

151

restructuration. Plus fort encore : il n'est pas prévenu de la mort de son ex-épouse. Sa mère, qui est plus ou moins fâchée avec lui et ne l'a pas vu depuis des mois, a quand même téléphoné hier matin. Il n'était pas là. Du coup, je lui ai demandé le numéro, et j'ai appelé moi-même. Je suis tombé sur la jeune femme... Elle a cru que c'était lui. Figurez-vous qu'elle est dans tous ses états. Il bosse comme représentant pour une boîte qui vend des systèmes d'alarme. Il fait les deux départements alsaciens. En général, il ne part jamais plus de deux jours, et appelle chez lui tous les soirs. Or, il a quitté son domicile dimanche soir, parce qu'il devait être à Mulhouse le lundi matin, et n'a pas donné signe de vie depuis. La fille est folle d'inquiétude. Qu'est-ce que vous dites de cela ?

— Je dis que ça fait beaucoup de coïncidences, et qu'il va falloir s'intéresser de très près à ce personnage fort sympathique ! Mais, bon sang, pourquoi cette fichue pendaison ? De toute façon, on lance immédiatement un avis de recherche sur tout le territoire. Appelez personnellement Strasbourg, et demandez-leur de se mettre en rapport avec l'employeur. Il faut savoir rapidement qui étaient les clients qu'il devait voir, et s'il y est allé. Si vous avez fini, occupez-vous de ça.

— Je n'ai pas tout à fait fini. Je suis aussi passé à la banque où avaient été déposés les deux mille francs. Le directeur s'est fait un peu tirer l'oreille, mais a fini par appeler un guichetier qui m'a renseigné. C'est Anne-Marie elle-même qui a déposé l'argent. En liquide, malheureusement. Les billets se trouvaient dans une enveloppe en papier kraft et le caissier a remarqué que le nom était marqué sur l'enveloppe, en rouge, mais pas l'adresse. L'argent n'est donc pas arrivé par la poste. On m'a confirmé que c'était la première fois qu'elle faisait ce type de versement. Son compte n'est ordinairement provisionné que de son salaire et d'éventuels remboursements de Sécurité sociale. Elle vivait très raisonnablement. Pas d'économies, mais pas de découverts. Voilà, c'est tout. Je n'ai pas eu le temps de passer voir le directeur de l'hôpital.

— Vous irez tout à l'heure. Bon travail, mon petit Modard ! On tient peut-être quelque chose. Filez vite, et lancez l'avis de recherche. Allez aussi aux archives. Après tout, on a peut-être quelque chose sur lui dans nos fichiers. Je veux retrouver cet individu ! Ne serait-ce que pour lui parler de sa fibre paternelle ! N'oubliez pas non plus que je veux la liste des candidats aux prochaines cantonales, contre Malot.

L'inspecteur était à peine sorti du bureau, et Carole avait à peine commencé à s'atteler à la rédaction du rapport journalier que le téléphone sonna. C'était le labo.

— Vous pouvez passer ? On a peut-être du nouveau pour vous.

— J'arrive.

Elle ne prit même pas la peine d'enfiler un manteau, et se retrouva gelée, de l'autre côté de la cour. Ses deux collègues regardaient, épinglée sur le mur blanc, une photo sur laquelle la page blanche du calepin était agrandie au moins cinq fois. Ils avaient dû verser une poudre quelconque dans les incrustations du papier. En tout cas, des chiffres se révélaient, lisibles.

— C'est certainement un numéro de téléphone qui était sur la page arrachée. Sur les dix chiffres, il nous en manque trois, parce que le crayon n'a pas appuyé suffisamment fort. D'abord, le premier, mais c'est sans doute le zéro, après on a un 2, donc, c'est l'indicatif de la région. Les quatre suivants correspondent à des abonnés de Marville. Ensuite, c'est 43. Manque de pot, rien à faire pour les deux derniers.

— Donc, dit Carole, de 00 à 99, cela nous donne cent réponses possibles.

— Soyez pas négative ! On a fait ce qu'on a pu.

— O.K. Merci, les gars. Je vais faire rechercher à qui correspondent tous ces numéros. Après tout, dans la liste, il y aura peut-être un nom qui fera tilt. Et ce sera, qui sait, celui de la personne qui a arraché la feuille.

— L'assassin ?

— Pourquoi pas ? Ce serait logique.

— Bonne chance... Au fait, une dernière précision. On a passé au crible les vêtements portés par les deux victimes, mais cela n'a vraiment rien donné. Et de votre côté, rien de neuf sur le couteau, et l'instrument contondant qui a assommé la garde de nuit ?

— Non, rien, vous l'auriez su ! Salut !

Avant de remonter dans son bureau, elle passa voir le commissaire, le mit au courant des événements du Val-Rudel, et lui demanda d'envoyer deux îlotiers chercher, chez lui ou au chantier, Louis Malot, et de le lui ramener, content ou pas, pour seize heures. Giffard hésita un peu avant d'accepter de bousculer le conseiller général, mais quand Carole lui eut rapporté les révélations de Caroline, il fut bien obligé d'accepter. Elle envisageait même de demander au juge un mandat de perquisition pour la villa de la falaise... mais ce n'était pas urgent. Inutile de déclencher en même temps toutes les lames de fond ! Elle fit rédiger et envoyer les six convocations de manière à avoir devant elle le lendemain matin les employés licenciés. Elle espérait que son message aurait été compris, et qu'ils viendraient tous, de leur plein gré. Modard était au téléphone avec le commissariat de Strasbourg. L'avis de recherche avait été lancé dans tous les postes de police de France. Lucien Lecomte aurait du mal à passer entre les mailles du filet. Leroux fut convoqué dans le bureau de l'inspecteur-chef. Il y entra, en se tortillant, mal à l'aise. Mais Carole ne fit aucune allusion aux incidents du matin. Elle lui donna les huit chiffres et déclara qu'elle voulait, une demi-heure plus tard, la liste des abonnés au téléphone dont les numéros commençaient ainsi. Il fila comme l'éclair.

Modard passa la prévenir qu'il retournait à l'hôpital discuter de son ancienne employée avec le directeur. Le fils Lecomte n'était pas fiché, et n'avait donc pas d'antécédents judiciaires. Les collègues de Strasbourg appelleraient dès qu'ils auraient quelque chose.

Le visage de Marek, les yeux perdus de sa fille continuaient à hanter Carole. Elle avait envie de croire à leur histoire, mais ne pouvait se permettre de ne pas la vérifier. Elle chercha sur son Minitel le numéro de la mairie du village méridional où l'homme prétendait être né, et composa le numéro. Après une attente de quelques minutes, une employée à l'accent chantant lui confirma que la naissance d'un enfant de sexe masculin, Jules Olivier, père et mère inconnus, était bien notée sur le registre de l'année 1942, à la date du 12 juillet. Bizarrement soulagée, l'inspecteur appela pourtant le standard pour demander qu'on envoyât un agent à la sous-préfecture, au service des passeports, avec mission de découvrir où et quand ces documents avaient été délivrés à Anne et Olivier Marek.

Il était quinze heures. Carole avait une heure devant elle avant l'arrivée de Malot. Elle s'enfonça dans son fauteuil, lutta contre la somnolence qui la gagnait, et essaya de réfléchir. Elle s'efforçait désespérément de trouver un lien entre les différents personnages qu'elle avait rencontrés, entre les indices récoltés. Mais rien ne collait. Les pièces ne s'imbriquaient pas. L'enquête filait dans des directions qui ne se croisaient pas. Et qu'est-ce qu'Antigone venait faire là-dedans ? Le découragement la gagnait. Elle s'assoupit.

X

Florence Malot, après le départ de ses enfants pour
l'école, avait vaguement tenté de mettre un peu d'ordre dans le séjour. Les enfants n'y avaient passé
qu'une demi-heure, après le repas de midi, mais ils
avaient réussi à semer la pagaille. Elle faillit écraser
un cow-boy en plastique, mit des papiers de bonbons
à la poubelle, puis renonça, découragée. De toute
façon, il faudrait recommencer ce soir. Elle se laissa
tomber dans un fauteuil et alluma une cigarette, dont
elle tira deux bouffées, puis elle l'éteignit. Elle se
leva, tourna en rond dans la pièce, regarda par la
fenêtre. Tout en bas, la mer était encore agitée, mais
quelques éclats de soleil transperçant par intermit-
tence la masse nuageuse lui donnaient un aspect
moiré. Au loin, apparaissait la silhouette blanche du
ferry arrivant d'Angleterre. Le spectacle la lassa vite.
D'habitude, elle aimait ces moments de l'après-midi,
qui n'appartenaient qu'à elle, où elle pouvait se laisser aller à sa nonchalance naturelle. Même si elle faisait front avec Caroline quand la tyrannie de leur
beau-père devenait trop étouffante, la vie qu'elle
menait ne lui déplaisait pas. Elle ne s'était jamais
fait d'illusions sur son physique, et avait été trop

heureuse de trouver un mari et, qui plus est, un mari riche. Elle y avait gagné un statut plus confortable que celui de vieille fille et avait conservé le train de vie auquel elle était habituée depuis son enfance. Elle savait parfaitement qu'Étienne ne l'avait jamais aimée, qu'il avait obéi à son père et accepté un mariage de convenance qui arrangeait les deux familles. Jusqu'à présent, elle s'en était moquée. L'amour et surtout les rapports sexuels ne l'avaient jamais intéressée. La seule chose qu'elle eût vraiment désirée, c'était être mère. Ses trois grossesses l'avaient comblée, et elle était fière d'avoir donné trois petits mâles à son mari. Désormais, le soin des enfants, la détente paresseuse durant leurs absences lui suffisaient. Qu'Étienne ne lui fît plus l'amour la soulageait plutôt. Il restait courtois en public, aimait ses enfants. Les apparences étaient sauves. Florence aurait compris qu'il eût des aventures hors de la maison, s'il était resté discret. Mais qu'il la trompât avec Caroline la perturbait, non par jalousie, mais parce qu'elle sentait que cette liaison avait remis en cause l'équilibre de la maisonnée.

Et puis, Florence avait peur. Elle avait eu peur quand Jeanne était tombée malade. Elle avait peur parce qu'elle avait été assassinée. Et elle avait peur de l'air hagard de son beau-père, et surtout, surtout, de la haine qu'elle sentait monter entre les deux frères. Au repas de midi, où toute la famille était réunie, la tension était tellement forte qu'elle était presque tangible. Pascal avait un regard de fou, son père n'avait pas desserré les dents. Et elle avait remarqué le manège de Caroline qui cherchait désespérément à attirer l'attention d'Étienne. Au café, tous les deux avaient pu se parler quelques instants dans un coin du salon et, dès quatorze heures, Caroline avait pris sa voiture en disant qu'elle allait faire des courses à Rouen. Florence était sûre qu'ils avaient rendez-vous, et elle se demandait si Pascal ne s'en doutait pas. Ils étaient complètement fous ! Ce n'était vraiment pas le moment de prendre de tels risques et, en plus, c'était parfaitement inconvenant en cette période de deuil ! Pascal était parti peu après son frère. Et Florence ne pouvait se défendre d'un sombre pressentiment. La famille venait de vivre un drame affreux, mais ce n'était pas fini. Elle se rassit dans son fauteuil, reprit une cigarette, l'alluma. Que pouvait-elle faire d'autre qu'attendre ? Avait-elle le droit de faire quelque chose ? Quand elle était rentrée, à midi, Caroline lui avait raconté la visite de la femme inspecteur de police et, comme en la narguant, avait avoué qu'elle avait parlé du fameux soir et du visiteur. Florence avait eu envie de la frapper. On leur avait interdit d'y faire allusion ! Heureusement qu'elle n'avait pas dit à sa belle-sœur tout ce qu'elle savait.

Mais avec un peu de recul, elle se demandait si finalement Caroline n'avait pas eu raison, et si son devoir, à elle, n'était pas de compléter les informations de la police. Pourquoi tenait-on tant à protéger cet homme ? Le soir du drame, elle était sur le palier du premier, quand on l'avait fait entrer, et elle l'avait entrevu. Elle ne lui avait jamais parlé, mais était sûre de l'avoir reconnu. Si seulement elle pouvait demander conseil à quelqu'un !

Elle prit alors conscience de la solitude dans laquelle elle s'était laissé enfermer. Elle était mariée depuis douze ans. Elle s'était toujours sentie entourée, protégée, dans cette immense demeure où les repas se prenaient en commun, où il y avait du personnel pour résoudre vos problèmes domestiques. Pendant ses grossesses, on l'avait chouchoutée, elle avait accouché dans la meilleure clinique. Jeanne, même si elle buvait trop, même si elle était lointaine et peu affectueuse avec ses brus, avait l'art d'harmoniser la vie de la famille, de concilier les obligations mondaines liées à la position de son mari et les nécessaires moments d'intimité. Caroline pouvait être une compagne agréable. Mais Florence réalisait qu'en fait elle ne savait pas grand-chose, ni de l'une ni de l'autre, que leurs rapports étaient restés très superficiels. Ses propres parents vieillissaient égoïstement dans leur manoir campagnard. Quand elle les voyait, ils parlaient toujours de leurs fils, ces frères qui avaient toujours été préférés, qui avaient réussi, alors qu'elle n'était que la fille décevante, moche, sans envergure. Quant aux femmes qu'elle fréquentait, qui venaient dîner avec leurs époux, ou chez qui l'on allait dîner, aucune n'était devenue une amie.

Florence tenait le rôle qu'on exigeait d'elle, mais la vie publique et mondaine l'ennuyait. Aujourd'hui, pourtant, elle aurait aimé pouvoir parler à quelqu'un, partager son angoisse, ses doutes. Il lui semblait qu'en se soumettant à la volonté des trois hommes, elle trahissait la mémoire de Jeanne. On ne pouvait quand même pas laisser courir le tueur ! Elle prit enfin une décision, écrasa sa cigarette, d'un geste nerveux, dans le cendrier de cristal, prit une feuille de papier sur laquelle elle écrivit quelques mots en lettres majuscules, mit la feuille dans une enveloppe blanche, ordinaire, sur laquelle elle inscrivit l'adresse du commissariat de police. Puis, comme si elle avait peur de revenir sur sa décision, elle attrapa une veste, sortit de la maison sans faire de bruit, prit sa voiture pour aller jeter sa missive dans une boîte aux lettres de la poste centrale. Elle rentra chez elle aussitôt. Elle se sentait à la fois épuisée et délivrée. De toute manière, elle ne pouvait plus revenir en arrière.

Didier Fréhel, lui aussi, tournait en rond. Il se sentait exaspéré et frustré. Il était détenteur depuis des semaines d'une information sensationnelle, mais toutes les recherches qu'il entreprenait pour aller plus loin dans ses investigations n'aboutissaient à rien. De plus, il se demandait s'il n'était pas responsable d'au moins une mort, et cela lui barbouillait un peu l'estomac. Parfois la tentation l'effleurait de laisser tomber, d'aller trouver les flics, de cracher le morceau. Mais il résistait, s'accrochait à l'espoir de découvrir la solution tout seul. Son statut de journaliste, dont il avait cru qu'il lui ouvrirait des portes, les lui fermait. On ne voyait en lui qu'un rapace à l'affût d'un scoop, un fouilleur de merde. La porte des Malot lui avait été claquée au nez par une bonne en tablier rose. Chez l'autre, il n'y avait personne. En tout cas, on n'avait pas répondu à son coup de sonnette. Au chantier, la secrétaire l'avait fermement éconduit :

— Aucun des patrons n'est là. Personne n'a rien à dire à la presse.

Puisqu'ils ne voulaient pas l'entendre, il allait les faire sortir de leur trou. Mais avant de rédiger son article, il voulait procéder à une vérification à la mairie. Il s'y rendit et demanda à consulter les listes électorales. Les Malot votaient au bureau numéro un, dans une école primaire. Il trouva ce qu'il cherchait : Santini, Jeanne, épouse Malot. Bon, il avait son nom de jeune fille, mais cela ne l'avançait pas à grand-chose. Il chercha dans les registres du bureau numéro quatre. Nouvelle déception. « Elle » n'était pas inscrite.

Fréhel se prenait à haïr cette ville de province, où tout le monde se connaissait, mais où en même temps on ne savait rien sur personne. Chacun vivait dans son quartier, comme dans une réserve. Il repassa au commissariat, où on lui fit savoir qu'il n'y avait rien de nouveau à signaler. L'inspecteur Riou était occupée, l'inspecteur Modard, absent.

Un quart d'heure plus tard, devant son ordinateur, il sua sang et eau pour rédiger le papier que la ville attendait. Les ventes avaient doublé, le matin. La population de Marville connaissait ce délicieux frisson, mélange de peur et d'excitation : un assassin nichait en son sein. Dans toutes les maisons, dans les bars et les lieux de travail, chacun y allait de ses commentaires. On supputait, on glosait à l'infini. Les rumeurs les plus folles couraient, on inventait ce qu'on ne savait pas. Il fallait donner pâture à la curiosité de la foule. Mais le journaliste n'avait guère de quoi l'alimenter. Il décida pourtant de lancer un appât. Il écrivit son article, en redisant les mêmes choses que la veille, mais tournées différemment, ajouta quelques considérations sur l'accroissement des crimes et délits dans une société qui ressemblait de plus en plus à la jungle, réitéra ses condoléances aux familles. Il tortillait ses cheveux autour de ses doigts, hésitait, cherchait comment formuler une conclusion qui, sous une apparence banale, contiendrait un message qu'un seul comprendrait. Finalement il termina par ces mots : « Le criminel est tapi dans l'ombre. Il se croit invisible. Peut-être a-t-il un ou plusieurs enfants, à qui il offre son visage habituel, un visage de père. Mais nous sommes confiants. Il sera démasqué. » Évidemment, la forme était détestable, c'était boursouflé et de mauvais goût. Mais ça ferait l'affaire.

À quatre heures moins le quart, Carole fut réveillée par un coup frappé à sa porte. Elle sursauta, s'en voulut de s'être ainsi laissée aller. Elle craignit que ce ne fût Malot, mais il était encore trop tôt, ce n'était qu'Alain Modard. Elle aurait le temps de reprendre ses esprits ! Son adjoint n'avait d'ailleurs rien glané de nouveau. On attendait toujours des nouvelles de Strasbourg. Il avait rendu visite au directeur de l'hôpital. Le gros homme était encore sous le choc, et s'était répandu en lamentations. Il craignait que ce qui s'était passé ne portât un coup fatal à son établissement.

Modard, que ces considérations intéressaient peu, l'avait interrompu, en lui demandant ce qu'il savait d'Anne-Marie Dubos.

— Je ne la connaissais pas vraiment. Il y a huit cents employés, ici ! Elle a d'abord été femme de ménage, avant d'accepter les gardes de nuit. Le salaire était plus intéressant, et il n'y a pas beaucoup de volontaires.

D'après lui, elle avait réellement besoin d'argent pour élever ses gamins, parce que le père ne versait aucune pension alimentaire. Rien d'autre. Toujours à l'heure, consciencieuse.

— Tiens, c'est vrai. Le père aurait dû être dans l'obligation de payer pour ses fils. Aucune trace de versement sur son compte, d'après ce que vous m'avez dit. Comment a-t-il pu y échapper ?

— Encore un truc qu'il faudra lui demander, quand on l'aura retrouvé...

— Si on le retrouve ! soupira Carole. Bon, j'ai envoyé chercher Louis Malot. Si les gardiens l'ont déniché, ils doivent me l'amener dans cinq minutes. On lui fait le grand jeu. Vous restez avec moi, et vous tapez sa déposition. En attendant, allez me chercher un café, je crois que je vais en avoir besoin !

La sieste n'avait pas provoqué de miracle. L'écheveau ne s'était pas démêlé comme par enchantement, l'idée de génie n'avait pas germé dans son cerveau, pendant son sommeil. Cela n'arrivait que dans les romans. Elle était toujours dans le brouillard, et, en plus, elle sentait venir une super-migraine.

Les deux agents en uniforme firent entrer le conseiller général dans le bureau à quatre heures et deux minutes.

Le contraste était presque comique entre leurs mines compassées, leur allure embarrassée, et la rage qui se lisait sur le visage de l'homme qu'ils avaient amené là contre son gré. Il attaqua immédiatement :

— C'est une honte, vous n'avez pas le droit ! On est venu me chercher comme un criminel, devant mes ouvriers ! Vous savez qui je suis ! Je veux voir tout de suite le commissaire Giffard !

Carole, impassible en apparence, se contenta de dire :

— Bonjour, monsieur Malot. Veuillez vous asseoir, je vous prie.

Derrière la machine à écrire posée sur une petite table, Modard étouffa un sourire. Carole fit signe aux deux agents qu'ils pouvaient se retirer, ce qu'ils firent avec un évident soulagement. Malot restait debout.

— Je ne veux pas m'asseoir. Vous n'avez pas le droit de m'obliger à rester. Je suis la victime, dans cette affaire, j'ai perdu ma femme. Vous ne respectez même pas la douleur des gens ! C'est de l'abus de pouvoir !

— Monsieur Malot, je vous ai convoqué parce que vous m'avez menti. Dans une affaire criminelle, la loi n'exclut pas les proches de la liste des suspects.

— Vous osez me suspecter ?

Tout à coup, il sembla prendre conscience des premiers mots prononcés par l'inspecteur. Il finit par se laisser tomber sur la chaise et reprit, avec une inquiétude dans la voix :

— En quoi vous ai-je menti ? Qu'est-ce que vous avez inventé ?

— Vous m'avez menti quand vous nous avez raconté comment votre femme était tombée malade. L'inspecteur Modard va prendre note de tout ce qui sera dit. Il nous faut la vérité.

— Comment ça ? J'ai dit la vérité. Il y avait un orage. On l'a retrouvée évanouie dans le salon, et on a supposé qu'elle avait eu peur de cet orage. Je ne suis pas médecin, je ne peux avoir de certitude absolue.

— Non, monsieur Malot. Votre femme n'avait pas peur de l'orage. Et il y avait quelqu'un chez vous, ce soir-là. Quelqu'un qui a fait plus peur à votre épouse que la foudre et le tonnerre.

C'est le bureau tout entier qui parut figé par la fulgurance d'un éclair. Le silence dura une seconde éternelle, puis l'homme explosa :

— Qui vous a raconté des âneries pareilles ?

— Un témoin tout à fait digne de foi.

165

— Mais c'est faux, totalement faux ! Il n'y avait absolument personne à la maison.

Modard pianotait à toute vitesse sur le clavier. Carole regarda son interlocuteur bien en face, et calmement, précisa :

— Un homme est venu en voiture. Vous l'avez reçu, d'abord en présence de vos fils. Ensuite, vous les avez renvoyés dans leurs appartements, et vous êtes restés tous les trois, le visiteur, votre femme et vous-même. C'est à ce moment-là que Mme Malot s'est trouvée mal. L'homme est reparti, très vite, et vous avez alors appelé vos proches à qui vous avez ordonné de mentir, puis le médecin qui a eu droit également à la version de l'orage. Qu'auriez-vous inventé s'il avait fait beau ce jour-là ?

Sous les yeux des deux policiers, la colère s'effaça peu à peu des traits du vieil homme, pour faire face à une immense stupéfaction. Il sembla se recroqueviller sur son siège. Pourtant, rapidement, il fit un effort pour se redresser, comme un animal pris au piège mais décidé à combattre jusqu'au bout. Son expression se durcit, ses yeux se remplirent à nouveau de rage, mais une rage différente, froide, effrayante.

— Pouvez-vous me dire lequel d'entre eux a parlé ?

— Non, je ne vous le dirai pas.

— Oh, je finirai bien par le savoir... De toute façon, je maintiens ma version des faits. C'est ma parole contre celle de votre soi-disant témoin.

— Qui est venu vous voir ce jour-là, monsieur Malot ?

— Croyez ce que vous voulez. Je n'ai rien à ajouter.

Il semblait tout à coup très las. Le regard, d'ordinaire froid et hautain, se voila, s'embua, révélant

soudain sous le masque d'autorité une profonde douleur, un chagrin indicible, torturant.

— Écoutez, quel qu'ait été ce visiteur — si visiteur
il y a eu, ce que je continuerai à nier —, je vous demande de l'oublier. Cela ne peut avoir aucun rapport avec la mort de mon épouse. Je vous conjure
de me croire et de ne pas continuer à fouiller dans
notre vie.

— Quand un meurtre est commis, il nous est impossible de préserver la vie privée des familles. Nous
ne faisons que notre devoir, qui est de tout mettre en
œuvre pour découvrir le coupable.

— Cherchez-le ailleurs.

La voix devint suppliante :

— Je vous en prie. La seule chose que je puisse
vous dire est qu'il y a des secrets qui doivent rester à
jamais enfouis, pour protéger les survivants. Ayez
pitié de mon épouse, je ferai tout pour que sa mémoire ne soit jamais salie.

— En quoi devrait-elle l'être ?

Louis Malot haussa les épaules et, retrouvant un
peu d'agressivité, reprit :

— Elle n'avait rien à se reprocher. Rien qui
concerne la police. Je n'ai rien à ajouter.

Carole laissa passer un moment alors que Modard
continuait à taper. Puis elle lança sa deuxième
attaque :

— Que sont devenus les enfants de votre épouse ?
Pourquoi ne pas nous avoir dit qu'elle avait été
mère ?

Elle eut l'impression qu'elle venait de lui assener
un énorme coup de poing. Il pâlit, sembla prêt à se
trouver mal. Alain Modard leva les yeux, conscient
qu'un événement brutal se préparait. Mais Malot se

ressaisit avec un sang-froid étonnant, et répondit d'une voix blanche :

— Ses seuls enfants sont les fils que j'ai eus de mon premier mariage. Je vous l'ai dit, elle les a élevés comme s'ils étaient les siens.

— Je ne parle pas de ses beaux-fils. Le médecin légiste est formel : elle a eu un ou plusieurs enfants.

Malot trouva le courage de regarder Carole droit dans les yeux.

— Je l'ignorais. Ma femme avait trente-sept ans quand je l'ai connue, et était hospitalisée à la suite d'une tentative de suicide. Je ne vous l'ai pas caché. Peut-être venait-elle de perdre un enfant, et n'a-t-elle pas souhaité m'en parler pour ne pas raviver sa douleur. Je ne lui ai jamais demandé de comptes sur la vie qu'elle a menée avant de me connaître. Je ne peux vous renseigner davantage.

Il ne servait à rien d'insister. Mais il y avait autre chose.

— Vous m'avez menti aussi à propos d'Olivier Marek.

Cette fois, son interlocuteur fit un bond sur sa chaise. Il la regarda, hagard, et balbutia :

— Olivier Marek ? Qu'est-ce que...

Il s'arrêta. Carole sentit qu'elle avait touché un point vulnérable, mais sans comprendre pourquoi. Elle dut enchaîner :

— Vous avez prétendu l'avoir renvoyé parce qu'il avait commis des malversations. Ce n'est pas la version des faits qu'il m'a donnée.

Malot, paradoxalement, sembla soulagé.

— Et quelle est sa version des faits ?

— Peut-être pourriez-vous me la donner vous-même. Je ne crois pas que vous lui auriez versé des indemnités s'il avait commis une faute professionnelle. Ce n'est pas votre genre. Vous auriez porté plainte.

— Bon, d'accord. J'aurais préféré taire cet épisode peu glorieux, mais en réalité il s'intéressait d'un peu trop près à l'une de mes belles-filles, et j'ai préféré me séparer de lui avant que mon fils ne soit ridiculisé.

— M. Marek a une interprétation un peu différente. C'est plutôt votre belle-fille qui se serait intéressée à lui.

— Croyez ce que vous voulez. Cela n'a guère d'importance. Il est parti, c'est l'essentiel, et je n'ai fait que mon devoir.

— Qui a repris sa place dans l'entreprise ?

— Mon fils Étienne. Il avait suffisamment appris à ses côtés pour continuer tout seul.

— Vous étiez donc content du travail de M. Marek ?

— Oui, c'était un bon commercial. Mais je ne le regrette pas.

Malot semblait reprendre une certaine assurance. Les réponses surgissaient, nettes. Carole avança un nouveau pion :

— Est-ce que votre épouse connaissait bien votre directeur commercial ?

La réponse fut longue à venir. Une main tremblante alla chercher, au fond de la poche, un paquet de cigarettes et un briquet. L'homme prit son temps, tira une bouffée, chercha des yeux un cendrier. Modard se leva pour lui apporter celui qui était sur sa table.

— Très peu. Elle a dû le rencontrer une fois ou deux au chantier, ou lors d'un lancement de bateau.

L'inspecteur Riou comprit qu'elle avait failli, à certains moments, faire tomber le masque. Mais c'était fini, elle n'obtiendrait rien de plus. Raide sur sa chaise, le conseiller général s'était repris. Pour lui, le pire était passé. Elle ne l'atteindrait plus. Elle lui demanda pourtant encore :

— Lucien Lecomte, cela vous dit quelque chose ?

Il la regarda, d'un air à la fois étonné et soulagé. Il sembla fouiller dans sa mémoire.

— Oui, je crois. Il a dû travailler pour nous, il y a quelques années, mais je ne sais pas ce qu'il est devenu.

— C'était le mari de la garde de nuit qui a été assassinée la même nuit que votre femme.

— Mais elle ne s'appelait pas Lecomte ?

— Ils étaient divorcés.

— Vous pensez que ce peut être lui le coupable ? Il se serait vengé en même temps d'une ancienne épouse et, indirectement, d'un patron qui l'avait licencié ? Après tout, c'est possible. Il est soupçonné ? Vous l'avez trouvé ?

Il était devenu prolixe, on le sentait en terrain sûr.

— Nous le cherchons, monsieur Malot, nous le cherchons. Mais, à l'heure actuelle, rien ne le désigne comme coupable. Nous n'excluons aucune hypothèse.

— Et les petits voyous dont je vous ai parlé ?

— N'ayez crainte, ces jeunes gens seront entendus également.

— C'est de ce côté que vous trouverez, pas du nôtre.

Devant l'arrogance qui refaisait surface, Carole, qui deux minutes auparavant avait presque eu pitié de l'homme abattu dont elle voulait vaincre les résistances, fut envahie par une bouffée de colère. Elle

170

dut renoncer à pousser plus loin l'interrogatoire, lui fit relire et signer sa déposition, et le laissa partir. Il ne dit pas au revoir.

Les deux inspecteurs se retrouvèrent seuls. Ils se regardèrent un moment en silence, et d'une seule voix énoncèrent la même certitude :
— Il ment.

XI

Une autre de ces longues nuits de janvier avait
absorbé Marville. Les réverbères déversaient sur les
trottoirs des coulées d'orange un peu gluant. Le cra-
chin avait repris, et ses gouttelettes, trop légères pour
descendre jusqu'au sol, voletaient dans le noir en
véhiculant une odeur iodée. Malgré le froid, Carole
avait ouvert la fenêtre de son bureau et regardait la
rue presque déserte en cette fin d'après-midi. Modard
était parti, il attendait près de son téléphone un appel
d'Alsace. Peu à peu, les fenêtres se noircissaient dans
l'immeuble de la Sécurité sociale, juste en face, et peu
à peu, dans les maisons voisines, des lumières s'allu-
maient. Derrière les rideaux on devinait des femmes
qui commençaient à s'activer dans les cuisines, des
écoliers, au chaud sous la lampe de bureau, qui faisaient leurs devoirs. Une autre vie s'installait, la vie
d'après le travail, la vie des familles. La jeune femme
soupira. Pour elle, cela n'existait plus.

Trois coups timides furent frappés à sa porte. Elle
referma la fenêtre.

— Entrez !

C'était Leroux.

— J'ai votre liste depuis un bon bout de temps

172

mais, comme vous étiez occupée, je n'ai pas osé vous déranger.

C'est vrai qu'il avait largement dépassé la demi-heure qui lui avait été octroyée ! Carole ne fit pourtant aucune réflexion.

— C'est bon, donnez-la-moi.

— J'ai aussi une commission pour vous.

— Oui ?

— Drouet revient de la sous-préfecture. Il a rapporté ceci du service des passeports.

Il lui tendit une liasse de photocopies.

— D'accord, donnez. Merci, Leroux.

Dès qu'il fut sorti, elle s'intéressa d'abord aux deux passeports qui avaient été renouvelés trois ans auparavant, par un consulat aux États-Unis. Si Marek avait changé son nom, il n'avait triché ni sur le lieu ni sur la date de sa naissance. Ce qui fit sursauter Carole, c'est qu'Anne n'était pas née à l'étranger comme l'avait affirmé son père, mais à Paris, dans le quatorzième arrondissement, en 1962. Pourquoi avait-il menti ? Il fallait immédiatement envoyer un fax au bureau de l'état civil pour obtenir un extrait de naissance et savoir qui était la mère de la jeune femme. Carole passa la commission au standard puis s'attela à la lecture des noms des cent abonnés dont le numéro commençait comme celui du calepin. Ils étaient classés du 00 au 99. Ses yeux passèrent rapidement sur une boulangerie, un atelier de carrosserie, des inconnus, une école maternelle, encore des inconnus, tiens, un collègue... et puis, en arrivant au 52, s'écarquillèrent. Le numéro de téléphone personnel de Didier Fréhel était dans la liste. Carole sut qu'elle tenait enfin un indice solide. Celui-là, elle allait finir par le coincer. Elle lut rapidement les derniers noms, qui ne lui apportèrent aucune autre surprise. Encore des commerçants, encore des inconnus.

Elle décrocha son téléphone, et composa le numéro du journaliste. Elle tomba sur un répondeur. Il n'était pas chez lui. Elle essaya de le joindre au journal, mais il en était parti. Tant pis, il faudrait patienter jusqu'au lendemain pour avoir avec lui cette petite conversation... D'ailleurs, Modard arrivait, tout excité.

— Ce type est un fieffé menteur !

— Quel type ? Si vous vous asseyiez et m'expliquiez calmement...

Le jeune inspecteur se laissa tomber sur le siège occupé peu avant par Malot.

— Lucien Lecomte. Les collègues de Strasbourg n'ont pas chômé. Ils ont appelé la boîte où il prétendait travailler. Alarm'Alsace. En fait, il s'est tiré il y a environ un an. Il était menacé d'une saisie sur salaire, parce que notre Anne-Marie avait bien essayé de récupérer les pensions alimentaires qu'il lui devait. Du jour au lendemain, ils n'ont plus eu de ses nouvelles. Et depuis tout ce temps, il a fait croire à la femme avec qui il vit qu'il partait faire son travail de représentant. Le client du lundi n'existait donc que dans son imagination. Un inspecteur s'est rendu à son domicile. La fille est abasourdie, elle ne comprend pas. Il continuait à lui verser tous les mois la même somme sur le compte qu'elle utilise pour les frais du ménage. Personne ne sait comment il a gagné sa vie durant tous ces mois. Personne ne sait où il est. Le numéro d'immatriculation de sa voiture a été diffusé. Pas d'accident signalé. Rien dans les hôpitaux. Les postes-frontières sont avertis. On n'a plus qu'à attendre. J'ai appelé sa mère. Elle est tout aussi stupéfaite, mais n'a rien pu m'apprendre. Elle m'a

174

demandé ce qu'on comptait faire pour les enfants. Je lui ai suggéré de se mettre en rapport avec le juge qui lui avait donné une garde provisoire. Finalement, je crois qu'elle va les garder encore quelque temps, mais plus par peur du qu'en-dira-t-on que par amour pour eux... Elle me débecte !

— Les chiens sont lâchés. On finira bien par trouver sa trace ! Autre chose : le numéro, sur la page arrachée, pourrait être celui de Fréhel.

— Quoi ! Quel rapport ce journaliste pouvait-il avoir avec Anne-Marie Dubos ? Et pourquoi l'assassin aurait-il voulu supprimer cet indice... à moins que...

— Oui, à moins que Didier Fréhel ne soit l'assassin. Il n'est pas barbu, mais il aurait pu mettre une fausse barbe, si l'on doit accorder du crédit au témoignage de la vieille dame, ce dont je ne suis pas sûre. J'ai toujours senti qu'il cachait quelque chose, mais je vois mal pourquoi il aurait commis ces meurtres. Il y a une autre possibilité.

— Laquelle ?

— Rappelez-vous. Didier Fréhel, lundi matin, s'est trouvé un moment seul dans la salle de soins, auprès du corps d'Anne-Marie. C'est peut-être lui, à ce moment-là, qui a fouillé dans le sac et arraché la page, par peur qu'on établisse un lien entre lui et la victime.

— Il faudra le lui demander !

— J'y compte bien, mais pour l'instant il est dans la nature. Je n'arrive pas à le joindre. Rien d'autre ?

— Si. La politique. Je crois qu'on peut laisser tomber cette piste. Seul le candidat écolo était à Marville dimanche soir. Je le connais, il est parfaitement inoffensif. Le communiste, un adjoint au maire, est à

Paris depuis une semaine pour se faire opérer d'un genou, et le socialiste en voyage aux Baléares ! Quant au salopard qui représentera le Front national, il n'est pas encore désigné. Il reste un mois avant la clôture des candidatures. La campagne électorale n'est même pas amorcée. Malot lui-même n'a pas encore définitivement décidé s'il retournera ou pas à la bataille.

— Bien. Vous savez ce que vous allez faire maintenant ?

— Dites.

— Rentrez chez vous. Occupez-vous de votre petite famille. Je vais rester ici encore un moment et finir les rapports. De toute façon, on ne peut plus avancer beaucoup aujourd'hui.

Modard rougit un peu, puis, sans commentaire, obtempéra et sortit du bureau.

En sortant du commissariat, Louis Malot n'était pas retourné au chantier. Il avait repris sa BMW sur le parking et roulé un peu au hasard, doucement, à travers la ville. Il avait besoin de se calmer, d'effacer l'humiliation qu'il venait de subir. Même dans les pires périodes de sa vie, il n'avait jamais courbé la tête et il savait qu'il était plus craint qu'aimé. Il pensait que cet état de choses était normal, inhérent à sa personne et à ses fonctions. Dès l'enfance on lui avait inculqué l'amour de l'ordre et de l'autorité, et l'idée qu'il était destiné à être de cette élite que le pouvoir et l'argent vouent à plier la volonté des autres à la sienne. Le destin l'avait déjà frappé plusieurs fois, mais il avait fait front. Pourtant, depuis la mort de Jeanne, il lui semblait que tout s'effondrait autour de lui. Il se rendait compte que, pendant l'interrogatoire que lui avaient fait subir les policiers, il n'avait pas toujours gardé le contrôle de ses réactions. Pour la première fois, il se sentait dépassé par le déchaînement des catastrophes qui s'abattaient sur lui. Jusqu'alors, il avait vécu en assumant avec une certaine sérénité les drames anciens qu'il se savait capable de dissimuler à tous indéfiniment. Mais aujourd'hui, il ne maîtrisait plus complètement la situation. Il avait découvert avec stupéfaction qu'il ne savait pas tout. Il ne supportait pas de ne pas comprendre ce qui s'était produit. Un ennemi invisible l'avait guetté dans l'ombre, et il n'avait pas de prise sur lui. De terribles révélations l'avaient anéanti, et la femme qu'il aimait plus que tout au monde lui avait été enlevée. Les autres, il les méprisait profondément. Ses fils étaient des bons à rien, et ses brus, des garces. Seuls les petits-enfants représentaient peut-être un espoir, mais il s'apercevait qu'il les connaissait finalement très peu. Jouer au grand-père affectueux n'était pas un rôle pour lui. Il regarda ses mains posées sur le volant. Un tremblement presque imperceptible les agitait. Elles étaient blanches et ridées. Étaient-ce bien les siennes, ces mains de vieillard qui se crispaient devant lui ? Il réalisa tout à coup qu'il était vieux, qu'il n'était plus sûr de pouvoir continuer à forger son destin à son gré. Les forces l'abandonnaient. Il était seul.

Instinctivement, il avait conduit la voiture au fond des bassins, à l'entrée du chantier, et s'y arrêta. Tout était sombre, les ouvriers avaient fini leur journée de travail. Les silhouettes des bateaux en construction, ou simplement laissés là en gardiennage pour l'hiver, se détachaient sur le ciel bleu marine encore balayé par des nuages plus clairs dont on devinait la danse. La grille blanche de l'entrée était verrouillée et, derrière la clôture, Malot contempla son bien, son domaine, son royaume, l'œuvre qui avait fait de lui le digne successeur de ses parents, des industriels lyonnais, et l'un des hommes les plus riches et les plus puissants de la ville. Il évoqua la grande silhouette de l'homme brun qui avait su, en un an, redonner à l'entreprise son opulence d'avant, qui avait pallié l'incompétence d'Étienne, alors que lui, le père, n'avait pas vu venir la menace de ruine. Olivier Marek. Dans un éclair fulgurant, Louis Malot revit Jeanne, telle qu'il l'avait contemplée pour la dernière fois, allongée à la morgue. La trace rougeâtre sur le cou. Les longs cheveux gris autour de son visage qui paraissait apaisé. Les yeux verts, clos à tout jamais. Il sut alors ce qu'il devait faire.

Il remit le moteur en route, et reprit la route de sa demeure. Il agirait après le dîner. Il fit un détour pour passer par le front de mer, désert. Au loin, le phare balayait l'horizon. Machinalement, le vieil homme guetta le faisceau lumineux. Trois éclats, puis dix secondes d'obscurité. Derrière la silhouette massive du château perché sur la falaise, la ligne de lumière faisait surgir les façades blanches des maisons de l'esplanade. La plus belle, la plus grande, était la sienne. Il en avait été fier. Il y avait presque de force enfermé sa famille, il voulait les avoir tous là, sous son autorité. Et maintenant ? À quoi bon, tout cela ? Jeanne ne serait plus jamais à ses côtés, trônant à la place d'honneur dans la salle à manger, Jeanne, qui parfois avait du mal à tenir debout, qui mangeait sans appétit avec son regard vide, les soirs d'ivresse. Il n'avait jamais rien dit. Il avait pourtant su depuis le début où elle cachait ses bouteilles. Mais elle était la seule pour qui il eût des trésors d'indulgence. Il aurait voulu laisser sa voiture, portières ouvertes, et s'enfoncer dans l'obscurité de la plage. Il aurait marché sur les galets, dans le bruit de l'entrechoquement des pierres roulantes, il aurait continué jusqu'à l'eau glaciale, il aurait avancé jusqu'à l'anesthésie finale, jusqu'à la paix. Il secoua sa crinière blanche. Pas de ça. L'histoire n'était pas finie. Il n'était pas encore vaincu. Il se battrait. Le dîner familial devait avoir lieu. Normalement.

Quand il gara sa voiture au bout de l'allée de graviers, il comprit que malgré sa détermination, ce soir-là, la vie ne suivrait pas le cours apparemment normal qu'il voulait lui imposer. Une ambulance du Samu, vide, son gyrophare ponctuant le noir d'éclairs d'angoisse, stationnait devant le perron. La porte d'entrée était ouverte et, dès qu'il eut mis le pied hors de son véhicule, le tumulte des cris, des pleurs, des exclamations l'enveloppa. Il se précipita pour pénétrer dans le hall, mais fut arrêté par deux ambulanciers qui portaient une civière. Sur celle-ci, un corps était allongé, et il reconnut le visage découvert, grimaçant de douleur de son fils Étienne. Un médecin en blouse blanche suivait, portant un flacon plein de liquide transparent, relié au bras du malade par un tuyau. Malot, de son grand corps, stoppa l'avance du cortège :

— Mais qu'est-ce qui se passe ici ? Qu'est-il arrivé à mon fils ?

— Bonsoir, monsieur, répondit le médecin. Ne vous inquiétez pas, il s'en sortira. Un coup de couteau dans le ventre, mais la blessure est superficielle. Simplement, il a perdu beaucoup de sang.

Il s'interrompit, puis, gêné, ajouta :

— Désolé, mais on a été obligés de prévenir la police.

— La police ? (Le vieux lion tonitruait, retrouvant toute son énergie et son indignation.) Mais qu'est-ce que c'est que cette histoire ? De quoi vous mêlez-vous ? Qui a attaqué Étienne ?

Dans la maison, le vacarme semblait enfler, et les bruits qui accompagnaient la scène sinistre, le blessé qui s'était remis à geindre, les brancardiers qui paraissaient figés dans une éternelle immobilité investissaient la nuit. Soudain, sur un signe de tête du médecin, tout se remit à bouger. La civière fut dirigée vers l'arrière de l'ambulance dont le hayon était levé et on commença à l'enfourner. Louis Malot sembla hésiter un quart de seconde comme s'il ne savait s'il devait aller vers les siens ou empêcher l'ambulance de partir. Il aboya :

— Répondez-moi ! Où emmenez-vous mon fils ? Pourquoi avez-vous appelé la police ?

Étienne était installé, un homme s'était mis au volant. Soutenant toujours le flacon, le médecin grimpa à son tour à l'arrière mais ne referma pas tout de suite la portière. Il se pencha :

— Nous allons à l'hôpital. Rejoignez-nous quand vous voulez. Je ne connais pas les détails de l'accident, mais ce qui est sûr c'est que vos deux fils se sont battus. Le coupable est dans la maison, vous pourrez l'interroger. Quand nous sommes confrontés à ce type de blessure, nous sommes obligés de prévenir le commissariat. Je suis navré. Je n'ai fait que mon devoir. Le chirurgien nous attend. Il faut recoudre la plaie.

Quelques secondes plus tard, la lumière bleue s'éloignait, et le son de la sirène décroissait. Dans le grand salon, le silence se rétablit brutalement à l'entrée du chef de famille. Tout était allumé, le lustre de cristal, les lampes et les appliques. La lumière crue soulignait la pâleur de Pascal effondré dans un fauteuil de cuir, la rougeur et la boursouflure des yeux et des joues de Caroline, le rictus d'incompréhension sur le visage rond de Florence. Les enfants étaient recroquevillés les uns contre les autres au pied d'un canapé. Au milieu du tapis, une large flaque rouge s'étalait, et la bonne, près de la porte qui donnait sur le couloir de la cuisine, avançait avec une éponge et un torchon à la main.

— Laissez ça et fichez le camp ! hurla Malot, comme par réflexe.

La femme s'enfuit, referma la porte derrière elle.

Il s'avança vers les siens, s'adressant d'abord aux femmes avant de regarder son fils :

— Emmenez immédiatement les enfants là-haut. Et n'en bougez plus tant qu'on ne vous appelle pas. Et toi, tu vas m'expliquer ce que tu viens de faire.

Caroline prit sa fille par la main et sortit. Florence la suivit, avec les petits garçons qui s'étaient mis à sangloter. Pascal, hébété, regardait fixement la grosse tache de sang, et le liquide que le tapis à fond beige n'avait pas encore absorbé dessinait des arabesques foncées, comme si de nouvelles fleurs vénéneuses venaient d'éclore dans la laine.

— Regarde-moi, cria son père.

Le regard qui se posa sur lui était celui d'un enfant pris en faute et qui craint le châtiment. Néanmoins, Pascal essaya de se disculper :

— C'est lui qui l'a cherché. Il m'a pris ma femme. Ce fumier a toujours tout voulu me prendre.

— Raconte.

181

— Je me doutais de quelque chose depuis long-temps. Ils étaient toujours à faire des messes basses dans tous les coins de la maison. Mais j'avais confiance en Caroline. Et puis, il y a eu cette lettre.

— Quelle lettre ?

— Une lettre anonyme, il y a quelques jours. Avec des caractères découpés dans des journaux, comme dans un mauvais film. On m'y annonçait qu'Étienne et Caroline couchaient ensemble, et qu'ils se retrouvaient à l'Hôtel de Paris, quand ils allaient à Rouen. D'abord, j'ai cru à une mauvaise plaisanterie, j'ai failli mettre ce torchon à la poubelle. Mais ça me hantait. Il fallait que je sache. Je n'en dormais plus, j'étais rongé par le doute. De mon frère, rien ne m'étonne, mais je ne supportais pas l'idée que Caroline ait pu me trahir.

Louis Malot haussa les épaules. La voix de son fils devint presque inaudible :

— Ce midi, je les ai vus se parler à la fin du repas. Caroline m'a dit qu'elle allait faire des courses à Rouen. Ça m'a mis la puce à l'oreille. J'ai fait comme si j'allais au chantier, mais en réalité j'ai pris la route avant eux et je me suis caché à proximité de l'entrée de l'hôtel. Eh bien, tout était vrai. Ils sont arrivés à dix minutes d'intervalle, mais sont entrés tous les deux. Je savais à quoi m'en tenir. J'aurais voulu monter, les surprendre. J'avais des envies de meurtre. Mais je me suis rendu compte du ridicule de ma situation. Je suis rentré à Marville, et suis allé boire dans un café du port.

— C'est tout ce que tu as trouvé à faire, te saou-ler ? ironisa le père.

Pascal ne réagit pas, continua son récit :

— Quand je suis revenu à la maison, Caroline était là, pas Étienne. Je l'ai secouée un peu, je lui ai dit que je les avais vus. Cette garce m'a nargué, elle m'a dit qu'elle voulait s'en aller, qu'elle en avait marre de nous tous. J'étais fou de rage. Et puis mon frère est arrivé et nous nous sommes battus. Voilà.

— Et le couteau ? Pourquoi avais-tu un couteau ? Et où est-il passé ?

— Ce n'était pas un couteau. C'est le poignard turc qui est sur le bureau. Je l'ai pris, comme ça, parce qu'il me serrait à la gorge. Il m'aurait tué. J'ai eu peur. Je crois que Florence me l'a arraché des mains quand Étienne est tombé en hurlant. Je ne sais pas où elle l'a mis. Elle a dû le poser pour téléphoner au Samu. Qu'est-ce qu'on va me faire ?

Louis Malot toisa son fils. Il était droit, dominant de sa haute taille l'homme avachi qui tremblait maintenant de tous ses membres.

— Il devrait y avoir une enquête. La vie de ton frère ne semble pas en danger. C'est toi le cocu, tu aurais sans doute droit à une certaine indulgence. Mais je ne veux pas d'histoire. Je ne veux pas que vous déshonoriez la famille, deux jours après la mort de votre mère. Tout Marville en ferait des gorges chaudes. Alors tu vas me laisser faire et, quand la police sera là, confirmer ma version des faits.

Il regarda autour de lui, repéra une enveloppe sur le bureau, en vérifia le contenu et la plaça bien en vue. Puis reprit :

— Quant à ta garce d'épouse, je vais la flanquer dehors et tu vas entamer immédiatement une procédure de divorce.

— Mais, Père, je l'aime !

— Arrête, tu me dégoûtes. Tu feras ce que je te dirai ou je te mets à la porte aussi. Et sans moi, tu n'es rien.

— Et ma fille ?

— Ne t'inquiète pas. J'ai encore de l'influence. C'est sa mère qui est en tort. Nous garderons l'enfant. Maintenant, appelle les femmes.

Quand Florence et Caroline furent redescendues, Malot demanda à la première ce qu'elle avait fait du poignard. Florence l'avait posé sur une console, rouge encore du sang de son mari. Malot hésita, puis finalement ordonna de le laisser où il était. Il se dirigea ensuite vers Caroline et, sans que la jeune femme ait eu le temps de se protéger, la gifla de toutes ses forces.

— Espèce de traînée. Je vous avais pourtant prévenue, après avoir vu comment vous vous comportiez avec l'un de mes employés. Allez immédiatement faire vos valises, et débarrassez-nous le plancher. Mélanie reste ici. Je vous interdis de lui parler.

Caroline, qui, sous le coup, avait été déséquilibrée, se redressa, regarda son beau-père bien en face, et, les yeux brillants de colère, toute trace de larmes disparue, lui lança :

— Oui, je pars. Mais vous ne pourrez pas me séparer de ma fille. Elle vient avec moi. Et si vous ou l'un de vos abrutis de fils essayez de me l'enlever, je vous tuerai. Et je commencerai en tout cas par raconter vos minables petits secrets de famille...

Blême, Louis Malot levait à nouveau la main quand on sonna à la porte. Tous se figèrent. La bonne annonça que la police était là.

Carole était encore dans son bureau quand le médecin avait téléphoné. On l'avait mise tout de suite au courant et, comme Modard était déjà parti, elle avait récupéré Leroux qui enfilait son pardessus, et ils avaient foncé dans une voiture de police vers la maison des Malot. Tout ce qu'elle savait c'est qu'il y avait eu une bagarre, et qu'un des fils, blessé au ventre, avait été emmené à l'hôpital. Des questions, en tourbillon, tournaient dans sa tête, tandis que Leroux prenait les virages en faisant crier les pneus.

Quand elle pénétra dans le grand salon, ils étaient trois, figés comme des statues de sel. Louis Malot lui faisait face, cachant, comme pour le protéger, Pascal qui restait assis dans son fauteuil. Florence se tenait à l'écart, comme si tout cela ne la concernait pas vraiment. Pas trace de Caroline. Tout naturellement, elle s'adressa au plus âgé des hommes.

— On nous a prévenus qu'il y avait eu un blessé par arme blanche chez vous. Pouvez-vous nous dire ce qui s'est passé ?

— Pas grand-chose, inspecteur. Rien qui nécessite que vous vous déplaciez.

Rien, décidément, ne rabattait son arrogance.

— Mais encore ?

— Un simple accident. Je n'étais pas rentré, mais mon fils et mes belles-filles vous confirmeront ce qu'ils m'ont expliqué. Un jeu stupide. Mon fils Pascal avait à la main une sorte de poignard turc, un objet de valeur qui nous sert de coupe-papier et qui est toujours sur ce bureau. Il venait d'ouvrir une enveloppe —celle-ci...

Il lui tend effectivement une enveloppe, ouverte proprement. Carole en regarda le contenu : un bon de commande pour des vins de Bordeaux.

185

— Il a dit à Étienne qu'il allait commander du vin. Celui-ci s'est précipité sur lui, en riant, pour lui prendre le papier. Ils jouaient, vous comprenez, ils ont gardé à quarante ans des comportements de leur enfance ! Malheureusement, il s'est pris les pieds dans le tapis, a bousculé son frère qui a lâché le poignard. En tombant, Étienne s'est blessé au ventre. Tout le monde a eu une grosse frayeur, mais le médecin m'a affirmé que ce ne serait pas grave. Je m'étonne qu'on vous ait dérangés !

Carole regarda Florence, qui ouvrait de grands yeux, interloquée. Pascal, très rouge, fixait un point invisible sur le mur le plus éloigné. Difficile de ne pas classer l'affaire. Elle demanda pourtant :

— Madame Malot, monsieur Pascal Malot, vous confirmez cette version des faits ?

— Tout à fait, répondirent-ils en chœur.

À ce moment, par la porte ouverte qui donnait sur le hall d'entrée, Carole vit passer l'autre belle-fille visiblement sur le point de sortir. Elle était accompagnée d'une petite fille, et portait deux grosses valises. L'inspecteur se précipita vers la jeune femme.

— Vous partez en voyage ?

— Non. Pourquoi ?

— Entrez une minute, s'il vous plaît. Vous étiez présente quand votre beau-frère a été blessé ?

— Oui.

— Pouvez-vous me raconter ce qui s'est passé ?

Louis Malot agit si rapidement que Carole ne put rien empêcher. Il attrapa la main de l'enfant, la sépara de sa mère, et sans regarder celle-ci articula rapidement et clairement :

— Bien sûr que Caroline a vu mes fils chahuter et Étienne tomber accidentellement sur le couteau qu'avait lâché son mari.

186

Caroline regarda son beau-père. Elle marcha vers lui, passa son bras autour des épaules de son enfant, recula en direction de la porte, sans lâcher la fillette, et dit d'une voix blanche :

— C'est ça. Cela s'est passé ainsi. J'étais là. C'est un accident, un simple accident.

Puis elle fut happée par l'ombre du hall, et l'on entendit la porte se refermer sur elle. Si Carole ne comprit pas exactement à quel chantage on venait de se livrer, elle sut que la vérité allait lui échapper définitivement, et qu'elle n'avait plus qu'à partir. Elle tenta une ultime manœuvre :

— Votre belle-fille vous quitte ?

— Non, voyons. Elle va rendre visite à sa famille. C'était prévu depuis longtemps. Il n'y a pas de raison pour que l'accident qui ne concerne que son beau-frère change ses projets. Étienne n'est pas en danger.

— Et vous, monsieur, demanda-t-elle à Pascal, vous ne partez pas avec votre femme ?

Celui-ci fut obligé de lever les yeux. Ils étaient pleins de larmes.

— Je la rejoindrai plus tard. Je vais aller voir mon frère à l'hôpital, avec mon père.

— Très bien, il ne me reste plus qu'à vous dire au revoir. J'espère que votre blessé se rétablira vite. À l'avenir, méfiez-vous des coupe-papier.

Carole se dirigeait vers la porte quand une idée lui vint. Elle se retourna :

— Au fait, pouvez-vous me confier le poignard pour quelques jours ? Nous vous le rendrons après examen.

— Pour quoi faire ?

— Simple vérification.

— Si vous croyez que c'est celui dont s'est servi l'assassin dimanche, s'indigna Louis Malot, vous vous trompez lourdement. Cet objet n'a pas quitté cette pièce. Et puis, après tout, prenez-le si ça vous amuse.

Il lui tendit le coupe-papier. Elle l'enveloppa dans un mouchoir, et le mit dans son sac.

Leroux lui ouvrit la portière de la voiture. Il n'avait pas prononcé un mot. Il mit le moteur en marche, démarra en trombe, faillit emboutir une voiture arrêtée, tous feux éteints, devant le portail de la propriété, et ce n'est qu'une fois sur la route qu'il marmonna :

— Quelle bande de menteurs !

Mais Carole ne l'écoutait pas. Elle se demandait à qui appartenait la chevelure blonde qu'elle avait entrevue dans la voiture en stationnement. Ce pouvait être à Didier Fréhel, mais aussi à Antoine Bouvier. Ce pouvait être aussi à un inconnu qui se trouvait là par hasard. Elle cria à Leroux de faire demi-tour. Mais quand ils revinrent à leur point de départ, il n'y avait plus personne. Il ne leur restait plus qu'à rentrer au commissariat, et à faire inscrire sur la main courante qu'ils s'étaient déplacés ce jour à telle heure pour une simple affaire d'accident domestique.

Après le départ des policiers, le silence régna un moment dans le grand salon. Louis Malot appela la bonne et lui dit d'essayer de faire partir la tache de sang sur le tapis. Des petits pas se firent entendre dans l'escalier, et les trois fils d'Étienne firent leur apparition.

— Maman, quand est-ce qu'il revient, Papa ?

— Maman, on a faim !

— Qu'on serve le dîner, tonna leur grand-père.
Tout le monde à table.

Ils s'installèrent dans la salle à manger. Imperturbable, le patriarche se comporta comme si rien ne s'était passé. Il y avait désormais trois places vides. Son café bu, le vieil homme se leva. Il hésitait à remettre au lendemain la démarche qu'il comptait accomplir ce soir-là. Mais il était de plus en plus persuadé du bien-fondé de sa décision.

— Je vais à l'hôpital, dit-il, voir comment va Étienne. Ne sortez pas d'ici. Vous avez fait assez de bêtises pour aujourd'hui.

Florence hasarda :

— Je peux venir avec vous ? C'est quand même mon mari !

— Restez là et occupez-vous de mes petits-fils. Votre mari, vous n'avez même pas été capable de le garder !

La porte claqua derrière lui.

XII

Alain Modard conduisait doucement sur les petites routes de campagne. Ses phares éclairaient la chaussée déformée par le passage quotidien des tracteurs, rendue glissante par la boue argileuse qu'ils ramenaient des champs et les bas-côtés, talus gorgés d'eau, surplombés de troncs et de branches nues et tordues, se rejoignant, s'entremêlant sous la noirceur impénétrable de la voûte du ciel qui semblait peser sur toute la terre. Au-delà, le conducteur devinait l'étendue verte des prés où, les soirs d'été, il voyait paître les vaches rousses et se poser des vols de corbeaux. Il savait quelle masure de brique ou de torchis se nichait derrière les bouquets d'arbres, quelle grange à colombages abritait les réserves de foin. De-ci, de-là, une lueur entrevue témoignait que la vie n'avait pas complètement déserté le paysage assoupi. Sur la droite, un vaste halo orange signalait la présence encore proche de Marville, et de la mer. Il était à la fois content de rentrer chez lui de bonne heure, et anxieux en se demandant quel accueil lui serait réservé. Béatrice avait semblé calme, quand il lui avait téléphoné le matin, mais elle pouvait avoir nourri de la rancune toute la journée, à cause de sa désertion de la veille, et la lui faire payer très cher. Il se sentait fatigué, avait peur de ne pas avoir la patience nécessaire pour supporter une nouvelle scène. Il était pressé d'arriver, et pourtant roulait de plus en plus lentement, s'accordant un sursis, reculant la confrontation. Son esprit vagabondait, mêlant des réflexions sur l'enquête en cours et l'évocation des jours heureux de sa vie de couple. En fait, tout s'embrouillait. La disparition de Lecomte était-elle liée aux crimes ? Mais pourquoi aurait-il pendu Mme Malot ? Qui était cette Antigone dont le nom semblait un indice ? Pourquoi le numéro de téléphone de Fréhel était-il dans le carnet d'Anne-Marie Dubos ? Il aurait tant voulu que Carole et lui réussissent à résoudre l'énigme, mais il avait l'impression qu'ils faisaient du surplace. Ils savaient que le temps leur était compté, qu'ils n'avaient qu'un sursis avant qu'on ne les décharge de l'affaire au profit de la PJ de Rouen. Les personnages impliqués, morts et vivants, défilaient dans son cerveau, mais ils étaient muets, n'avaient rien à se dire, rien à lui dire, et, en surimpression, s'imposait le visage de Béatrice qui semblait se moquer de lui. Béatrice, le jour de leur mariage, ses cheveux bruns ondulant jusqu'aux épaules, en tailleur blanc qui moulait sa silhouette fine. Béatrice lycéenne, quand il l'avait connue, facétieuse et toujours prête à chahuter, Béatrice à la maternité, dont il tenait la main pendant qu'elle criait de douleur, lors de la naissance du premier enfant, celui qui était né en ville, dans de bonnes conditions, et puis, aussitôt après, épanouie, rayonnante, avec dans ses bras ce nouveau-né qu'elle lui tendait, qu'elle lui offrait comme un gage d'amour... Béatrice quand ils faisaient encore l'amour dans la joie, et puis la Béatrice des dernières années, aux cheveux gras, négligée, toujours de mauvaise humeur, avec ses crises de larmes et ses récriminations perpétuelles, la maison en chantier, les enfants déboussolés, le gâchis. Il passait, en pensant à sa femme, de l'attendrissement à l'exaspération. Il faisait pourtant tout ce qu'il pouvait pour lui faciliter la vie, mais il ne pouvait accomplir de miracle, et elle aurait pu y mettre du sien. Si seulement elle acceptait de se laisser soigner, si elle retrouvait l'énergie de faire des projets, à eux deux ils régleraient leurs problèmes qui n'étaient pas si graves. Il pensa aux deux garçons de la garde de nuit, et à ses enfants à lui, et se sentit plein de courage et d'optimisme. Rien n'était perdu.

Il était arrivé. Le cœur battant, il rangea la voiture devant la maison. La salle de séjour était illuminée, il n'y avait pas de lumière à l'étage. Il ouvrit la porte. Cette fois, les enfants étaient en robe de chambre, et leurs cheveux mouillés prouvaient qu'ils sortaient du bain. Ils dessinaient tranquillement. De la cuisine, venait une bonne odeur. Béatrice était assise sur le divan, immobile, les mains posées sur les cuisses. Elle portait un jean noir, et un pull bleu roi qu'il ne lui connaissait pas. Ses cheveux, brillants, avaient été raccourcis. Modard lui sourit, s'approcha pour l'embrasser.

— Tu es allée chez le coiffeur ? Ça te va bien ! As-tu passé une bonne journée ?

Elle leva les yeux vers lui, comme si elle se réveillait d'un mauvais rêve, ouvrit la bouche, hésita, puis récita, comme à l'école :

— J'ai lavé les enfants, j'ai fait une blanquette de veau, j'ai repassé, je suis allée chez le coiffeur, j'ai acheté un pull...

Puis elle attrapa fébrilement une cigarette dans le paquet qui était posé sur la table basse, l'alluma, éclata en sanglots, et cria :

— Ne me refais jamais ça ! J'ai cru que j'allais mourir de peur, toute seule la nuit dans cette sale baraque, paumée au milieu de nulle part. J'aurais pu me tuer, et tuer tes enfants. C'est ça que tu veux ? Qu'on te débarrasse le plancher, pour que tu sois enfin tranquille ?

Les enfants levèrent les yeux de leurs coloriages, apeurés. Modard soupira, alla éteindre le gaz sous la casserole, dans la cuisine, sourit aux petits.

— Soyez sages, maman et moi on revient tout à l'heure.

Puis il força son épouse à sortir du divan où elle s'était enfoncée, comme si elle avait souhaité devenir invisible, se fondre dans l'épaisseur du coussin, la prit par la main et l'emmena au premier étage. Elle s'était arrêtée de pleurer, le suivait docilement. Dans la chambre, il s'allongea sur le lit, l'attira contre lui.

— Maintenant, tu arrêtes. Tu m'écoutes. Je ne veux plus de drames, je ne veux plus de scènes. Si tu continues, je m'en irai pour de bon. Mais ce n'est pas ce que je souhaite. Demain, tu prendras un rendez-vous chez un médecin, pour samedi. Je t'accompagnerai. Nous allons vendre cette maison puisque tu la détestes tant. Perdre un peu d'argent, ce n'est pas très grave. De toute façon, on ne peut plus continuer ainsi. S'il le faut on louera un appartement en ville en attendant. Je t'aime, je ne veux pas te perdre, mais je ne te laisserai plus foutre notre vie et celle des enfants en l'air. Tu as vu que j'étais capable de partir une nuit entière…

— Où étais-tu ?

— Tais-toi. Je n'ai pas fini. Je peux aussi partir définitivement, et je m'arrangerai pour prouver que tu n'es pas en état de garder les enfants. Ce ne sera pas très difficile. Il suffit de te regarder. Tu as l'air d'une folle.

— Tu ne ferais pas cela !

— Si. C'est à toi de décider. Ou tu acceptes de faire un effort, et on reprend tout de zéro, ou je m'en vais.

— Tu ne m'as jamais parlé comme ça !

— J'ai eu tort.

— Je voudrais travailler, si on rentre en ville.

— Comme tu voudras. Je ne t'ai jamais obligée à jouer les femmes au foyer. C'est toi qui voulais t'occuper de Thibaud et de Marion. Ils vont à l'école, ce n'est pas un problème que tu cherches un emploi. Au contraire.

— Où étais-tu cette nuit ?

— J'ai squatté chez ma patronne !

— Salaud ! Tu as couché avec...

— Ne recommence pas. J'aurais pu te mentir. J'ai dormi sur le canapé du salon après avoir pris une cuite avec son whisky.

— Je ne suis pas malade.

— Tu es déprimée. Ce n'est pas une maladie honteuse.

— Je me sens tellement fatiguée de tout.

— Justement, ça se soigne.

— Je suis devenue vieille et moche.

— Mais, ma chérie, ça aussi, ça se soigne !

Il la serra contre lui, elle l'aida à enlever le jean et le pull. En bas, ils entendaient le ronronnement de voix. Les enfants avaient allumé la télé. Ils firent l'amour longuement, doucement, comme ils ne l'avaient pas fait depuis des mois.

194

Carole Riou ne décolérait pas. Elle savait pertinemment que la version des faits que lui avait donnée la famille Malot était fausse. Il était beaucoup plus vraisemblable qu'une bagarre avait éclaté entre les deux fils, et que Pascal avait blessé son frère, volontairement ou pas, avec le poignard turc. Et, bien sûr, ils faisaient tous front pour que le scandale d'une querelle fratricide ne s'ébruitât pas à l'extérieur. Était-ce la liaison entre Caroline et Étienne qui avait amené les frères à se détester au point de presque s'entre-tuer ? Elle aurait donné cher pour savoir où était allée Caroline et pour avoir une entrevue avec elle. En passant et en repassant la scène dans sa tête, elle en avait conclu que la jeune femme avait abondé dans le sens des autres pour pouvoir emmener sa fille. Que s'était-il passé ? Une chose était sûre. Le départ de la femme de Pascal n'était pas prévu, mais faisait suite à la dispute. Était-elle la maîtresse de son beau-frère ? Et si Mme Malot avait été tuée parce qu'elle avait découvert ce secret de famille ? Mais cela ne tenait pas debout. On ne tuait quand même plus pour de banales histoires d'adultère !

Carole récupéra sa Clio mais, au lieu de rentrer directement chez elle, elle décida de passer par l'hôpital. Avec un peu de chance, elle serait la première à parler à Étienne qui lui dirait peut-être la vérité. Malheureusement, quand elle se présenta au service des urgences, l'interne de garde lui apprit que le patient sortait tout juste de la salle d'opération, qu'il n'était pas encore réveillé, et qu'on attendait son père qui serait seul admis à ses côtés pour l'instant. Pas question d'interrogatoire policier avant le lendemain.

Le lendemain, se dit Carole, on lui aurait appris sa leçon ! Elle n'avait plus qu'à regagner son domicile.

Elle fit une halte à la supérette de la rue Gambetta où elle s'acheta un plat surgelé, du pain et des fruits. Après une hésitation, elle y ajouta une bouteille de saint-émilion. Elle fit aussi, au bureau de tabac de la gare, une provision de cigarettes et se laissa tenter par un roman policier. Elle aurait de quoi occuper sa soirée solitaire. Une de plus.

Une pluie mêlée de neige fondue se remit à tomber. Les essuie-glaces dansèrent devant les yeux de la conductrice leur ballet absurde, va-et-vient ronronnant qui effaçait les gouttes indéfiniment remplacées par d'autres gouttes brouillant l'image de la ville. La marée était haute, et Carole dut attendre pour rejoindre son quartier, l'île du Pelot, relié au centre-ville par un pont tournant, et au quartier de Villeneuve, de l'autre côté, par un pont levant. Le pont tournant était replié le long du quai, tel un bras pendant sur une hanche, et un cargo, venu de la haute mer, énorme masse lourde et lente, éclaboussée de toute la blancheur de ses projecteurs, venait de franchir la jetée et s'apprêtait à accoster dans le bassin du Canada. Le moteur coupé, les essuie-glaces cessèrent de battre, et la silhouette du bateau devint floue, comme vue à travers des yeux noyés de larmes. Carole ne savait pas très bien, d'ailleurs, si elle pleurait ou pas les voyages qu'elle ne ferait pas avec Pierre, la croisière qu'ils avaient projetée quelques semaines avant l'accident. Elle aurait voulu être sur le navire, avoir connu les silences des nuits au large, les arrivées dans des ports inconnus, et les départs sans cesse renouvelés. Elle aurait voulu ne plus avoir de point d'ancrage, errer au gré des vents, n'avoir plus dans la tête que des odeurs marines et la peur des tempêtes. Ses regrets étaient rythmés par les halètements réguliers des moteurs de la grosse bête qui glissait, et du remorqueur, petite mouche traînant le pachyderme. Mais le bateau finit de passer, disparut dans l'arrière-port, et le mécanisme ramena le pont dans le prolongement de la rue. Les barrières se soulevèrent. La voiture redémarra pour s'arrêter un peu plus loin, dans le garage, au pied du vieil immeuble. En la quittant, Carole se souvint des deux livres qu'elle avait empruntés à la bibliothèque, et les monta, avec le sac de provisions. Elle mit la clé dans la serrure, ouvrit la porte sur la petite entrée plongée dans la pénombre. Elle fit de grandes illuminations, allumant dans les pièces tout ce qui pouvait être allumé, mais la clarté ne pouvait vaincre le silence qui pesait sur l'appartement. Les deux bols qui séchaient dans la cuisine lui firent presque regretter la présence de Modard et elle eut une pensée fugace pour lui, espérant qu'il finirait par régler ses problèmes avec sa Béatrice, sa Béatrice qui elle, au moins, était vivante.

L'idéal aurait été qu'elle pût être flic vingt-quatre heures sur vingt-quatre, qu'elle n'eût pas à redevenir une femme simplement brisée par sa solitude. Elle sentait tout son être en état de manque, sans pouvoir très bien définir si elle avait seulement faim, ou si elle souffrait d'un manque plus profond, manque d'amour, manque de mains, de caresses sur son corps, manque de Pierre, manque d'un homme.

Elle brancha la télévision, pour entendre du bruit. Rien de nouveau dans l'affaire des meurtres de l'hôpital de Marville, disait le présentateur sur la troisième chaîne. Ça, elle le savait ! Elle mit le surgelé dans le four à micro-ondes et se fit couler un bain. L'eau aussi, c'était du bruit. Puis, vêtue d'une robe de chambre en éponge, une serviette nouée sur la tête, elle déboucha sa bouteille et s'installa avec un plateau dans le canapé, devant le poste de télé. Il n'était même pas vingt heures ! Machinalement, elle ouvrit le petit livre de poche à la couverture multicolore. Anouilh. La pièce avait été jouée pour la première fois en 1944. Drôle de moment pour faire du théâtre ! Elle parcourut rapidement le texte. Mais elle ne voyait pas en quoi Antigone, la jeune héroïne, enfant dure et entêtée, avide d'absolu et qui voulait enterrer son frère Polynice malgré l'ordre du roi Créon, son oncle, pouvait avoir un rapport avec Mme Malot ou Anne-Marie Dubos. Que venait faire la fille d'Œdipe dans cette histoire ? Elle était condamnée à mourir, certes, mais emmurée vivante, pas pendue ! Au mieux, Louis Malot, intransigeant, sûr de lui, despotique, pouvait faire un possible Créon. Et après ? Ce mot, sur le carnet, était sans doute une simple coïncidence. Mais pourquoi avait-il tant troublé Malot et Olivier Marek ? Carole ferma le livre, saisit l'autre, à la couverture blanche, la pièce antique. Elle n'espérait pas que la lecture de Sophocle lui apportât un quelconque éclaircissement. Elle prit le temps de se servir un deuxième verre de vin, de s'allumer une cigarette, d'étirer ses membres. Première scène, entre Antigone et sa sœur Ismène. Antigone demande à Ismène de l'aider à donner une sépulture au « mauvais » frère, et celle-ci refuse parce qu'elle a peur de la colère du roi. À la troisième page, pourtant, l'attention de Carole fut attirée par deux phrases qu'elle lut et relut plusieurs fois. Ismène disait à propos d'Œdipe, leur père : « Songe à celle qui fut et sa mère et sa femme, qui mérita ce double nom et détruisit sa vie dans le nœud d'un lacet. Songe enfin à nos deux frères, à ces infortunés qu'on vit en un seul jour se massacrer tous deux et s'infliger, sous des coups mutuels, une mort fratricide ! »

Dans le nœud d'un lacet... Pendue... Et cette lutte fratricide n'évoquait-elle pas celle qui venait sans doute de se dérouler sur la falaise, au cours de laquelle un frère avait été blessé par l'autre ? Le texte renvoyait à la réalité. Pour la première fois, l'invraisemblable pendaison organisée aux Prairies, durant cette nuit d'horreur, trouvait un écho dans ce mot, Antigone, écrit sur le carnet. Carole se souvint d'avoir parlé à Modard de la théâtralité de la mise en scène du meurtre. Mais en quoi cette histoire d'inceste et de mort, vieille de plus de deux mille ans, pouvait-elle expliquer ce qui venait de se passer à Marville ? Et si Mme Malot... Mais qui était Œdipe ? Et pourquoi ce macabre remake ? Plus Carole essayait de réfléchir, moins elle comprenait. Tout cela lui paraissait délirant, absurde. Elle ferma un moment les yeux, puis se leva et chercha fébrilement dans sa bibliothèque, mais n'y trouva rien qui la satisfît. Finalement, elle regarda l'heure, et prit une décision un peu folle, sans doute, mais pas plus que les idées qui lui trottaient dans la tête. Elle inscrivit un nom sur son Minitel, puis composa le numéro correspondant. L'homme était chez lui et répondit aussitôt.

— Monsieur Bouvier ? Ici l'inspecteur Riou. Je suis chargée de l'enquête sur les crimes de dimanche. Je suis désolée de vous déranger à cette heure, et vous n'êtes pas obligé d'accéder à ma demande. Vous êtes bien professeur de lettres ?

— Oui, français, latin, grec. Mais je ne vois pas...

— Écoutez, j'ai besoin de renseignements, et je pense que vous pouvez m'être utile. Vous serait-il possible de me rejoindre d'ici une demi-heure au Café de la poste ? Il y a une arrière-salle tranquille. Vous voulez bien ?

— Vous me prenez vraiment au dépourvu. J'ai des copies à corriger, je viens juste de rentrer chez moi, et je n'avais pas l'intention de ressortir. On ne peut pas régler cela au téléphone ?

— Non, ce serait trop long. Mais si vous ne pouvez pas ce soir, je peux attendre demain.

— J'ai des tas de choses à faire, demain. Dites-moi au moins de quoi il s'agit.

— Ça va vous paraître idiot, mais je voudrais que vous me parliez du mythe d'Œdipe.

Un silence régna au bout du fil, que Carole interpréta comme une preuve de la stupéfaction de son interlocuteur. Elle se sentit un peu ridicule et faillit lui dire de laisser tomber mais, à ce moment-là, Bouvier reprit la parole avec une nuance d'ironie dans la voix :

— Bon, d'accord. Mais c'est bien la première fois que je vais donner un cours à un flic !

— Merci. À tout à l'heure.

Elle se sécha rapidement les cheveux, enfila un pantalon, un gros pull et un caban et descendit récupérer sa voiture. Vingt minutes plus tard, elle était assise, seule, face à un café noir, au fond du bar. Un grand miroir, qui lui faisait face, permettait de voir qui entrait dans l'établissement, et reflétait le visage de l'inspecteur, un peu hirsute parce qu'elle n'avait pas vraiment pris le temps de se coiffer, mais en même temps rouge d'excitation. Elle s'était sans doute emballée sur une fausse piste mais, de toute manière, elle était mieux là à attendre son informateur que seule dans son salon. Flic vingt-quatre heures sur vingt-quatre, c'est bien ce qu'elle avait souhaité ! Elle eut le temps de fumer deux cigarettes, et de boire son café, avant d'apercevoir dans la glace l'homme blond à la silhouette féline, qui entrait et la cherchait des yeux. Elle lui fit signe. Il s'avança, de sa démarche de sportif, apparemment amusé. En tout cas, se dit Carole, il ne prend pas trop mal d'être dérangé à cette heure.

— Merci d'être venu. Vous prenez quelque chose ?

— Un cognac. De toute façon, mes copies attendront ! Et vous ?

— La même chose. Je n'ai personne à arrêter ce soir !

Le garçon prit la commande. Ils se turent, un peu mal à l'aise, jusqu'à ce qu'il eût apporté les consommations.

— Bon, et maintenant, si vous m'expliquiez ?

— Je ne peux pas vous révéler les détails de notre enquête.

— Évidemment. Mais encore ?

— Il se trouve que j'ai croisé Antigone, parmi d'autres indices, et que j'ai besoin d'en savoir un peu plus sur elle, et sur le mythe d'Œdipe, dont je n'avais entendu parler que dans le domaine de la psychanalyse.

— Et naturellement, vous ne pouvez pas me dire comment vous avez croisé Antigone ?

Le regard bleu la dévisageait avec une sorte d'insolence qui mettait Carole mal à l'aise. En même temps, il brillait d'intelligence, mais aussi, certes, de curiosité.

— Non.

— Tant pis. Je dois donc donner et ne rien recevoir. Me permettez-vous pourtant de vous poser une question ? Anodine, rassurez-vous.

Il y avait dans sa voix comme une provocation. Carole ne reconnaissait pas en cet homme railleur l'amoureux transi qu'elle avait vu le matin regarder Anne Marek. Il était plus sûr de lui, dégageait une impression de force. Elle but une gorgée d'alcool, qui lui brûla un peu la gorge.

— Allez-y.

— Aimez-vous le théâtre, inspecteur ?

— Je crois, oui, mais je n'ai pas eu souvent l'occasion d'y aller.

— Le théâtre, inspecteur, c'est la seule vraie vie, celle que l'on ne nous impose pas, mais que l'on fabrique à son gré. Celle qui ne dépend ni du sort ni du hasard, que le texte et la représentation rendent éternelle. Sur une scène, auteur et acteur sont des dieux, puisqu'ils créent un monde, des situations et des personnages. Ils les façonnent à leur guise et la mort et la maladie ne sont plus inéluctables, mais choisies. Vous savez, le théâtre peut même quitter la scène, l'espace clos qu'on croit lui être dévolu. On peut choisir de faire de sa vie une œuvre théâtrale… Excusez-moi, je m'égare. Nous sommes dans le domaine de ma passion. Pour en revenir à Antigone et à Œdipe, ils font partie de ces personnages mythiques qui expliquent ce que je viens de vous dire.

— Comment cela ?

— Parce que ce sont des personnages de tragédie. Ils ont été inventés par des humains, et pourtant ils sont immortels. Ils sont porteurs de toutes les peurs, de tous les espoirs, de tous les fantasmes de l'humanité. Pourquoi croyez-vous qu'on ait continué à écrire des œuvres où ils apparaissent, qu'ils aient survécu ? Vous le disiez tout à l'heure, même Freud a annexé Œdipe ! Ils sont la preuve bien vivante que par le théâtre, et seulement par le théâtre, l'homme peut se faire dieu.

Carole sourit. La passion habitait cet homme. Elle se dit que ses élèves devaient l'adorer.

— Vous m'avez convaincue. Je n'avais jamais pensé à cette dimension du théâtre. Parlez-moi du mythe qui nous intéresse.

— Œdipe est un Labdacide, du nom de son grand-père, Labdacos, sur lequel on ne connaît pas grand-chose. Tout ce qu'on sait, c'est que, comme celle des Atrides, cette famille est maudite par les dieux. Notre héros est le fils de Laïos, roi de Thèbes, et de Jocaste, sœur de Créon. À sa naissance, un devin prédit qu'il assassinerait son père et épouserait sa mère, c'est-à-dire qu'il transgresserait les deux tabous suprêmes des sociétés occidentales : l'inceste et le parricide. Pour essayer de déjouer la volonté divine, ses parents l'abandonnèrent sur le mont Cithéron. Mais recueilli par un berger, il fut par la suite adopté par le roi et la reine de Corinthe, dont il se crut le fils. L'oracle de Delphes lui ayant révélé la prédiction qui pesait sur lui, il quitta Corinthe pour échapper au destin. Mais vous savez qu'on n'échappe pas à la fatalité ! Sur sa route, il croisa un vieillard avec lequel il eut une altercation et qu'il tua. Vous vous en doutez, le vieillard était Laïos.

— Elle n'est pas gaie, votre histoire !

— Attendez la suite. Ensuite, Œdipe arriva aux portes de Thèbes, alors gardée par le Sphinx qui dévorait tous les voyageurs qui passaient s'ils ne pouvaient résoudre l'énigme qu'il leur proposait.

Commercialement, c'était une mauvaise affaire pour la ville, aussi la reine proposa-t-elle d'épouser quiconque résoudrait l'énigme et débarrasserait ainsi Thèbes du monstre. Naturellement Œdipe résolut l'énigme, chassa le Sphinx, et épousa Jocaste, sa mère, donc, avec qui il eut quatre enfants, deux garçons, Étéocle et Polynice, et deux filles, Antigone et Ismène.

— Et après ?

— Quelques années plus tard, la peste s'abattit sur la ville. Le devin Tirésias annonça qu'il fallait chasser le meurtrier de Laïos pour enrayer l'épidémie. Le roi Œdipe prononça une malédiction terrible contre ce meurtrier, mais le devin finit par lui révéler toute la vérité. Alors, horrifié par les crimes qu'il avait commis, le pauvre se creva les yeux, et fut chassé de la ville. Seule Antigone le suivit dans un long et douloureux périple sur les routes de Grèce. Il finit par mourir à Colone, où le roi Thésée lui accorda une sépulture.

— Peut-on considérer qu'il était coupable, demanda Carole, puisqu'il ignorait qu'il commettait des crimes ?

— C'est tout le problème et l'intérêt du mythe. Celui de la liberté et de la culpabilité humaines. Celui de savoir jusqu'où nous sommes responsables de nos actes.

— Et Jocaste, que lui est-il arrivé ?

— Vous ne le savez pas ?

Antoine Bouvier eut un petit rire.

— Non, mentit Carole.

— Elle s'est pendue, quand elle a su qu'elle avait couché avec son propre fils.

204

Il y eut un silence. Carole savait très bien que son interlocuteur lui tendait une perche, espérant qu'elle allait lui en dire plus, évoquer la pendaison de Mme Malot, mais elle ne broncha pas. Bouvier finit par sortir de sa poche un livre qui visiblement avait été souvent manipulé.

— Je vous ai apporté les tragédies de Sophocle, en pensant que ça pourrait vous être utile. La mort de Jocaste est détaillée dans *Œdipe Roi*. Vous voulez que je vous lise ce passage ?

— Allez-y.

— Voilà : « La femme est pendue ! Elle est là, devant nous, étranglée par le nœud qui se balance au toit... Le malheureux — il s'agit d'Œdipe, précisa le lecteur — à ce spectacle pousse un gémissement affreux. Il détache la corde qui pend, et le pauvre corps tombe à terre... » Cela vous avance-t-il ?

— Je n'en sais vraiment rien. La suite, ajouta Carole, je crois la connaître. Antigone est revenue à Thèbes et ses deux frères se sont entre-tués parce qu'ils se disputaient le trône. L'un avait attaqué la ville, l'autre, Étéocle, l'avait défendue. Créon, devenu roi, interdit d'enterrer Polynice, considéré comme l'assaillant. Mais Antigone pensa que c'était un devoir sacré d'offrir une sépulture décente à son frère, et désobéit à Créon qui la fit condamner à mort, bien qu'elle fût fiancée à son fils, Hémon.

— Vous en savez des choses !

Elle ne savait pas trop s'il se moquait d'elle. Ce type était à la fois sympathique et exaspérant, certainement très imbu de lui-même, créant chez les autres un pénible sentiment d'infériorité.

— Il me manquait le début de l'histoire. Merci. Dites-moi, vous connaissiez Jeanne Malot ?

— Tiens, on y arrive ! Réponse : de vue, comme tout le monde à Marville.

— Vous n'êtes pas passé en voiture devant chez les Malot, ce soir ?

— Mais c'est un interrogatoire en règle ! Non, je n'avais absolument rien à faire sur l'esplanade.

— Les frères qui s'entre-tuent, Étéocle et Polynice, ils ont les mêmes initiales qu'Étienne et Pascal Malot. C'est drôle, non ?

Bouvier lui lança un coup d'œil étonné :

— Mais les frères Malot ne se sont pas entre-tués, que je sache.

Il finit son verre de cognac, d'une lampée. Son regard ne fuyait jamais celui de Carole. C'est elle qui se sentait mal à l'aise, elle avait l'impression qu'il la défiait, et en même temps d'être disséquée. Elle savait qu'elle allait se mettre dans son tort, qu'elle était sa débitrice puisqu'elle avait sollicité cette rencontre officieuse, mais elle ne put s'empêcher d'essayer de le déstabiliser.

— Vous connaissez bien les Marek.

C'était une affirmation, pas une question.

— Vous pouvez me parler d'eux ?

Le visage de Bouvier se ferma. Le sourire narquois qu'il avait affiché depuis le début de leur conversation s'effaça. Il répondit avec colère :

— Vous, les flics, vous êtes bien tous les mêmes. Je connais les Marek. Si vous voulez que je vous parle d'eux, convoquez-moi officiellement dans votre bureau. Ce qui, d'ailleurs, ne changera rien à mon mutisme sur ce sujet. Mais c'est dégueulasse de profiter d'une entrevue présentée comme privée pour essayer de me tirer les vers du nez sur des amis. Allez vous faire voir. Je n'ai rien à vous dire, et je ne vous dirai rien. Non qu'il y ait quelque chose à cacher. Mais c'est une question de principe. Vous n'avez aucun droit de vous immiscer dans la vie privée des gens.

Un point pour lui, se dit Carole.

Elle ne s'excusa pas. Il mit un billet sur la table et s'apprêtait à se lever. Carole insista pour payer. Mais il ne l'écouta pas. Il semblait toujours furieux. Elle comprit qu'elle n'en obtiendrait plus rien.

— Il ne me reste qu'à vous remercier d'avoir accepté de me rencontrer.

— De rien.

Il semblait calmé, sa voix avait retrouvé son amabilité ironique.

— J'ai été très intéressé de constater que la littérature, mon domaine, pouvait aider un policier à mener une enquête, même si je ne vois pas en quoi ! Bon courage.

Ils se serrèrent la main sur le trottoir. Antoine Bouvier s'enfonça dans la nuit. Il avait dû venir à pied. Carole reprit sa voiture. Quand elle rejoignit son île, entre les deux ponts, restaient imprimés derrière sa rétine des reflets de soleil, des paysages de terres arides, des personnages qu'elle n'imaginait que vêtus de blanc sous le bleu intense du ciel méditerranéen. Sous l'influence du discours de Bouvier, la vie se faisait tragédie, et toute tragédie devenait mythe. Marville, grimée en ville grecque, était devenue le lieu plausible du combat titanesque mené par l'homme contre le destin, contre les malédictions jetées des cieux clairs par les dieux olympiens. Et ce combat pouvait être la clé du mystère qu'elle avait à résoudre. Mais la nuit distillait toujours ses larmes de pluie gelée, et Carole croisa un groupe de pêcheurs, bottés et enveloppés de leurs longs cirés jaunes, qui s'apprêtaient à embarquer pour une nuit en mer. Le long du quai, les chalutiers étaient violemment illuminés et des cris, des appels, des rigolades parvenaient jusqu'à l'intérieur de la voiture. L'inspecteur s'arrêta pour regarder la scène, et baissa sa vitre. L'odeur la frappa, faite d'huile chaude des moteurs déjà en marche, d'iode et de saumure. Sur les ponts, les caisses à poissons, vides, étaient empilées. Les hommes s'interpellaient, des ordres fusaient, les mousses se faisaient secouer :

— Grouille-toi, faignasse !

— Largue ! On déhale.

Leurs démarches étaient lourdes, leurs paroles rudes, leurs gestes précis. Quel rapport pouvaient bien avoir ces hommes, rudes descendants des Vikings, Normands âpres au travail, âpres au gain, avec les préoccupations métaphysiques des auteurs grecs, avec la passion théâtrale d'un Antoine Bouvier, posé dans la ville comme l'albatros sur le pont d'un bateau ? Comment pouvait-elle envisager un rapport quelconque entre un meurtre horrible commis dans la grisaille de cette ville du nord, dont les habitants, depuis des générations, se battaient pour arracher à la terre ou à la mer de quoi survivre, et une légende née de l'autre côté de l'Europe, dans la lumineuse transparence des rivages méridionaux ? Les gens d'ici priaient sans doute de temps à autre la Notre-Dame du Bon-Secours, mais leur lutte quotidienne contre les éléments ne leur laissait guère le temps d'interroger le destin, ni d'envisager leur existence comme une représentation. Carole, revenue sur terre, se demandait si elle ne s'était pas complètement égarée.

Pourtant, rentrée dans son appartement, elle mit longtemps avant de se décider à aller se coucher. Elle ne cessait de ressasser tout ce qu'elle avait entendu. Dans son esprit tourbillonnaient des idées, des hypothèses qui lui semblaient toutes folles, mais qui s'imposaient néanmoins comme de possibles explications. En fait, elle espérait presque faire fausse route. Pour de multiples raisons. Et en particulier parce que, si elle ne se trompait pas, quelqu'un d'autre pourrait encore être tué. Le problème c'est qu'elle ne savait absolument pas de qui il s'agissait.

XIII

Quand Louis Malot était arrivé à l'hôpital, il s'était adressé aux urgences. L'interne qui avait évincé Carole le reçut avec empressement.

— Votre fils est sorti de la salle d'opération. Tout va bien. La blessure n'était pas très profonde. Un coup de couteau, je crois ?

Le conseiller général toisa l'homme en blouse blanche d'un air féroce, et sèchement rétorqua :

— Un accident, un simple accident. Une chute malencontreuse. Je vous saurais gré de ne pas colporter de faux bruits.

L'autre, penaud, présenta des excuses en règle.

— Si vous voulez bien me suivre…

Ils prirent l'ascenseur dans le hall du rez-de-chaussée aux piliers couverts de miroirs et aux grands carreaux noirs tellement luisants que les jambes des passants s'y reflétaient. Ils suivirent ensuite un long couloir aux murs blancs immaculés, au sol cimenté peint en gris clair, et arrivèrent dans la petite salle de réveil. Étienne, allongé sur le lit, couvert d'un drap bleu, dormait encore. Une infirmière lui tenait le poignet, surveillant le pouls. Elle sourit au père du blessé.

— Tout va bien. Il est en train de se réveiller. Le chirurgien pense que la cicatrice ne se verra pas très longtemps. Il faudra nous le laisser quelques jours, jusqu'à ce qu'on puisse lui retirer les fils de la suture. Je vous quitte. Si vous avez besoin de quoi que ce soit, appelez-moi. Je serai dans mon bureau, à trois portes d'ici.

Malot regarda l'homme endormi. Son regard ne reflétait aucune indulgence, aucune tendresse. Le malade remua vaguement, gémit, puis entrouvrit les yeux. Il les cligna plusieurs fois, comme s'il voulait chasser un brouillard. Il avala difficilement sa salive et murmura :

— Père ?

— Oui, c'est moi.

— Qu'est-ce qui m'est arrivé ? Où est-on ?

— Tu es à l'hôpital. On t'a recousu le ventre.

— Le ventre ?

Il avait du mal à articuler, semblait ne pas comprendre les mots.

— Le ventre, oui. Tu m'entends ?

— Oui, je vous entends. Je me rappelle. C'est Pascal qui... à cause de Caroline... Père, je suis désolé...

— Désolé, tu peux l'être. Mais maintenant, écoute-moi bien. Tu es en état de comprendre ce que je te dis ?

— Je crois.

— C'est un accident. Tu chahutais avec ton frère qui tenait le poignard turc, tu as glissé sur le tapis, et tu t'es blessé tout seul sur le couteau que Pascal avait laissé tomber involontairement.

— Mais...

— Pas de mais. On n'a pas le choix. Je ne vous laisserai pas nous ridiculiser à cause de vos histoires de fesses.

211

— Et Caroline ?

— Partie, Caroline, virée. Et je ne veux plus en entendre parler. Tu m'as compris ? Ta femme, c'est Florence.

Étienne referma les yeux. Deux larmes coulèrent sur ses joues blêmes. Il ne protesta pas, il n'avait jamais protesté devant son père.

— Repose-toi, maintenant, ajouta le vieil homme. Je vais rester encore un moment, jusqu'à ce qu'on t'emmène dans ta chambre.

Le chirurgien en personne vint voir son malade avant de quitter son service. Malot et lui se connaissaient bien. Ils avaient mené côte à côte de nombreux combats politiques, avaient assisté aux mêmes dîners en ville, appartenaient au même clan. Il commença par présenter ses condoléances au veuf.

— Quelle tragédie, mon pauvre ami ! Dans quel monde vivons-nous ! Moi qui travaille dans cet hôpital depuis vingt ans, je n'aurais jamais cru une chose pareille possible. Et maintenant, votre fils blessé. Je suis de tout cœur avec vous. Si je peux faire quelque chose...

— Merci. Je suis sensible à votre sympathie. Mais pour Étienne, il s'agit d'un stupide accident.

Et il donna les mêmes explications que celles que Carole avait entendues. L'autre ne fit aucun commentaire, assurant seulement le père que son fils se rétablirait très vite. Puis il demanda :

— Quand auront lieu les obsèques de votre épouse ?

— Jeudi. Le corps de Jeanne nous est rendu demain. Tout cela est terrifiant.

— Nous serons à vos côtés. Je vous laisse, à présent. Étienne va être bien soigné. Je pense qu'il dormira cette nuit.

212

Quelques minutes après, le blessé fut emmené à un autre étage, et installé dans une chambre individuelle aux murs vert pâle. Il se laissa coucher sans un mot. Il regardait son père, les yeux à présent grands ouverts, comme s'il le découvrait pour la première fois. Il finit par demander :

— Ma femme va-t-elle venir ?

Louis Malot tressaillit. Il était perdu dans ses pensées.

— Demain, seulement. Je lui ai demandé de rester avec les enfants.

— Je ne veux pas la voir.

— Mais si, tu la verras. Tu dois te comporter normalement avec Florence et les enfants. Ne t'en fais pas. Ton épouse n'est pas du genre à faire des drames.

Il se leva.

— Je vais te laisser, maintenant. Repose-toi bien. Ne te fais pas de souci pour le chantier. De toute manière, les événements nous obligeaient à repousser le lancement du *Paul-André*. J'ai téléphoné à l'armateur. Pour le reste, tu as bien compris ce que je t'ai dit ?

— Oui, père.

— Il est possible que tu reçoives demain la visite de la police. Je compte sur toi pour ne pas dire de bêtise.

— Soyez tranquille. Bonne nuit.

Avant de quitter la chambre, Malot regarda sa montre. Il n'était encore que neuf heures et demie. Dans les couloirs, il pressa le pas. Sa voiture était garée juste devant l'entrée du bâtiment. Il s'installa au volant, commença à se diriger vers les hauteurs de la ville, puis, comme mû par une impulsion irrésistible, fit un brutal demi-tour devant la mairie et repartit en sens inverse, rejoignit l'hôpital, qu'il dépassa.

Dans le quartier Saint-Michel aussi, on vivait l'une de ces longues soirées d'hiver. Les trottoirs étaient déserts, tout était silencieux. Les riverains étaient rentrés chez eux. C'était un quartier résidentiel, délimité par quatre rues qui formaient un rectangle, proche du centre de la ville, caché derrière l'hôpital. En son milieu, une petite place ronde, d'où rayonnaient cinq autres rues, servait, aux beaux jours, d'aire de jeux aux enfants. Trois grands platanes, dénudés en janvier, l'ombrageaient l'été. Serrées les unes contre les autres, les maisons avaient un air anglais, avec leurs fenêtres étroites et leurs bow-windows, mais leur alignement n'était pas uniforme. Chaque demeure différait de sa voisine, les unes étaient crépies de jaune ou de blanc, les autres en briques rouges ou beiges. Un jardinet les séparait du trottoir et une volée de marches, en ciment, en pierre, ou carrelées, conduisait aux portes d'entrée. Les clôtures offraient une riche diversité : fer forgé noir, bois peint en blanc, en vert, ou simplement verni, haies de troènes, de thuyas. Et derrière la barrière des façades, des jardins de curé, invisibles au passant, formaient une verte étendue, morcelée par les murs de séparation. À part celles des résidents, peu de voitures passaient là, et les seuls bruits, dans la journée, étaient les chants d'oiseaux et les cris des enfants.

Anne Marek et son père étaient assis dans la salle de séjour. Ils avaient fini de dîner et des assiettes étaient empilées sur une table ronde à côté d'un saladier où se flétrissaient quelques feuilles vertes et d'une bouteille à moitié vide. Un feu brûlait dans la cheminée et les bûches crépitaient. L'ensemble de la pièce indiquait que des voyageurs s'étaient posés là, dans le provisoire. Des fauteuils légers, en rotin, des coussins, des livres sur des étagères de fortune. Les murs étaient ornés de photos où l'on voyait Anne et son père dans des pays lointains, de masques africains, de tentures exotiques. Par terre, des cartons, à moitié remplis de livres et d'objets divers, dont il était difficile de dire s'ils avaient jamais été vidés ou si on commençait à les charger en vue d'un prochain départ. Une valise noire, posée dans un coin, semblait attendre d'être empoignée. Les deux personnages étaient figés dans une immobilité presque parfaite. Vêtue d'une longue robe bleue, Anne lisait, et seul bougeait son doigt quand elle tournait les pages. L'homme, en face d'elle, avait aussi un livre entre les mains, mais ses yeux l'avaient quitté. Il regardait sa fille, avec une douloureuse intensité, comme s'il cherchait à fixer son image, et en même temps à puiser dans cette contemplation muette la réponse à une question torturante, la force nécessaire pour prendre une décision. Il retint son souffle un moment, puis, comme on se jette à l'eau :

— Anne ?

La jeune femme leva les yeux.

— Oui ?

— Tu es vraiment d'accord pour que nous partions à Prague ? Tu ne regrettes pas la décision que nous avons prise la semaine dernière ?

— Pourquoi reviens-tu là-dessus ? Je t'ai dit que je resterais avec toi. J'ai besoin de toi. Nous avons toujours vécu ensemble.

— Tu sais que c'est pour ton bien, pour que tu sois mieux soignée que j'ai choisi de revenir en France. Mais aujourd'hui, je dois repartir.

— Ne t'inquiète pas. Je vais bien. Je me sens plus forte.

— Et Antoine ? Il prend très mal l'idée de notre départ.

La voix de Marek, en prononçant le nom de son ami, s'était comme étouffée. Il regardait ses mains, qu'il serrait l'une contre l'autre avec une sorte de désespoir. Il devait aller jusqu'au bout, il devait dire tout ce qui devait être dit, mais il était terrorisé à l'idée qu'il pourrait la faire souffrir. Anne, cependant, leva vers lui ses yeux verts, et très calmement, lui répondit :

— J'aime bien Antoine. Mais tu sais que cela n'est pas possible. Tu le sais. Il est trop tard. Je ne veux pas vivre avec Antoine. Il faudra qu'il l'accepte.

— Tu es sûre que tu ne le regretteras pas ? Tu as le droit au bonheur. Quoi que j'aie pu dire, il est encore temps que tu choisisses de rester avec lui.

— Tu ne veux plus de moi ?

— Ma chérie, tu es ce que j'ai de plus cher au monde. J'ai simplement peur de me tromper, de te laisser passer à côté du bonheur.

— Je viens avec toi. Antoine comprendra.

— Je n'en suis pas sûr, soupira son père. Il n'est plus le même depuis la semaine dernière.

— Papa, il n'a pas le choix. Je ne l'épouserai pas. Ma vie avec toi me convient parfaitement. Il n'y a qu'avec toi que je me sens en sécurité.

Olivier Marek se tut. Il reprit son livre, mais ses pensées étaient loin des signes dont il ne cherchait même pas à comprendre le sens. Il songeait à ce qu'avait été sa vie, à ses errances à travers le monde, avec sa fille à ses côtés pour qui il eût tout donné, mais qu'il devait protéger à tout prix, en portant seul le fardeau qui l'avait jeté, à travers le monde, dans une fuite incessante. Il songeait à Bouvier, la première personne devant qui il avait évoqué son terrible secret, et craignait un peu les réactions que sa passion pour Anne pouvait provoquer en lui. Il savait qu'il lui fallait à nouveau reprendre la route, tout en ayant l'insupportable sentiment que, quoi qu'il fît, il ne serait jamais à l'abri. La preuve en était que son destin l'avait rattrapé ici, dans cette ville au bout de la France où il avait cru qu'il ne risquait rien. Il pensa à ces mots que prononçait Oreste dans une tragédie de Racine : « Puisque après tant d'efforts, ma résistance est vaine / Je me livre en aveugle au destin qui m'entraîne. » Il avait parfois envie de renoncer à se battre, de laisser faire, mais il n'en avait pas le droit. Il pensa avec horreur à tout ce qui venait de se produire et dont il avait conscience d'être, d'une certaine façon, responsable. L'image de la femme pendue le hantait. Il croyait voir sans cesse la corde autour de son cou, et la trace du nœud mortel sur sa chair. Il vivait depuis quelques jours avec la peur au ventre, même s'il réussissait à donner le change. Il avait déclenché les forces mauvaises qu'il avait crues éloignées de lui pour toujours. Il n'aurait jamais dû faire cette démarche, mais il l'avait faite pour écarter le mal de sa fille, sans en mesurer toutes les conséquences. Il se demanda ce que pourrait découvrir cette femme policier, qui lui avait semblé particulièrement perspicace. Il fallait partir le plus vite possible.

Anne interrompit sa lecture, comme si ses pensées avaient accompagné celles de son père.

— Papa, cette femme qui a été tuée, la femme de ton ancien patron, tu la connaissais bien ? Pourquoi est-ce que la police te cherchait ? Vont-ils nous empêcher de partir ?

Les yeux noirs de Marek évitèrent ceux de sa fille, se détournèrent vers le fond de la pièce.

— Je ne la connaissais que de vue. Ne t'inquiète pas. C'est normal qu'ils interrogent les gens qui peuvent avoir des raisons d'en vouloir à son mari. Tu sais qu'il m'avait fichu à la porte sans raison valable. Nous n'avons rien à voir avec tout cela. Nous pourrons partir bientôt. Tu verras, Prague est une ville magique, nous serons bien là-bas.

Mais Anne insista :

— Pourquoi crois-tu qu'on l'a tuée ? J'ai lu dans le journal qu'elle avait été pendue à sa fenêtre, et que la garde de nuit avait été égorgée. Tu crois que c'est l'œuvre d'un fou ?

— Je n'en ai pas la moindre idée. Ne pense plus à ces horreurs. Elles ne nous concernent pas.

Le silence retomba. Olivier Marek, malgré sa souffrance, avait retrouvé une certaine sérénité. Sa décision était forcément la bonne. Il n'avait pas eu le choix. Il avait fait ce qu'il avait à faire. Il n'y avait rien à regretter. Tant que sa fille était épargnée.

Bientôt, Anne se leva. Elle finit de débarrasser la table, puis se tint debout devant son père. Une bûche s'effondra, faisant jaillir une nuée d'étincelles. La jeune femme alla la remettre en place, tisonna les braises et sans se retourner, accroupie devant la cheminée, murmura :

— Tu ne me parles plus jamais de ma mère.

Un spasme douloureux fit trembler tout le corps d'Olivier Marek.

— Que pourrais-je te dire de plus ? Je t'ai raconté comment je l'ai rencontrée à Paris. Je t'ai dit combien elle était belle et que la maladie l'a emportée avant que nous ayons eu le temps de nous marier. Pourquoi veux-tu remuer tous ces souvenirs ?

— Pourquoi dis-tu toujours aux gens que je suis née à l'étranger ?

— Anne, tu sais bien qu'il m'est pénible de parler de tout cela. Je préfère mentir pour qu'on ne me pose pas de questions.

— Tu es sûr que tu ne me caches rien ?

— Mais qu'est-ce qui te prend, ma chérie ?

— Je ne sais pas. L'impression que quelque chose se passe, que tu n'es pas comme d'habitude. J'ai peur, je me sens en danger.

— Ton imagination te joue des tours. Tu es troublée, peut-être, à cause d'Antoine. La séparation ne sera pas facile. Et puis la perspective du départ... Nous vivons une période difficile. Tu es encore fragile.

— Je ne suis plus une petite fille. Tu dois tout me dire.

Il ne répondit pas. Anne se retourna enfin. Une flamme vive s'élevait dans l'âtre. Il lui sourit, mais elle garda son air sérieux.

Quand la sonnette de la porte d'entrée retentit, ils sursautèrent tous les deux.

— C'est sûrement Antoine, dit Anne.

Les mâchoires de son père se serrèrent. Il n'avait pas envie de voir Bouvier, parce que son chagrin lui pesait et qu'il s'en sentait responsable. Il n'aurait pas dû se laisser prendre au piège de l'amitié. Il aurait dû couper les ponts dès qu'il s'était rendu compte qu'Antoine tombait amoureux d'Anne. Mais, à ce moment-là, il ne savait pas que son séjour à Marville allait prendre fin aussi rapidement. Il avait cru possible que sa fille connût enfin une vie normale, et il en avait été heureux pour elle. Maintenant, il fallait trancher, assumer la rupture, et la colère de l'homme qui se sentait trahi. Il se leva pour aller ouvrir. Il découvrit avec stupéfaction que le visiteur n'était pas Antoine Bouvier, mais Louis Malot. Il resta d'abord cloué sur place.

— Qu'est-ce que vous me voulez ?

— Je veux vous parler, seul à seul.

— Ma fille est là.

— Elle ne doit pas entendre ce que j'ai à vous dire.

— Mais moi, pourquoi devrais-je vous entendre ?

— Parce que vous n'avez pas le choix. Il y a une information que je tiens absolument à vous communiquer. Vous en ferez ce que vous voudrez. Mais vous savez que j'ai les moyens de vous obliger à m'écouter.

— C'est du chantage !

— Je ne suis plus à ça près. N'oubliez pas quel tort vous nous avez fait.

— Je n'avais pas le choix.

— C'est possible. Mais elle est morte, maintenant.

Il y avait chez Louis Malot une expression suppliante qui ne lui était pas coutumière. Il menaçait, mais sans sa fermeté habituelle, avec une sorte d'humilité. Sa haute taille était un peu voûtée, son regard exprimait une détresse profonde. Le froid de la nuit s'engouffrait par la porte restée grande ouverte. Marek ne se décidait pas à laisser entrer le vieil homme. La voix d'Anne se fit entendre :

— Antoine ? C'est toi ?

— Non, ma chérie. Ce n'est rien. Un voisin.

Il ajouta, tout bas :

— Je ne veux pas qu'elle vous voie. Elle se pose

220

déjà beaucoup trop de questions. Où est votre voiture ?

— Garée à quelques mètres.

— Allez m'y attendre. J'arrive.

Il referma la porte et retourna dans le séjour.

— Anne, je dois sortir quelques instants. Un chien qui a disparu. L'un de nos voisins me demande de l'aider à le chercher dans le quartier.

— Quel voisin ?

— Je ne sais pas si tu le connais. Ils habitent à quelques maisons d'ici. Leur fille est désespérée de ne pas retrouver son animal, alors ils font appel à toutes les bonnes volontés. C'est un de mes anciens collègues.

Il réussissait à mentir avec un naturel parfait.

— Vas-y. Ne rentre pas trop tard ! Prends une clé au cas où je me coucherais avant ton retour.

— À tout à l'heure.

Il trouva facilement la voiture, ouvrit la portière et s'assit à côté du conducteur.

— Roulez. Je ne veux pas rester devant la maison.

Malot mit le moteur en route. Ils s'éloignèrent, sortirent du quartier, sans se dire un mot. Seuls un clochard un peu ivre, un chien errant et deux adolescents qui rentraient chez eux en donnant des coups de pied dans un caillou, sur le trottoir, virent l'auto noire traverser la cité assoupie. Elle monta vers le terrain de golf, s'enfonça dans une ruelle inhabitée, bordée de haies, et s'arrêta. Louis Malot parla longtemps. Parfois, Olivier Marek l'interrompait, faisant de grands gestes de la main, secouant la tête comme en signe de dénégation. Quand ils se turent, le plus jeune des deux hommes se cacha le visage dans les mains. Il pleurait.

Voilà. La boucle est bouclée. Ce qui devait s'accomplir est accompli. L'occasion s'est offerte à moi alors que je cherchais encore comment j'allais écrire cette scène capitale. Je voulais que tout fût parfait, et le destin, une fois de plus, m'a adressé un signe. C'est la preuve que je suis bien le deus ex machina *qu'il a désigné pour réaliser son mystérieux décret. Jocaste, dans sa tombe, retrouvera son Laïos, le seul qu'elle avait le droit d'aimer. La beauté d'Antigone rayonnera pour l'éternité.*

Maintenant, les hommes vont prendre la relève, et j'ai semé assez d'indices pour qu'ils croient ce que leur raison leur dictera. Ils sont incapables de comprendre mon œuvre, mais, sans s'en douter, y mettront le point final. Leur justice lui crèvera les yeux et le chassera de la cité. Le sort sera conjuré et je cueillerai les fruits de la paix.

J'ai pris quelques risques, ce soir. Mais au fond, c'était plutôt drôle. Il est très tard.

XIV

Mercredi matin.

Dès huit heures, le commissariat était en efferves-
cence. Les femmes de ménage n'avaient pas encore
fini de passer leurs serpillières sur les pavés du hall
d'entrée, des aspirateurs traînaient encore dans l'escalier, et déjà des pieds boueux salissaient tout. À
l'aube, la patrouille de nuit avait surpris quatre jeunes en train d'essayer de forcer la portière d'une voiture en stationnement, ils les avaient ramenés dans
le fourgon, et les laissaient poireauter dans la cage,
histoire de leur donner le temps d'avoir une bonne
frousse. Le téléphone sonnait sans arrêt. L'homme
au petit chien était revenu. Cette fois, il prétendait
qu'une femme lui avait donné un coup de parapluie,
alors qu'il était sorti faire pisser son animal. On le
connaissait bien. Il venait presque tous les jours. La
pluie n'avait pas cessé, et il semblait qu'on fût entré
dans une ère d'éternelle noirceur, que la lumière du
jour ne réapparaîtrait jamais. Le matin et le soir se
confondaient, la parenthèse du repos nocturne s'effaçait des mémoires. Les uns après les autres, les hommes arrivaient, se saluaient, se retrouvaient autour
de la machine à café.

Carole s'était réveillée avant six heures. Elle avait mal dormi, d'un sommeil peuplé de fantômes, de rêves absurdes. Sa bouche était pâteuse, ses paupières lourdes. Pierre lui était apparu, vêtu d'une tunique écarlate, sanglante peut-être. Au-dessus de sa tête brillait une sorte d'auréole, et autour de lui s'étendait un paysage planté d'oliviers et de cyprès. Il courait et criait que des déesses le poursuivaient de leur vengeance, et qu'il cherchait Antigone. Le « capitaine » Riou appréhendait la journée à venir. Elle essayait de récapituler les idées qui lui avaient paru évidentes la veille, mais ne savait plus très bien ni où elle en était, ni par quel bout dénouer les fils de son enquête. Elle se sentait découragée, se disait qu'elle ferait peut-être mieux de passer la main, qu'elle n'aboutirait à rien.

Bon, se dit-elle, c'est le vin et le cognac. J'ai simplement la gueule de bois ! Un bon café et cela ira mieux.

Elle ferma la porte de l'appartement à sept heures et demie, passa à la gare pour acheter les journaux. En arrivant dans la cour du commissariat, elle vit de la lumière dans les locaux des techniciens, et s'y rendit directement. Ils étaient déjà au travail, analysant une poudre blanche qui avait dû être trouvée sur quelqu'un lors d'un contrôle nocturne. Elle sortit de son sac le poignard confisqué la veille au soir chez les Malot et le leur donna, en expliquant sa provenance.

— Je ne pense pas qu'il y ait un rapport, mais on ne sait jamais. Analysez le sang qui est dessus, et essayez de joindre le légiste pour lui demander si par hasard ce couteau pourrait être celui avec lequel on a égorgé Anne-Marie Dubos.

— O.K. On s'en occupe.

Bien qu'elle eût couru jusqu'à l'entrée, elle arriva dans le hall avec les cheveux trempés. Modard n'était pas encore là. Deux inspecteurs l'arrêtèrent alors qu'elle commençait à monter vers son bureau :

— Alors, ça avance ? Du nouveau ?

— Pas grand-chose. Je patine.

— Fais gaffe, ma vieille, ils vont te retirer l'affaire et faire venir la PJ !

Il était clair que cette perspective ne faisait pas de peine aux collègues. Carole les traita intérieurement de sales cons, mais se força à leur adresser un sourire grimaçant.

— Si vous avez des suggestions ?

— C'est votre problème, à Modard et à toi, nous on a d'autres chats à fouetter. On fait de la police urbaine, on n'est pas des Maigret ! Tiens, au fait, on a trouvé les mecs qui ont cambriolé les entrepôts. Ils vont être déférés ce matin. C'étaient les frères Duparc.

— Félicitations.

Mais pour elle-même, elle murmura :

— Allez vous faire foutre !

— Pardon ?

— Non, rien.

Décidément, la journée commençait très fort. Et l'autre qui n'était pas là ! Il devait être en train de roucouler avec sa Béatrice. Carole entra en trombe dans son bureau et claqua la porte derrière elle. Puis sa mauvaise foi la fit rire et elle adressa à Alain Modard des excuses muettes. Elle sortit d'un tiroir une feuille de papier blanc et un stylo, et se mit à écrire. Elle notait, dans le désordre, le nom de tous ceux qui étaient impliqués de près ou de loin dans le meurtre, qu'elle faisait suivre de quelques phrases, ponctuées d'énormes points d'interrogation. Mais, mises noir sur blanc, toutes ses tentatives pour soumettre les faits à ses conjectures devenaient incohérentes, illogiques. Elle renonça, découragée, et s'apprêtait à ouvrir *La Vigie*, quand on frappa à la porte. C'était Modard, qui tenait lui aussi le quotidien à la main.

— Salut, chef !

Il semblait d'humeur facétieuse.

— Regardez, j'ai trouvé un truc génial dans le journal !

— Dites vite.

Carole était tellement déprimée qu'elle était prête à croire à un miracle.

— Là, dans les petites annonces. « Agence immobilière cherche, pour clients anglais, maisons de campagne ou fermettes, même à rénover, dans un rayon de quinze kilomètres autour de Marville. » C'est la chance de ma vie ! Je vais leur téléphoner. Vous imaginez, si on pouvait vendre la maison à des Anglais, on serait sauvés et Béatrice…

Il n'eut pas le temps d'en dire plus. Toute la mauvaise humeur accumulée par l'inspecteur-chef depuis son lever se déversa sur lui.

— Mais vous m'emmerdez avec vos histoires ! On a deux meurtres sur les bras, et pas l'ombre du commencement d'une piste, et vous ne pensez qu'à vos petits problèmes. Ce n'est vraiment pas le moment. Pas question de vous occuper de votre maison. Au boulot !

Modard regarda Carole, effaré. La jeune femme ne l'avait pas habitué à ces mouvements d'humeur. Devant son air penaud, elle finit par éclater de rire.

— Excusez-moi. Je crois que je me suis levée du pied gauche. Bon, on repart de zéro. Bonjour, comment allez-vous ?

Le jeune inspecteur mit un moment avant de retrouver ses esprits. Puis se ressaisit, et entra dans le jeu.

— Bonjour, je vais plutôt bien. On commence par quoi ?

— On va faire le point. Hier soir, après votre départ, il y a eu un incident chez les Malot, et j'ai vu Bouvier. J'ai échafaudé des hypothèses, mais j'ai du mal à mettre de l'ordre dans tout cela.

— Bouvier ?

— Le prof de français qu'on a rencontré au Val-Rudel. L'ami d'Olivier Marek. Je vais tout vous expliquer, ça m'aidera à y voir clair. Après, vous me donnerez votre avis, et on établira un plan de bataille pour la journée. Vous pourrez faire une pause pour aller mettre votre maison en vente… mais pas tout de suite. Avant toute chose, dites-moi s'il y a un papier de Fréhel dans *La Vigie* ?

— Euh… Je n'ai pas regardé.

— Mais qu'est-ce que j'ai fait au ciel pour avoir un adjoint aussi nul !

— Si je peux me permettre, apparemment, vous n'avez pas regardé non plus !

— Un partout.

Ils feuilletèrent en chœur les pages dont l'encre leur noircit les doigts. L'article n'était pas à la une, mais en page deux. Fréhel y reprenait à peu près dans les mêmes termes ce qu'il avait écrit dans le numéro de la veille. Pourtant, en lisant les dernières lignes, Carole fronça les sourcils.

— Lisez, c'est étonnant.

Modard lut à voix haute :

— « Le criminel est tapi dans l'ombre. Il se croit invisible. Peut-être a-t-il un ou plusieurs enfants à qui il offre son visage habituel, un visage de père... » Qu'est-ce que c'est que ce pathos ? Il est cinglé ou quoi ?

— Je n'en suis pas si sûre, dit Carole. Cette histoire d'enfant et de père va dans un sens qui m'intéresse. Je suis persuadée qu'il a parfaitement calculé la portée de sa phrase, qu'elle s'adresse à quelqu'un en particulier. Il faut que je rencontre ce journaliste le plus rapidement possible. Cet imbécile s'est peut-être mis en danger.

— En danger ?

— J'ai toujours été convaincue qu'il détenait une information de taille, et qu'il voulait jouer en solo pour avoir la gloire de devancer les flics. À moins, comme nous le disions hier, qu'il ne soit plus directement impliqué, mais je n'y crois pas.

— Qu'est-ce qu'on fait ?

— Attendez.

Carole décrocha le téléphone. Au journal on lui répondit que le reporter n'était pas encore arrivé. Elle composa son numéro personnel. Cette fois, au bout de deux sonneries, Fréhel répondit. Carole poussa un soupir de soulagement.

— Monsieur Fréhel, ici l'inspecteur principal Carole Riou. Je viens de lire votre article. J'ai également en ma possession une information qui semblerait vous mettre en cause dans les meurtres de l'hôpital...

— Quoi ? Je n'ai rien à voir là-dedans. Vous inventez n'importe quoi, décidément.

228

— Écoutez, je ne vais pas discuter au téléphone. Je vous donne une heure pour venir dans mon bureau au commissariat. Passé ce délai, je vous envoie chercher par deux agents. Et s'il le faut je demanderai au juge d'instruction de lancer un mandat d'amener contre vous. C'est clair ?

— Je crois que je n'ai pas le choix. J'arrive.

— Autre chose. Soyez prudent.

Il y eut un silence au bout du fil. La phrase faisait son chemin dans l'esprit du journaliste.

— Prudent ? Vous croyez que…

— À tout à l'heure, monsieur Fréhel.

Et elle raccrocha brutalement. Modard lui demanda :

— À quelle heure sont convoqués les « suspects » de M. Malot ?

— Les « suspects » de M. Malot ?

— Oui, les ouvriers qu'il a virés et dont il nous a aimablement suggéré la culpabilité.

— À dix heures. Je les avais presque oubliés, ceux-là. Mais après tout, ils auront peut-être des choses intéressantes à nous dire.

Dans la demi-heure qui suivit, Carole raconta à son adjoint la blessure d'Étienne Malot et son entrevue avec la famille, sa lecture de la phrase sur le « nœud du lacet », son entrevue avec Antoine Bouvier, et les troublantes coïncidences qu'elle avait découvertes entre l'histoire d'Œdipe, père d'Antigone, dont la femme et mère s'était pendue et dont les fils s'étaient entretués. Modard semblait sceptique.

— Je ne vois vraiment pas où cela peut nous mener. Pourquoi tuerait-on quelqu'un pour faire revivre une histoire qui date de l'Antiquité ?

229

— Je ne comprends pas plus que vous. Il n'empêche que nous avons dès le début souligné l'absurdité de la pendaison de Jeanne Malot, et sa théâtralité. Je ne sais pas ce que cela veut dire, mais il est possible qu'on ait voulu la pendre, comme Jocaste s'est pendue, ou parce que Jocaste s'est pendue...

— Mais pourquoi ?

— N'oubliez pas ces enfants qu'elle aurait eus, et dont personne ne sait ce qu'ils sont devenus. Il y a peut-être derrière tout cela un épouvantable drame familial.

— Une histoire d'inceste ?

— Je ne sais pas. Je patauge. Rien n'est impossible. Je ne vois pas quels rapports ces gens ont les uns avec les autres. Et comment expliquer la disparition de Lucien Lecomte ? Difficile de croire que c'est un hasard, mais quelle place lui attribuer dans ce puzzle ?

— Il ne peut pas éternellement rester évanoui dans la nature. Mort ou vivant, on finira forcément par mettre la main dessus. Nous serons prévenus tout de suite.

Carole s'étira. La pièce était grise de la fumée de ses cigarettes. Elle ouvrit la fenêtre, et l'odeur caractéristique des jours de pluie, mélange de senteurs de chien mouillé, de vapeurs d'essence et d'air iodé envahit le bureau. Le jour s'était décidé à remplacer l'obscurité, mais il était d'un gris sale, opaque, qui ne donnait pas assez de clarté pour qu'on pût éteindre les lampes. Elle reçut une goutte sur le nez, frissonna, referma.

— Qu'est-ce qu'il fiche, Fréhel ?

Un coup frappé à la porte répondit à sa question. Ce n'était pas Fréhel, mais Leroux qui tenait à la main une enveloppe blanche.

— Ça vient d'arriver au courrier. Le planton l'a portée au commissaire qui a pensé que c'était vous que cela concernait.

Carole ouvrit fébrilement l'enveloppe. L'adresse était écrite en lettres majuscules, au stylo à bille noir. Elle mentionnait seulement : Commissariat de police. Marville, et le code postal de la ville. Elle avait été mise à la boîte de la poste centrale la veille avant la levée de dix-neuf heures. À l'intérieur, un simple feuillet blanc, et un texte très bref, écrit avec le même stylo et les mêmes caractères, formés d'une main un peu tremblante. Pas de signature. Un cri étouffé échappa à Carole, à la lecture du message.

— Regardez ça, dit-elle à Modard, en lui tendant la feuille.

Elle portait ces simples mots : « L'homme qui était là quand Mme Malot a eu son attaque était Olivier Marek. »

— Eh bien, ça alors ! Qui a pu nous envoyer cette lettre ?

— Je crois que j'en ai une petite idée, dit Carole. À mon avis, ça vient de chez les Malot. Je parierais pour l'une des belles-filles. Sans doute Caroline. Rappelez-vous, elle a déjà trahi la famille en réfutant la version de l'orage, et en parlant d'un visiteur. Il faut que je la retrouve. Florence me renseignera. Je vais attendre Fréhel, puis je monte chez eux. Vous vous occuperez des interrogatoires.

— Et Marek ?

— Je le verrai. Il ne perd rien pour attendre. Mais je voudrais d'abord avoir quelques précisions sur notre correspondant anonyme.

Un agent en uniforme vint prévenir les deux inspecteurs, une minute plus tard, qu'un journaliste les attendait en bas et qu'il faisait du pétard.

— Il prétend que vous l'avez obligé à se présenter, que c'est une atteinte à sa liberté et qu'il est pressé !

— Il se calmera. Faites-le monter. Modard, on lui fait le grand jeu. Moi derrière le bureau, vous à la machine à écrire. Je tente le bluff.

Elle sortit un dossier à la couverture orange, pris au hasard dans un classeur, et le posa devant elle. La voix furieuse de Didier Fréhel leur parvint avant même qu'il ne fût entré. Il portait son blouson de cuir, et un jean délavé. Ses longs cheveux blonds s'échappaient de l'élastique qui les retenait sur la nuque. Ses joues étaient empourprées par la colère.

— Vous n'avez pas le droit d'accuser ainsi les gens ! J'exige des explications sur vos insinuations au téléphone. Je dois partir en reportage. Je ne suis pas à votre disposition.

Il ressemblait à un jeune chien fou, qui grogne et montre les dents sans parvenir vraiment à effrayer qui que ce soit. Carole ne lui jeta pas un regard. Elle semblait absorbée par la lecture du dossier orange. Au bout de quelques secondes, elle ordonna sèchement :

— Asseyez-vous. Je suis à vous dans un instant.

Interloqué, le jeune homme obtempéra. Il jeta un coup d'œil à Modard, comme s'il cherchait un allié, comme s'il voulait lui demander ce qui se passait, puis il reprit son souffle, prêt à repartir à l'attaque. À ce moment-là, l'inspecteur Riou cessa sa lecture, referma posément le dossier et déclara :

— Monsieur Fréhel, j'ai la certitude que vous nous avez menti, au moins par omission. Je peux donc, dans un premier temps, vous arrêter pour entrave au déroulement de la justice. De plus, vous vous êtes introduit de manière illicite sur les lieux d'un crime, en vue de dérober une page dans le carnet d'une des victimes, page sur laquelle figurait votre numéro de téléphone personnel. Vous imaginez quelles conclusions nous pouvons tirer de cet acte. Enfin, vous rôdez sans cesse autour de la famille Malot. On vous a vu dans les couloirs du service où Jeanne Malot était hospitalisée et l'explication que vous m'avez donnée ne m'a pas satisfaite. Votre journal n'a pas prévu de reportages sur les lieux de séjour pour personnes âgées dans les semaines à venir. Enfin, hier soir, vous étiez en planque dans votre voiture, tous feux éteints, devant le domicile de cette famille, alors même que venait de s'y produire un incident grave. Il est clair que, si vous ne pouvez justifier de manière satisfaisante ces différents points, votre comportement fait de vous un suspect idéal. Et je me verrai dans l'obligation de vous mettre en garde à vue pour quarante-huit heures, et éventuellement de demander ultérieurement au juge d'instruction de prononcer votre mise en examen.

Au fur et à mesure que Carole parlait, les épaules du journaliste s'affaissaient. Il était à présent tout à fait calmé, et de rouge, son teint était devenu très pâle.

Chapeau, Carole, se dit Alain Modard. Elle a tapé dans le mille.

Fréhel fit une dernière tentative pour résister en lançant :

— Vous n'avez aucune preuve de ce que vous avancez.

Mais devant l'air déterminé de son vis-à-vis il fléchit. Comment cette bonne femme avait-elle pu deviner qu'il avait arraché la page et, surtout, comment avait-elle su pour le numéro de téléphone ? Il était piégé. Mais il n'allait pas les laisser le mettre au trou juste pour préserver l'espoir d'un scoop. Tant pis. C'était fichu.

— D'accord, je vais tout vous dire.

— Nous vous écoutons.

Modard mit une feuille dans le rouleau de la machine à écrire, et se prépara à taper ce qui allait être dit.

— Je n'ai rien à voir avec les crimes. J'espérais simplement trouver la vérité avant vous. Et puis, après la mort de la garde de nuit, j'ai eu peur qu'on sache que j'étais en contact avec elle. Quand j'ai vu qu'il n'y avait personne dans la salle de soins et que la porte était ouverte, je me suis demandé si elle avait écrit mon numéro quelque part. J'ai fouillé en vitesse dans son sac, trouvé la page où elle l'avait effectivement noté, et, c'est vrai, je l'ai arrachée. Puis j'ai essuyé le carnet avec mon mouchoir. Je ne voulais pas qu'on y trouve mes empreintes.

— Et pourquoi étiez-vous en contact avec elle ?

— Parce que je voulais qu'elle surveille Mme Malot, qu'elle me prévienne si elle reprenait connaissance. Je voulais savoir ce qu'elle dirait, soit consciente, soit dans un délire.

— J'avoue ne pas vous suivre. En quoi cela vous intéressait-il ? Soyez plus clair.

— Bon, je vais vous expliquer.

Les doigts de Modard s'agitaient à toute vitesse sur le clavier.

— Au mois de novembre, j'ai confié mon bateau au chantier Malot, pour une réparation de la coque.

— Vous avez un bateau ? s'exclamèrent en même temps Carole et son adjoint, pensant à l'eau de mer sur la corde.

234

— Oui, un bateau de pêche, pourquoi ?

— Pour rien, continuez.

— Un après-midi, je suis allé voir où en étaient les travaux. Le bateau était posé sur des béquilles, j'en faisais le tour quand j'ai entendu des voix. À quelques mètres de moi, Mme Malot était en grande discussion avec le directeur commercial de l'époque, celui qui a été licencié peu de temps après, Olivier Marek. Moi, je les voyais, mais eux ne pouvaient deviner ma présence car le bateau me dissimulait. Ils pensaient sûrement être seuls. Ils avaient l'air très agités. J'ai été intrigué et je me suis arrangé pour écouter.

— Déformation professionnelle, ironisa Modard derrière sa machine.

— Parce que vous, les flics, vous n'êtes pas des fouineurs ?

— Bon, ça va, continuez.

— Marek a dit : « Vous faites erreur. Vous me confondez avec un autre », et Jeanne Malot s'est mise à crier, en sanglotant : « Je suis sûre que c'est toi. Tu as changé, depuis toutes ces années, mais dès que je t'ai vu, au salon, j'ai cru te reconnaître, et j'ai fait en sorte que mon mari t'embauche. Je ne me suis pas manifestée pendant presque un an, tant que je n'avais pas de certitude. Mais maintenant, je suis sûre. J'ai mené mon enquête. Tu as beau avoir changé de nom, tu pourras dire tout ce que tu veux, je sais que c'est toi. Et je sais que c'est elle. » Je me rappelle presque mot à mot ses paroles. L'autre s'est tu pendant un moment, puis lui a répondu : « Mais comment vous convaincre que vous faites fausse route ? Pour l'amour du ciel, fichez-moi la paix. » Il s'apprêtait à faire demi-tour, à se sauver, mais à ce

235

moment-là elle lui a saisi le bras et l'a supplié : « Pourquoi me l'as-tu volée ? Pourquoi m'as-tu fait subir cette monstruosité ? Qu'est-ce que je t'avais fait ? Je veux la voir, je veux lui dire qui je suis. Elle est aussi à moi. Tu n'as pas le droit de m'empêcher de la serrer dans mes bras. J'irai chez toi, et je lui dirai tout. » Marek est alors entré dans une colère noire : « Je vous interdis de parler à ma fille. Ne vous approchez pas de chez moi, sinon… » Il a levé le bras. J'ai cru qu'il allait la frapper. Puis il a réussi à s'échapper, et il est rentré dans les bureaux. Jeanne Malot est restée un moment, debout, immobile. Elle pleurait. Et puis elle est repartie. Je l'ai vue monter dans sa voiture et s'éloigner du chantier. J'ai attendu et suis parti à mon tour.

Carole écoutait avec une attention passionnée. Elle pensait au témoignage de la secrétaire qui corroborait les dires du journaliste. Elle revoyait la jeune femme fragile, assise dans le hall, et le beau et douloureux visage de son père. Modard leva la tête. L'interrogatoire reprit :

— Et vous en avez conclu ?

— Je ne savais pas trop quoi penser, mais j'ai supposé que j'avais levé un gros lièvre. Jeanne Malot croyait-elle reconnaître un ancien amant ? Se prétendait-elle la mère de sa fille ? Tout cela paraissait invraisemblable, mais ma curiosité était piquée. J'aurais donné n'importe quoi pour découvrir la vérité, pour savoir quels secrets cachaient ces gens.

— Et vous les auriez étalés au grand jour, sans scrupules, uniquement pour vous faire remarquer ?

— Je déteste ces notables arrogants.

Le jeune homme avait retrouvé de l'assurance. Comme s'il avait oublié où il était, à qui il parlait, il étalait une sorte de naïve vanité :

— Et puis j'avais un compte à régler avec Malot. Il a téléphoné plusieurs fois au rédacteur en chef de *La Vigie* pour se plaindre d'articles que j'avais écrits sur lui, sur ses ambitions politiques, sur son comportement comme patron quand il licenciait à tour de bras. Je m'étais fait engueuler. Ces gens-là croient pouvoir museler la presse...

— Monsieur Fréhel, épargnez-nous vos états d'âme. Quoi que vous pensiez de Malot, cela ne vous donnait pas le droit de fouiller dans sa vie privée. Que s'est-il passé ensuite ?

— J'ai appris comme tout le monde qu'il avait viré Marek. La rumeur courait qu'il y avait eu une histoire avec une des belles-filles. Je n'y ai pas cru. J'ai pris l'habitude de surveiller les faits et gestes de Jeanne Malot. Le soir où elle a eu son attaque, j'étais devant le portail. J'ai vu Marek repartir de chez eux, juste avant l'arrivée d'un médecin, puis d'une ambulance. J'ai d'abord pensé qu'un crime avait été commis, mais le lendemain tout le monde racontait que la femme du conseiller général avait eu une attaque et qu'elle avait été transportée à l'hôpital.

— Et alors ?

— J'étais dans le brouillard. Mais je ne voulais pas renoncer à mon enquête. Tant qu'elle a été en neurologie, je n'ai rien pu faire, c'était trop dangereux. Mais le service long séjour était plus facile d'accès. C'est vrai que j'ai rôdé autour de sa chambre, mais elle était vraiment dans le coma. C'est alors que j'ai repéré la garde de nuit, et je me suis dit que ce serait bien d'avoir un indicateur dans la place. J'ai trouvé son adresse, et je lui ai téléphoné, anonymement, en lui donnant juste mon propre numéro.

Elle devait m'appeler si Jeanne Malot reprenait conscience.

— Et vous l'avez payée.

Modard venait de comprendre la provenance des deux mille francs encaissés par Anne-Marie quelques jours avant sa mort.

— Oui, j'ai mis l'argent dans sa boîte aux lettres. Je lui en avais promis d'autre si elle jouait le jeu.

— Et elle a joué le jeu ?

— Elle m'a téléphoné la nuit du meurtre.

— Quoi ! À quelle heure ?

— Vers deux heures et demie du matin. La malade avait eu un moment de lucidité. Elle a prononcé quelques mots, puis s'est rendormie.

— Laissez-moi deviner. Anne-Marie Dubos vous a rapporté ses paroles. C'était quelque chose comme : « Il ne faut pas que — un nom incompréhensible — sache. C'est horrible, c'est monstrueux. Puis un dernier mot : Antidote ou Antigua. »

Carole, volontairement, avait omis Antigone. Didier Fréhel fit un bond sur sa chaise et la regarda comme si elle était le diable en personne.

— Comment pouvez-vous le savoir ?

— Vous avez mal feuilleté le carnet. Anne-Marie était consciencieuse, elle a noté ce qu'elle avait entendu.

Les deux policiers se regardèrent. Ils étaient persuadés que Fréhel leur avait dit la vérité. Mais il n'avait sûrement pas mesuré tout ce qu'impliquaient les révélations qu'il venait de leur faire. Un brutal changement s'opéra dans la pièce. Les nuages, dehors, s'étaient dispersés et un pâle rayon de soleil traversa les vitres, éclairant les trois personnages d'une lumière nouvelle. Mais Carole ne prêta pas attention au

238

soleil. Elle alluma rageusement une cigarette. Une énorme bouffée de colère montait en elle.

— Est-ce que vous vous rendez compte que vous êtes sans doute responsable de la mort de la garde de nuit ?

— Moi, mais comment ? J'étais chez moi. La preuve, j'ai répondu au téléphone. Je vous ai tout dit, vous ne pouvez plus m'accuser !

— Espèce d'abruti ! Si vous n'aviez pas voulu jouer les Rouletabille, elle serait sans doute encore en vie. Si c'est Mme Malot qui était la victime visée, il y a fort à parier que la garde de nuit a été tuée parce que l'assassin l'a entendue parler au téléphone et qu'il a pensé qu'elle en savait trop. Et que comptiez-vous obtenir avec vos sous-entendus à la noix, dans votre article de ce matin sur le père et ses enfants ?

Le jeune homme avait pâli. Ce qu'il avait vécu jusqu'ici un peu comme un jeu lui semblait devenir une tragédie réelle. Il se mit à trembler.

— Je n'ai jamais voulu cela. Je voulais juste mener une enquête ! J'ai mis cette phrase parce que j'espérais ainsi que Marek se douterait que je savais quelque chose, qu'il me contacterait, que je pourrais...

— Le faire chanter, c'est ça ?

— Non, je n'avais pas d'idée précise. Je voulais qu'il sorte de son trou.

— Vous croyez qu'il est le tueur ?

— Je ne sais pas, je vous jure.

— En tout cas, vous avez agi comme un imbécile. Si l'assassin a tué Anne-Marie Dubos parce qu'il a cru qu'elle savait trop de choses, il est prêt à recommencer à vos dépens.

Fréhel manifestait à présent tous les symptômes de la peur.

— Vous allez me protéger ?

— Je devrais effectivement vous mettre à l'abri, mais entre quatre murs, pour destruction volontaire d'indices dans une affaire de meurtres, atteinte à la vie privée d'une famille, dissimulation d'informations, mise en danger de la vie d'autrui et tentative de chantage. Vous allez rester ici jusqu'à ce que le juge Paquet ait pris une décision. Restez dans le hall, en bas, à moins que vous ne préfériez être mis en cellule ?

— Non, je ne bougerai pas.

Et paradoxalement, le journaliste, qui était arrivé bouillant d'indignation, parut presque soulagé de ne pas être immédiatement rendu à la liberté. Et c'est profil bas qu'il quitta le bureau, encadré par deux agents.

XV

— Eh bien, dit Modard. On a avancé. Vous aviez raison. C'est un sacré petit cachottier ! Vous ne l'aimez pas, hein ?

— Il n'a que sa jeunesse comme excuse à son manque total de conscience morale. Il changera peut-être, mais j'en doute. Il veut réussir et il est prêt à tout pour fournir de la copie. Et s'il ne devient pas une star des médias, il restera malveillant par aigreur.

— Tous les journalistes ne sont pas pourris ou aigris ! Vous exagérez.

— C'est vrai. Mais celui-là m'a vraiment mis les nerfs en pelote.

— En tout cas, on a avancé.

— Il reste encore du chemin à parcourir. Il va falloir d'urgence organiser une confrontation entre Malot et Marek. Je m'en occupe. Prenez les dépositions des six jeunes. Ils doivent être arrivés. Je file. Je vais d'abord voir le juge d'instruction.

Elle fronça les soucils, secoua la tête comme pour chasser une idée gênante.

— Tout nous ramène à Olivier Marek.

— Ça a l'air de vous embêter, rétorqua Modard.

241

— C'est vrai. J'avoue qu'il m'a plu. J'ai du mal à l'imaginer dans la peau d'un tueur. Et puis le fait que le mot Antigone qui semble perturber tout le monde ait été prononcé par Jeanne Malot ouvre des perspectives terrifiantes. J'ai peur que ce ne soit pas fini. Je sens planer une menace. Quel qu'il soit, l'assassin est un fou dangereux, mais qui opère avec un dessein très précis, dans une logique que lui seul comprend. Il est prêt à tout, mais doit parfaitement se contrôler et apparaître comme un individu normal.

Elle enfilait son imperméable quand elle se donna une tape sur la tête :

— Zut, j'ai oublié de passer à l'hôpital !

— Pour quoi faire ?

— Pour prendre la déposition d'Étienne Malot sur la manière dont il s'est prétendument ouvert le ventre tout seul avec un couteau. J'ai laissé le coupe-papier au labo, à tout hasard ; mais il faudrait quand même voir le fils. Hier soir, je me suis heurtée à une fin de non-recevoir définitive de la part du toubib. Interdiction d'approcher le blessé. Cela dit, je suis persuadée que, comme il aura vu son père, sa version sera la même que celle des autres membres de la famille. Je n'ai plus le temps de me déplacer moi-même. Je vais envoyer quelqu'un par acquit de conscience.

Modard la suivit jusqu'au rez-de-chaussée. Leroux fut chargé de se rendre à l'hôpital pour interroger Étienne Malot. On avait enfin éteint les néons. Venues de la rue, des rayures d'or pâle dessinaient des éventails lumineux sur les murs blancs. Un groupe compact attendait. Ils étaient cinq, de vingt à vingt-cinq ans environ, deux assis sur les chaises noires, les autres debout, comme pour former un rempart de leurs corps et protéger les premiers. Ils chuchotaient, et parfois un éclat de voix leur échappait. On les sentait mal à l'aise, ne sachant trop ce qui les attendait dans ce lieu hostile, et en même temps ils se donnaient des airs décontractés. Un peu à l'écart, un sixième homme, plus âgé, posé au bord d'un siège, une casquette sur la tête, se roulait une cigarette sans regarder personne. Contrairement aux plus jeunes, qui étaient vêtus de jeans ou de survêtements et chaussés de baskets, il portait une vieille veste marron, usée aux coudes, et un pantalon en flanelle grise élimé mais propre. Alain Modard avait la liste de leur nom, et appela le premier.

— Salim Ouzzari ?

— C'est moi.

Un grand garçon brun se détacha du groupe, défiant l'inspecteur du regard. Il était sur ses gardes, prêt, comme la veille, à reprendre la fuite. Modard se fit courtois.

— Si vous voulez bien me suivre.

Et ils disparurent dans l'escalier. Le standardiste appela Carole :

— Un fax, pour vous.

Le texte lui apprenait qu'il n'y avait aucune Anne Marek sur les registres d'état civil de la mairie du 14e arrondissement, née en l'année 1962. Jusqu'à quel point les papiers du père et de la fille étaient-ils falsifiés ? Se souvenant que Marek n'avait pas menti sur son lieu de naissance, Carole décida de tenter autre chose. Elle se fit passer au téléphone le secrétariat de la mairie parisienne, et demanda que l'on recherche les traces d'une Anne Olivier. Au bout du fil, on lui promit de faire immédiatement les recherches et de les lui faxer le plus rapidement possible.

Dans le quartier Saint-Michel, aussi, la matinée s'était teintée d'un avant-goût de printemps. Les feuillages persistants, encore humides, éclataient d'un vert plus vif. Les haies de thuyas et d'ifs, comme au garde-à-vous, portaient des couleurs plus claires. La plupart des enfants qui n'avaient pas classe étaient sortis tôt de leurs lits, jouaient sur les trottoirs ou arpentaient les rues à vélo. Des femmes suspendaient des lessives. Les literies s'aéraient aux fenêtres ouvertes. Les moineaux, les merles et quelques mouettes voletaient gaiement en donnant de la voix. C'était comme si, après de longues journées de grisaille, chacun avait voulu profiter goulûment des quelques miettes de soleil dont on devinait qu'elles étaient un cadeau provisoire de l'hiver. Antoine Bouvier s'était levé de bonne heure. Le mercredi matin, le collège était ouvert et il y animait, avec des élèves volontaires, un club de théâtre qui attirait beaucoup d'enfants, passionnés par la fougue du professeur qui savait si bien leur communiquer son enthousiasme. Ils montaient cette année *Les Fourberies de Scapin*, qui devaient être jouées à la fête de fin d'année, devant les parents, les copains et les professeurs. Mais Bouvier était très en avance. Il avait eu le temps d'aller faire son cross matinal, de passer acheter le journal, puis il était rentré chez lui, avait pris une douche et buvait un café, assis dans son salon, en parcourant *La Vigie*. Il lut l'article de Fréhel, et un sourire méprisant lui vint aux lèvres en découvrant la formule alambiquée de la dernière phrase. Ce journaliste était vraiment nul ! La fenêtre était entrouverte, les voilages vaguement agités par un souffle d'air. Tout dans la pièce était dans un ordre parfait, méticuleux. Sur des rayonnages de pin,

244

des centaines de livres étaient alignés, classés par tailles, par collections. Quelques revues, sur la table basse, formaient un empilement net. Sur les murs presque nus, étaient juste punaisées une grande photo représentant un village grec, blanc sur fond bleu, et une affiche du film *Rouge*, de Kieslowski avec, en premier plan, le lumineux sourire d'Irène Jacob, qui ressemblait vaguement à Anne Marek, et derrière, sévère, le visage de Jean-Louis Trintignant. Sur une petite console, une photo encadrée d'Anne, souriante, était posée à côté d'un appareil téléphonique. Le divan était recouvert d'un tissu bleu marine à motifs géométriques beiges.

L'homme se leva, prit la photo entre ses mains, soupira. Il semblait guetter quelque chose, et jetait par la fenêtre de nombreux coups d'œil. Sa maison était située tout près de celle des Marek, dans une rue qui prolongeait la leur, de l'autre côté de la place ronde, et, s'il n'en voyait pas la façade, il pouvait surveiller qui entrait ou qui sortait. Il savait qu'Olivier allait souvent le matin faire des courses. Il attendait son départ. Il voulait voir Anne seule. Il attendrait toute la matinée s'il le fallait, quitte à arriver en retard au collège, voire à ne pas y aller du tout. La veille au soir, après son entrevue avec la femme flic, il n'avait pas sonné chez ses amis. Il avait rôdé autour de la maison, mais finalement avait renoncé à sa visite. Maintenant, il avait un urgent besoin de parler avec la femme qu'il aimait. Depuis près d'un an, il ne pensait qu'à elle, ne vivait que pour elle. Il lui semblait qu'avant de la rencontrer il n'avait jamais été amoureux. Il se rappelait Claire, la femme dont il s'était séparé quelques années auparavant, et qui élevait leur fils, Marc, âgé de dix ans, qu'il voyait rarement. Il ne comprenait plus pourquoi il avait tant souffert quand elle était partie, pourquoi il avait voulu mourir. Il se rendait compte que ce qu'il avait éprouvé alors était de la rage plus que du chagrin, rage d'être plaqué, rage de n'avoir pas décidé. L'idée qu'Anne pourrait disparaître de sa vie provoquait en lui une douleur intolérable. Ce n'était même pas envisageable. Il devait la garder, il était prêt à tout pour cela. Quand Olivier lui avait annoncé la semaine précédente leur départ imminent pour l'Europe centrale, il avait éprouvé un choc violent, puis avait décidé que, quoi qu'il arrive, Anne resterait, qu'elle serait enfin toute à lui. Il patientait depuis si longtemps ! Il savait qu'elle était fragile. Il savait pourquoi son père la protégeait comme un bibelot précieux. Il savait qu'il ne devait pas brusquer les choses. Elle était un peu telle une enfant, malgré son âge, malgré les petites rides qui commençaient à se former autour de ses yeux verts et qui la rendaient pour lui plus adorable encore. Il avait attendu, se contentant de baisers passionnés. Il ne lui avait jamais fait l'amour. Il laissait faire le temps, mais le temps devait forcément la lui offrir un jour. Et il rêvait de son corps svelte, de sa beauté gracile. Il rêvait sans cesse qu'elle était dans ses bras, qu'il la possédait enfin, prenant le relais du père pour l'entourer à son tour d'attention passionnée et d'amour fou. Marek avait dit qu'elle le suivrait à Prague, qu'elle avait choisi de le suivre. Elle avait acquiescé. Mais ce ne serait pas. Elle était à lui. Elle ne partirait pas.

Dans le fond de la tasse de porcelaine, un reste de café avait refroidi. Bouvier reprit machinalement le journal, sans quitter complètement la rue des yeux.

246

À la pendule cauchoise rencognée dans le fond du séjour, neuf heures sonnèrent. Soudain, il se redressa. Une longue silhouette vêtue de noir venait d'apparaître et traversait la place à grands pas. Olivier Marek portait un panier. La supérette de la rue Gambetta n'était qu'à une centaine de mètres. La place était libre, mais il ne fallait pas perdre de temps.

Anne vint lui ouvrir. Elle portait sa jupe noire et un chemisier rouge. Ses cheveux bruns étaient attachés sur la nuque, encore humide du shampooing récent. À son cou, pendait une petite chaîne en or. Elle regarda Antoine, avec cet air un peu égaré qu'elle avait toujours quand elle était seule. Le cœur d'Antoine Bouvier se mit à battre à tout rompre. L'émotion de la voir lui coupait presque le souffle. Il poussa doucement la jeune femme dans le couloir, referma la porte derrière lui et la prit dans ses bras, couvrant de baisers ses lèvres, son cou. Anne essayait de se dégager, le repoussait, mais sans violence.

— Arrête, Antoine. Mon père n'est pas là.

— Justement. C'est toi que je viens voir, toi seule.

— Qu'est-ce que tu veux ?

— Je veux que tu me dises que tu m'aimes. Je veux que tu me dises que tu vas rester avec moi. Anne, tu ne peux pas partir, tu ne peux pas me laisser.

— Je t'aime bien, Antoine. J'ai cru moi aussi qu'on pourrait construire quelque chose tous les deux. Mais je dois suivre mon père. Je te l'ai déjà dit la semaine dernière.

— Tu n'es plus une gamine ! Tu es une femme. Laisse-le partir. Il ne peut pas t'obliger à me quitter.

— Mais il ne m'impose rien. J'ai choisi. Je pars avec lui. C'est fini, nous deux. Je ne t'ai rien promis.

Derrière les lunettes d'acier, les yeux bleus étincelèrent. Une passion folle, mêlée de rage, anima le visage de l'homme.

— Tu n'as pas le droit. Je suis prêt à tout pour toi. Tu ne partiras pas.

Il lui avait saisi les poignets, l'attirait à lui.

— Tu me fais peur, Antoine. Va-t'en maintenant. Cela ne sert à rien que nous nous disputions. Tu m'oublieras.

— Jamais. Je te garderai, tu ne m'échapperas pas. Tu verras.

Anne tremblait maintenant. Elle ne reconnaissait plus l'ami tendre et paisible dont elle avait cru pouvoir tomber amoureuse, mais qui, à présent, lui faisait peur, qu'elle souhaitait fuir. Une plainte lui échappa. Bouvier, hagard, la lâcha.

— Je ne veux pas te faire de mal. Personne ne doit te faire de mal. Tu verras, nous serons heureux.

Il la fixait, désespérément. Ses mains s'approchèrent du visage d'Anne, qu'il caressa doucement, comme pour le modeler, pour en garder la mémoire dans ses paumes. Puis il sourit.

— Je te ferai un enfant. Ce sera le plus bel enfant du monde.

Anne ne répondit pas. Antoine Bouvier s'écarta d'elle, ouvrit la porte et sortit. Sur la plus haute marche du perron, il dit :

— À bientôt, mon amour.

Elle le regarda partir, puis ferma la porte, s'adossa au mur du couloir, et se mit à pleurer. Elle était épuisée. Elle voulait son père. Elle voulait qu'on la laisse tranquille. Tout était trop compliqué. Elle remonta dans sa chambre et avala un tranquillisant, puis se jeta sur le lit, en position fœtale, et continua à sangloter.

Bouvier rentra chez lui pour prendre son cartable et fermer la fenêtre. Il sifflotait. Quelques nuages montaient à l'horizon, poussés de la mer par un léger vent du nord, mais ils n'avaient pas encore voilé le soleil. Il y vit un heureux présage. Tout finirait par s'arranger. Il ne pouvait pas en être autrement.

Carole avait résumé au juge Paquet l'interrogatoire de Didier Fréhel. Ils décidèrent de le garder au frais jusqu'au soir, mais les charges retenues contre lui étaient trop faibles pour le détenir plus longtemps. Il faudrait le remettre en liberté et, si possible, le faire discrètement surveiller. Le juge d'instruction lui laissa carte blanche pour organiser une rencontre Malot-Marek. L'inspecteur lui parla de la disparition de Lecomte, et cette piste lui sembla plus intéressante que l'idée éventuelle, exposée timidement par Carole qui en voyait l'invraisemblance, d'un meurtre accompli pour reconstituer un mythe antique. Le magistrat, à cette suggestion, haussa les épaules.

— Vous avez beaucoup d'imagination. Les assassins sont rarement des poètes, encore moins des auteurs tragiques ! On finira bien par trouver une explication sordide et banale à tout cela.

— Mais cette pendaison ?

— Il y a sûrement une raison logique et simple. À vous de la découvrir. Travaillez dans le réel.

Un peu découragée, elle retourna au commissariat voir si le fax était arrivé. L'appareil sortait le papier au moment où elle pénétra dans le hall. Elle y lut l'information qu'elle attendait sans trop y croire : Anne Olivier était née le 6 juin 1962, de Jules Olivier et de Jeanne Santini. Santini, c'était le nom de jeune fille de Mme Malot. Elle était bien la mère d'Anne Marek. Fréhel avait raison. Et ce n'est pas à dix-huit ans qu'Olivier Marek avait changé d'identité, mais plus tard, après la naissance de sa fille, qui avait été déclarée sous le nom d'Olivier, et sans doute pour qu'on ne puisse pas le retrouver. Avec un art consommé, il avait mélangé vérité et mensonge lors de leur entrevue. Mais qu'est-ce qui avait pu le pousser à enlever ainsi une fille à sa mère, et à la lui cacher avec tant d'opiniâtreté pendant trente-cinq ans ? Carole calcula qu'à la naissance de l'enfant, si le père avait vingt ans, la mère en avait trente-cinq. Mais cette différence d'âge ne suffisait pas à expliquer un enlèvement aussi monstrueux. D'autant que Mme Malot, si l'on en croyait la rumeur, était très belle. Il était fréquent qu'un jeune homme tombât amoureux d'une femme plus âgée. L'inspecteur ne put s'empêcher d'évoquer le nœud du lacet. Une pensée, fugace, lui traversa l'esprit. Mais elle la chassa. C'était trop rocambolesque, trop invraisemblable. Elle se rappela le conseil du juge Paquet : « Travaillez dans le réel. » En tout cas, crime sordide ou pas, il faudrait bien que la vérité soit dite. Elle décida d'aller immédiatement chercher Malot chez lui, et envoya deux brigadiers cueillir Olivier Marek.

Dans le hall, sur les chaises noires, restaient trois garçons. Ils avaient des écouteurs dans les oreilles, s'étaient retirés du monde, et leurs pieds battaient la mesure de ces musiques qui n'existaient que pour chacun d'eux, seul. L'homme plus âgé n'était plus là. Modard avançait.

Il sembla à Carole que la voiture connaissait suffisamment la route qui menait à la grande maison sur la falaise pour la parcourir sans conductrice. Celle-ci, perdue dans ses pensées, essayait de mettre en place tous les éléments nouveaux découverts dans la matinée. Avait-on tué Jeanne Malot parce qu'elle avait reconnu son ancien amant ? Mais pourquoi ? Et si Marek était le meurtrier, que pouvait-elle avoir fait de si grave qui justifiât un assassinat ? Pourquoi voulait-il garder sa fille pour lui tout seul ? Était-il responsable de sa fragilité psychique ? Bon sang, qu'avait-il pu lui faire ? Et cette mise en scène de la pendaison ? L'inspecteur avait l'impression que l'écheveau qu'elle tentait de dérouler était de plus en plus emmêlé, alors qu'il aurait dû commencer à se dénouer. Elle passa sur le front de mer, mais ne vit pas l'aspect moiré de la mer, plane comme un lac, que la présence de fonds sablonneux et des pâles rayons versés du ciel pailletait de jaune et de vert clair. Un appel sur la radio de la voiture de police la fit sursauter. C'était Modard.

— Chef ? Vous êtes là ?

— Vous avez du nouveau ?

— On a arrêté Lecomte, à la frontière, sur le pont de l'Europe à l'entrée de Strasbourg. Il rentrait d'Allemagne. Il paraît qu'il a le visage tuméfié, il s'est fait sérieusement amocher, mais il ne veut rien dire. Muet comme une carpe. Ils demandent s'ils doivent nous l'envoyer. Eux, ils n'ont pas de raison de le garder. On ne peut arrêter quelqu'un parce qu'il ment à sa nana et qu'il s'est fait casser la gueule. Ils ont fouillé la voiture de fond en comble, mais n'ont rien trouvé d'autre qu'une valise avec un peu de linge sale, dont une chemise pleine de taches de sang. Qu'est-ce que je leur dis ?

— Il faut qu'ils nous l'amènent. Prévenez le juge, il se mettra en rapport avec Strasbourg. Et les interrogatoires ? Vous avez fini ?

— Encore deux. Je ne pense pas qu'aucun d'entre eux soit responsable des meurtres, mais j'ai recueilli des ragots intéressants sur les Malot. Je vous expliquerai.

— À tout à l'heure.

Elle était arrivée en haut de la côte. Dans ce quartier de l'esplanade, l'on imaginait que rien de désagréable pût vous arriver. Les maisons arboraient leurs clochetons, leurs toits d'ardoises luisants, leurs huisseries aux peintures rutilantes, leurs vérandas pleines de plantes vertes, villas cossues, assises au milieu des parcs boisés aux allées bien entretenues. Le grand portail blanc de la propriété des Malot était ouvert. Carole laissa sa voiture assez loin du perron. La BMW n'était pas là. En revanche, un fourgon des pompes funèbres, vide, dont le hayon était levé, était garé au pied des marches qui menaient à la porte du hall d'entrée et deux hommes en uniforme violet foncé étaient en train d'accrocher des tentures noires au linteau. Le maître de maison était-il à l'hôpital ? Décidément, Carole aurait dû y aller elle-même. Étonnant, quand même, qu'il ne fût pas présent si, comme tout le laissait supposer, on venait de ramener à la maison le corps de son épouse. Jusqu'au lendemain s'effectuerait le défilé des amis et connaissances, venus rendre un dernier hommage à la défunte. Carole sonna pourtant. Une galopade résonna dans l'escalier, et cette fois ce furent trois petits garçons qui se précipitèrent à sa rencontre et restèrent bouche bée en voyant la visiteuse. Visiblement, ils attendaient quelqu'un d'autre. La domestique les

252

suivait. Comme les autres jours, elle avait les yeux rouges et reniflait.

— Madame, vous venez pour les condoléances ? La famille n'est pas encore prête. On installe le cercueil dans le grand salon.

— Non, je suis l'inspecteur Riou. Je voudrais parler à M. Malot.

— Monsieur n'est pas à la maison. Je vais prévenir M. Pascal et Mme Florence.

Elle fit entrer l'inspecteur dans une petite pièce qui devait servir de bureau, plus intime, moins luxueuse que les grandes pièces de réception. L'usure du vieux fauteuil de cuir, devant une large table Empire, indiquait qu'on y faisait de longs séjours. Sur les murs tendus d'une toile de jute vert foncé dont la couleur commençait à passer, pas de tableaux de maîtres, mais quelques gravures anciennes, représentant essentiellement le port et les vieux quartiers de Marville. Une bibliothèque vitrée, très sobre, contenait des livres d'histoire, des dictionnaires, des ouvrages de marine. Sur une console au dessus de marbre, était posée une sculpture en terre de Graillon, représentant un pêcheur du Pelot en costume d'autrefois, culotte bouffante sur bottes plissées montantes. Un peu partout, des photos dans des cadres dorés représentaient Jeanne Malot, depuis son arrivée dans cette demeure. Jeanne, encore jeune, dans le jardin en robe d'été, sa chevelure mordorée libre sur les épaules, Jeanne entourée de deux jeunes garçons en qui l'on reconnaissait Pascal et Étienne, Jeanne, plus âgée, avec un bébé dans les bras, Jeanne, très chic dans un tailleur clair, les cheveux relevés et cachés par un large chapeau, lors d'une cérémonie officielle. Instinctivement, Carole chercha sur les traits de cette femme,

253

dont la beauté et la grâce étaient exceptionnelles, une ressemblance avec ceux d'Anne Marek, mais en vain. Anne ressemblait surtout à son père. Cette galerie de portraits était émouvante. La petite pièce où la bonne avait dû la faire entrer à cause des préparatifs sinistres qui avaient lieu à côté était le sanctuaire intime de Louis, l'endroit où il devait être lui-même, et non plus l'homme public ou le chef de famille à l'autorité incontestable, où il travaillait dans la solitude, où il se vouait au culte qui occupait une grande partie de sa vie privée, celui de son épouse.

Un long moment passa avant que Florence ne pénétrât dans la pièce. Elle avait revêtu une robe noire qui ne lui allait pas, qui la serrait trop, accentuant ses rondeurs. Elle affichait un sourire de convenance, mais son visage était défait, sa peau livide, avec des marbrures rouges sur les joues. Elle était visiblement très mal en point.

— Veuillez m'excuser, mais on vient de nous rendre le corps de ma belle-mère et je devais m'occuper de la chapelle ardente.

Avec elle, s'étaient introduites l'odeur des cierges qui commençaient à brûler, une vague odeur d'encens et de fleurs, odeurs du deuil et de la mort. Malgré elle, Carole frissonna. Ni elle ni Pierre n'étaient croyants, mais après le décès de son mari elle avait voulu que la bière fût couverte de fleurs, que des bougies fussent allumées en permanence pendant les jours qui précédèrent l'inhumation, hommages rendus à son amour, symboles de la flamme qui la dévorait, offrandes solennelles qui prolongeaient le dialogue avec lui, qui retardaient le moment du face-à-face avec la solitude définitive. Elle s'efforça de chasser ces souvenirs.

254

— Je m'en veux de vous importuner dans un moment pareil, mais je dois rencontrer d'urgence M. Malot père.

Florence rougit, hésita, puis bredouilla :

— Il n'est pas là.

— Je peux l'attendre.

— Je ne sais pas quand il rentrera.

— Il est sans doute au chevet de votre mari. Je suppose que vous vous êtes aussi rendue à l'hôpital. Comment va le blessé ?

— Oui, j'y suis allée tôt ce matin. Il va aussi bien que possible. Il ne souffre pas trop et ne restera que deux ou trois jours hospitalisé. Il est surtout désolé de ne pouvoir assister aux obsèques de sa belle-mère.

Carole ne put s'empêcher de commenter, l'air narquois :

— On n'est jamais assez prudent, même chez soi. C'est fou les drames que peuvent provoquer de simples accidents domestiques !

De rouge, Florence vira à l'écarlate, mais ne répondit que par un vague signe de tête. Impitoyable, l'inspecteur reprit :

— J'espère que votre beau-frère ne se sent pas trop responsable ? Après tout, il n'a pas fait tomber volontairement ce poignard turc.

Elle eut presque pitié de la panique qu'elle sentait s'emparer de son interlocutrice et changea brutalement de conversation.

— J'aimerais pouvoir contacter votre belle-sœur Caroline qui est, je crois, en visite dans sa famille. Je suppose qu'elle va revenir aujourd'hui pour partager votre deuil.

C'était visiblement un autre sujet épineux. La réponse vint, sous forme de bredouillement :

— Je... je ne sais pas... quand... oui, sûrement, elle va arriver. Mais je ne vois pas en quoi elle peut vous être utile. En fait, elle ne souhaite pas que sa fille soit traumatisée par la présence du cercueil. Oui, c'est ça. Elle ne va peut-être pas revenir aujourd'hui.

Carole eut la sensation que Caroline avait quitté définitivement la famille Malot. Dans cette hypothèse, on pouvait imaginer que la jeune femme était la cause de la bagarre qui avait éclaté entre les deux frères et dont tout le monde, ici, niait la réalité. Florence, elle, paraissait à bout, comme submergée par les responsabilités qui pesaient sur ses épaules. Peut-être serait-il possible de la faire craquer, de la contraindre à dire la vérité ? S'acharner sur elle alors qu'elle se mouvait dans un cauchemar avait quelque chose d'indécent mais, si elle était le maillon faible dans la solidarité familiale, le boulot d'un policier consistait à découvrir la vérité, par tous les moyens.

— Donnez-moi son adresse.

— Je ne l'ai pas.

— Mais si, vous l'avez. Dites-moi au moins où habitent ses parents. Ils sauront où elle est. Je la soupçonne fortement de s'amuser à envoyer des lettres anonymes à la police.

Cette fois, le coup fit vaciller la belle-sœur. Elle parut sur le point de se trouver mal, puis lança rapidement :

— Ses parents ont un pavillon au Val-Rudel. Au 15, rue des Acacias.

Soudain, elle éclata en sanglots.

— Ce n'est pas Caroline. Elle m'a dit qu'elle avait révélé la vérité sur ce qui s'était passé ce soir-là. Mais elle ne savait pas qui était venu. C'est moi qui l'avais vu. Je vous ai écrit. J'ai cru bien faire. J'ai peur. Je veux qu'on trouve l'assassin ! Mais je ne voulais pas que mon beau-père apprenne qu'on avait parlé. Il nous aurait tuées !

Toute résistance l'avait abandonnée. Elle étouffait de terreur et lâcha :

— Inspecteur, c'est terrible. Mon beau-père a disparu. Hier soir, il est parti pour l'hôpital et il n'est pas rentré. Nous croyions qu'il y avait passé la nuit, mais Étienne m'a dit qu'il l'avait quitté vers neuf heures et demie. Nous n'avons aucune nouvelle depuis. Il n'est pas revenu. Il a disparu. Et sa femme qui est là, et les obsèques qui ont lieu demain ! Que devons-nous faire ? Qu'allons-nous devenir ?

Carole la prit par les épaules, la força à s'asseoir dans le fauteuil, la laissa pleurer tout son saoul, puis lui dit :

— Maintenant, il faut tout me raconter.

XVI

Alain Modard commençait à se sentir affamé. Il n'était pourtant que onze heures trente. Il décida qu'il attendrait le retour de Carole pour aller déjeuner mais qu'il avait mérité de prendre une récréation. Les six dépositions étaient rédigées et signées. Les témoins s'étaient montrés plus coopératifs que ne pouvait le faire supposer l'ébullition provoquée la veille par l'apparition des policiers dans leur quartier. Le discours de Carole semblait finalement avoir été bien perçu. S'ils n'avaient pas l'air ravis d'être confrontés à des policiers, les jeunes gens avaient néanmoins joué le jeu. Il s'agissait surtout pour eux de démontrer que leur échec dans le monde du travail n'était pas dû à leur incapacité mais à la « vacherie » du patron. Le premier, Salim Ouzzari, avait commencé par régler quelques comptes.

— Pourquoi vous êtes-vous enfui, hier, quand les brigadiers se sont présentés chez vous ? lui demanda Modard, utilisant sciemment le vouvoiement pour établir un rapport de respect mutuel.

— Les flics, ils m'ont déjà embarqué alors que j'avais rien fait. Dès qu'il y a une merde dans le quartier, c'est sur nous que ça retombe. J'ai passé vingt-quatre heures en garde à vue le mois dernier pour une affaire de mobylette volée, alors que j'y étais pour rien. Là, il avait l'air de dire, l'autre enfoiré, que j'avais tué la femme de Malot ! J'ai préféré me faire la malle. Mais bon, on peut discuter.

— Vous avez travaillé longtemps chez Malot ?

— Six mois. J'ai une formation en menuiserie. Ça m'aurait bien plu de faire charpentier de marine. Mais l'autre, c'est pas un patron, c'est un esclavagiste. Il nous faisait travailler dix heures par jour, et refusait de payer les heures supplémentaires. En plus, il aime pas les Arabes.

— Il a tenu des propos racistes ?

— Pas vraiment, mais je sentais bien. Il m'appelait tout le temps Mohammed !

— Vous avez démissionné ?

— Non. Il n'a pas renouvelé mon contrat.

— Vous savez pourquoi ?

— Je pense que je l'ai trop ramenée. Je voulais qu'il paye les heures sup.

— Vous connaissiez Mme Malot ?

— Jamais vu. On avait surtout à faire à un des fils. Pascal. Il nous faisait pas trop chier.

— Et Olivier Marek, cela vous dit quelque chose ?

— Oui, c'est le directeur commercial. Enfin, c'était. Il est parti à peu près en même temps que moi. Toujours poli, toujours bonjour. Pas comme l'autre.

— L'autre ?

— Le patron, quoi. Une peau de vache.

— Vous n'avez rien remarqué entre votre patron et son directeur commercial ? Vous ne les avez pas vus se disputer ?

— Non, jamais. Ça baignait apparemment.

— Vous en avez voulu à Malot de ne pas vous avoir gardé ?

— C'est sûr. Le boulot me plaisait bien. Mais enfin, je ne l'aurais quand même pas tué !

— Anne-Marie Dubos, cela vous dit quelque chose ?

— Comme tout le monde. J'ai vu son nom dans le journal. Mais je ne la connaissais pas.

— Bien. Pouvez-vous me dire ce que vous faisiez dans la nuit de dimanche à lundi ?

— Vous n'allez pas recommencer ?

— Simple formalité. Je poserai la question à tout le monde.

— D'accord. Dimanche soir, je suis descendu en ville avec mes potes. On a bu un coup et fait un billard au Bar des Amis. Je suis remonté chez moi vers une heure du matin. Même que je dors dans la même chambre que mon frère Ahmed qui a râlé parce que je l'ai réveillé et qu'il avait cours le lendemain matin. Vous pouvez lui demander. Après, je me suis pieuté.

— Merci, monsieur Ouzzari. Et bonne chance.

— Salut ! Vous, au moins, vous êtes cool...

Le suivant à se présenter dans le bureau fut l'homme plus âgé. Celui-là était un Normand pure souche, père de famille nombreuse, d'une quarantaine d'années. Il avait ôté sa casquette, qu'il triturait nerveusement. Il ralluma laborieusement sa cigarette roulée, et des brins de tabac tombèrent sur le revers de sa veste. Il était visiblement nerveux. Après l'interrogatoire d'identité, Modard lui posa la question rituelle :

— Vous avez travaillé aux chantiers Malot ?

L'autre lui jeta un regard en coin.

260

— Faut vraiment que vous tapiez tout ce qu'on dit ? On nous a appelés comme témoins. On n'est pas arrêtés ?

— Non. Vous avez quelque chose à vous reprocher ?

— Il m'a viré comme un malpropre.

— Qui ?

— Malot.

— Expliquez-vous.

— Cela faisait plus d'un an que je travaillais pour lui. Avec ma femme on était contents, parce qu'avant j'ai eu cinq ans de chômage. Je travaillais aux abattoirs, quand ils ont fermé en 91. Au chantier, j'étais à la peinture des coques. C'est dur, mais j'aimais bien. Alors on a décidé d'acheter un bout de terrain, de construire. On en a marre d'habiter en HLM. C'est pas bon pour les gosses, ils ont de mauvaises fréquentations. Enfin, bon, je faisais presque tout moi-même pendant les week-ends. J'avais repéré dans un hangar du chantier un tas de ferraille dont personne ne se servait, des bouts de tuyaux, des plaques de tôle. Ça pouvait me servir. Alors un soir, j'ai approché ma voiture du hangar et j'ai commencé à remplir le coffre. Mais le vieux Malot est arrivé et m'a vu. Il m'a traité de sale voleur, m'a insulté comme si j'étais le diable. Et le lendemain j'avais mon compte. On va sans doute revendre la maison. On peut pas la finir. C'est un beau salaud. Elle lui servait à rien cette ferraille. Vous êtes vraiment obligé d'écrire tout ça ?

— Ne vous inquiétez pas, cela ne sortira pas d'ici. De toute façon Malot n'a pas porté plainte.

— Aurait plus manqué que ça ! J'avais rien fait de mal.

Modard sentait croître son antipathie pour Louis Malot. L'homme ne put rien lui apprendre de plus. Il avait passé la nuit du dimanche dans sa maison de campagne, où toute sa famille et de nombreux voisins pouvaient confirmer sa présence.

Il restait quatre jeunes garçons à entendre. Mais tous avaient des alibis, aucun ne connaissait vraiment ni Mme Malot ni Marek. L'avant-dernier pourtant fit une révélation qui intéressa particulièrement l'inspecteur. Il était entré dans le bureau avec le casque de son baladeur sur les oreilles, en mâchant un chewing-gum. Il chantonnait, et se balançait, regardant Modard d'un air de défi. L'inspecteur se retint pour ne pas lui donner une gifle, mais lui posa normalement les questions rituelles. Le gamin reconnut n'avoir gardé son travail que trois mois.

— Pourquoi êtes-vous parti ?

— Ça me prenait la tête.

— Alors vous n'avez pas été licencié ?

— Non, je me suis cassé. C'est tous des cons, là-bas. C'était pas un boulot pour moi.

— Et maintenant, qu'est-ce que vous faites ? interrogea Modard, presque malgré lui.

— Rien.

Il était trop jeune pour toucher le RMI.

— Et vous vivez comment ?

— C'est pas vos oignons. Je suis chez mes vieux.

Modard soupira.

— Vous connaissiez la femme du patron ?

— De vue. Elle a un mec.

— Quoi ?

— Je les ai vus plusieurs fois. C'est une vieille, mais elle se paye un type plus jeune.

— Vous les avez vus où ?

— Dans un café, derrière le port. Trois ou quatre fois. Rien que tous les deux. Elle buvait du cognac, lui des cafés.

— Vous êtes sûr ?

— Oui, je suis sûr. La mère Malot, à Marville, tout le monde la connaissait. C'est un café où il y a jamais personne. Moi, j'y vais parce que la fille de la patronne, c'est ma copine.

— Et l'homme, vous savez qui c'est ?

— Un prof. Je l'ai eu au collège.

— À quel collège ?

— Louis-Guilloux, évidemment. Il fait le français. Bouvier, il s'appelle.

— Vous pouvez me donner le nom du café ?

— Le Pont-Aven. C'est des Bretons, les proprios.

Modard laissa partir son témoin, abasourdi. Ainsi, Bouvier connaissait Jeanne Malot. Même s'il ne croyait pas à une liaison entre eux, il se demandait ce que ces deux-là pouvaient bien avoir eu à se dire. Il faudrait en parler rapidement à Carole.

Et à onze heures trente, il l'attendait donc, le ventre creux et la conscience du travail accompli.

Giffard avait organisé avec le juge d'instruction et le commissariat de Strasbourg le transfert de Lecomte que deux policiers alsaciens allaient escorter jusqu'à Marville. L'homme avait été appréhendé à sept heures le matin même, le numéro d'immatriculation de sa voiture ayant été transmis à tous les postes frontaliers. Tout, dans son comportement, jusqu'à une tentative de fuite au moment où les douaniers l'avaient prié de sortir de son véhicule, semblait louche. Ce type avait sûrement quelque chose à se reprocher, mais l'inspecteur était de moins en moins sûr que ce fût en rapport avec l'affaire Malot. Il fallait

263

pourtant l'entendre. Modard avait lu le fax arrivé un peu plus tôt et penchait pour l'implication d'Olivier Marek, en tout cas pour un lien entre une obscure et ancienne histoire de famille, et les meurtres. Et voilà que son ami Bouvier apparaissait aussi dans l'entourage des Malot. Anne-Marie Dubos avait été victime d'un malheureux concours de circonstances, si, comme il était probable, l'assassin l'avait entendue téléphoner à Didier Fréhel. Ce qui impliquait que l'homme était déjà dans le service bien avant les meurtres dont le médecin légiste avait fixé l'heure un peu plus tard. L'idée du criminel, rôdant dans les couloirs, dans le silence de cette nuit terrible, ponctué des soupirs et des gémissements des pauvres vieux qui finissaient là, tristement, leur existence, était terrifiante. L'homme attendait son heure, tapi dans l'ombre, caché dans un recoin du service, ou même dans la chambre d'un vieillard grabataire et sans voix, muni de cette corde et du couteau qu'il avait dû simplement apporter pour la couper à la bonne longueur, et avec la lame duquel il avait froidement tranché la gorge de la garde de nuit après l'avoir assommée.

Il en était là de ses pensées quand un des experts de la police technique demanda à lui parler. Il rapportait le poignard des Malot. L'objet avait été examiné à fond. Il portait des traces de sang, et de multiples empreintes, mais rien qui correspondît ni au groupe sanguin d'Anne-Marie Dubos ni aux empreintes relevées aux Prairies. Sa lame, d'après le médecin légiste qui était passé le voir, ne pouvait avoir provoqué la blessure à la gorge de la jeune femme. Elle était dentelée, irrégulière. L'autre était sûrement mieux affûtée, plus rectiligne. Modard prit l'objet dans ses mains. Le manche en bois incrusté

de nacre était lourd, long d'une quinzaine de centi-
mètres. Machinalement, il en tapota le dossier d'une
chaise. Après tout, si on risquait de se couper en le
tenant par la partie tranchante, il n'était pas exclu
qu'on ait pu frapper quelqu'un avec un manche de
ce genre, en tenant la lame avec des gants. Pourquoi
pas ?

Carole n'était toujours pas là. Il allait la faire,
cette pause. Il téléphona à sa femme. Béatrice était
seule à la maison. Thibaud et Marion avaient été
invités à déjeuner chez des voisins qui avaient des
enfants de leur âge.

— Je m'ennuie, se plaignit-elle.

— Va faire un tour. Il fait beau aujourd'hui.

— Je n'ai pas envie.

— Béatrice, ne recommence pas. Écoute, j'ai vu
une annonce dans le journal. Ils cherchent des maisons de campagne pour des clients anglais. Qu'est-ce
que tu en dis ?

— Fais ce que tu veux. Je m'en fiche.

— Je croyais que tu voulais qu'on vende la maison.

— Je déteste cette baraque. Mais où irons-nous ?
Si c'est pour se retrouver dans un appartement sinistre...

— Tu as pris ton rendez-vous chez le médecin ?

— Oui. Samedi à quinze heures. Mais c'est bien
pour te faire plaisir.

— C'est déjà ça, ma chérie. Je vais quand même
me renseigner à l'agence. Ils ont peut-être à vendre
des petites maisons sympa. Le quartier Saint-Michel,
par exemple, ça serait agréable.

Il sentit que l'idée ne déplaisait pas à Béatrice. Elle
fit un effort pour conclure :

— Je vais aller jusqu'à Marville. J'irai au super-marché, puis faire un tour sur la plage.

— D'accord. À ce soir.

Après avoir raccroché, il sortit, prit sa voiture personnelle et se rendit à l'agence immobilière. Les employés s'apprêtaient à aller déjeuner. Modard prit un rendez-vous pour le samedi. Il était décidé, il allait mettre sa maison en vente. La seule idée de déménager le remplissait d'une énergie nouvelle. Changer de cadre de vie, il en était sûr, serait la fin des ennuis, la fin de la galère et des engueulades. Il voyait à nouveau l'avenir en rose. Carole et lui allaient trouver le meurtrier, il aurait de l'avancement, sa femme serait à nouveau fière de lui. Il se voyait déjà en train de lui faire un troisième enfant !

Quand il revint au commissariat, tout était calme. Presque tout le monde était parti déjeuner. Il croisa dans l'escalier les deux brigadiers qui avaient été chargés d'aller chercher Olivier Marek.

— Où est-il ?

— On ne l'a pas trouvé, personne n'a répondu. Ils sont sortis, lui et sa fille.

— Et vous ne savez pas où ils sont allés ?

— Des voisins les ont vus partir vers onze heures. Ils pensent qu'ils sont allés faire un tour en bateau. Ils avaient des cirés et des bottes. Il paraît que la fille avait l'air d'avoir du mal à marcher.

— En bateau ? Ils ont un bateau ?

— À ce qu'il paraît. Un petit voilier, nous a-t-on dit, un Muscadet, ou quelque chose comme ça.

Nom d'un chien ! se dit Modard, on n'a pas pensé à vérifier s'ils avaient un bateau. Fréhel en a un, Marek en a un. La corde peut avoir été prise sur l'un ou sur l'autre. On aurait pu s'en enquérir plus tôt. Pourvu qu'ils ne se soient pas enfuis pour de bon.

Il reprit à voix haute :

— Et vous pensez qu'on peut aller loin avec un bateau de ce type ?

— Normalement, non. Mais il y en a qui ont traversé l'Atlantique !

— Merde et merde. Si Marek est parti en Angleterre, ça va être coton pour le récupérer.

Mais, après tout, il était peut-être seulement allé faire quelques ronds dans l'eau, en profitant du beau temps. Fuir Marville de cette manière aurait été un aveu de culpabilité. Il n'y avait plus qu'à attendre. À ce moment-là, l'agent de garde au standard l'appela :

— Téléphone, pour vous.

C'était Carole, qui lui demandait de la rejoindre de toute urgence chez les Malot. Il ne put s'empêcher de gémir :

— J'ai faim ! Quand est-ce qu'on mange ?

— Je vous jure que ce n'est pas le moment. Malot a disparu.

— Marek aussi !

— Pardon ?

— Il semble qu'il soit parti sur un bateau. Il a un bateau, et on ne le savait pas.

— Bon, reste à espérer qu'il va réapparaître. Rejoignez-moi en vitesse. Et dites que s'il arrive des nouvelles de Malot au commissariat, on nous prévienne là-haut. Mettez le commissaire au courant de la situation.

Cinq minutes plus tard, il était assis à côté de Carole, dans le petit bureau vert. Le fourgon des pompes funèbres était reparti. Le catafalque était installé dans le grand salon, le cercueil recouvert d'un drap noir aux larmes argentées et de gros bouquets de fleurs fraîches. Tout autour brûlaient des cierges, mais nul n'entourait ni ne pleurait la morte. Carole avait renvoyé Florence, ses fils et Pascal dans leurs appartements, chargé la bonne de refouler tous les visiteurs et obtenu qu'on appelle Caroline qui avait promis d'arriver le plus vite possible. Elle écouta d'abord Modard la mettre au courant de ce qu'il avait appris le matin. Elle fut particulièrement intéressée par le témoignage selon lequel Bouvier et Mme Malot s'étaient rencontrés. Intéressée, mais moins étonnée que ne l'eût pensé son adjoint. En effet, Florence, affolée par la série de catastrophes qui s'abattaient sur sa famille, et incapable de faire face seule à la situation, avait tout raconté à l'inspecteur. Pascal, qu'elle avait interrogé ensuite, et qui déambulait d'une pièce à l'autre comme un zombi, n'avait pu que confirmer les faits. La seule perspective qui eût rallumé en lui un éclat de vie était le retour de Caroline.

En vrac, les secrets de famille avaient été déballés. Florence avait revécu le soir fatidique où sa belle-mère avait perdu conscience. La silhouette de Marek, sous la lampe du corridor, aperçue du palier du premier, la dispute, les cris, et après le départ de l'ambulance, la réunion de famille et les consignes de silence données par Louis Malot. Elle avait évoqué l'alcoolisme de sa belle-mère, son changement de comportement depuis quelques mois, cet homme blond qu'elle rencontrait à l'extérieur de la maison et avec qui Caroline l'avait vue, justement non loin du Pont-Aven. Elle ignorait ce que cachaient tous ces mystères, mais elle avait reconnu que la blessure d'Étienne lui avait bien été infligée par son frère au cours d'une bagarre. Elle avait parlé aussi de la lettre anonyme que Pascal avait reçue et qui lui avait dévoilé l'infidélité de sa femme et le lieu où se retrouvaient les amants. Elle avait enfin avoué que Caroline avait été mise à la porte par son beau-père, et que, si elle avait confirmé la thèse de l'accident, c'est parce que Malot l'avait menacée de la séparer de Mélanie, sa fille. Modard n'interrompit le récit de Carole que par quelques interjections, puis, après un silence, s'exclama :

— Quelle famille ! Qui aurait pu croire ça de ces gens-là ! Mais où a pu passer Louis Malot ?

— Je suis très inquiète. Cette lettre anonyme, envoyée dans l'intention de provoquer la haine d'un frère contre l'autre, cela ne vous rappelle rien ?

— Si. Ce que vous m'avez raconté sur votre mythe. Les deux frères — je ne sais plus leur nom — qui s'entre-tuent.

— Étéocle et Polynice. Je suis de plus en plus persuadée que l'assassin a conçu une machination diabolique qui s'inspire de l'histoire d'Œdipe. Le problème, c'est que je ne vois pas à quoi il veut aboutir. Et que l'histoire commence par le meurtre d'un vieux monsieur, Laïos, le père d'Œdipe. Or, aucun vieux monsieur n'a encore été tué, mais Malot a disparu dans la nature, alors qu'il adorait sa femme, et n'aurait voulu pour rien au monde être absent quand on la ramènerait à la maison.

— Vous croyez qu'il est mort ?

— J'en ai peur.

— Mais qui serait Œdipe ?

— Je n'en sais rien.

— Marek ? Lecomte ? Bouvier ?

— Mais ils ne sont pas les fils de Malot ! N'empêche, j'aimerais bien qu'on retrouve vite Marek. Je
crains pour lui et pour sa fille. N'importe quoi peut
arriver.

— Pourquoi restons-nous ici ? Ne pourrions-nous
lancer un avis de recherche ?

— Pour l'instant la famille s'y oppose. Ils espèrent
encore que le père va rentrer. Il les terrorise. Ils ont
peur de prendre une initiative qui pourrait le mettre
en rage. Et je voulais interroger Caroline sur l'homme
qu'elle a vu avec Jeanne. Il me semble que vous
m'avez apporté la réponse. J'attends une confirmation. Dès que je l'aurai rencontrée, j'irai au port de
plaisance voir si on a vu partir Marek et sa fille. Ils
ont peut-être parlé à des plaisanciers sur les pontons.
Ensuite, je retournerai au poste. Il faut prévenir le
juge des deux disparitions et demander des ordres
au patron. Vous savez qu'il n'aime pas qu'on fasse
de vagues quand il s'agit des Malot.

— Au point où ils en sont, cela va être difficile !
Qu'est-ce qu'on fait pour la blessure d'Étienne ? Si
ce n'est pas un accident, il faut mettre le frère en
examen.

— On ne bouge pas pour l'instant. Étienne n'a
pas porté plainte. N'en rajoutons pas. Vous avez toujours faim ?

— Je crève de faim.

— Je vais voir si on peut arranger ça.

Cinq minutes plus tard, les deux policiers dévoraient d'énormes sandwiches qui leur avaient été pré-
parés en cuisine à la demande de Florence et avaient
devant eux des verres et une bouteille de vin. Florence les avait servis elle-même. Elle avait les yeux

rouges, ses cheveux pendaient lamentablement sur le col de sa robe noire. Tout son univers venait de s'effondrer. Jeanne était morte, Étienne à l'hôpital, Caroline avait été chassée, et on n'avait plus de nouvelles de Louis dont elle se rendait compte à présent combien sa force était indispensable pour cimenter l'existence de tous. Les enfants, là-haut, étaient insupportables, perturbés par la présence de la morte dans la maison, sensibles à l'angoisse de leur mère. Elle était tellement dépassée par les événements que la présence des policiers lui était un réconfort, et qu'elle attendait presque avec impatience le retour de Caroline.

Les graviers crissèrent à l'extérieur. Une petite voiture rouge venait de freiner brutalement, faisant jaillir sous les roues des giclées de cailloux. Caroline en descendit, sans sa fille. Elle sembla hésiter avant de franchir le seuil, fronça les sourcils en voyant les deux policiers qui venaient à sa rencontre.

— Qu'est-ce qui se passe ici ? Je m'étais bien juré de ne pas y remettre les pieds. Pourquoi Florence m'a-t-elle appelée ? Elle avait l'air catastrophée.

— Votre beau-père a disparu.

La première réaction de la jeune femme fut d'éclater de rire.

— Bon débarras.

Puis, devant l'air scandalisé de sa belle-sœur dont la silhouette lourde s'était encadrée dans la porte du bureau, elle reprit son sérieux.

— Le vieux a fait une fugue ?

Carole répondit calmement :

— Nous craignons que ce ne soit plus grave. On est sans nouvelles de votre beau-père depuis hier soir. Il a quitté l'hôpital à neuf heures trente et n'est pas rentré. Or, le cercueil de son épouse devait être ramené ce matin. Il le savait. Je ne pense pas qu'il ait fait une fugue dans ces circonstances.

Caroline s'agita :

— C'est une histoire de fous ! On ne disparaît pas comme cela. Il a peut-être eu un accident ?

— Nous le saurions. Il n'y a pas beaucoup de chemin entre ici et l'hôpital.

— Et qu'attend-on de moi ? Au fait, Étienne se remet-il de son accident ?

— Inutile de jouer la comédie, madame. Nous savons que ce n'était pas un accident. Nous souhaitons que vous répondiez à quelques questions et surtout que vous assistiez votre belle-sœur qui ne sait plus à quel saint se vouer.

— Et mon mari ?

— Très désemparé. Cela vous étonne ?

Elle baissa le nez, consciente soudain qu'elle n'avait pas forcément à être fière du rôle qu'elle avait joué dans le malheur de ses proches.

— Je vais rester pour aider Florence. Recevra-t-on des visites ?

— Il est possible que vous ne puissiez y échapper. Pour l'instant, on ne laisse personne entrer. Pouvez-vous me donner votre version des faits qui se sont déroulés hier soir ? ajouta Carole.

Caroline ne fit que confirmer ce qu'avaient raconté Florence et Pascal, précisant que la seule personne qu'elle avait rencontrée près de l'hôtel à Rouen était Olivier Marek qu'elle soupçonnait d'avoir écrit la lettre anonyme pour se venger de son licenciement. Carole se souvint que l'homme lui avait parlé de cette rencontre, niant en avoir fait part à qui que ce soit. Qui avait raison ? Quant à la description qu'elle

272

fournit de l'individu croisé avec Jeanne Malot, elle correspondait bien à celle de Bouvier : cheveux et barbe blonds, taille moyenne, lunettes cerclées d'acier, yeux bleus. Le doute ne semblait pas possible.

Le téléphone se mit à sonner dans le salon. Florence se précipita, saisit fébrilement le combiné, puis, déçue, appela Carole :

— C'est pour vous.

On venait de retrouver le corps de Louis Malot, au milieu des champs, à la croisée de deux chemins de terre, assis dans sa voiture sur le siège du conducteur, le crâne défoncé. Il avait été découvert par un adepte du jogging habitué à courir dans la campagne, qui, étonné de voir une BMW arrêtée là, avait regardé à l'intérieur, puis appelé police secours de la ferme la plus proche.

XVII

Pascal éclata en sanglots bruyants, Florence hurla. Quant à Caroline, elle devint blême, et se hâta de dire :

— Je ne suis pas sortie de la maison de mes parents, jusqu'à tout à l'heure.

— Je ne vous ai encore rien demandé.

À l'annonce de la découverte du cadavre de Louis Malot, Carole avait été saisie d'une sorte de terreur superstitieuse. Même si elle craignait la nouvelle, depuis qu'elle avait appris la disparition du vieil homme, la réalité de cette mort la bouleversait. Elle se sentait impuissante, coupable de n'avoir pas su la prévenir, d'avoir dû subir ce nouveau meurtre comme une fatalité inexorable alors qu'elle l'avait pressenti. Elle n'avait pas défendu avec suffisamment d'acharnement sa théorie sur l'adéquation entre la série de crimes et le mythe d'Œdipe parce qu'elle-même n'y croyait qu'à moitié, parce que ses suppositions lui avaient paru fumeuses et extravagantes. Il aurait fallu protéger Malot. Mais comment être sûr qu'il était en danger ? Elle imaginait l'assassin, tapi dans l'ombre, jouissant de ses méfaits, ourdissant son plan diabolique. Mais pourquoi ? Où voulait-il en venir ? Quelle était la finalité de tout cela ?

La machine se mit rapidement en route. Les deux inspecteurs rejoignirent en catastrophe l'hôtel de police, ordonnant à la famille de ne pas bouger. Les premiers véhicules étaient déjà partis. L'Identité judiciaire se mettait en route, emmenant Charvet, le médecin légiste. Le commissaire Giffard prit place dans une voiture aux côtés de Carole Riou et d'Alain Modard. Le juge Paquet allait les rejoindre sur place. Et l'automobile blanche, sirène hurlante, gyrophare bleu tournoyant dans les éclats du soleil persistant, se rua à travers les rues de la ville que la pause de midi avait presque complètement dépeuplées. Les rares passants reculaient sur les trottoirs, s'arrêtaient, à la fois excités et apeurés par la vitesse des véhicules, et par ce bruit lancinant, symbole d'accident, de drame, de ce type d'événement qui « n'arrive qu'aux autres » et qui fait toujours frémir l'âme des badauds. Les véhicules se dirigèrent vers le terrain de golf, continuèrent sans ralentir, prirent les virages côtiers qui descendaient vers la plage de Vasteval, et s'enfoncèrent, sur leur gauche, vers l'intérieur des terres, par une petite route qui menait à des champs souvent inondés. Si l'été quelques caravanes s'installaient là, l'hiver seuls de paisibles moutons broutaient l'herbe salée. Entre deux rangées de peupliers, un chemin conduisait à un étang, et croisait un sentier boueux où les pneus des tracteurs avaient creusé des ornières symétriques. C'est à ce croisement que se trouvait la BMW de la victime.

Deux brigadiers, arrivés les premiers sur les lieux, tenaient à distance des curieux dont on pouvait se demander d'où ils étaient sortis. Un homme jeune, en survêtement vert fluo, se tenait près d'eux et faisait de grands gestes, montrant du doigt la silhouette qu'on devinait affalée sur le volant. Heureusement, constata Carole, aucun journaliste n'était pour l'instant sur les lieux. Elle s'était toujours demandé quelles antennes ils avaient pour détecter les catastrophes à peine survenues. La lumière de plus en plus vive dessinait des éclats dorés sur la carrosserie bleu foncé, éclaboussant la scène macabre. L'inspecteur Riou descendit la première. Elle fut frappée par le silence qui régnait malgré les présences humaines, par l'apparence souriante des lieux contrastant avec l'horreur du spectacle. Elle s'approcha de la voiture. La vitre était levée, mais on voyait, à travers, l'épaisse chevelure blanche du mort souillée de larges marbrures rouges. Les deux bras pendaient de part et d'autre de son torse, et son visage était caché, posé sur le volant. Mais l'identité de la victime ne faisait aucun doute. C'était bien celui qui, quelques jours avant, était l'un des hommes les plus riches et les plus en vue de la ville, qui gisait là, pantin dérisoire, à jamais immobilisé. La voix de l'homme en survêtement lui parvint comme à travers un brouillard, assourdie. Il expliquait au commissaire qu'il n'avait touché à rien, qu'il ne s'était éloigné que le temps d'aller téléphoner, et qu'il avait tout de suite reconnu le conseiller général dont la photo paraissait souvent dans les journaux et qu'il avait eu l'occasion de rencontrer en ville.

— J'en étais sûr, monsieur le commissaire. Je l'avais bien reconnu même si on ne voit pas toute sa tête. Quelle histoire ! Quelle histoire ! Si on m'avait dit...

Sur le pantalon gris de Malot, des gouttes de sang avaient giclé, et le tissu de la veste était imbibé de larges traînées brunâtres dans le dos et sur les épaules. Le crâne avait été fracassé. Carole, machinalement, sortit son dictaphone et commença à relever les premières constatations. Elle avait la tête bourdonnante, l'impression de vivre un cauchemar. Dans son imagination, un arbre se dressait devant la voiture dont l'avant était complètement écrasé. Les cheveux blancs de Malot devenaient les cheveux blonds de Pierre, le corps affaissé devenait le corps disloqué de Pierre. Elle eut un éblouissement, eut envie de hurler, de s'agripper à la portière pour l'obliger à s'ouvrir, avant l'explosion... Puis elle se ressaisit. Les hommes de la police technique et le légiste venaient d'arriver. Le juge d'instruction les suivait. Pendant que les premiers commençaient à photographier la voiture sous tous les angles et que Charvet, ayant enfilé des gants en caoutchouc et ouvert la portière avant, se penchait sur la victime, le magistrat s'approcha des policiers. Il ignora Carole et Modard. Son regard était dur, son teint livide. La colère déformait ses traits.

— Je ne sais pas pourquoi je vous ai laissé cette affaire. C'est invraisemblable ! Vous êtes des incapables ! Est-ce que vous vous rendez compte du bruit que cette histoire va faire ? Sa femme, d'abord, lui trois jours après ! Un conseiller général ! Décoré il y a peu de la Légion d'honneur ! De quoi avons-nous l'air ? Plus personne ne va se sentir en sécurité dans cette ville. Vous imaginez les titres des journaux demain ? Les commentaires sur l'incapacité de la police ? Que va dire le ministre ? Je vais me faire taper sur les doigts par ma hiérarchie...

Le flot des mots coulait, coulait. Giffard baissait la tête. Modard regarda Carole. L'ironie amère qu'il lut dans ses yeux ne suffit pas à le rassurer. Pourtant, ils n'avaient rien à se reprocher, ils avaient même avancé, mais on ne pouvait leur demander d'accomplir des miracles. On ne pouvait pas rester derrière Malot vingt-quatre heures sur vingt-quatre. Qu'était-il venu faire dans cet endroit perdu ? Y avait-il emmené volontairement son assassin ? Comment ce dernier était-il reparti ?

Le légiste contemplait le corps d'un air perplexe.

— C'est bizarre, murmura-t-il. Il est assis derrière le volant, mais ses jambes sont écartées. La droite est restée du côté passager.

Il examina les appuis-tête, le sommet des sièges.

— Regardez, il y a deux traces de sang horizontales, comme si on avait imprimé au cadavre un mouvement latéral. Il a été déplacé, sans doute deux fois, de la place du conducteur au siège du passager, puis l'inverse.

Les techniciens passaient maintenant de la poudre sur tout l'intérieur de la voiture pour relever des empreintes. L'un d'entre eux s'exclama :

— Il y a plein d'empreintes dans l'habitacle, sur la boîte à gants, sur la poignée côté passager. En revanche, le volant, le levier de vitesse et la poignée gauche ont été soigneusement essuyés. La clé de contact a disparu. Le cendrier contient deux mégots de Marlboro.

— C'est ce que fumait Malot, dit Carole, revoyant l'homme allumant une cigarette dans son bureau.

Un nouveau cri fusa. Penché sur la banquette arrière, un homme se releva.

— Venez voir !

Il tenait à la main un long bâton, un morceau de bois dur sur lequel on apercevait des traces de sang.

— Cette fois, on tient l'arme du crime.

Il regarda autour de lui.

278

— Ça ne correspond pas aux branches des arbres qui sont là. Le meurtrier a dû l'amener avec lui. Mais comment se fait-il que sa victime ne se soit pas méfiée ?

Il mit précautionneusement l'objet dans une pochette de plastique et continua ses investigations. Charvet s'approcha de Giffard. Même lui n'osait plus s'adresser directement aux deux inspecteurs.

— La mort n'est pas récente. Je vous en dirai plus après l'autopsie, mais à première vue il a été tué avant minuit. Disons, approximativement, entre dix heures trente et une heure du matin au plus tard. Je pense, d'après ce que nous venons de constater, qu'il n'a pas été tué ici. On l'a assommé ailleurs, alors qu'il était au volant, puis le meurtrier a conduit la voiture jusqu'au chemin de terre, a repoussé le cadavre derrière le volant et l'a abandonné là après avoir effacé ses propres empreintes. Le portefeuille de la victime est dans sa poche et contient encore mille francs. On n'a pas dû y toucher. Il a toujours son chéquier et ses cartes de crédit.

Carole continuait à enregistrer toutes les constatations. Le juge Paquet faisait les cent pas, en marmonnant. Il ne décolérait pas.

— Cela exclut l'hypothèse d'un crime crapuleux. D'ailleurs, je m'en serais douté. Avez-vous suivi la piste politique ? C'est politique, je suis sûr que c'est politique !

— Rien ne le laisse penser, ne put s'empêcher de commenter Carole.

Le juge lui jeta un coup d'œil narquois.

— L'inspecteur Riou va sans doute essayer de nous faire croire qu'Antigone est sortie de son tombeau pour commettre ce forfait.

Puis, lui tournant ostensiblement le dos et s'adressant à Giffard :

— Le suspect strasbourgeois, on l'a interpellé à quelle heure ?

— À sept heures à la frontière allemande.

— Est-ce que cela le met hors de cause ?

— Pas forcément. Il avait le temps de faire la route. Mais c'est quand même tiré par les cheveux.

— Bon, de toute façon, il sera à Marville en fin d'après-midi. Les hommes de la PJ l'auront à disposition.

— La PJ ?

— Évidemment. Je vais saisir par commission rogatoire le SRPJ de Rouen. Ce que j'aurais dû faire dès lundi. Pour les premiers crimes, et pour celui-ci. Ils devraient nous envoyer des hommes dans les heures qui viennent. Ils vont tout reprendre de zéro. Vous pouvez remettre vos gens à la Sûreté urbaine.

« Vos gens ! » Carole se sentit dans la peau d'un domestique du siècle dernier. Elle était humiliée, furieuse de ne pouvoir mener son enquête jusqu'au bout. Et de plus, elle avait maintenant la quasi-certitude d'avoir été sur la bonne voie. Elle ne savait pas qui était le tueur, elle ne savait pas encore pourquoi il tuait, mais elle était sûre de savoir comment il voulait tuer. Et tous les sarcasmes du juge Paquet ne changeaient rien à son intime conviction. Mais, après tout, qu'ils se débrouillent ! Elle intervint pourtant à nouveau :

— Que fait-on du journaliste ?

— Relâchez-le. À part la rétention d'informations, vous n'avez rien contre lui qui mérite une garde à vue. Ce n'est pas le moment de nous mettre la presse à dos. On est déjà assez ridicules comme ça.

280

— Et pour Olivier Marek ? Je devais le convoquer avec Malot. Sa fille semble bien être aussi celle de Jeanne Malot.

— Vous expliquerez tout cela à vos collègues de la PJ en leur transmettant le dossier. Ils s'en occuperont. Ce n'est plus votre problème. Contentez-vous de rédiger le rapport des constatations.

L'ambulance était sur place. L'identité du coureur qui avait prévenu la police fut relevée. Il fut prié de passer au commissariat un peu plus tard pour y faire sa déposition. Quand toutes les observations furent achevées, le corps de Malot fut enveloppé dans un grand sac noir, et emporté vers la morgue, comme Jeanne, son épouse, l'avait été peu de temps avant. Il l'avait suivie de près dans la mort. Carole imagina Florence, Caroline et Pascal, seuls dans la grande maison avec le cercueil de leur belle-mère. Où tout cela s'arrêterait-il ? La sanglante série était-elle cette fois achevée ? Elle n'en était pas certaine.

Giffard laissa deux brigadiers sur place pour garder la BMW qu'on viendrait chercher plus tard. Il fit signe à ses deux inspecteurs de le suivre, le visage sombre. Au moment où ils démarraient, deux motos et trois voitures dont l'une portait le logo de FR 3 s'engouffrèrent en trombe sur le chemin de terre, entre les peupliers, manquant d'emboutir l'ambulance qui repartait. Une nuée de photographes et de cameramen en sortit et ils commencèrent à mitrailler les lieux. Comment pouvaient-ils déjà savoir ? Le commissaire ne put éviter de répondre aux questions qui fusaient et annonça la mort du conseiller général et l'arrivée imminente de la PJ. Puis ils rentrèrent sur Marville, en douceur cette fois-ci, sans qu'un mot fût prononcé, sinon, à l'entrée du commissariat :

— Vous reprenez les affaires courantes.

Sur le trottoir, une foule compacte s'était rassemblée, curieux et journalistes mêlés. La rumeur s'était propagée qu'un nouveau crime avait été commis, sans que nul eût pu dire d'où elle était partie. Et du brouhaha des conversations émergeaient les suppositions les plus folles et des cris d'indignation. Les trois policiers se frayèrent difficilement un chemin jusqu'à la porte d'entrée, tête baissée, opposant à toutes les interrogations un silence absolu. Fréhel était debout, mâchant un sandwich en discutant avec l'agent de permanence. Il avait retrouvé ses couleurs et semblait même piaffer d'impatience. Il se précipita vers Carole :

— C'est vrai qu'on a assassiné Malot ?

Elle ne put s'empêcher d'ironiser :

— C'est vrai. Vous êtes peut-être le prochain. Au fait, vous êtes libre de vous en aller. Vous avez un beau papier en perspective. Vous n'aurez qu'à interviewer les hommes de la PJ. Ils ne devraient pas tarder.

— On vous a retiré l'affaire ?

Il trinqua pour les autres.

— Foutez-moi la paix, et retournez fouiner où vous voulez !

Elle s'en voulut de sa grossièreté, mais elle était vraiment d'une humeur massacrante. D'ailleurs, le journaliste était déjà parti en courant, sans se formaliser, prêt à reprendre sa traque.

À quinze heures, assise au calme dans son bureau, Carole réfléchissait. Elle avait fini de taper le rapport des constatations, qu'elle transmettrait aux hommes de la PJ. Elle aurait dû recevoir un plaignant dans une affaire de voiture volée, mais elle n'en avait pas le courage et avait envoyé Modard enregistrer la plainte. Elle décrocha le téléphone et appela le sémaphore situé sur la falaise, côté Villeneuve, au-dessus de la gare maritime, d'où l'on pouvait surveiller tous les mouvements des bateaux qui entraient dans le port ou en sortaient.

— Vous avez vu sortir des voiliers ce matin ?

— Oui, trois. Ils ont profité du beau temps et de la marée. Ils ont pris la mer presque au même moment.

— Et où sont-ils ?

— On les voit. Ils ont fait un petit tour le long des falaises. Aucun ne s'est beaucoup éloigné. Apparemment ils s'apprêtent à rentrer. Ils viennent de virer de bord. Ils seront au port avant la nuit.

Donc Marek avait juste fait une balade en mer, et ne s'était pas enfui. Un bon point pour lui. Mais il risquait d'avoir une mauvaise surprise à son retour.

Elle chercha dans son répertoire un numéro qu'elle y avait noté la veille au soir, et le composa aussitôt après.

— Monsieur Bouvier ?

— Oui, c'est moi.

— Inspecteur Riou.

— Bonjour, inspecteur. Vous voulez que je vous raconte une autre histoire ?

— Pas vraiment. C'est toujours la même. Dites-moi, comment Œdipe a-t-il tué Laïos ?

— Décidément, cette vieille histoire vous obsède. Il l'a assommé, à un carrefour, sur son char, d'un coup de bâton. Pourquoi ?

— Pour rien. Simple curiosité. Ah ! Autre chose. Vous ne m'avez pas dit que vous connaissiez bien Mme Malot.

— La femme de Louis Malot ? Celle qui a été assassinée ? Mais je ne la connaissais pas, sinon de vue, comme tout le monde à Marville.

Ce coup de fil apporta deux renseignements à Carole. D'abord qu'elle avait raison en pensant que le meurtrier s'inspirait de l'histoire d'Œdipe, même s'il n'en suivait pas l'ordre. Ensuite qu'Antoine Bouvier était un menteur. Pourquoi ne reconnaissait-il pas avoir rencontré plusieurs fois Jeanne Malot ? Elle aurait bien voulu le convoquer dans son bureau, mais elle n'en avait plus ni les moyens ni le droit. Tout était arrêté jusqu'à l'arrivée des hommes de Rouen. Elle décida d'aller prendre un peu l'air et sortit par la porte de derrière.

L'éclaircie se prolongeait. Il était difficile, tant le ciel était dégagé, de croire que le matin même l'atmosphère avait été sombre et pluvieuse. Un léger vent d'est balançait le sommet des arbres. Quelques traces d'humidité stagnaient encore sur la chaussée. Carole marchait d'un bon pas, sans savoir exactement où elle allait. Elle avait besoin de se défouler, de faire le vide. Elle se retrouva près de la mairie, immense bâtiment construit dans les années soixante-dix, tout en vitres qui renvoyaient des reflets blancs. Devant les verrières du grand hall, une large esplanade dallée était, comme tous les mercredis après-midi, envahie par une bande de gamins avec leurs rollers ou leurs skate-boards. Mais ce jour-là, des groupes d'adultes s'étaient formés et l'on discutait avec passion. Aux mots qu'elle saisit au passage, Carole se rendit compte que la nouvelle s'était répandue dans toute la ville. La mort de Louis Malot était connue, et les commentaires allaient bon train. Les visages étaient graves, les voix angoissées. Le maire en personne sortit sur le parvis, alla saluer des connaissances. Malot était pour lui un adversaire politique. Il semblait pourtant profondément troublé. Il se dirigea vers l'hôtel de police.

La jeune femme ne s'attarda pas. Elle avait saisi des bribes de phrases qui fustigeaient l'incompétence des flics. Elle reprit sa marche forcée, passa devant la sous-préfecture où elle vit d'autres attroupements, traversa la rue piétonne, se dirigea vers la plage. Elle discernait une ambiance différente de celle des autres jours, un climat dramatique presque palpable. Une vague d'émoi et d'agitation se répandait dans les rues, enflait, recouvrait tout. L'inspecteur Riou avait l'impression d'être enrobée d'hostilité.

Paradoxalement, malgré le soleil, les abords de la plage étaient déserts. Frappée de stupeur, la population s'était réunie dans les lieux de vie, dans les rues commerçantes, devant les édifices publics. Seuls quelques pêcheurs à la ligne, imperturbables, taquinaient le poisson du haut de la jetée. Ceux-là ne devaient pas être au courant. Carole s'engagea sur le môle au bout duquel le phare au sommet pointu guidait les marins vers l'entrée du port. Elle découvrit, de là, toute l'étendue verte. Le ferry de seize heures était en vue, des moutons d'écume sautillaient en haut des vaguelettes qui déferlaient sans violence sur les galets. Effectivement, trois voiliers étaient en mer, mais assez proches de la côte et bien en train de revenir sur Marville. Ils seraient à quai d'ici une heure ou deux, mais ils étaient encore trop loin pour que Carole pût distinguer les passagers. Elle fit demi-tour et reprit le chemin de la ville.

Charvet avait commencé l'autopsie, à laquelle Giffard en personne avait tenu à assister. La ruche bourdonnait comme à l'accoutumée, un peu au ralenti cependant, comme si tout le monde retenait son souffle en attendant les pontes qui allaient venir du chef-lieu de département. Une dépanneuse se gara devant les services techniques. La BMW était sur le plateau, dérisoire épave réduite à l'immobilité, et quelques reporters se précipitèrent pour la photographier.

Carole prit un café au distributeur, puis apercevant le collègue qui l'avait narguée le matin même s'enfuit vers le bureau de Modard, où elle entra sans frapper. L'inspecteur était seul. Les cheveux en bataille, une cannette de bière à la main, il exhibait tous les signes d'un ennui profond. Il accueillit son chef d'un vague signe de la main.

— Ne faites pas cette tête-là ! Ce n'est pas tragique !

— Vous trouvez ? De quoi on a l'air ? Pour une fois qu'on avait une belle enquête criminelle ! Béatrice va encore se moquer de moi.

— N'en rajoutez pas. L'essentiel, c'est qu'on attrape ce cinglé.

— Mais ce ne sera pas nous.

— D'accord, c'est râlant. Mais on a bien dû se planter quelque part, sinon Malot ne serait pas mort. Et c'est quand même ça le plus grave.

— Vous avez raison. N'empêche que c'est dur !

Au même instant, un brouhaha, des bruits de conversation s'élevèrent dans le couloir. Des pas martelèrent le sol, des ordres furent criés. La tête de Leroux s'immisça dans l'entrebâillement de la porte. Il avait l'air d'un conspirateur.

— Les inspecteurs de la PJ viennent d'arriver. Ils veulent vous voir tout de suite. On les a installés au 403. Allez-y. Giffard arrive.

286

Modard poussa un gros soupir, se leva, résigné. Carole le suivit.

La salle 403 était une vaste pièce qui servait lors de réunions, ou pour les pots offerts à l'occasion des départs en retraite ou autres festivités. Deux tables, un ordinateur et des téléphones y avaient été installés. Deux hommes se tenaient debout près de la fenêtre, offrant entre eux un contraste cocasse. L'un était très grand et très maigre, l'autre tout petit et replet. Quand Carole vit le premier, elle poussa un cri d'étonnement joyeux :

— Ça alors, Dubreuil !

— Salut, Carole ! Quand j'ai entendu ton nom, je n'en ai pas cru mes oreilles. Qu'est-ce que tu fiches dans ce trou ? Tu n'es plus à Rennes ?

Carole avait longtemps travaillé avec l'inspecteur-chef Daniel Dubreuil, quand elle-même n'était qu'inspecteur à la PJ de Rennes. Elle l'avait toujours apprécié pour sa compétence accompagnée d'une grande générosité. C'était un bon flic, doublé d'un humaniste, cultivé et sensible. Il avait été muté à Rouen quand il était passé inspecteur divisionnaire avec le grade de commandant. C'était quelques mois avant la mort de Pierre. Elle n'avait jamais eu de ses nouvelles depuis son départ. À l'époque de leur collaboration, elle avait eu l'impression qu'il était plus ou moins amoureux d'elle. Mais elle avait Pierre, et aucun autre homme ne l'intéressait. Dubreuil lui faisait des confidences. Elle savait qu'il ne s'entendait pas avec sa femme, envisageait de s'en séparer. Évidemment, il ne devait pas savoir…

— Mon mari a été tué dans un accident de voiture. J'ai demandé une mutation et pris le premier poste qui se présentait. Tu comprends, il fallait que je change d'horizon.

Dubreuil parut bouleversé.

— Je suis désolé, je n'ai pas su. Je te présente...

— Non, je t'en prie. Je préfère ne pas en parler.

Le divisionnaire secoua la tête, lui sourit. Puis les présentations furent faites :

— Inspecteur Alain Modard.

— Inspecteur-chef Gilles Lefèbvre.

Le petit homme grassouillet serra des mains. Même son visage était rond, et affichait un air de perpétuelle béatitude. Son pantalon en toile beige était retenu par des bretelles et un pan de sa chemise au col ouvert dépassait de sa veste grise qu'il n'avait pas fermée. Dubreuil, lui, portait un costume foncé, d'une coupe stricte et élégante, et une cravate rayée. Il reprit la parole :

— Dis-moi, Carole, je suppose que tu es soulagée d'être dessaisie de l'affaire ?

— Pas vraiment. Je suis plutôt furieuse et frustrée !

— Tu n'as pas envie de reprendre les permanences ordinaires ?

— J'ai le choix ?

— Je voudrais qu'on travaille ensemble. Tu suis l'affaire depuis le début. J'aurai besoin de toi.

— Et Modard ?

— De Modard aussi. Trois meurtres en quatre jours dans une petite ville de province, c'est un événement qui va déchaîner les passions. Nous devons faire vite, et plus nombreux nous serons, mieux cela vaudra.

D'un large sourire le jeune inspecteur marqua sa satisfaction. Giffard, qui venait de les rejoindre, accepta, après quelques hésitations, de laisser ses

288

inspecteurs travailler avec la PJ. Après tout, Dubreuil était responsable de l'enquête, et le juge Paquet n'avait rien à dire sur les collaborateurs qu'il choisirait.

Carole remit à Dubreuil le dossier complet de l'affaire, contenant les photos prises sur les lieux des premiers crimes (les dernières n'étaient pas encore arrivées), tous les rapports et les transcriptions des différents interrogatoires.

— Je lirai tout cela tout à l'heure, dit le divisionnaire, mais j'aimerais d'abord que tu me rapportes de vive voix tout ce que tu sais.

Elle lui résuma la situation, lui présenta en quelques mots tous les protagonistes qu'elle avait rencontrés, insistant sur la personnalité du conseiller général. Elle évoqua le nouveau meurtre et toutes les découvertes faites sur place. Dubreuil interrompit son long récit :

— Des empreintes sur le volant ?

— Non, il a été essuyé, ce qui confirme l'idée que l'assassin a conduit la voiture là où il souhaitait la laisser, avec le mort sur le siège du passager. Il a retiré la clé de contact, sans doute pour qu'on n'y trouve pas ses traces. Il a pu la jeter n'importe où. Le chemin n'est qu'à trois kilomètres de la ville. Le meurtrier a pu repartir à pied. Mais la poignée droite porte des empreintes. Et le tableau de bord, côté passager.

— C'est absurde !

— Pas plus que tout le reste !

Quand elle eut achevé le strict exposé des faits, elle se tut. Après la rebuffade essuyée le matin de la part du juge Paquet, elle hésitait à évoquer son hypothèse quant à la reconstitution soigneusement élaborée par le meurtrier du mythe d'Œdipe. Mais

la confiance qu'elle avait en Dubreuil fut plus forte
que la peur du ridicule et elle ajouta :

— Ce qui me semble le plus étrange, c'est que,
contrairement à ce qui se passe d'ordinaire dans les
crimes en série, ces meurtres sont complètement différents les uns des autres, alors que les liens qui exis-
tent entre les victimes semblent indiquer qu'on se
trouve face à un seul assassin. De plus, au moins dans
le cas des époux Malot, au-delà de la simple volonté
de tuer, je crois qu'on est en présence d'une mise en
scène soigneusement élaborée dans un but précis.
Ce but, je ne le connais pas. Mais je crois savoir à
quoi les mises en scène font référence.

XVIII

Daniel Dubreuil feuilletait machinalement l'épais dossier placé sur la table. Il sortit les photos qui montraient le corps de Jeanne Malot, pendu à la fenêtre de la chambre, puis la silhouette de la garde de nuit, affalée sur son bureau. Il fronça les sourcils, leva vers Carole un regard interrogateur :

— Je t'écoute.

— J'ai été mise sur la piste par la phrase qu'Anne-Marie Dubos avait griffonnée sur son carnet. Fréhel nous a confirmé que ce sont bien les derniers mots qui ont été prononcés par Jeanne Malot, quand elle a repris connaissance dans les heures qui ont précédé sa mort. La fin du message n'était pas claire, la garde de nuit hésitait entre « antidote », « Antigua » ou « Antigone ». Mais je me suis vite rendu compte que le mot Antigone semblait seul provoquer des réactions, tant chez Malot que chez Marek. Au début, j'avoue que je n'y ai guère attaché d'importance, mais par curiosité je me suis quand même renseignée sur ce personnage mythologique, et j'ai été amenée à découvrir l'histoire d'Œdipe, son père. Et c'est ainsi que j'ai appris que Jocaste, celle qui fut à la fois sa mère et son épouse, s'était pendue. J'étais alors obsédée par la méthode choisie pour supprimer Jeanne Malot, dont l'absurdité était inexplicable : il eût été beaucoup plus simple de l'égorger, comme l'autre victime. Au début, j'ai cru que je me laissais emporter par mon imagination, qu'il s'agissait d'une simple coïncidence. Mais tous les événements qui se sont produits par la suite trouvaient une résonance dans le mythe. Les deux frères d'Antigone, Étéocle et Polynice, ont entre eux une querelle mortelle. Or, Étienne et Pascal Malot se sont battus, et Étienne a été frappé d'un coup de couteau par Pascal à la suite d'une lettre anonyme qui l'avertissait que son frère couchait avec sa femme. Je suis persuadée que cette lettre a été écrite par l'assassin. Puis Louis Malot est mort, le crâne fracassé d'un coup de bâton, dans sa voiture, et le tueur s'est donné le mal de déplacer ensuite le véhicule pour l'amener en pleine campagne, à la croisée de deux chemins. Je fus à peine étonnée d'apprendre que Laïos, le père d'Œdipe, avait été assommé par son fils, qui ignorait qu'il s'agissait de son père, sur son char, et à un carrefour. Je me rends bien compte que tout cela peut paraître invraisemblable, mais ça fait beaucoup de coïncidences.

— Et qu'en conclus-tu ?

— Je n'en sais rien. Je ne comprends pas où l'assassin veut en venir. Mais je pense que si on réfléchit au rapport des personnages entre eux, à partir de mon hypothèse, il faut en tirer une conclusion plus épouvantable encore que les crimes.

— C'est-à-dire ?

— La malédiction qui pèse sur Œdipe veut qu'il transgresse deux tabous : le parricide et l'inceste. Or nous avons la quasi-certitude qu'Anne Marek est la fille de Jeanne Malot et que tous ces gens essaient de cacher un terrible secret. Si Anne est Antigone, et si sa mère est désignée comme Jocaste par sa mort même, cela signifierait qu'elle était aussi la mère de Marek, et expliquerait la fuite de ce dernier, son refus de laisser les deux femmes se rencontrer, et peut-être l'état psychique de sa fille à qui il veut à tout prix cacher la vérité.

— Mais c'est monstrueux ! Jeanne Malot était-elle au courant ?

— Pas forcément. Marek a été abandonné par sa mère à la naissance, sa mère qui, nous a-t-il dit, était une toute jeune fille. Il a pu la rencontrer ensuite sans savoir, d'abord, qui elle était, et s'enfuir en apprenant la vérité. Mais Anne était née.

— Comment aurait-il appris sa naissance ?

— Aucune idée. Lui seul peut nous le dire. Je me demande d'ailleurs s'il n'a pas choisi de dévoiler son secret à Jeanne pour qu'elle renonce à rencontrer Anne, et si ce n'est pas ce qui a provoqué la commotion cérébrale. Vous imaginez le choc qu'elle a subi si elle ne se doutait de rien.

— Ce qui ne colle pas, c'est que Louis Malot ne peut pas être le père de Marek. Il a épousé sa femme beaucoup plus tard. Pourquoi le tuer comme Laïos ?

— Là encore, je n'ai pas de réponse. J'avoue que tout cela peut paraître délirant. Je suis dans le brouillard.

Il y eut un long silence. L'inspecteur divisionnaire réfléchissait intensément, digérant lentement ce que Carole venait de dire. À côté de lui, Lefèbvre ouvrait des yeux aussi ronds que le reste de sa personne, visiblement peu convaincu par la démonstration. Il reprit d'ailleurs la parole le premier :

— Tout ça c'est bien joli, mais on a toujours un assassin dans la nature.

Peu à peu, sans qu'ils y aient pris garde, le soleil avait décliné. Dehors, la nuit n'était pas encore tombée mais la pénombre envahissait la pièce, les couleurs s'estompaient, les visages étaient moins nets. Aucun d'entre eux, pourtant, ne se leva pour allumer. Dubreuil sortit de son mutisme, regarda sa montre :

— Tu m'as bien dit que Marek et sa fille étaient sortis en mer ?

— Oui, en fin de matinée.

— Ils sont rentrés ?

— À mon avis, pas encore, mais ils ne doivent pas être loin du port.

— On va aller les cueillir à leur retour. Que tu aies raison ou pas, tous les indices convergent vers lui. S'il voulait absolument éviter des retrouvailles entre la mère et la fille, il est le seul à avoir un excellent mobile pour tuer Jeanne Malot avant qu'elle ne reprenne connaissance. Quant à Louis Malot, il avait sans doute le tort d'en savoir trop.

— Pourtant, étonnamment, il a tout fait pour protéger Marek, en niant farouchement qu'il leur ait rendu visite.

— Marek a pu le tuer pour s'assurer de son silence définitif.

— Le vieil homme ne semblait pas prêt à craquer. Je crois qu'il voulait avant tout préserver la mémoire de sa femme, en taisant son secret.

— C'était quand même un témoin dangereux.

— C'est possible. Je comprends qu'on soit prêt à tout pour éviter la divulgation d'une naissance incestueuse. Autre chose : qu'est-ce qu'on fait à propos de Bouvier ?

294

— Bouvier ?

— Le prof. L'ami des Marek. Je t'en ai parlé. Il prétend ne pas connaître Jeanne Malot alors qu'on les a vus ensemble. Il est visiblement amoureux d'Anne Marek.

— Ce n'est pas forcément un crime. On l'entendra plus tard. Pour l'instant, le plus urgent est de récupérer notre principal suspect. Carole et, vous, Lefèbvre, vous allez le pincer à son arrivée dans le port. Emmenez avec vous des gens de l'Identité judiciaire qui fouilleront le bateau et saisiront les cordages qui se trouvent à bord, pour que les experts les comparent avec celui qui a servi à la pendaison. Je vais donner un peu de pâture aux journalistes, prendre contact avec la famille de Malot, puis je vous rejoindrai. Modard va rester là et attendre l'arrivée de Lecomte. Il pourra commencer à le cuisiner. J'aimerais bien savoir aussi ce que celui-là nous cache. Il connaissait peut-être Marek ?

— Difficile à croire… Sa fugue au moment de l'assassinat de son ex-épouse peut n'être qu'une coïncidence. Il y a longtemps qu'il ne vit plus à Marville.

— En tout cas, sa conduite n'est pas claire, c'est le moins qu'on puisse dire. Dès que vous les aurez sous la main, lui et Marek, prenez leurs empreintes et envoyez-les au labo, pour qu'ils les comparent avec celles qu'on a trouvées dans la voiture de Malot.

Quand les policiers, avec deux voitures banalisées, arrivèrent sur les quais du port de plaisance, le soleil plongeait derrière la ligne d'horizon et la nuit commençait à opacifier les couleurs des coques qui se balançaient doucement et la forêt des mâts. Apparemment, aucun journaliste ne les avait repérés. Le froid, redevenu vif, les saisit brutalement, leur rappelant que l'hiver n'était pas fini. Ils arrivaient à temps. Les trois voiliers passèrent les jetées presque au même moment. Ils manœuvrèrent, au moteur, après avoir affalé les voiles, et vinrent accoster en douceur, dans une dernière glissade, un ultime louvoiement de cygne, aux pontons sur lesquels des promeneurs attrapèrent le bout, lancé des bateaux, qu'ils nouèrent autour des bittes d'amarrage. Deux des yatchs appartenaient au Club de voile marvillais. À leur bord, une bande joyeuse de garçons et de filles riaient, s'interpellaient, les yeux brillants du plaisir de la balade, les joues rosies par l'air du large. Ils se ressemblaient tous, dans leurs longs cirés jaunes, les cheveux cachés sous les bonnets de laine. Le troisième était le Muscadet, avec ses six mètres de long, sa coque blanche à bouchain dont la bande bleue enveloppait les trois hublots rectangulaires. Carole repéra Olivier Marek qui tenait le gouvernail, tandis que sa fille, à l'avant du bateau, se préparait à sauter à terre pour l'attacher.

Elle aperçut la première les quatre policiers qui se tenaient un peu en retrait, termina son mouvement puis se figea sur place et se tourna vers son père qui, imperturbable, acheva sa manœuvre, coupa le moteur et se dirigea vers la bôme pour commencer à rouler la grand-voile. Lefèbvre s'avança et grimpa dans le cockpit.

— Monsieur Marek ?

L'autre le dominait de sa haute taille. Il continua à s'occuper de la voile, pivota à peine pour répondre :

— Que me voulez-vous ?

— Je vais vous demander de bien vouloir nous suivre.

296

— Je peux savoir ce qui se passe ?

— Louis Malot a été assassiné cette nuit. Nous souhaitons entendre votre témoignage.

Carole vit vaciller la grande silhouette. Le teint de Marek devint blafard. Ses yeux s'embuèrent et, ignorant le petit inspecteur, cherchèrent dans ceux de Carole la confirmation de ce qui venait de lui être annoncé. Elle la lui donna d'un mouvement de tête, en se disant que si c'était lui l'assassin, il était aussi un excellent comédien, et feignait parfaitement la stupeur.

— Mais... c'est impossible. Je... Quand est-ce arrivé ? Comment ?

— On vous expliquera plus tard, reprit Lefèbvre. Où étiez-vous hier soir après vingt-trois heures ?

— Chez moi.

— Quelqu'un peut-il le confirmer ?

Anne, alors, semblant faire sur elle-même un effort surhumain, s'avança vers le policier et, d'un air de défi, affirma en regardant son père :

— Ils n'ont qu'à demander à ces gens que tu aidais à retrouver leur chien. Tu es resté tard avec eux. J'ai vaguement entendu la porte quand tu es rentré, mais je n'ai pas regardé l'heure.

— Quels gens, monsieur Marek ?

Il ressemblait à un animal pris au piège, caressa les cheveux de sa fille, comme pour se faire pardonner.

— Personne. Je suis juste sorti faire un tour.

Anne ouvrit la bouche, la referma. Ses yeux se dilatèrent sous l'emprise de la stupéfaction, mais elle se tut, s'éloigna un peu.

Les deux agents de la police technique grimpèrent sur le pont.

— Ces messieurs vont devoir fouiller votre bateau. Nous allons dresser en votre compagnie un inventaire de ce qui se trouve à bord, et nous vous donnerons un reçu pour tout ce que nous aurons à emporter.

— Que cherchez-vous ?

— Entre autres, nous voulons emporter les cordages.

— Pourquoi les cordages ?

Lefèbvre ne répondit pas à sa question mais en ajouta une autre :

— Utilisez-vous parfois ce bateau pour aller pêcher ?

— Oui, cela m'arrive.

— Avez-vous un couteau de pêche à bord ?

— Bien sûr. On a l'habitude de vider les poissons dès qu'ils sortent de l'eau. De toute façon, tout marin a un couteau immédiatement accessible, au cas où il faudrait couper un bout en urgence.

Les hommes de l'Identité judiciaire descendirent dans la carrée, parfaitement en ordre. Les coussins rouges des couchettes s'harmonisaient avec la couleur chaude du bois. Sur des rayonnages, quelques ouvrages maritimes. Au-dessus de la table à cartes, les instruments de navigation étaient fixés sur une cloison. Dans une poche murale, au rebord en Plexiglas, un long couteau, dans un étui de cuir, et une lampe torche furent saisis et déposés dans des sacs transparents par les policiers. Ils s'affairaient, ouvraient tous les tiroirs de rangement, notaient ce qui s'y trouvait. Ils ressortirent bientôt, fouillèrent dans le coffre du cockpit et, chargés de tous les cordages lovés qu'ils y avaient ramassés, remontèrent sur le quai et déposèrent leur butin dans la voiture de police garée juste au-dessus du bassin.

Pendant toute l'opération, Anne n'avait pas bougé. Elle était pétrifiée. Ses yeux seuls passaient de l'un à l'autre des protagonistes, ses yeux de chat, légèrement en amande, que la lumière avait soudain désertés, qui paraissaient enfumés. Elle serra les mâchoires, de fines rides se formèrent sur son front, son menton trembla.

— Papa, qu'est-ce qu'ils te veulent ? Je veux rentrer à la maison.

Debout sur le ponton, Olivier Marek s'approcha d'elle et entoura ses épaules de son bras, dans un geste protecteur. À la vue du père et de sa fille, serrés l'un contre l'autre, dans leurs grands cirés jaunes, Carole ressentit une immense pitié, mais dut préciser :

— Il faut vraiment que vous nous suiviez.

— Et ma fille ? Ne peut-on au moins la raccompagner ? Et je voudrais pouvoir me changer.

— D'accord, on va passer chez vous. Pourquoi êtes-vous sortis en mer aujourd'hui ?

— Simplement parce qu'il faisait beau. Anne n'allait pas très bien. Elle adore être sur l'eau.

— Depuis combien de temps ne vous étiez-vous pas servis du bateau ?

— Nous n'avions pas mis les pieds dessus depuis le mois de novembre. Il a fait trop mauvais.

— Vous avez votre voiture ?

— Non, nous sommes venus à pied.

— Très bien, montez avec nous.

— Vous m'arrêtez ?

— Nous allons devoir vous garder quelque temps, sans doute.

— Je n'ai rien à voir avec ces crimes

— Laissez-nous le soin d'en juger.

Marek haussa les épaules, puis se tut. Il se voûta un peu, passa machinalement la main dans son épaisse chevelure poivre et sel, que le vent du large et les embruns avaient ébouriffée, jeta vers Anne un regard plein d'angoisse. La première voiture était déjà repartie vers le commissariat. Lefèbvre prit le volant de la seconde, et se dirigea vers le quartier Saint-Michel. La nuit tombait quand ils s'arrêtèrent devant la maison de briques où tous les quatre pénétrèrent en silence. L'inspecteur de la PJ ne quitta pas Marek d'une semelle, attendant devant la porte de la chambre pendant qu'il s'habillait, et Carole resta dans le salon avec Anne qui s'était pelotonnée sur le canapé, le visage caché dans un coussin. Elle marmonnait :

— Je ne veux pas qu'il parte, il n'a rien fait. Je ne veux pas qu'il parte, j'ai peur. Ne les laissez pas l'emmener.

Carole pensait aux confidences qu'Olivier Marek lui avait faites sur l'état de santé de sa fille. Il n'avait pas menti. Cette jeune femme était malade, avait besoin d'une présence constante à ses côtés, n'avait jamais complètement dépassé le stade de l'enfance. Elle gémissait comme un chiot blessé, au bord de la crise de nerfs. Et pourtant, c'était officiellement une adulte, et rien n'était prévu pour elle alors qu'on devait emmener son père. On ne pouvait cependant pas la laisser seule dans l'état où elle était. Quand Marek reparut dans le salon, suivi de près par Lefèbvre, Carole lui demanda s'il souhaitait appeler quelqu'un pour tenir compagnie à sa fille. Elle suggéra :

— Voulez-vous faire prévenir votre ami Antoine Bouvier ?

L'autre sembla hésiter. Mais Anne s'écria :

— Non, je ne veux pas qu'il vienne !

— Tu te sens capable de rester seule ?

— Ça ira. Tu vas vite revenir ?

— J'espère, ma chérie, ne t'inquiète pas.

Carole inscrivit sur un bout de papier deux numéros de téléphone et une adresse.

— Le premier numéro, c'est mon bureau. Le second est mon numéro personnel. Si je suis absente, vous pouvez laisser un message sur le répondeur. Vous avez aussi mon adresse. Vous pourrez me joindre n'importe quand en cas d'urgence.

Anne mit le morceau de papier dans la poche du jean qu'elle avait enfilé pour partir en mer, et qu'elle portait toujours. Elle tremblait. Carole quitta la pièce la dernière. Elle n'avait pas la conscience tranquille.

Dubreuil avait parcouru l'ensemble du dossier, puis, dans le hall du commissariat, tenu une rapide conférence de presse. Louis Malot avait été assassiné dans sa voiture. La police était sur une piste. Non, ce n'était pas une piste politique. Oui, il y avait sans doute un lien avec les crimes précédents. Il ne pouvait rien dire de plus dans l'état actuel de l'enquête. Ensuite, il était monté chez les Malot. Il se présenta et annonça officiellement le décès du chef de famille et l'ouverture d'une nouvelle procédure. Florence était partie à l'hôpital chercher Étienne qui avait été autorisé à rentrer chez lui. Les enfants avaient été conduits chez leurs grands-parents maternels. L'inspecteur ne put donc converser qu'avec Pascal et Caroline qui confirmèrent que le chef de famille n'avait pas réapparu depuis son départ la veille au soir, pour l'hôpital. Pascal était monté se coucher de bonne heure, en même temps que Florence, mais personne ne pouvait confirmer qu'ils étaient bien restés dans leurs appartements respectifs. Caroline, elle, affirmait avoir bavardé avec ses parents jusqu'à minuit passé. Dubreuil dut bientôt les renvoyer à leurs occupations mondaines.

On n'avait pu éternellement condamner la porte. Alléchée par la nouvelle d'un second drame et peut-être poussée par une curiosité morbide, une foule d'amis et de connaissances se pressait pour présenter des condoléances, s'incliner devant la dépouille de Jeanne Malot et déplorer la récente catastrophe qui venait endeuiller la famille. Pascal et Caroline recevaient les visiteurs, faisaient tout pour sauver la face, offrant l'image d'un couple modèle, accablé par le sort mais réagissant avec dignité. L'inspecteur divisionnaire, planté dans le salon, regardait défiler la bourgeoisie marvillaise, les messieurs en costume et les dames en robes sombres ou tailleurs stricts. Il devinait sous les airs compassés un mélange d'inquiétude à l'idée qu'un tueur rôdait dans la ville, que « cela » pouvait arriver à une famille respectable, et de jubilation mal dissimulée devant le scandale qui venait pimenter un peu la banalité de leur quotidien. Il s'esquiva discrètement.

Une inquiétude le taraudait depuis que Carole lui avait appris qu'un témoin essentiel, Didier Fréhel, était dans la nature. Il se rendit dans les locaux de *La Vigie* et demanda à parler au journaliste, mais il n'était pas repassé au journal. Personne ne savait où il était. Le rédacteur en chef, qui avait assisté à la conférence de presse, reçut personnellement Dubreuil. Il s'inquiétait de ce qui pouvait avoir motivé le séjour de son collaborateur au commissariat, et fit tout son possible pour extorquer au policier un maximum d'informations inédites sur le nouveau meurtre. Dubreuil, à la fois agacé et amusé, le laissa sur sa faim.

— Mais est-ce que Fréhel est impliqué ? insistait son patron.

— Non, il n'a été entendu que comme témoin. Il lui est seulement reproché d'avoir gardé pour lui des informations qu'il aurait dû communiquer plus vite à la police.

— Je vais lui passer un savon. Ces jeunes n'ont pas toujours le sens de leurs responsabilités. Dites, vous me prévenez s'il y a du nouveau ?

— Vous saurez en temps voulu ce qui pourra être dévoilé au public.

Et sur cette vague promesse, il quitta les lieux, troublé par l'absence de Didier Fréhel. Il réfléchissait, en regagnant le poste, à tout ce que Carole lui avait dit de cette affaire. L'idée d'une série de meurtres élaborée pour reconstituer une antique tragédie lui avait d'abord paru complètement irrationnelle. Pourtant, elle restait nichée dans un coin de son cerveau et commençait à faire son chemin. Et il avait toute confiance dans le flair de Carole, qu'il avait toujours appréciée quand ils avaient travaillé ensemble. Il réalisa tout à coup à quel point il avait été heureux de revoir la jeune femme. Après son départ de Rennes, il avait tout fait pour oublier le sentiment violent, presque obsessionnel, qu'elle avait suscité en lui. Il savait alors qu'elle n'était pas libre, qu'elle aimait son mari. Mais la mort de Pierre, si elle ne le laissait pas indifférent, soulevait dans les recoins de son cœur une vague d'espoir contre laquelle il se défendait mal. Lui-même venait enfin de divorcer et avait trouvé avec son ex-épouse un consensus qui ne le privait pas complètement de ses enfants. Il se secoua. Ce n'était pas le moment de songer à sa vie privée.

Ces trois crimes n'avaient rien de commun avec les affaires qu'il avait habituellement à résoudre. Il ne s'agissait ni de banditisme ordinaire ni d'une banale histoire passionnelle. Comme Carole, Dubreuil était intrigué par la complexité de la mise en scène qui accompagnait chacune des morts. Il pressentait derrière tout cela un dessein diabolique, une logique incompréhensible à qui n'en avait pas la clé, mais implacable, une intelligence dévoyée, certes, mais prête à tout pour arriver à ses fins. Entre les victimes et leur bourreau planait l'ombre du terrible secret qu'il lui fallait amener au jour, quelles que soient les souffrances qui en découleraient. Sa collègue pensait avoir deviné quel était ce secret. Il frissonna. Il comprenait qu'on pût tuer pour cacher une telle horreur, pour que la fille de Marek n'apprît jamais la vérité sur sa naissance. Mais cela ne justifiait pas la méthode du tueur.

Dans le grand bâtiment gris du commissariat, toutes les lumières étaient allumées. En cette fin d'après-midi de janvier, l'obscurité précoce avait déjà fait oublier l'éphémère réconfort du miraculeux soleil. Une demi-heure avant, le rez-de-chaussée était désert et silencieux. Seuls les deux agents de service bavardaient tranquillement derrière le comptoir de l'accueil. Même le téléphone était resté muet depuis un bon moment, comme si la vie de la ville s'était arrêtée, ou du moins pacifiée, et les journalistes s'étaient disséminés dans les cafés du centre, qui pour téléphoner à sa rédaction, qui pour préparer son papier, envoyer ses films ou ses photos. Puis, brutalement, une vague d'agitation et de bruit avait déferlé sur les lieux, après que, à la même seconde, se furent garées dans le parking la voiture qui ramenait Lecomte de Strasbourg et celle que conduisait Lefèbvre, d'où il descendit, encadrant avec l'inspecteur Riou Olivier Marek qui les dépassait tous les deux d'une bonne tête. Comme par magie, des hommes sortirent de l'ombre et tous les détails de la scène furent illuminés par la lumière des flashes tandis que des voix interpellaient :

— Qui est-ce ? On a procédé à des arrestations ? Pourquoi y en a-t-il deux ?

La meute fut stoppée à la porte dont l'accès était gardé par des agents en uniforme. Dubreuil pénétra dans le hall et fut saisi par l'intensité sonore. Un homme, le bras droit encore attaché par des menottes à l'un des policiers qui venaient de l'extraire de leur véhicule, vociférait, tempêtait, se débattait. Il avait le visage rouge brique, le nez tuméfié et un œil à moitié fermé, dont les contours avaient pris une teinte violacée. Une manche de son pardessus, complètement froissé, était déchirée. Une cravate à moitié dénouée, aux couleurs criardes, dans les tons rouges, pendait sur un des revers du vêtement. Ses anges gardiens étaient obligés de hurler pour se faire entendre de leurs collègues marvillais, qui durent leur prêter main-forte pour le maîtriser et finalement réussir à l'enfermer dans l'une des geôles. Ce qui ne l'empêcha pas de continuer à protester, et à réclamer à cor et à cri un avocat.

— C'est comme ça depuis qu'on est partis ! On est rudement contents d'en être débarrassés ! C'est un sacré numéro, votre bonhomme !

Carole, que l'aspect de Lucien Lecomte avait inquiétée, ne put s'empêcher de demander :

— C'est vous qui l'avez mis dans cet état ?

— Non ! Faut pas confondre ! La raclée, il l'avait déjà prise quand il a été cueilli ce matin. On a même trouvé une chemise pleine de sang dans sa valise. La bavure, c'est pas nous, même si on en a eu plusieurs fois envie en cours de route !

Un gros rire souligna cette déclaration. Soulagés d'avoir accompli leur mission, les deux agents en uniforme faisaient preuve d'une bruyante jovialité. La suite ne les concernait plus. Toutes les formalités furent rapidement accomplies et ils recouvrèrent leur liberté. Ils ne devaient reprendre la route que le lendemain matin, et s'enquirent de la meilleure façon de passer la soirée et la nuit à Marville. Ils avaient visiblement l'intention de s'offrir un peu de bon temps, et à coup sûr de faire un somptueux dîner de poisson. Quand ils furent sortis, le silence tomba. Même le prisonnier s'était provisoirement calmé. Tous les yeux se portèrent alors vers Olivier Marek, qui avait été presque oublié. Il était resté debout, impassible et silencieux, étranger à tout ce qui l'entourait. Une nouvelle fois, Carole eut l'impression d'avoir en face d'elle une créature venue d'un autre monde, d'une beauté fascinante, mais hantée par une souffrance incommunicable qui l'isolait du commun des mortels. Elle se dit que cette folie qui l'habitait pouvait l'avoir poussé à commettre ces meurtres qui ne s'expliquaient pas rationnellement. Il fut emmené dans un bureau, où Lefèbvre tapa le procès verbal de mise en garde à vue, après avoir réclamé l'imprimé nécessaire. « Nous, Gilles Lefèbvre, officier de police judiciaire... » Il marmonnait et tirait la langue en remplissant la feuille. « Vu les articles 154 et suivants du code de procédure pénale, faisons comparaître devant nous le nommé... » Marek déclina d'une voix sourde son identité, sa date de naissance et son adresse. « Lui notifions en langue française qu'il comprend que pour les nécessités de l'exécution de la commission rogatoire susvisée, il est placé en garde à vue à compter du... » Les formules officielles se déroulaient dans leur immuable jargon. L'« intéressé » ne désirait faire prévenir personne. Il précisa :

— Ma fille est au courant !

Il ne souhaitait ni faire l'objet d'un examen médical ni s'entretenir avec un avocat. Il signa sans broncher, en bas de la page. Il ne protesta pas quand on lui prit ses empreintes digitales qui furent rapidement transmises au laboratoire de police technique.

Évidemment, il faudrait attendre le lendemain pour connaître les résultats des recherches sur les empreintes, qui seraient comparées à celles découvertes dans la voiture de Louis Malot, et sur le matériel trouvé à bord du voilier. Néanmoins, Dubreuil souhaitait procéder à un premier interrogatoire d'Olivier Marek. Tandis que Lefèbvre et Modard s'occupaient des formalités de mise en garde à vue de Lecomte, qui s'était remis à gesticuler et que deux agents avaient dû ceinturer quand il avait été sorti de sa cellule, il fit monter son principal suspect dans le bureau de Carole, à qui il demanda d'assister à l'entretien et de taper la déposition. La lumière crue du néon accentuait la lassitude peinte sur les visages, rendait encore plus froide la réunion des trois personnages baignés dans cet éclairage violent et hostile. Marek hésita avant de s'asseoir, puis se résigna en précisant d'emblée :

— Je n'ai rien à vous dire.

Dubreuil fit comme s'il n'avait pas entendu, et demanda :

— Pouvez-vous nous dire où vous vous trouviez hier soir, à partir de onze heures ?

— Chez moi.

Carole avait mis son supérieur au courant des propos d'Anne sur l'absence de son père.

— Votre fille prétend que vous êtes allé aider des voisins qui étaient venus demander votre aide pour chercher un chien. Qui sont-ils ?

— Je n'ai rien à vous dire. Je suis juste allé me promener.

— Vous avez menti à votre fille ? Qui est venu vous chercher ?

— Je n'ai rien à dire.

— Monsieur Marek, il s'agit d'un, voire de trois crimes. Vous rendez-vous compte que vous êtes suspect, et que vous avez tout intérêt à nous dire la vérité ?

Aucune réponse ne vint. Le silence était presque insupportable. Machinalement, Carole alluma une cigarette. Dubreuil attaqua soudain :

— Nous avons toutes les raisons de croire que Jeanne Malot était la mère de votre fille.

Marek, cette fois, réagit. Il serra ses mains l'une contre l'autre si fort que ses jointures blanchirent. Il éleva le ton :

— C'est totalement faux ! Je n'ai rien à voir avec cette femme.

— Nous avons obtenu un extrait de naissance de votre fille. Sa mère s'appelait Jeanne Santini. Il n'y a aucun doute. Santini était le nom de jeune fille de Jeanne Malot.

Les traits de Marek s'affaissèrent, une lueur de panique passa dans ses yeux, mais il regarda les policiers bien en face.

— Il s'agit d'une fâcheuse homonymie, que d'ailleurs j'ignorais totalement. Ma compagne était d'origine italienne. Elle est morte d'un cancer quand l'enfant était toute petite.

— Vous pouvez le prouver ?

— Je ne sais pas. Vous n'avez qu'à chercher, puisque vous avez accès aux registres d'état civil. Nous n'étions pas mariés.

— Je suis persuadé que vous mentez. Pourquoi niez-vous l'évidence ? Pourquoi le lien qui existe entre vous et Jeanne Malot vous fait-il aussi peur ?

D'un bond, l'homme se leva de sa chaise. Il dominait les deux policiers, sa longue silhouette sembla s'étirer jusqu'au plafond inondé de lumière. Puis il se pencha vers le bureau qu'il frappa du plat de la main.

— Je n'ajouterai plus un mot. Faites de moi ce que vous voulez. Je ne suis pas un assassin, mais je n'ai rien de plus à vous dire. Rien. Je veux qu'on me fiche la paix.

L'inspecteur divisionnaire soupira, se tourna vers Carole dont la main était restée comme en attente au-dessus du clavier de la machine à écrire. Ils eurent le même geste d'impuissance.

— Très bien. On va vous reconduire en bas. Vous êtes en garde à vue. Je suppose que vous savez ce que cela veut dire. Nous pouvons vous garder quarante-huit heures. Vous passerez donc la nuit ici. Nous

nous reverrons demain matin. J'espère que vous vous montrerez alors plus coopératif.

En sortant, c'est à Carole que Marek s'adressa, la voix lourde de colère :

— S'il arrive quelque chose à Anne, vous en serez responsable.

La jeune femme ne put réprimer un frisson d'angoisse. Elle se sentait envahie d'un malaise indéfinissable, se disant qu'ils faisaient ce qu'ils devaient faire, et pressentant en même temps un drame imminent sans savoir comment l'éviter.

Elle alla jusqu'à la chambre de sûreté où l'on enferma le suspect, à deux portes de celle où Lecomte aussi allait passer la nuit, après lui avoir ôté sa ceinture et les lacets de ses chaussures. Les lieux étaient sinistres. La cellule, à la peinture grise écaillée, sans fenêtre, n'était éclairée que par une ampoule nue de faible voltage. Elle servait le plus souvent de geôle de dégrisement pour les ivrognes et les clochards récupérés lors des rondes de nuit. Minuscule, elle ne comportait que des toilettes à la turque constellées de taches brunâtres, et un bat-flanc de ciment sur lequel avait été jetée une couverture marron à la propreté douteuse. Cela sentait le renfermé, la crasse, la sueur, avec des relents de vomi. Des traces d'excréments maculaient les murs, comme une sinistre collection d'empreintes digitales. Une grosse mouche bourdonnait, se cognait aux parois. Une petite ouverture munie de barreaux permettait de surveiller les prisonniers. La grosse clé tourna dans la serrure. Carole s'éloigna rapidement. Elle fuyait l'image de l'homme enfermé.

XIX

Carole faillit se cogner dans Charvet qui, comme à son habitude, arrivait d'un pas qui s'apparentait plus à la course de fond qu'à la marche d'un individu normal. Il brandit une chemise de carton et dit :

— Admirez l'homme de l'art ! Champion d'efficacité et de rapidité. Vu la quantité de macchabées que vous m'offrez ces jours-ci, je ne suis pas sûr de tenir longtemps à ce rythme !

— Bravo, toubib ! Du sensationnel ?

— Non. Confirmation de l'heure de la mort. La famille a situé le dîner vers vingt heures. Le contenu de l'estomac me permet de dire qu'il a été tué entre onze heures et minuit. La cause de la mort est la blessure à la tête, causée sans doute par le bâton qu'on a trouvé dans la voiture. Vos experts le confirmeront, je pense, mais j'ai découvert des esquilles de bois dans les cheveux. Le haut du crâne était fracassé. Il n'a pas dû mettre longtemps à mourir. Étant donné la violence du coup, je suis persuadé que celui qui a frappé n'était pas dans la voiture. Il n'aurait pu lever le bras assez haut. Je parierais que l'assassin était debout à côté de la voiture, que Malot a ouvert sa vitre et sorti la tête à l'extérieur pour lui parler.

C'est à ce moment-là qu'il a été frappé. Les traînées de sang démontrent que le corps a été déplacé dans l'auto. L'examen des sièges vous en dira plus. Rien de particulier à part cela, sinon qu'il était en parfaite santé, et aurait pu vivre encore de longues années. Même ses poumons étaient sains, alors qu'il fumait comme un sapeur ! Enfin, vous pourrez lire tout cela dans mon rapport. Bon, je vais goûter un repos bien mérité. J'ai appris que vous aviez deux suspects sous les verrous. C'est sans doute un de trop, mais on a des chances d'être tranquilles cette nuit !

— Espérons-le, murmura Carole.

La bonne humeur du légiste n'était pas parvenue à chasser le malaise qui l'oppressait. Il y eut un flottement dans l'équipe. Il était dix-huit heures trente, le commissariat s'était peu à peu vidé du personnel de jour. Même Giffard avait fait savoir qu'il rentrait chez lui. Seuls restaient les agents de garde, qui passeraient la nuit sur place avec deux hôtes exceptionnels à surveiller. Les quatre inspecteurs, sans se donner le mot, grimpèrent au premier étage et se retrouvèrent dans la salle 403. Une vague odeur de café et de tabac froid imprégnait la pièce. Des dossiers, des photos éparpillées jonchaient les tables. Il était difficile d'imaginer que quelques heures seulement séparaient l'arrivée des hommes de la PJ, dans le soleil de l'après-midi, de leur retour au même endroit, que les radiateurs ne parvenaient pas à chauffer convenablement, sous la lumière électrique, et avec, dans l'encadrement des fenêtres, des rectangles de noir profond. La salle donnait sur la cour arrière, et Carole vérifia que le bâtiment de l'Identité judiciaire était bien désert. Toutes les lumières étaient éteintes. Les « techniciens » n'avaient pas fait d'heures supplémentaires. Il faudrait patienter jusqu'au lendemain pour avoir leurs résultats. Les policiers avaient l'impression bizarre d'assister à la fin d'un spectacle dont ils n'auraient vu que le début. Ou, plutôt, d'être interrompus par un entracte à durée indéterminée, non désiré, qui les laissait désœuvrés, impuissants, ne sachant comment occuper ce temps mort. La mise en garde à vue d'Olivier Marek, malgré ses dénégations, allait probablement clore l'enquête. Il était le suspect idéal. Mais pour l'instant, ils n'avaient aucune preuve contre lui. Quant à Lecomte, sa présence était presque gênante, il était en trop, il ne collait pas dans le scénario, et pourtant, il faudrait bien s'occuper de lui. Il était à la fois impossible de le garder indéfiniment sans raison, et en même temps difficile de croire qu'il était complètement innocent. Il faudrait bien qu'il finisse par avouer ce qu'il avait fait depuis le dimanche où il avait disparu, il faudrait bien qu'il explique ses mensonges, d'où il tirait ses revenus depuis plus d'un an, et pourquoi il s'était fait pareillement amocher. Dubreuil, le premier, rompit le silence, posa la question qui s'imposait pour secouer l'apathie qui les engluait :

— On fait monter Lecomte ?

Quelques minutes après, l'homme était assis en face d'eux. Il s'était calmé et on n'avait pas eu besoin de lui mettre les menottes. Il était désormais abattu, semblait souffrir. Son visage était moins rouge, mais son nez avait encore enflé et, sous le coquart qui bleuissait, l'œil larmoyait. En temps normal, il devait être assez beau garçon, avec ses cheveux châtains lissés vers l'arrière, sa silhouette baraquée, son élégance un peu tapageuse. Si le complet bleu marine qu'il portait sous son pardessus déchiré avait souffert du voyage, il n'en restait pas moins de bonne qualité. On lui avait confisqué sa cravate colorée, mais elle avait dû être soigneusement assortie à la chemise rose. Il commença par réclamer un avocat.

— Vous en connaissez un à Marville ?

— Non, il y a des années que j'ai quitté ce fichu bled !

— Voulez-vous qu'on vous apporte un annuaire ? Vous pourrez choisir.

Lecomte réfléchit, puis secoua la tête.

— Est-ce que je peux téléphoner à ma mère ?

Le divisionnaire acquiesça et approcha l'appareil. Au bout du fil, on décrocha rapidement. La conversation fut assez longue, Lecomte essayant tant bien que mal d'exposer sa situation, la mère l'interrompant sans cesse par de longs discours qui semblaient exaspérer son fils. Modard, qui connaissait la vieille dame, n'avait aucun mal à imaginer la litanie des plaintes et des reproches qu'elle adressait à son interlocuteur, scandalisée plus qu'inquiète par le fait qu'il fût entre les mains de la police, effrayée de ce que penseraient les gens, indignée qu'il ne se fût pas manifesté plus vite et surtout qu'il ne vînt pas à la minute chercher ses fils !

— Mais, maman, je ne peux pas venir ! Je suis en garde à vue. Non, je n'ai rien fait. C'est une erreur, tout va s'arranger... Je passerai dès que je pourrai. Oui, embrasse-les pour moi... On verra... Mais non, ce n'est pas moi ! Pourquoi est-ce que j'aurais tué Anne-Marie ? Dis-moi, est-ce que tu connais un bon avocat ? Oui ? Tu peux le contacter ? Demain matin ? Pas avant ? Bon, d'accord. Tu me l'envoies demain matin... Oui, je vais dormir là.

Il se tourna vers Dubreuil :

— Elle demande si elle peut venir me voir et m'apporter à manger.

— Vous voir, non. Mais elle peut apporter de la nourriture.

Dès qu'il eut raccroché, Lucien Lecomte attaqua :

— Est-ce qu'on va enfin m'expliquer ce que je fous ici ?

— On vous a sans doute dit que votre ex-femme a été assassinée dans la nuit de dimanche à lundi ?

— Et alors ? On était divorcés. Je vis avec une autre femme. Anne-Marie élevait les enfants. Franchement, ça m'arrangeait bien. Je ne l'ai pas revue depuis des années. Quel intérêt aurais-je eu à la tuer ? De toute façon, j'étais à des kilomètres d'ici !

— Mme Malot a été tuée en même temps qu'Anne-Marie Dubos, et son mari cette nuit... Il vous avait licencié autrefois...

— Un autre meurtre cette nuit ? Vous n'allez quand même pas essayer de me coller celui-là aussi sur le dos ! J'étais à Strasbourg ce matin ! Je ne pouvais pas être à Marville cette nuit ! Et si tous les chômeurs tuaient leur ancien patron, vous auriez du boulot !

Carole prit la parole à son tour :

— Vous avez quitté votre domicile dimanche après-midi, en faisant croire à votre compagne que vous partiez effectuer votre tournée de représentant en systèmes d'alarme. Or nous avons appris que vous ne travaillez plus pour cette entreprise depuis un an. De quoi vivez-vous, monsieur Lecomte ? Où étiez-vous ? Qui vous a tabassé ? En voiture, vous aviez largement le temps de venir jusqu'ici.

L'homme se tassa sur son siège, son œil valide étincela d'une colère mêlée de peur. Son front se plissa, il prit un air buté.

— Vous divaguez. Ma vie privée ne vous regarde pas. Cherchez ailleurs votre assassin. Je ne vous dirai pas un mot de plus avant d'avoir vu un avocat. De toute façon, vous serez obligé de me relâcher dans vingt-quatre heures.

Modard intervint à son tour :

— Vous deviez de grosses sommes à Anne-Marie Dubos. Depuis quand n'avez-vous pas payé la pension alimentaire des enfants ?

— Je ne dirai plus rien.

Décidément, les interrogatoires tournaient court. Comme Marek, Lecomte réintégra la sinistre geôle où il allait passer la nuit. L'agent de service téléphona à une brasserie qui avait l'habitude de livrer sandwiches et boissons au commissariat, et Dubreuil le prévint que la mère de Lecomte apporterait sans doute aussi un repas pour le prisonnier.

Que pouvaient-ils faire de plus ce soir-là ? Les pensées de chacun des policiers, au fur et à mesure que la soirée avançait, s'égaillaient dans des directions différentes. Gilles Lefèbvre avait prévu de rentrer dormir chez lui, à Rouen. Il avait l'esprit tranquille. Pour lui, l'affaire était claire, avait été réglée en quelques heures par l'arrestation de Marek. Il était sûr que la journée du lendemain apporterait les éléments nécessaires pour boucler le dossier et déférer l'homme au parquet. Les théories de Carole ne l'intéressaient que médiocrement du moment qu'on tenait un coupable plausible. Pour l'heure, sa seule préoccupation était de calculer à quelle heure il pourrait réintégrer le domicile conjugal et d'essayer de deviner ce que sa femme aurait préparé pour le dîner. Ils s'entendaient parfaitement tous les deux, aussi ronds l'un que l'autre, vivant béatement d'un repas à l'autre un idéal de confort et de gourmandise qui les avait amenés à une harmonie parfaite. Lefèbvre n'était pas un mauvais flic, il était capable de raisonner clairement, faisait consciencieusement les tâches qu'on lui confiait, mais il ne s'impliquait jamais personnellement dans sa vie professionnelle. C'était seulement son gagne-pain. Son existence réelle commençait quand il franchissait le seuil de son pavillon, construit dans une banlieue résidentielle, et qu'il rangeait sa collection de timbres.

Modard aussi commençait à s'impatienter. Depuis l'arrivée de la PJ, et même s'il avait été heureux de pouvoir continuer à travailler sur l'enquête, il se sentait démobilisé. D'une certaine manière, il était contrarié par la complicité qui s'était tout de suite instaurée entre l'inspecteur Riou et le divisionnaire, et dont il avait l'impression d'être exclu. D'abord, ils se tutoyaient, alors que Carole n'utilisait que le vouvoiement depuis son arrivée à Marville et cette marque d'intimité provoquait chez Modard une certaine jalousie. Il avait l'impression d'avoir été dépouillé de ses prérogatives, de ne plus être en mesure de prendre des initiatives. Dès lors, la passion qu'il avait mise à chercher la vérité l'avait abandonné. Comme Lefèbvre, il se satisfaisait de l'arrestation de Marek. Tout collait. Et ce qui le réjouissait quand même, c'est que leur trouvaille sur les liens entre Jeanne Malot et Anne Marek avait permis d'esquisser la solution avant même l'arrivée des gens de Rouen. Mais il avait envie de penser à autre chose. Il s'inquiétait de savoir dans quel état d'esprit il trouverait Béatrice.

Dubreuil avait prévu de dormir à Marville, et sa chambre d'hôtel était retenue. Rien ne le pressait. Il n'était pour sa part pas du tout convaincu que l'affaire était résolue. Il avait confusément l'impression de passer à côté de quelque chose, de n'avoir pas fait tout ce qu'il aurait dû faire, mais son cerveau était bloqué par une obsession qui l'empêchait de penser à autre chose. Il voulait inviter Carole à dîner avec lui, et avait peur d'essuyer un refus.

Mais Carole était loin de tout cela. Elle n'avait pas faim, elle ne sentait pas la fatigue. Même le chagrin qui d'ordinaire ne la quittait jamais, faisait partie d'elle comme un membre supplémentaire, avait fait place à une angoisse diffuse, à un malaise provoqué par deux images qui la hantaient, celle d'Olivier Marek dans sa cellule, et surtout celle de la silhouette d'Anne, recroquevillée sur son canapé quand elle l'avait quittée. Toute la soirée, elle avait espéré un coup de téléphone de la jeune femme, souhaitant au moins entendre sa voix. Maintenant, elle attendait avec impatience d'être libérée, pour pouvoir aller faire un tour dans le quartier Saint-Michel et prendre de ses nouvelles. Ce qui la minait aussi, c'était l'incertitude qui planait sur la culpabilité de Marek. Elle en voulait presque aux hommes de l'Identité judiciaire d'être rentrés chez eux sans finir leurs investigations. Lefèbvre et Modard avaient mis leurs manteaux et s'apprêtaient à s'en aller, Dubreuil ouvrait la bouche pour l'inviter à partager son repas, quand tout à coup elle s'écria :

— Les voisins ! Il faut interroger les voisins !

— De quoi tu parles ?

— Le quartier où habite Marek est fait de petites maisons très proches les unes des autres. S'il est sorti hier soir, ou si quelqu'un est venu chez lui, il est possible qu'il ait été vu. À cette heure-ci, ils sont tous chez eux. Il faut aller faire du porte à porte.

— Maintenant ? s'écrièrent en même temps Modard et Lefèbvre.

Dubreuil sourit.

— Carole a raison, mais on se débrouillera tous les deux. Vous pouvez filer.

Ils ne demandèrent pas leur reste, et se dépêchèrent de sortir avant que le patron eût changé d'avis. Carole ajouta :

— Et la lettre anonyme. Il nous faut la lettre anonyme reçue par Pascal Malot. Je suis nulle, je n'ai pas pensé à la lui demander.

— Il l'a sans doute déchirée.

— Peut-être pas.

— D'accord, on s'occupe de tout cela. Après je t'invite à manger.

— Si tu veux, dit Carole.

Mais de toute évidence, elle était à cent lieues de toute préoccupation gastronomique, et encore plus loin d'y voir une implication sentimentale.

La ville avait retrouvé un calme apparent. En fait, elle était trop calme. D'habitude, à cette heure, il restait encore des retardataires dans les rues, certains magasins demeuraient ouverts, les cafés étaient pleins de consommateurs habitués à se retrouver pour l'apéritif. Là, tout était désert. Les familles s'étaient mises à l'abri autour des postes de télévision, et l'on guettait les images qui prouveraient qu'on n'avait pas rêvé, que Louis Malot avait bien été supprimé à son tour, qu'un danger menaçait la vie de tous. On aurait pu croire qu'un couvre-feu avait été décrété. Sous le poids de la nuit, les maisons courbaient l'échine. Le carillon, qui sonna au clocher de Saint-François dont la flèche, plus noire encore que le ciel, se détachait au-dessus des toits, tinta comme un glas funèbre. Carole avait repris sa Clio. Assis à côté d'elle, Dubreuil se taisait. Ils passèrent devant l'hôpital. La grille de l'entrée principale était déjà fermée. Ils longèrent le mur derrière lequel, dans le bâtiment de briques où les premiers crimes avaient été commis, le personnel s'affairait à servir le dîner des pensionnaires. Pour la plupart d'entre eux, sans doute, la vie quotidienne, répétitive et ralentie, avait continué et l'agitation du lundi avait été effacée des mémoires défaillantes.

Ils arrivèrent dans le quartier Saint-Michel. Le cœur de Carole battit un peu plus fort, et sa déception fut forte quand elle découvrit qu'aucune lumière ne brillait aux fenêtres de la maison des Marek. Elle arrêta pourtant la voiture, ouvrit le portillon et alla sonner à la porte d'entrée. Anne était peut-être dans une pièce donnant sur l'arrière. Mais personne ne répondit aux coups de sonnette insistants. La maison était apparemment vide. Dubreuil l'attendait sur le trottoir.

— Elle n'est pas là ?

— Non. Je vais aller voir chez Bouvier. Il a pu venir la chercher. Elle ne semblait pas avoir envie de le voir, mais la peur de la solitude l'aura fait changer d'avis.

Les policiers parcoururent à pied la courte distance qui séparait les deux maisons. Les volets de la salle de séjour du professeur étaient fermés, mais des rais lumineux filtraient à travers les lattes de bois. Le sol du jardinet était couvert de gravillons, le perron carrelé. Nouveau coup de sonnette. Mais celui-là provoqua une réaction. La lampe du corridor fut allumée et la porte s'entrebâilla. Cette fois, Carole n'eut droit à aucun sourire. Antoine Bouvier, vêtu d'un gros pull de laine bleu marine et d'un jean usé, avait l'air furibond, et ne proposa pas à ses visiteurs d'entrer. Il dit, sans élever la voix, mais d'un ton rogue :

— Qu'est-ce que vous voulez encore ? Vous ne croyez pas que vous avez fait assez de dégâts pour aujourd'hui ?

Sans se démonter Carole répondit :

— Je viens prendre des nouvelles d'Anne Marek. Je veux savoir si elle va bien. Est-elle avec vous ?

— Il est bien temps d'y penser ! Comment voulez-vous qu'elle aille bien alors que vous avez arrêté son père !

— Elle est là ? Je peux la voir ?

— Oui, elle est là, rassurez-vous. Je suis allé la chercher. Et elle n'a pas besoin de vous. Vous ne pouvez pas la voir, parce qu'elle vient juste de s'endormir. J'ai dû lui donner des cachets pour la calmer, et elle s'est mise au lit. Il n'est pas question que vous la dérangiez. Elle a besoin de repos. Je veillerai sur elle aussi longtemps qu'il le faudra. Ne vous en mêlez pas. Contentez-vous de faire votre sale boulot.

Il referma la porte, sans la claquer pour ne pas faire de bruit, mais avec un geste de la main qui chassait les intrus, leur donnait définitivement congé.

— Bon, tu es rassurée ? demanda Dubreuil.

— Je ne sais pas. J'aurais voulu la voir.

— Ce type l'aime. C'est bien ce que tu m'as dit ? Il est le mieux placé pour la prendre en charge. Et puis que veux-tu faire de plus ? Cette femme n'est pas une enfant, on n'a pas à la materner !

— Sans doute. Mais elle est malade. Et puis zut, tu as raison. On commence par où ?

— La maison qui fait face à celle des Marek. On essaiera toutes celles de la rue.

Les voisins d'en face étaient en train de dîner en regardant la télévision, dans une petite salle à manger vieillotte, encombrée de meubles de style rustique, lourds et bien cirés, tapissée d'un papier à fleurs roses. C'était un vieux couple, et ils examinèrent longuement la carte de police de Dubreuil avant de consentir à laisser entrer les visiteurs. Ils se ressemblaient, menus et effarouchés comme des moineaux. Dans leurs assiettes, traînaient quelques restes de fromage. Sur l'écran du téléviseur apparut l'image de la BMW, ramenée sur la dépanneuse, puis on vit Lecomte et Marek, entourés par des policiers, clignant des yeux dans l'éblouissement des flashes, au moment où ils étaient descendus des voitures. Le commentateur annonçait l'arrestation de deux suspects. La vieille dame détacha avec regret son regard des images et dit d'une voix tremblante :

— C'est bien lui, hein, l'assassin ? Le type d'en face ? Il avait pourtant l'air bien gentil. Et sa fille, la pauvrette, qu'est-ce qu'elle va devenir ? Elle n'est pas tout à fait comme tout le monde. Si on avait pu deviner… Quelle horreur ! J'en suis toute retournée ! Et les Malot ! Des gens si comme il faut…

Son mari interrompit le flot de paroles :

— Qu'est-ce que nous pouvons pour vous ?

— Est-ce que vous avez vu quelqu'un venir chez les Marek, hier soir, ou l'avez-vous vu sortir, lui ?

— À quelle heure ?

— Entre vingt-deux heures et minuit.

— Mon pauvre monsieur, sûrement pas ! Nous nous couchons tous les soirs à neuf heures, et notre

322

chambre donne sur le jardin de derrière. On n'a rien vu, rien entendu !

Un coup pour rien. Carole pourtant intervint :

— Et cet après-midi, vous avez vu quelque chose ?

— Là, oui. Même que vous y étiez avec un autre monsieur. Vous les avez ramenés tous les deux en voiture, et vous êtes repartis avec le père.

— Et la fille, vous l'avez vue après ?

— Plus tard. Son ami, vous savez, le professeur qui habite tout près, est venu. Une demi-heure après, ils sont sortis tous les deux. Elle n'avait pas l'air vaillante. Elle tenait à peine debout. Il la portait presque.

— Elle se débattait ?

— Non, pourquoi ? Mais elle avait du mal à marcher. Elle a dû avoir un choc quand vous avez emmené son père. Ils ne se quittent pas ces deux-là !

— Vous le connaissez, le professeur ?

— M. Bouvier ? Un peu. Comme ça, bonjour, bonsoir. Il est bien poli, toujours un sourire. Il était tout le temps fourré en face.

Les inspecteurs ne purent rien apprendre de plus et prirent bientôt congé. Derrière eux, trois verrous au moins furent poussés. Dans la maison voisine vivait une famille avec deux enfants en bas âge. Les parents avaient passé la soirée de la veille devant la télévision et n'avaient pas regardé dans la rue. La mère se souvenait d'avoir entendu s'arrêter, puis démarrer une ou deux voitures, mais ne pouvait préciser à quelle heure.

— Je m'en souviens uniquement parce que, le soir, dans cette rue, il n'y a pratiquement pas de passage. Mais je n'ai pas vraiment fait attention.

Les deux policiers continuèrent leur travail de fourmis, porte après porte. Ils virent des intérieurs modernes, des cuisines chaleureuses, des pièces sombres et désordonnées, des jeunes couples, des gens plus ou moins âgés, des adolescents laissés seuls par leurs parents qui étaient allés dîner chez des amis, et partout des téléviseurs branchés sur un programme d'informations. Tous, à présent, étaient au courant qu'un nouveau meurtre avait été commis, qu'un de leurs proches voisins était suspecté, et leurs réactions trahissaient des émotions diverses qui allaient de l'excitation à la panique, mais personne n'avait eu l'idée de regarder dans la rue le soir précédent. D'ailleurs, la plupart d'entre eux fermaient les persiennes dès que le soir tombait et se repliaient sur leur intimité, dans le cocon des habitations.

— Vous comprenez, si on laisse ouvert, on nous voit de dehors.

Carole commençait à être découragée. Dubreuil mourait de faim et rêvait de restaurant. Ils avaient remonté tout le trottoir d'en face, et redescendaient la rue, du côté de chez Marek. La chance leur sourit quand ils pénétrèrent dans la maison mitoyenne, sur la droite. Celle-là avait un crépi jaunâtre, des volets verts mal entretenus et le jardin de devant était livré aux mauvaises herbes. Une femme d'une cinquantaine d'années leur ouvrit. Elle portait une grosse robe de chambre en laine des Pyrénées d'une propreté douteuse, qui s'entrouvrait sur une chemise de nuit en pilou. Elle n'était pas démaquillée, et ses lèvres gardaient trace d'un rouge écarlate. Dès le couloir, l'odeur de renfermé, mêlée de miasmes de friture, emplissait les narines. Carole pensa que cette femme ne devait pas ouvrir souvent sa fenêtre et qu'ils n'en apprendraient rien. Elle se trompait. Leur hôtesse ne leur parut ni méfiante ni effrayée, plutôt tout émoustillée. Elle les fit entrer dans son salon poussiéreux, tellement bourré de meubles hétéroclites, de bibelots, de photos dans des cadres dorés la représentant en compagnie d'un homme en uniforme, qu'ils eurent l'impression d'occuper tout l'espace. Deux chats qui dormaient sur le divan furent chassés, et les policiers invités à s'asseoir. La maîtresse des lieux leur expliqua qu'elle était veuve d'un officier de marine, et se plaignit de souffrir d'insomnie.

— C'est pour ça que je ne me couche jamais très tôt. Je laisse les volets ouverts. J'aime bien regarder dans la rue, ça m'occupe. La télé, moi, ça me fatigue vite.

Elle devait préférer espionner ses voisins, se dit Carole, avec, mêlé à l'antipathie que lui inspirait le personnage, un frisson d'excitation. L'autre continuait :

— Quand j'ai appris, en faisant mes courses, que Malot avait été assassiné, j'ai failli venir vous voir. Mais après tout, c'était pas mes oignons. Et puis, vous l'avez attrapé quand même.

— Attrapé qui ?

— Marek ! Mon voisin !

— Expliquez-vous.

— Regardez.

Elle s'approcha de la fenêtre. Celle-ci formait une sorte de bow-window, qui saillait sur la façade, si bien qu'en regardant par l'une des vitres latérales on voyait parfaitement le perron de la maison voisine.

— Hier soir, vers dix heures et demie, j'ai entendu une voiture s'arrêter. Alors machinalement j'ai regardé dans la rue.

— Votre lumière était allumée ?

— Non, j'étais dans le noir.

Évidemment, pensa Carole. Elle voulait voir sans être vue.

— Et alors ?

— Un homme est descendu de la voiture. Elle était garée un peu plus loin. Il a marché jusqu'à la maison d'à côté. Je l'ai bien vu. Il avait des cheveux tout blancs. Sa tête me disait bien quelque chose, mais sur le coup je ne le remettais pas. C'est seulement ce matin que j'ai réalisé qu'il s'agissait du conseiller général. On le voit souvent en photo dans *La Vigie.*

— Malot ? Il est venu ici ? s'exclamèrent en même temps Carole et Dubreuil.

— Sûr. Il a sonné. L'autre lui a ouvert, mais ne l'a pas laissé rentrer. Il l'a laissé dehors un moment, même que je me suis dit que ce n'était pas poli. Puis il est ressorti. Il avait mis un pardessus. Ils sont partis ensemble, sont montés dans la voiture, qui a démarré.

— Quel genre de voiture était-ce ?

— Une grosse voiture foncée. Celle qu'on a montrée à la télé, j'en suis presque sûre.

— C'est tout ce que vous avez vu ?

— Non ! J'ai vu revenir mon voisin. Longtemps après. J'étais redescendue de ma chambre parce que je n'arrivais pas à dormir. Je voulais me faire un chocolat. Il était plus de minuit. Plutôt près d'une heure du matin. Je l'ai vu arriver de loin. À pied. Il a sorti ses clés de sa poche, puis est rentré chez lui.

Carole et Dubreuil se regardèrent. La situation d'Olivier Marek ne s'arrangeait pas.

— C'est tout ce que vous avez à nous dire ?

— Est-ce que je témoignerai au procès ?

Cette idée semblait vraiment la réjouir.

— Sûrement. Mais il faudra d'abord que vous veniez au commissariat demain pour qu'on mette votre témoignage noir sur blanc.

— D'accord.

Elle sembla hésiter.

— Il y a autre chose.

— Quoi ?

— Une autre voiture. Mais c'est peut-être une coïncidence. Au moment où la grosse voiture a démarré, j'ai vu une silhouette qui montait dans un véhicule plus clair, mais de l'autre côté de la place. Je ne sais pas du tout qui c'était, simplement il est parti presque aussitôt après, dans la même direction.

— Quelle direction ?

— La rue Gambetta. Vers l'hôpital et le centre-ville.

La femme n'avait rien d'autre à ajouter. Elle promit de passer le lendemain matin faire enregistrer son témoignage et laissa partir les policiers comme à regret, non sans avoir proposé un petit verre qu'ils refusèrent en chœur. Carole et Dubreuil reprirent la Clio. Ils passèrent devant chez Bouvier. Le séjour était encore éclairé. Il n'était finalement que huit heures et demie. Les informations allaient laisser place aux films et aux divertissements. Les Marvillais pourraient, durant quelques heures, oublier que leur ville était sous les feux de l'actualité. Il n'était pas trop tard pour rendre visite aux Malot. Ensuite, même pour les enquêteurs, viendrait le moment de la détente.

XX

Le défilé des visiteurs avait fini par s'arrêter. Plus aucune voiture n'était garée aux alentours de la grande maison. Le coupé rouge de Caroline n'avait pas bougé. Les autres véhicules devaient être dans le grand garage construit à l'arrière de la demeure. La masse sombre de l'énorme villa, plantée sur son promontoire comme un guetteur à l'affût, paraissait, dans l'obscurité, écrasante et hostile. Tout était silencieux. Seule la mer, en contrebas, chuchotait des avertissements. Ces lieux, dont deux des occupants venaient d'être arrachés par une mort brutale, s'étaient enveloppés d'une atmosphère tragique, presque tangible, semblable à un voile de deuil. Tout était éteint dans les étages. Tamisée par d'épais doubles rideaux, une unique lueur filtrait à travers une baie du rez-de-chaussée. Quand Carole appuya sur le bouton, la sonnerie stridente qu'elle déclencha la fit sursauter. La domestique qu'elle avait toujours vue en tablier et larmoyante portait maintenant une robe foncée, et un simple cardigan. Elle ne pleurait plus, mais son visage était durci, sa silhouette amenuisée, ployée dans l'attente d'un nouveau choc, prête, on le devinait, à s'enfuir à la première alerte.

— Ah, c'est vous. Entrez. Tout le monde est dans la salle à manger.

En reconnaissant les policiers, son soulagement avait été évident. Elle frappa à une porte à double battant qui donnait sur le hall, l'ouvrit et se retira quand les visiteurs eurent franchi le seuil. Ils étaient là tous les quatre, trois assis autour de la table, et Étienne allongé sur un divan, en pyjama de soie marron, sous une couverture beige. Seuls leurs yeux, tournés vers la porte, vivaient. Ils étaient immobiles et silencieux, telles des figures de cire, mais il était difficile de deviner si le coup de sonnette avait interrompu mouvements et conversation, ou s'ils étaient depuis longtemps ainsi, ensemble et séparés, paralysés par les coups que le sort leur avait portés.

Caroline se réveilla la première.

— Avez-vous encore une catastrophe à nous annoncer, inspecteurs ? Au point où nous en sommes...

— Non, rassurez-vous.

La formule semblait déplacée, mais que dire ? Dubreuil tint à préciser :

— Olivier Marek a été placé en garde à vue.

Pascal remua les lèvres :

— La rumeur publique nous avait avertis. Il paraît même que vous avez un autre suspect au frais ?

— L'ancien mari de la garde de nuit. Mais sa culpabilité, tout au moins dans cette affaire, paraît moins probable. Vous n'avez pas été trop harcelés par la presse ?

— Ils se sont jetés sur nous comme une bande de vautours, ont eu le culot de pénétrer dans le jardin pour photographier la maison et même la voiture qui ramenait Étienne et Florence, mais on a réussi à leur interdire la porte, et aucun d'entre nous n'est sorti depuis. Nous avons aussi fait cesser rapidement et fermement le défilé des pleureurs, dès le retour de mon beau-frère, en prétextant qu'il avait besoin de repos, dit Caroline. Ça devenait totalement insupportable d'écouter leurs discours, de répondre à leur curiosité morbide. Le dernier à débarquer a été le pharmacien de la Grand-Rue. Il avait demandé à être candidat du parti aux prochaines cantonales, à la place de Louis, qu'il disait trop vieux pour se représenter. Il n'avait pas eu gain de cause, mais maintenant il a des chances de l'avoir, sa place de conseiller général. Il avait du mal à cacher sa jubilation. Je l'aurais giflé.

— Arrête, Caroline, intervint son mari. Ce n'est pas le moment. Mais pourquoi ce type les aurait-il tués ? C'est un fou ? Je ne comprends pas.

— On ne sait pas encore. En fait, nous sommes venus vous demander si vous pouvez nous confier la lettre anonyme que vous avez reçue. Si elle est l'œuvre du tueur, elle peut nous être utile.

Pascal eut un haut-le-corps.

— Mais cela n'a aucun rapport ! C'est ma vie privée !

— Laissez-nous en juger. Dans les affaires de meurtre, j'ai bien peur que le droit à la vie privée n'existe plus.

L'atmosphère avait changé. Un moment avant, ils se ressemblaient tous les quatre, unis et hébétés dans la stupéfaction des drames qui leur tombaient dessus et créaient entre eux une solidarité passagère indispensable pour faire face aux événements. Mais l'évocation de la trahison qui avait brouillé les deux frères rendait à chacun son individualité, ranimait les haines et les jalousies qui empoisonnaient depuis longtemps leurs relations. Florence, qui n'avait pas encore ouvert la bouche, s'avachit un peu plus sur sa chaise. Elle était certainement la plus atteinte par la dislocation de la famille, parce qu'elle était celle qui s'était le mieux accommodée de la situation antérieure, qui s'était sans difficulté coulée dans le moule imposé par Louis Malot aux siens. La totale dépendance dans laquelle elle avait vécu l'avait rendue vulnérable, incapable de s'assumer seule. Caroline, qui s'était rebiffée, n'aurait aucun mal à construire une vie nouvelle. Pascal et Étienne allaient être confrontés pour la première fois à leurs responsabilités d'adultes. Il leur faudrait décider s'ils faisaient taire leurs ressentiments pour tenter de gérer ensemble l'héritage de leur père et le chantier dont ils devenaient les patrons, ou s'ils préféraient tout liquider, leur animosité rendant impossible tout avenir commun, et se séparer définitivement. Qui allait rester avec qui ? Un de ces couples pourrait-il survivre ? Carole se dit que la disparition de Jeanne et de Louis Malot avait agi sur cette maison comme le souffle d'une bombe, ne laissant qu'un champ de ruines. Pascal se leva lourdement, et sortit de la pièce. Il revint bientôt, tenant une enveloppe blanche qu'il tendit à Dubreuil. Le message qu'elle contenait était rédigé avec des lettres découpées dans des journaux. Il était très clair : « Votre femme et votre frère couchent ensemble. Ils se retrouvent à l'hôtel de Paris. Vengez-vous de l'usurpateur ! »

Caroline ne put s'empêcher d'ironiser :

— Tu as gardé cette saloperie ? Tu veux peut-être la faire encadrer !

Pascal se précipita vers elle, et la gifla, libérant dans la violence du geste toute la hargne qui jusqu'ici ne s'était exercée que sur son frère.

— Tu ferais mieux de la boucler ! Tu n'es qu'une sale putain !

Florence poussa un petit cri. Étienne devint encore plus pâle, se recroquevilla sous sa couverture. Sans lui jeter le moindre regard, Caroline, la joue rouge, folle de colère, courut vers la porte en criant :

— Je ne sais pas ce que je suis revenue faire dans cette maison ! Vous me dégoûtez tous. Je me tire, débrouillez-vous pour enterrer vos morts !

La porte claqua derrière elle. Carole regarda Dubreuil. Ils se sentaient tous deux très mal à l'aise. Ils n'avaient plus qu'à partir. L'inspecteur divisionnaire mit l'enveloppe et le message dans sa poche, s'approcha de Pascal en lui tendant la main :

— Eh bien, au revoir, monsieur Malot. À quelle heure ont lieu les obsèques de votre belle-mère ?

L'homme ne saisit pas la main tendue, recula jusqu'à un siège sur lequel il s'effondra. Ce fut Florence qui articula :

— C'est à dix heures et demie, demain matin, à Saint-François. Pour Louis, on ne sait pas encore.

Quand ils se retrouvèrent dehors, le souffle d'air glacial qui les saisit leur fit l'effet d'un bain purificateur. Ils avaient hâte de fuir cette ambiance malsaine, ces êtres chez qui l'irruption du drame avait déchaîné des rancœurs longtemps occultées, des frustrations larvées qui explosaient en même temps que la cellule familiale. Seule la présence et l'autorité du chef de famille avaient pu juguler les conflits, maintenir une cohésion apparente. Carole pensa au cercueil, abandonné dans le salon, et, malgré le peu de sympathie qu'elle avait eue pour Louis Malot, ne put s'empêcher d'avoir une pensée émue pour ce vieux couple que personne n'était capable de pleurer, simplement.

Ils s'assirent dans la Clio. Dubreuil alluma le plafonnier et sortit la lettre de sa poche.

— Elle a été postée vendredi, à Marville.

— Donc, deux jours avant les premiers crimes. Il n'y a rien qui t'a frappé dans la formulation ?

— Si, la dernière phrase. Un appel au meurtre, grandiloquent et théâtral.

— Et qu'est-ce que tu en penses ?

— Je pense que ça colle avec ta théorie. On a essayé de provoquer un combat entre les deux frères. Mais chronologiquement, ce n'est pas comme cela que devrait commencer l'histoire.

— Je ne pense pas que l'assassin se soucie de chronologie. Il agit plutôt comme un cinéaste. Il tourne les scènes dans le désordre. L'essentiel est que tout y soit.

— On donnera ça au labo. Je ne vois pas très bien ce qu'ils pourront en tirer. Peut-être trouver dans quel journal ont été découpées les lettres. Dis-moi ce que tu lis...

— On y va ?

Carole mit le moteur en route.

— Où veux-tu que je te dépose ?

— On ne devait pas dîner ensemble ?

Il y avait tout à coup dans sa voix comme une timidité. Carole sourit.

— Excuse-moi, j'avais oublié. Il faut que je passe me changer.

— On trouvera encore quelque chose d'ouvert ?

— Rassure-toi, je connais des endroits qui ferment tard. Je te dépose à ton hôtel, je reviendrai te chercher. Laisse-moi une demi-heure.

— D'accord, mais pas plus, ou je grignote la moquette de ma chambre !

En entrant dans son appartement, Carole n'éprouva pas le besoin d'allumer toutes les lumières, ni de mettre la télévision pour entendre du bruit. La première chose qu'elle fit fut de regarder son répondeur. Anne avait-elle appelé ? L'appareil clignotait. Il y avait eu deux appels. Le premier venait de son père qui voulait de ses nouvelles. Le second correspondant avait raccroché sans laisser de message. Malgré elle, Carole se sentit envahie par une nouvelle vague d'angoisse. Et l'image d'Anne, qu'elle avait un moment oubliée, revint la frapper comme un remords lancinant. Malgré tout, l'idée que la journée n'allait pas se terminer comme les autres dans la solitude du petit deux pièces, avec l'habituel plateau-télé, et les bruits lointains de la vie des autres, trois étages plus bas, sur les quais où les pêcheurs, selon la marée, chargeaient ou déchargeaient les caisses de poissons, et que quelqu'un l'attendait pour dîner avec elle, provoquait dans son esprit une jubilation qui l'étonna, dont elle se sentit presque coupable. Elle se surprit à chantonner sous la douche, sortit un tailleur beige, élégant, qu'elle n'avait jamais mis à Marville, et des collants neufs puis se maquilla légèrement. Après tout, Dubreuil avait toujours été un bon camarade et passer une soirée avec lui n'engageait à rien. C'était pour le boulot.

Il piaffait devant l'hôtel, quand elle le rejoignit. Elle l'emmena au restaurant du Casino, dont elle savait qu'il continuait à servir des repas jusqu'à une heure tardive. La salle était presque vide. Un jeune couple terminait son dessert, et deux hommes seuls, chacun à une table, mangeaient en lisant un journal. Les nouveaux venus commandèrent un plateau de fruits de mer, et décidèrent de prendre un apéritif.

— On l'a bien mérité, dit Dubreuil.

Carole le regarda et sourit. Il avait gardé son costume, mais passé une chemise propre et changé de cravate. Ses cheveux bruns, coupés très courts, restaient drus et n'avaient pas commencé à grisonner, bien qu'il eût passé la quarantaine. La barbe naissante ombrait les joues creuses, et son nez aquilin, ses yeux sombres enfoncés dans les orbites et son visage émacié lui donnaient un peu l'allure d'un oiseau de proie. Mais il n'y avait en lui aucune rapacité. Au contraire, il respirait à la fois l'intelligence et la gentillesse. En surimpression, l'image de Pierre surgit entre Carole et son vis-à-vis, formant un contraste frappant. Pierre était blond, avec une abondante chevelure frisée entourant un visage plein, et des yeux très clairs, gris-bleu. Mais ce n'était pas le moment de laisser surgir les souvenirs qui serreraient le cœur et ouvraient les vannes à la douleur. La jeune femme se força à chasser l'obsessionnel mirage, décidée à profiter de ce moment de répit. Ils parlèrent peu, d'abord, comme s'ils avaient besoin de s'apprivoiser. Ce tête-à-tête en dehors du travail était nouveau pour eux. Dubreuil ne posa pas de questions, mais bientôt se laissa aller à raconter sa propre vie, son divorce, sa tranquillité retrouvée, son installation à Rouen, dans un appartement du centre historique.

— J'ai de la place. Les enfants viennent au moins une fois par mois passer le week-end. Leur mère s'est installée à Paris, c'est commode. Et puis, l'été, je les emmène en vacances.

Il se tut, se rappelant que Carole, elle, n'avait même pas un enfant qui l'eût aidée à continuer à vivre.

Ils ne parlèrent de l'enquête qu'au dessert, faisant le point sur le programme du lendemain.

— J'ai hâte d'avoir les résultats du labo, dit Carole. On y verra plus clair.

— À tout hasard, il faudra envoyer quelqu'un vérifier que Caroline Malot a bien passé la nuit chez ses parents. On ne doit rien négliger.

— C'est vrai. Elle a suffisamment de caractère pour tuer. Et son beau-père menaçait de lui retirer la garde de sa petite fille. Mais je la vois mal assommer quelqu'un d'un coup de bâton, et emmener ensuite la voiture en pleine campagne. Ça n'aurait aucun sens.

— Il y a bien d'autres absurdités, dans cette histoire.

Carole se concentra sur le verre de vin qu'elle venait de vider. La tête lui tournait un peu. Elle soupira :

— Quand même, j'ai du mal à y croire, même si tout concorde.

— À quoi ?

— À Marek en assassin. Il est certainement perturbé et malheureux, mais je ne l'imagine pas capable de violence. Il donne l'impression de quelqu'un de foncièrement civilisé, de doux.

— La plupart des assassins ont d'abord paru tout à fait normaux.

— C'est vrai. Mais je me sens très mal à l'idée qu'il doit être en train de tourner en rond dans cette horrible cellule en pensant à sa fille et en se demandant ce qu'elle devient. Je sais qu'on n'avait pas le choix, et en même temps je me sens coupable, comme si j'avais commis une injustice.

336

— Mais, ma parole, tu es amoureuse de ce type, s'écria Dubreuil avec une pointe d'exaspération.

Carole se mit à rire.

— Non, pas du tout. Mais je n'arrive pas à croire à sa culpabilité. Et c'est complètement irrationnel. Bon, je suis crevée. On y va ?

S'il fut déçu, Dubreuil n'en montra rien. Il paya l'addition, et serra la main de sa compagne quand elle l'eut déposé devant l'hôtel.

— À demain.

— Bonne nuit.

La Clio ne rejoignit pas directement l'île du Pelot. Mue par une force irrésistible, la conductrice fit une dernière ronde dans le quartier Saint-Michel veillé par les seuls réverbères. Tout y dormait. Un chat noir et blanc traversa furtivement la rue devant la voiture et ses yeux scintillèrent un instant dans la lumière des phares. La façade de la maison de Bouvier était noire. En passant, Carole eut la vision fugitive d'une lueur émanant du soupirail de la cave. Elle fit marche arrière. Il n'y avait plus rien. Elle avait sûrement rêvé. Elle se coucha dès qu'elle fut rentrée, mais son sommeil fut encore peuplé de cauchemars. Seulement, ce n'était pas Pierre qui lui apparaissait, mais Anne Marek, qui tendait les bras, la bouche déformée par un hurlement muet.

Au commissariat, tout était calme. Sur sa couchette inconfortable, Lecomte avait fini par s'endormir. Sa mère avait apporté un repas de salades et du café dans une Thermos. Il l'avait entendue geindre et récriminer parce qu'elle n'avait pas eu le droit de le voir. Pour la première fois depuis longtemps, il pensa à ses garçons privés de leur mère et obligés de vivre avec cette femme qui ne voulait pas d'eux. Il éprouva un vague sentiment de culpabilité, puis se concentra sur les moyens de se sortir de cette situation stupide sans y laisser trop de plumes.

Olivier Marek, lui, fixait le mur souillé d'un regard qui ne voyait rien. De temps en temps, il se levait et arpentait l'espace étroit, que ses longues jambes parcouraient en deux pas. Puis il s'asseyait et se prenait la tête entre les mains. Il était piégé. La peur le tenaillait. Qu'allait devenir Anne ? Que devait-il faire ? Comment pourrait-il, cette fois, échapper à la catastrophe ? Il se demanda s'il n'était pas pour de bon arrivé à la fin de son long voyage. Et la fin du voyage, c'était l'enfer. Il aurait voulu prier, invoquer quelque puissance céleste. Mais depuis longtemps, il savait que le ciel était vide. Les seuls démons qui existaient habitaient la terre et le cœur des hommes. La force qui menait le monde était un destin aveugle et implacable qui tirait les ficelles des marionnettes humaines et, à leur insu, leur faisait commettre des horreurs, dont il les punissait pourtant éternellement.

XXI

Jeudi matin.

Modard s'était réveillé un peu en retard. Le jour commençait à poindre sur les petites routes de campagne. Dans les prés, un peu de gelée blanche restait accrochée aux mottes boueuses et aux talus. Des nuages bas avaient à nouveau investi les cieux, prêts à lâcher leurs provisions de pluie. L'éclaircie de la veille ne se reproduirait sûrement pas. Mais le cœur du jeune inspecteur était moins maussade que le temps. Sa soirée ne s'était pas trop mal passée. Béatrice semblait avoir accepté l'idée du déménagement et la perspective d'un avenir à reconstruire lui donnait un regain d'énergie. Certes, elle l'avait accueilli dans une vieille robe de chambre qui n'avait rien de sexy, et avait bougonné qu'elle n'avait pas envie quand il avait voulu la prendre dans ses bras. Mais il se voulait optimiste. Il fallait laisser faire le temps.

Il était plus de neuf heures quand il franchit le seuil du commissariat. Quelques journalistes traînaient encore sur le trottoir, mais le hall était calme. Le planton l'avertit :

— Grouille-toi. On réclame après toi au 403.

Il monta les marches quatre à quatre, avec mauvaise conscience. Les trois autres étaient là, les hommes en bras de chemise, Carole dans l'un de ses sempiternels blue-jean. Ils avaient acheté les quotidiens du matin et étaient en train de les parcourir, avec des grognements d'exaspération ou des ricanements. Quand ils se tournèrent vers lui, il se sentit dans la peau d'un écolier pris en faute.

— Qu'est-ce que vous fabriquiez ? grommela le chef.

— Désolé. Panne de réveil.

— Vous avez vu la presse ?

— Pas eu le temps.

— Alors, régalez-vous !

Sur toutes les unes s'étalaient de gros titres racoleurs. La plupart des rédacteurs avaient frappé fort dans le pathétique et le sensationnel, allant de « La ville maudite » au « serial killer de Marville ». Certains avaient publié la photo de la BMW, d'autres montraient le couple Malot. Anne-Marie Dubos n'était mentionnée qu'accessoirement, désignée sans plus de détails comme « la troisième victime ». Les articles faisaient état de l'arrestation de deux suspects et ironisaient sur l'indécision et l'impuissance de la police. En général, les journalistes concluaient en se demandant où tout cela s'arrêterait. *La Vigie*, plus explicite, notait : « Trois jours après son épouse, le conseiller général Louis Malot est sauvagement assassiné. »

— Regardez qui a signé l'article, dit Carole à Modard.

C'était Didier Fréhel.

— Il refait surface, celui-là ? J'espère qu'il n'a pas divulgué ses petits secrets.

— Non, il n'a pas osé. Mais il reprend du poil de la bête.

Le jeune journaliste avait, selon son habitude, rédigé un papier emphatique et plein de sous-entendus. Il n'y faisait pourtant pas état du fait que Jeanne Malot pouvait être la mère d'Anne Marek.

— Je me demande, dit Dubreuil, s'il s'est censuré lui-même ou si c'est son rédacteur en chef qui lui a interdit d'en parler.

— Il a peut-être la trouille...

— En tout cas, on en prend pour notre grade !

Fréhel n'avait pu retenir une phrase assassine sur les policiers qui retenaient les journalistes au poste pendant des heures pour les empêcher de faire leur travail, au lieu de chercher les criminels. Suivait un long discours revendicatif à propos de la liberté de la presse. Carole sourit :

— Au moins, nous voilà rassurés sur son sort. J'étais un peu inquiète que personne ne l'ait vu après son départ d'ici. Il devait s'être enfermé chez lui pour se mettre à l'abri et rédiger tranquillement son article ! Il ira loin, sa conscience ne le freinera pas trop. Mais on n'en a pas fini avec lui. Il faudra bien qu'il paye pour avoir déchiré la page du carnet.

— On s'en occupera, dit Dubreuil. Puis, se tournant vers Modard : Vous allez filer chez les parents de Caroline Malot. Voici leur adresse. C'est sans doute un coup d'épée dans l'eau, mais nous voulons être sûrs qu'elle est bien restée chez eux dans la nuit d'avant-hier.

— D'accord. À part ça, quoi de neuf ?

— Une voisine a vu Malot venir chez Marek avant-hier soir. Ils sont partis ensemble dans la BMW et Marek est rentré à pied après minuit.

341

— Ça sent mauvais pour lui. Vous l'avez vu ?

— Pas encore. On vient de leur servir un petit déjeuner. Lecomte refait du foin.

— Et l'Identité judiciaire ?

— Ils sont au travail depuis un moment. On attend leurs résultats sous peu. Je crois qu'ils avaient déjà bien avancé hier soir.

Modard avait à peine quitté la pièce que le téléphone sonna. Dubreuil décrocha. Le standardiste annonça :

— Strasbourg, en ligne. Je vous les passe.

La conversation dura un bon moment. Intrigués, Lefèbvre et Carole entendaient le divisionnaire pousser des exclamations de surprise. Il finit par conclure :

— Je pense qu'il vous intéresse plus que nous. On fait quelques vérifications et on vous le renvoie. Vos hommes sont encore à Marville ?

La réponse au bout du fil sembla affirmative.

— Heureusement que vous avez pu les joindre. Ils ne vont pas être ravis d'avoir à rapporter le paquet ! Ils semblaient bien soulagés d'en être débarrassés ! C'est une grande gueule !

Il raccrocha. Et répondit à l'interrogation muette de ses subordonnés :

— Vous aviez raison de penser que Lecomte n'était pas net. Mais visiblement cela n'a aucun rapport avec notre affaire. C'est un trafiquant de drogue.

— Quoi !

— Les collègues avaient gardé sa voiture, après son interpellation. Ils l'ont laissée dans la cour du poste de police. Ils ont été intrigués par le manège d'un chien de la brigade des stups qui n'arrêtait pas de tourner autour en aboyant. Finalement, la voiture a été désossée. L'intérieur des portières était bourré

342

de sachets d'héroïne et de barrettes de cannabis. À leur avis, le mec assure des livraisons entre l'Allemagne et la France depuis qu'il a quitté son boulot. Il doit servir d'intermédiaire entre gros vendeurs. La drogue arrive de Turquie vers l'Allemagne. Une partie en est destinée à la France. Mais cette fois, il a peut-être essayé de jouer cavalier seul et de planquer une partie de la camelote pour la revendre lui-même. C'est sans doute ce qui lui a valu la correction qu'il a reçue. Enfin, il faudra bien qu'il s'explique.

Il appela l'agent de permanence.

— Amenez-nous Lecomte.

L'homme tenta de fanfaronner :

— Vous me relâchez ? Je vous ai dit que je n'avais rien à voir dans vos histoires de meurtre. Mon avocat vient d'arriver.

— Je ne sais pas s'il va vous servir à grand-chose J'ai deux nouvelles à vous annoncer. La première est que vous allez certainement repartir très vite d'où vous êtes venu.

Lucien Lecomte ébaucha un grand sourire qui s'évanouit vite pour faire place à un rictus épouvanté quand l'inspecteur ajouta :

— La deuxième, c'est qu'on a découvert la drogue dans votre voiture et que vous allez être incarcéré pour trafic de stupéfiants.

Lecomte n'essaya même pas de nier. Il savait qu'il avait perdu. Il marmonna :

— En tout cas, on ne peut pas m'accuser de meurtre.

Et il finit par tout déballer. Il confirma qu'il avait quitté son travail un an avant, parce qu'un copain lui avait proposé un arrangement beaucoup plus lucratif, à un moment où il était menacé d'une grosse saisie sur salaire à cause de la pension alimentaire qu'il n'avait pas·versée pour ses enfants. Il n'avait rien dit à la jeune femme avec laquelle il vivait, pour lui éviter et d'en savoir trop et de passer son temps à s'inquiéter. Toutes les semaines, il partait pour une ville d'Allemagne, d'où il ramenait, planquée dans la voiture, la drogue qu'il devait livrer en France, à des inconnus qui lui donnaient des rendez-vous dans des bars, des jardins publics ou même des églises. Comme il avait gardé sa carte de VRP et que, à l'heure de l'Europe, le passage des frontières se faisait tout seul, il n'avait jamais eu d'ennuis. Chaque voyage lui rapportait une somme forfaitaire, et il gagnait plus que comme voyageur de commerce. Mais il avait eu envie de tenter un gros coup. Le dimanche précédent, on lui avait confié à Francfort une livraison pour Belfort. Mais il ne s'était pas présenté au rendez-vous le lundi, et s'était planqué dans un petit hôtel à Mannheim. Il comptait rentrer chez lui tranquillement le mercredi. Il n'avait toujours pas compris comment les autres l'avaient retrouvé dès le mardi. Ils étaient rudement forts. En tout cas, ils l'avaient passé à tabac mais lui avaient donné une dernière chance. Lorsqu'il s'était fait choper par les flics, il comptait descendre à Belfort pour aller effectuer sa livraison. Quand il eut achevé sa confession, il avait perdu sa morgue et avait l'air de ce qu'il était, un petit voyou sans envergure et sans scrupules. Il demanda, presque timidement :

— Je risque combien ? Après tout, je n'étais qu'un intermédiaire.

Dubreuil le toisa avec mépris :

— Un intermédiaire qui se fichait pas mal de savoir combien de vies seraient fichues à cause de la saloperie qu'il trimbalait ! Mais c'est vrai que l'existence des autres ne vous tracasse pas. Même vos propres gosses, vous avez toujours refusé de vous en occuper. Vous êtes une ordure. Mais ce qui va vous arriver maintenant ne nous regarde plus. J'espère seulement que vous prendrez le maximum.

— Et mes fils, qu'est-ce qu'ils vont devenir ?

— Il est bien temps de vous poser la question ! Je ne pense pas que votre mère tienne à les garder. Ils seront sans doute placés dans un foyer. Avec leur mère assassinée et leur père en prison, les pauvres mômes démarrent mal dans la vie.

C'est pleins de colère et de dégoût que les trois policiers renvoyèrent Lecomte que deux agents firent réintégrer la cellule où il attendrait qu'on vienne le chercher. Après son départ, Carole, machinalement, ouvrit une fenêtre. Il crachinait. Tout était gris. À l'unisson, la ville et le ciel dégoulinaient de tristesse.

Une demi-heure après, tout s'accéléra. Modard rentra, annonçant que l'alibi de Caroline était en béton. Non seulement ses parents avaient affirmé qu'elle était restée chez eux toute la nuit, mais des voisins étaient passés, tard dans la soirée et l'avaient vue, avec sa petite Mélanie qui était toujours là-bas.

— Est-ce que Caroline est revenue chez eux hier soir ? demanda Carole qui se rappelait la sortie fracassante de la jeune femme.

— Non, apparemment elle est restée chez les Malot. Elle a téléphoné à sa fille qu'elle serait là après l'enterrement.

Carole, étonnée, se demanda ce qui l'avait retenue. Un reste de solidarité ou la peur du qu'en-dira-t-on ?

Elle n'eut guère le loisir de réfléchir à la question. On les attendait à la police technique.

Des photos en couleur étaient suspendues à des cordes, par des épingles à linge. Les nouvelles côtoyaient les anciennes. Gros plan sur la gorge tranchée d'Anne-Marie Dubos. Tête bizarrement penchée, avec cette corde qui entourait le cou, de Jeanne Malot, et puis Louis, affaissé sur son volant, le sang dans la chevelure blanche, un œil grand ouvert qui vous regardait avec un étonnement sans borne... le corps et la tête de Louis, sous tous les angles, défilé d'images écœurantes, scandaleuses, qui prenaient aux tripes, qui redonnaient à la mort violente sa réalité la plus crue, alors qu'après l'enlèvement des cadavres elle devenait pour les enquêteurs abstraite, objet de spéculations intellectuelles. À cet endroit, le crime n'était pas seulement un acte commis par quelqu'un dont il fallait trouver l'identité et les motivations, c'était de la chair, du sang, du sperme parfois, des traces de doigts, des poussières et des instruments de mort. Les maîtres des lieux étaient là tous les trois, parlant l'un après l'autre, comme s'ils jouaient un numéro préparé d'avance.

— Vous avez tapé dans le mille ! Tout concorde.

— C'est bien avec le bâton qui était dans la voiture que Malot a été tué. C'est son sang qui est dessus, mais pas d'empreintes lisibles sur le bois.

— Aucune empreinte ne correspond à celles de Lecomte, par contre Olivier Marek est mal barré. L'ensemble des indices ramène à lui.

S'il n'y avait aucune empreinte sur le volant et la portière côté conducteur, celles qui se trouvaient sur la poignée de l'autre portière, sur la boîte à gants et sur le tableau de bord étaient celles de Marek. De plus, une des empreintes non identifiées qui avaient été relevées sur la table de chevet, dans la chambre de Jeanne Malot, aux Prairies, correspondait aussi aux siennes. Il n'avait, en revanche, laissé aucune trace dans la salle de soins où l'on avait retrouvé la garde de nuit.

Carole regarda Dubreuil, qui hocha la tête, comme pour lui dire : « Tu vois ! »

— Attendez, ce n'est pas fini ! On a comparé la corde qui a servi à la pendaison avec celles qui ont été prises sur le bateau. C'est exactement les mêmes, mêmes fibres, même fabrication, même teneur en eau salée. Et on vous garde le meilleur pour la fin !

— Ne nous faites pas languir !

— Nous avions aussi embarqué, à tout hasard, la torche électrique et le couteau de pêche qui étaient dans le carré du Muscadet. Ils ont été essuyés et ne portaient aucune empreinte, ce qui, déjà, nous a paru étonnant. Celles de Marek, cette fois, auraient dû y être puisqu'il utilisait normalement ces deux objets sur son bateau. Mais en procédant à un examen plus approfondi, nous avons trouvé, sur la torche et sur la lame du couteau, des traces de sang assez évidentes. Il y en avait suffisamment pour que nous puissions l'analyser. Tenez-vous bien : c'est le même sang que celui d'Anne-Marie Dubos. Il semble bien que ce soient les instruments du crime. On l'a assommée avec la torche, et égorgée avec le couteau. Les dimensions de la lame correspondent parfaitement avec la blessure.

Ainsi, se dit Modard, je m'étais trompé en imaginant le tueur qui frappait avec le manche d'un poignard !

L'un des techniciens reprit :

— Nous avons aussi examiné à nouveau la voiture. Les traces de sang sur les dossiers des sièges avant confirment ce que nous avions tout d'abord pensé. Malot a été tué alors qu'il était au volant, mais il avait dû passer la tête au-dehors car il y a une traînée de sang sur la portière, à l'extérieur.

— C'est ce que pensait le légiste.

— Ensuite, on l'a poussé sur le siège de droite, puis réinstallé sur celui du conducteur. C'est incroyable ! Rien d'autre dans la voiture, à part des gravillons sous les pédales.

Le mot « gravillons » provoqua dans l'esprit de Carole une fugitive réminiscence, qu'elle ne parvint pas à préciser, mais casa dans un recoin de sa mémoire. Elle ressentait un profond désarroi. Elle s'était trompée en croyant à l'innocence de Marek. Tout le désignait comme coupable, c'était bien lui qui avait ourdi cette diabolique machination, il était manifestement l'auteur de la macabre mise en scène. Si, comme elle le pensait, il avait passé des années à fuir pour protéger Anne de la révélation du secret de sa naissance, sa raison avait pu l'abandonner en se retrouvant face à Jeanne Malot, la mère-épouse qui était à l'origine de son drame. Hanté par la similitude entre sa propre histoire et celle d'Œdipe, il avait tué les protagonistes de la tragédie pour l'exorciser en la reproduisant à l'identique. Si c'était le cas, il finirait ses jours dans un hôpital psychiatrique plutôt qu'en prison... Mais pourquoi avait-il tué Malot comme Laïos ? Le vieux Louis n'était pas son père. Sans doute avait-il, en tant qu'époux de Jeanne, servi de roi de substitution... Mais cela n'expliquait pas pourquoi Malot avait jusqu'au bout voulu protéger Marek. Carole n'eut pas le temps d'aller plus loin dans ses réflexions. Dubreuil et les autres s'en allaient. Il allait falloir confronter Olivier Marek aux charges qui l'accablaient.

L'homme était visiblement épuisé. Il n'avait pas dû dormir. Des cernes bleuâtres sous les yeux, qui gardaient pourtant une certaine vivacité, lui donnaient un air maladif. Son dos s'était voûté, il paraissait encore plus maigre. Il s'assit sans un mot, comme s'il n'avait même plus la force de s'inquiéter de ce qu'on lui voulait. Quand il ouvrit la bouche, ce fut pour s'adresser à Carole, ignorant les autres, et lui demander si elle avait des nouvelles d'Anne.

— Pas ce matin, répondit celle-ci. Hier soir, elle était chez Antoine Bouvier, qui nous a dit qu'elle dormait. Je ne l'ai pas vue.

Un éclair de panique passa dans les yeux noirs que les larmes embuèrent. Dubreuil prit la parole :

— Monsieur Marek, je dois vous avertir que nous avons découvert des indices très sérieux qui tendent à prouver que vous êtes coupable de trois meurtres. Je vais sans doute devoir rapidement vous renvoyer devant le juge d'instruction qui vous mettra en examen et décidera si vous devez être incarcéré. La loi vous autorise à vous faire assister dès à présent d'un avocat.

— Je n'ai pas besoin d'un avocat. Je suis innocent. Je n'ai tué personne.

— Une voisine vous a vu partir dans la voiture de Louis Malot avant-hier soir, et revenir à pied dans la nuit. On a d'ailleurs trouvé vos empreintes dans cette voiture, ainsi que sur la table de nuit de la chambre de Jeanne Malot à l'hôpital, où vous avez affirmé ne jamais vous être rendu. Une infirmière avait du reste décrit à mes collègues un visiteur bizarre, venu quelques jours avant le meurtre et qui vous ressemblait beaucoup. Vous veniez sans doute repérer les lieux ? D'autre part, il y avait des traces de sang sur la torche et le couteau trouvés à bord de votre bateau, du sang de la garde de nuit assassinée, monsieur Marek. Quant à la corde qui a servi à pendre Jeanne Malot, elle provient également du Muscadet. Vous conviendrez que tout cela fait beaucoup trop de coïncidences, et convaincra n'importe quel jury de votre culpabilité.

Quand l'inspecteur divisionnaire avait parlé de son départ dans la voiture de Malot, et des empreintes trouvées dans le véhicule et à l'hôpital, Marek avait blêmi, visiblement sonné par les découvertes des policiers. Mais il n'avait pas opposé de dénégations. En revanche, quand Dubreuil évoqua les objets trouvés à bord du bateau, son visage exprima la stupéfaction la plus totale, et il ne put retenir un cri :

— Mais c'est absurde ! Je n'avais pas mis les pieds sur mon bateau depuis le mois de novembre. C'est impossible ! Vous devez vous tromper ! Il ne peut y avoir que du sang de poisson sur mon couteau, et je n'ai pas touché aux cordages !

Carole intervint :

— Est-ce quelqu'un d'autre que vous a accès au bateau ?

— Antoine Bouvier a le double des clés. Il lui est arrivé d'aller faire un tour tout seul. Mais lui non plus n'a pas navigué depuis longtemps, il faisait trop mauvais.

Carole eut un pincement au cœur, mais déjà Dubreuil reprenait :

350

— Vous ne pouvez pas nier que Louis Malot vous a emmené dans la voiture où on a retrouvé son corps. Vous étiez avec lui quand il a été tué. Et comment expliquez-vous la présence de vos empreintes dans la chambre de sa femme ?

— C'est vrai qu'il est venu me chercher. Il voulait me parler. Nous nous sommes arrêtés derrière le terrain de golf, pour bavarder. Ensuite, j'ai eu envie de rentrer à pied, ce n'est pas un crime. Mais quand je l'ai quitté, je vous jure qu'il était vivant.

— Et qu'avait-il à vous dire de si important ?

— Je n'ai rien à ajouter. Cela ne regarde que lui et moi.

— Cela nous regarde, parce que vous l'avez supprimé.

— Ce n'est pas moi. Il était vivant.

— Et l'hôpital ? Nous savons de source sûre que c'est une visite que vous lui avez faite chez elle qui a provoqué le coma prolongé de Jeanne Malot. Que lui avez-vous dit ce soir-là ? Et pourquoi vous êtes-vous rendu à son chevet ? Vous vouliez admirer votre œuvre ? Vous cherchiez comment finir le travail, de manière à ce qu'elle ne se réveille jamais ? Pourquoi l'avez-vous pendue ?

— Je ne les ai pas tués, ni lui ni elle. Je n'aurais jamais pu faire une chose pareille. Quand j'ai su qu'elle était arrivée en long séjour, c'est vrai que j'ai eu envie de la voir. Je suis entré dans sa chambre. C'était terrible. Elle avait l'air déjà morte. J'ai dû poser machinalement ma main sur la table de nuit. J'ai rencontré une infirmière dans le couloir, mais je n'ai pas osé lui dire d'où je sortais. J'ai inventé une histoire. Je ne me rappelle plus. En tout cas, je ne suis pas retourné dans ce service. Surtout pas pour la pendre.

— Et pourquoi aviez-vous envie de la voir ? Vous nous avez toujours dit que cette femme ne vous était rien. C'est au chevet de votre mère ou de celle de votre fille que vous vous rendiez ?

Carole n'aurait pas cru qu'un visage humain pût refléter une telle souffrance, un désespoir aussi violent. Elle crut qu'Olivier Marek allait défaillir, se leva, prête à lui porter secours. Mais il la repoussa et se contenta de répondre :

— Je ne peux rien vous dire de plus. Pensez ce que vous voulez. Faites de moi ce que vous voulez. La seule chose que je vous demande, c'est de vous assurer que ma fille va bien. Elle n'a rien à se reprocher, mais elle est très vulnérable. Vous devez veiller à ce qu'il ne lui arrive rien.

— N'avez-vous pas confiance en votre ami Bouvier ? Ils ne sont pas plus ou moins fiancés ?

— Non. Nous devions partir à l'étranger. Anne lui avait dit que tout était fini entre eux.

— Mais il est amoureux d'elle ?

— Je le pense.

— Alors, elle ne risque rien. De toute façon, elle devra s'habituer à vivre sans vous, ajouta Dubreuil.

Mais Carole jeta un regard noir à son chef, et dit :

— Je vous promets que je vais passer tout à l'heure chez vous ou chez Bouvier, et que je ne repartirai pas sans avoir vu Anne.

L'interrogatoire ne donna rien de plus. Marek refusait de s'expliquer sur ses rapports avec les Malot, et niait farouchement avoir utilisé la torche et le couteau qui étaient sur son bateau. Il affirma sans relâche que Malot était vivant quand il l'avait quitté.

Il fut bientôt reconduit au rez-de-chaussée, et enfermé. Dubreuil demanda à ses collaborateurs :

— On peut prolonger la garde à vue de quelques heures. Mais est-ce bien utile ? Sa culpabilité ne fait aucun doute. La meilleure solution est de le déférer immédiatement au parquet.

Lefèbvre et Modard acquiescèrent, mais Carole intervint avec fougue :

— Attendons encore un peu. Il y a quand même des choses qui ne collent pas. Je ne suis pas aussi convaincue que vous.

— Explique-toi.

Elle ne releva pas le ton un peu agressif de son supérieur. Une petite voix intérieure continuait à la tracasser, le sentiment que quelque part il y avait maldonne, une angoisse de plus en plus envahissante. Elle plaida :

— Le coup des empreintes dans la voiture, cela ne tient pas debout. L'assassin a essuyé soigneusement le volant et la poignée gauche. Si c'était Marek, qui ne pouvait pas deviner que sa voisine l'avait espionné, il aurait aussi effacé ses traces côté passager. Il n'est pas idiot ! Quant au sang sur la lame du couteau et sur la torche, il paraît invraisemblable qu'il ne l'ait pas fait disparaître en lavant ces objets. On dirait qu'on a volontairement effacé les empreintes et laissé le sang. Cela sent le coup monté. Et après tout, si Jeanne Malot est bien sa mère, sa visite à l'hôpital est plausible. Il pouvait être torturé par le remords d'avoir provoqué sa maladie, et désirer la revoir, même s'il a cherché à l'éviter pendant toutes ces années. N'oublions pas l'esprit tordu et diabolique de l'assassin, sa volonté de réécrire l'histoire d'Œdipe. C'est sûrement Marek qui incarne Œdipe. Or Œdipe a fini aveugle. Mettre quelqu'un en prison, c'est quelque part le mettre dans le noir. Et si tout le but de cela était de faire accuser Marek des crimes pour s'en débarrasser et parfaire ainsi la mise en scène ?

Les trois autres la regardèrent. Depuis qu'ils étaient dans la pièce, elle et Modard n'avaient pas arrêté de fumer, l'air était opaque et empuanti. Dubreuil fronça les sourcils, resta un long moment sans parler, réfléchissant intensément, puis il prit une décision :

— Tout cela semble tiré par les cheveux et aller contre l'évidence. Mais tu as peut-être raison. Je suis moi aussi gêné par l'histoire des empreintes dans la voiture. On va attendre un peu. Mais si ce n'est pas lui, qui est-ce ?

Carole commençait à en avoir une idée de plus en plus nette. Le mot « gravillons » lui revint à l'esprit, mais cette fois associé à une image très précise. Son angoisse s'amplifia. Elle dit :

— Il faut absolument savoir ce que devient Anne Marek.

— D'accord, vas-y si ça peut te rassurer. Emmène Modard.

Et, comme les premiers jours, ils se retrouvèrent tous les deux dans la voiture de police. Modard conduisait. Carole lui demanda de mettre en route la sirène et le gyrophare, et de foncer. Il était presque onze heures. Mais ils furent obligés de ralentir en traversant le centre-ville, et se retrouvèrent bloqués un moment par une foule compacte qui s'était massée aux alentours de l'église Saint-François.

— Zut, j'avais oublié ! C'est l'enterrement de Jeanne Malot. Essaie de te frayer un passage en douceur.

Tout Marville avait voulu être là. La nef étant pleine à craquer, une partie de l'assistance avait été rejetée sur le parvis et entourait le corbillard en papotant fébrilement. Les battants des cloches s'étaient mis en branle et les tintements funèbres résonnaient sur le bronze, s'élançaient vers le ciel gris, se répandaient à travers la ville pour annoncer la célébration du deuil. Toutes les fleurs n'avaient pu être placées autour du cercueil, et des gerbes, des couronnes somptueuses étaient déposées des deux côtés du porche.

— Nous devrions y être, dit Carole. Dans les romans policiers, les flics assistent toujours aux enterrements !

Puis elle se rappela avec tristesse qu'Anne-Marie Dubos avait été inhumée la veille par les soins de la mairie, au cimetière de Villeneuve. Qui l'avait accompagnée ? Ses fils, sa voisine qui l'aimait bien, peut-être quelques collègues. Elle soupira. La voiture avait franchi le barrage humain, et repris de la vitesse. Il avait cessé de pleuvoir.

XXII

En cette fin de matinée, le quartier Saint-Michel sommeillait. Les enfants avaient repris le chemin de l'école, les parents étaient au travail, ou faisaient les courses. De nombreuses places de stationnement s'étaient libérées au bord des trottoirs. Sur la petite place ronde, deux chiens vaguaient, se reniflèrent, puis se séparèrent en trottinant. L'un d'eux leva la patte contre un tronc d'arbre. Une légère rafale fit tomber des gouttes d'eau qui s'étaient accrochées aux ramures dénudées, et l'animal s'ébroua, puis s'enfuit et disparut dans une rue. La voiture s'arrêta dans un premier temps devant la maison des Marek. Comme la veille au soir, les volets étaient ouverts, mais Carole constata que la grille était restée entrouverte, dans la position exacte où elle l'avait laissée. Elle appuya sur la sonnette, longuement, dans une sorte de frénésie, mais ne fut guère surprise que personne ne vînt lui ouvrir. Elle s'y attendait, même si, jusqu'au bout, elle avait espéré qu'Anne se montrerait, triste, assurément, mais debout et vivante. Carole, nerveusement, secoua la clenche. La porte était fermée à clé.

D'un pas rapide, suivie par Modard, elle rejoignit la demeure d'Antoine Bouvier. Aucun véhicule n'était

356

garé devant. Était-il parti au collège ? À cette heure, il avait sans doute cours et avait été obligé de laisser Anne seule chez lui. Ce qui paraissait anormal, et fit battre à tout rompre le cœur de Carole, c'est que la fenêtre du séjour était toujours aveugle, avec des persiennes restées closes à cette heure tardive de la matinée. Les gravillons crissèrent sous leurs chaussures quand ils traversèrent le jardin de devant. Carole se baissa, en ramassa une poignée qu'elle mit dans sa poche. Modard lui jeta un regard intrigué, puis, un souvenir jaillissant dans son esprit, lui dit :

— Vous ne pensez quand même pas que...

Il ne finit pas sa phrase. La sonnerie retentit, stridente, insistante, mais le bruit semblait se répercuter dans un espace désespérément vide de toute présence humaine. Rien ne bougea. Même si la jeune femme dormait encore, même si elle avait avalé une certaine quantité de calmants, même si elle était au premier étage, elle ne pouvait pas ne pas entendre le vacarme que les policiers amplifièrent encore en criant son nom et en tapant de grands coups dans la porte de bois, parfaitement verrouillée. Modard regarda sa collègue. Elle était livide. Il tenta de la calmer :

— Ne vous affolez pas. Elle est peut-être partie faire un tour. Que voulez-vous qu'il lui soit arrivé ?

— Je n'en sais rien. J'aurais dû agir dès hier soir. Je crains le pire. Essayons de trouver un voisin qui pourrait les avoir vus sortir.

Juste en face il n'y avait personne mais, un peu plus loin, un vieux monsieur, vêtu d'un pantalon de velours et d'un gilet de laine sur une chemise à carreaux, ouvrit sa porte.

— Vous désirez ?

Carole sortit sa carte rayée de bleu blanc rouge.

— Vous connaissez Antoine Bouvier ?

Elle montra la maison.

— Oui, de vue. Qu'est-ce qu'il a fait ?

— L'avez-vous vu sortir ce matin ? Était-il accompagné ?

— Non, je ne l'ai pas vu. Mais il est parti, sa voiture n'est plus là. Je l'ai juste vu rentrer hier soir avec sa copine. Elle avait l'air d'avoir trop bu !

Il ricana. Carole insista :

— Votre femme l'a peut-être vu ?

— Je suis veuf ! Et à cette heure-ci, il n'y a plus personne dans la rue.

— Qu'est-ce qu'il a comme voiture, Bouvier ?

— Une petite Peugeot, une 205, je crois, bleu clair.

Carole le remercia. Une idée lui était venue. Sans donner d'explication à son compagnon, elle repartit, retraversa la place, et alla sonner chez la voisine des Marek. Elle devina la silhouette épaisse de la femme, planquée derrière les vitres du bow-window. La veuve leur ouvrit tout de suite, toute souriante. Elle avait troqué son peignoir contre une robe de jersey rouille, trop moulante, et s'était soigneusement et abondamment maquillée. Les deux chats tournaient autour de ses jambes.

— Vous avez du nouveau ? La fille n'est pas rentrée. Je n'ai vu personne, sauf vous, tout à l'heure !

— Je voulais juste vous poser une question à propos de la deuxième voiture que vous avez vue démarrer derrière celle de M. Malot. Pouvez-vous essayer de nous la décrire plus précisément ? Vous nous avez juste dit qu'elle était plus claire.

— C'est difficile, elle était plus loin. Mais j'ai l'impression que c'était une petite voiture. Quand elle est passée sous un réverbère, elle m'a semblé bleue. Mais je n'en jurerais pas.

— Merci.

La femme aurait voulu continuer à bavarder, mais Carole et Modard étaient déjà repartis.

— On va où ?

— On rentre au commissariat, vite. Non, passez d'abord chez moi.

Elle monta ses escaliers quatre à quatre, chercha rapidement sur ses étagères, et redescendit en tenant deux livres contre elle, les œuvres de Sophocle et l'*Antigone* d'Anouilh.

— En route. Et vite.

À peine arrivée, Carole se précipita sur le standardiste.

— Trouvez-moi le numéro du collège Louis-Guilloux, demandez le principal et passez-le moi dans mon bureau. Où est Dubreuil ?

— Dans la 403. Il tape des P.V. Lecomte est reparti. Les collègues de Strasbourg faisaient la gueule !

Le téléphone sonna au moment où elle déposait son manteau sur une chaise et les livres sur la table. Elle mit le haut-parleur et fit signe à Modard de rester et d'écouter.

— Allô, monsieur le principal ? Ici, Carole Riou. Je suis officier de police. J'ai besoin de contacter d'urgence l'un de vos professeurs.

— Lequel ?

— Antoine Bouvier.

— Vous tombez mal. Il n'est pas là. Il n'est pas venu ce matin alors qu'il avait quatre heures de cours. Nous sommes d'ailleurs très étonnés, car ce n'est pas son genre de manquer sans prévenir. Il lui est arrivé quelque chose ?

— Je n'en sais rien. Nous le cherchons. Je ne peux vous en dire plus pour l'instant. Merci.

Elle resta quelques secondes prostrée sur sa chaise, le cerveau paralysé par la certitude que la catastrophe qu'elle pressentait depuis la veille était en train de se produire, qu'il était peut-être déjà trop tard pour éviter le pire. Elle se ressaisit rapidement, sortit de sa poche la poignée de gravillons et dit à Modard :

— Filez porter ça au labo. Demandez-leur de les comparer avec ceux qu'ils ont trouvés dans la BMW. Vous nous rejoignez dès que vous avez la réponse. Faites vite !

— Vous croyez que c'est Bouvier ?

— Je ne crois rien pour l'instant. Tout est possible. Merde, où est-ce qu'il a pu l'emmener ? Allez-y. Il faut que je voie Marek.

Et elle rejoignit Dubreuil qui, devant l'air affolé de sa collaboratrice, interrompit son travail et s'enquit :

— Qu'est-ce qui se passe ? Tu as l'air complètement paniquée !

— Ils ont disparu.

— Qui a disparu ?

— Anne Marek et Bouvier. Il ne s'est pas présenté à son travail ce matin. Sa voiture n'est plus devant chez lui. Les deux maisons sont fermées, personne ne répond.

— Ce n'est pas forcément inquiétant. Il a pu prendre une journée de congé et décider de l'emmener faire une balade pour lui changer les idées.

— Mais il aurait prévenu le collège ! Un prof ne peut pas s'absenter comme ça !

— De quoi as-tu peur exactement ?

— J'ai peur qu'on se soit trompés de coupable. J'ai peur qu'Anne ne soit la prochaine victime.

— Mais pourquoi Bouvier ? Pourquoi aurait-il tué les Malot ?

Carole lui parla des gravillons du jardinet, de la possibilité que la voiture qui avait suivi Malot et Marek fût la sienne. Il aurait très bien pu se cacher pendant que les deux hommes parlaient dans l'auto arrêtée près du golf, éventuellement écouter leur conversation si les vitres étaient ouvertes, puis s'approcher de Malot après le départ de Marek, l'interpeller et l'assommer au moment où il se penchait pour voir qui était là. Personne n'avait cherché à savoir s'il avait un alibi pour la nuit du dernier crime. Elle-même l'avait quitté vers vingt-deux heures après leur conversation au café et la voisine situait l'arrivée de Malot une demi-heure plus tard. Bouvier pouvait parfaitement être rentré.

— De plus, ajouta-t-elle, rappelez-vous, notre témoin a vu rentrer Marek à pied, ce qui nous a semblé l'accuser. Mais elle situe ce retour entre minuit et une heure. À mon avis, s'il avait conduit la voiture jusqu'au chemin de terre, puis parcouru en marchant les trois kilomètres qui séparent l'endroit où l'on a retrouvé Malot de la ville, après avoir pris le temps de peaufiner sa mise en scène en déplaçant le corps, il lui aurait fallu plus de temps. Ce témoignage le disculpe, plus qu'il ne l'accable !

— Tu ne réponds pas à ma question. Je ne t'ai pas demandé si c'était possible, je t'ai demandé : pourquoi ? Je ne vois pas l'ombre d'un mobile.

— J'ai une hypothèse. Bouvier est à la fois follement amoureux d'Anne, et fasciné par le théâtre, particulièrement par la tragédie grecque. Il connaît par cœur le mythe d'Œdipe. S'il était au courant du secret des Marek, il a pu voir en celle qu'il aimait une réincarnation d'Antigone et tuer ceux qui faisaient peser sur elle l'antique malédiction. Je ne sais pas. Pour la protéger, pour qu'elle ne puisse apprendre la vérité. Pour se l'approprier totalement.

— Mais c'est délirant !

— Je crois qu'il est cinglé. Je me souviens de phrases qu'il m'a dites le soir où je l'ai interrogé sur le mythe d'Œdipe, quelque chose comme « on peut faire de sa vie une œuvre théâtrale » et aussi « par le théâtre, l'homme peut se faire dieu ». Il avait l'air tellement content de lui ! Je n'ai vu là que la passion d'un prof de lettres. Il me narguait, en fait, sûr de son impunité, de son génie. Et puis, souviens-toi qu'on l'a vu plusieurs fois avec Jeanne Malot. Cet indice aussi, nous l'avions négligé.

— Et pourquoi faire accuser Marek ? Et pourquoi Anne serait-elle en danger s'il l'aime ?

— Marek nous a dit qu'il comptait partir à l'étranger avec sa fille et qu'Anne avait rompu avec Antoine. Il est possible que ce soit l'imminence du départ qui l'ait poussé à passer à l'acte. Débarrassé du père qu'il faisait accuser des crimes, il gardait la fille. Il avait la clé du bateau. Il pouvait parfaitement aller chercher un bout de corde, la lampe et le couteau puis tout remettre en place, en espérant que la police découvrirait les traces de sang et en tirerait les conclusions que nous en avons effectivement tirées, c'est-à-dire la culpabilité de Marek. Le couteau n'était prévu, au départ, que pour couper la corde. Il a tué l'aide-soignante parce qu'il l'a entendue téléphoner et qu'elle a prononcé le nom d'Antigone. J'imagine qu'il s'est caché un long moment aux Prairies avant d'agir. Ce coup de fil l'a sûrement intrigué. Il a cru qu'Anne-Marie Dubos savait trop de choses, il a décidé de l'éliminer, mais ce meurtre-là n'était pas prémédité. Il n'a pas sa place dans le scénario. C'est comme ça que je vois les choses. Mais je crains que, si Anne l'a repoussé hier — elle n'a pas voulu que je le fasse venir quand on a emmené Marek — il n'ait pas supporté l'idée qu'elle ne veuille plus de lui après tout ce qu'il avait accompli pour la conquérir. Sous le coup de la colère, je redoute qu'il ne soit capable de n'importe quoi. Si je ne me trompe pas, il n'est plus à un meurtre près.

Dubreuil la regarda, à la fois soucieux et admiratif.

— C'est possible. C'est dingue, mais c'est possible. Il faut les retrouver. Je demande le numéro de la voiture au service des cartes grises et je lance un avis de recherche.

— Autant chercher une aiguille dans une botte de foin. Ils peuvent être n'importe où. Si elle est encore avec lui, ce qui serait la moins mauvaise des hypothèses. Lance quand même la machine. Mais Marek peut nous aider. Sachant sa fille en danger, il finira par parler. Il possède les éléments qui nous permettront d'infirmer ou de confirmer ma théorie. Après tout, je me plante peut-être complètement. Fais-le monter dès que tu auras mis du monde aux trousses de Bouvier. Tu as son signalement ?

— Je l'ai à peine entrevu hier soir.

— Blond, barbu, mince, un mètre soixante-quinze environ. Lunettes cerclées de métal. Une petite quarantaine. Dis, l'interrogatoire de Marek, tu me le laisses ?

Daniel Dubreuil hésita. C'était à lui de prendre cette responsabilité, mais après tout les cartes étaient entre les mains de Carole qui saurait quelles questions poser. Malgré l'anxiété qu'elle lui avait communiquée et le sentiment d'urgence qui l'habitait à son tour, il prit le temps de goûter la bouffée de tendresse qui le poussa à déposer un baiser sur la joue de la jeune femme.

— D'accord. Je serai là, mais tu parleras. Ne t'inquiète pas trop. Ils ne peuvent pas nous échapper longtemps.

Olivier Marek poussa un rugissement de rage quand il apprit que Carole ne savait pas où était Anne, que nul n'avait vu sa fille depuis la veille.

— Laissez-moi partir ! Il faut que j'aille la chercher ! Vous n'avez pas le droit de m'en empêcher !

— Calmez-vous. Tout va être mis en œuvre pour la retrouver. Mais vous avez besoin de nous comme nous avons besoin de vous. Si vous n'êtes pas l'assassin, vous devez nous aider à le débusquer, surtout si Anne est en danger. Vous n'avez plus le droit de vous taire. Je sais que votre secret est terrible, ajouta Carole, je crois l'avoir deviné. Mais il nous manque des éléments pour arriver à la vérité. Si votre innocence est prouvée, je vous jure que rien de ce que vous nous direz ne sortira d'ici.

— Je ne sais pas qui est le tueur, je vous le jure !

— Mais vous savez que chacun des crimes était lié à votre histoire personnelle.

Cette fois, il ne se défendit pas.

— C'est vrai. Depuis lundi je suis hanté par l'image horrible de Jeanne, pendue dans sa chambre. Elle est imprimée dans mon esprit comme une marque au fer rouge. La méthode utilisée m'oblige à me sentir responsable, mais je ne l'ai pas tuée, en tout cas, pas ce jour-là.

— C'est bien quelque chose que vous lui avez dit qui a provoqué sa commotion cérébrale ?

— Je n'ai jamais voulu cela. Je voulais seulement qu'elle nous laisse tranquilles, qu'elle ne cherche plus à voir Anne.

Les inspecteurs sentirent que le mur de silence derrière lequel Marek s'était enfermé depuis tant d'années était en train de se fissurer. Sa résistance cédait parce que, confronté à la disparition de sa fille, il n'avait plus la force d'assumer son fardeau dans la solitude. Pour la première fois, il acceptait qu'on l'aide. Carole saisit la perche tendue. Il n'était plus temps d'atermoyer, mais de trancher dans le vif. Quand le secret atroce que cet homme avait passé sa vie à vouloir enfouir serait enfin amené en pleine lumière, il perdrait une partie de sa puissance destructrice. Il fallait ouvrir une brèche par laquelle s'écoulerait le poison de la honte. Elle se lança, le cœur battant, avec l'impression que chaque mot était un poignard :

— Monsieur Marek, je crois que vous avez compris que Jeanne et Louis Malot ont été tués comme l'ont été les parents d'Œdipe, dans une très vieille histoire. Et c'est pour cela que vous sentez que l'assassin s'adresse à vous, parce que votre histoire est en partie celle d'Œdipe. Je crois que le drame qui a bouleversé votre vie et celle de votre fille est l'accomplissement d'un inceste. Jeanne était votre mère, mais aussi celle de votre fille. Vous avez eu un enfant avec votre propre mère, comme Œdipe a eu Antigone avec Jocaste. Et votre fille n'a jamais rien su.

C'était dit. Pendant un long moment Carole n'osa lever les yeux. Elle regardait ses mains posées sur le bureau, floues. Dubreuil osait à peine respirer. Dans la pièce banale, impersonnelle de ce commissariat de province, venait de souffler un vent de tragédie. Le silence qui pesait sur les trois personnages avait une densité telle qu'ils se sentaient coupés du monde, isolés dans une bulle infranchissable. Il n'y eut ni protestations ni dénégations indignées. Quand Carole se décida à dévisager Olivier Marek, elle vit qu'il pleurait, sans un bruit, sans un reniflement. Simplement, les larmes coulaient sur ses joues. Il ne bougeait pas, ne cherchait ni à cacher son visage ni à l'essuyer. Mais les mots finirent par sortir de sa bouche :

— C'est vrai. Mais je ne savais pas. Je n'ai su qu'après.

Le pire était passé. Une fois les vannes ouvertes, le flot des confidences si longtemps retenues se déversa, comme si la parole libérée lavait la plaie, évacuait l'opprobre. Marek raconta qu'ainsi qu'il l'avait déjà dit, il avait été abandonné par sa mère, une jeune fille de quinze ans, dans la grange où elle lui avait donné naissance. Elle disparut, et l'enfant fut recueilli par une famille du village. À dix-huit ans, il avait obtenu un diplôme de comptable et travaillait à Paris. Il avait rencontré Jeanne, secrétaire dans la même entreprise, et en était tombé amoureux. Rapidement, ils s'étaient installés ensemble, dans un deux pièces, au pied de Montmartre.

— Bien sûr, elle était plus âgée que moi. Mais je n'y pensais pas. Elle était belle, fragile, mystérieuse. Elle ne parlait jamais de son passé, et moi-même j'avais honte d'être un enfant trouvé. Je lui ai fait croire que mes parents adoptifs étaient mes vrais parents, et ne lui ai même pas dit le nom du village d'où je venais. Nous vivions dans le présent, nous étions heureux, souhaitions effacer le passé.

Et puis Jeanne s'était retrouvée enceinte, Anne était née. Fou de joie, Marek, qui s'appelait encore Jules Olivier, avait voulu présenter son enfant à sa famille adoptive mais, retenu par un reste de pudeur, craignant aussi que l'âge de sa compagne et le fait qu'ils n'étaient pas mariés ne scandalisent le village, il n'avait pas emmené Jeanne, lui avait simplement dit qu'il partait deux ou trois jours voir des parents. Elle n'avait pas insisté pour venir avec lui, comprenant sa réticence.

— J'étais si jeune, elle était plus adulte, elle me pardonnait tout.

Il avait pris le train de nuit, avec son bébé et une provision de biberons. Mais il avait aussi dans son portefeuille une photo de Jeanne. Il comptait parler d'elle, préparer le terrain. Le premier jour, en début d'après-midi, une voisine, justement la fermière chez qui travaillait la mère de Marek quand elle était enceinte de lui, était venue prendre le café et admirer la petite fille. Il avait alors timidement posé la photo sur la table, sans rien dire. Et en une minute, sa vie avait basculé. La femme avait pris la photo, l'avait regardée, et s'était écriée :

— Mais tu as retrouvé ta maman ! C'est incroyable, elle a à peine changé depuis tout ce temps. Elle est toujours aussi jolie.

Et sa mère adoptive, à son tour, avait formellement identifié Jeanne dont elle se souvenait parfaitement. Il ne se rappelait plus très bien ce qui s'était passé ensuite. Il entendait ces voix qui le congratulaient, qui s'étonnaient, qui posaient des questions, mais il ne comprenait pas ce qu'elles disaient. Elles résonnaient dans sa tête, tohu-bohu infernal. Il revoyait encore une grosse mouche vrombissante qui voletait autour des tasses à café vides et qu'il écrasa d'un grand coup de poing. Il se rappelait surtout la souffrance insupportable, l'impression de vivre un horrible cauchemar, et surtout la haine farouche, fulgurante, incontrôlable qui était née en lui à l'égard de la femme qui, après l'avoir abandonné, lui avait fait cette enfant de l'inceste.

Il ne l'avait jamais revue, était reparti le lendemain en faisant croire qu'il rentrait à Paris. Il s'était caché jusqu'à ce qu'il eût pu obtenir un faux passeport, et sous son nouveau nom avait pris un bateau pour l'Amérique, avec Anne. Quand elle fut plus grande, il lui dit que sa mère était morte de maladie quand elle était encore bébé. Il l'aimait autant qu'il haïssait Jeanne, il s'était juré que, quoi qu'il arrive, elle ne saurait jamais la vérité, et pendant toutes ces années il avait fui, poursuivi seulement par ses fantômes. Mais le destin l'avait rattrapé. Il était revenu en France pour faire soigner les troubles mentaux de la jeune femme, persuadé qu'ils étaient la punition de sa faute, qu'il était responsable de sa maladie. Et, à ce Salon nautique, la fatalité avait voulu que Jeanne Malot le vît, crût reconnaître en lui le jeune homme qui lui avait volé son enfant trente-cinq ans plus tôt, sans qu'elle eût jamais compris pourquoi. Comme elle n'était pas sûre qu'il s'agissait du même homme, elle ne s'était d'abord pas montrée et, quand Louis Malot avait engagé Marek sur les conseils de son épouse, celui-ci ne s'était douté de rien. Jeanne avait attendu très longtemps avant de se manifester. Mais elle avait mené une enquête, opiniâtrement, et, un jour, s'était présentée au chantier et avait réclamé sa fille avec véhémence. Horrifié par l'apparition de celle qu'il croyait avoir définitivement chassée de sa vie, Marek avait farouchement nié être son ancien amant et décidé de fuir au plus vite.

Carole l'interrompit :

— Vous dites qu'elle a mené une enquête. Mais qui a pu la renseigner ? Elle n'avait pas de preuve, elle ne pouvait pas être sûre de reconnaître un jeune homme de vingt ans dans un homme de cinquante-cinq. Comment a-t-elle pu arriver à une certitude ?

— Je n'en sais rien. Elle disait avoir des preuves irréfutables.

— Avez-vous avoué à quelqu'un le secret de la naissance d'Anne ?

— J'ai dit la vérité à Antoine Bouvier, sans nommer la mère. Il voulait épouser Anne, il me semblait impossible qu'elle eût des enfants. Il avait le droit d'être prévenu.

Dubreuil et Carole se regardèrent. Décidément, tout concordait. Bouvier rencontrait Jeanne Malot. Celle-ci avait dû l'interroger sur ses amis. Jusqu'à quel point les avait-il trahis ? Quel intérêt avait-il à le faire ?

Marek s'était arrêté de parler. Brutalement, une idée venait de s'imposer à lui :

— Bouvier ! Où est-il ? Vous m'avez dit qu'Anne était avec lui hier soir. Que dit-il ? Vous l'avez interrogé ? Il doit être au collège.

Le plus doucement possible, Carole annonça :

— Il n'est pas au collège. Il n'est pas chez lui, nous le cherchons.

— Mais alors... Ils sont ensemble ? Pourquoi sont-ils partis ? Anne ne voulait plus le voir.

— Vous en êtes sûr ?

— Oui. Hier matin, il est venu chez nous en mon absence. Il ne supportait pas l'idée de notre départ, il voulait qu'Anne reste à Marville, mais elle lui avait dit qu'elle avait choisi de me suivre. Il était fou de rage. Il l'a harcelée, lui a dit qu'il la garderait quoi qu'il arrive. Quand je suis rentré, elle sanglotait sur son lit, il l'avait terrorisée. C'est pour cela que j'ai décidé d'aller faire un tour en bateau. La mer lui fait toujours du bien, elle avait besoin de se détendre. Je suis sûr qu'elle ne l'a pas suivi de son plein gré, qu'elle aurait préféré rester seule. J'ai été inquiet dès que vous m'avez dit qu'elle dormait chez Bouvier.

Et tout à coup, il sembla frappé par une évidence :

— Et si c'était lui qui les avait tués ? Il aurait tout manigancé pour me faire accuser, pour m'empêcher de lui enlever Anne. L'histoire d'Œdipe, c'est lui qui me l'a racontée. Il en parlait souvent. Il m'a décrit la mort de Jocaste, celle de Laïos, c'est pourquoi les crimes m'ont tellement bouleversé. Avant, je n'avais jamais fait le rapprochement entre moi et ces personnages. Quand nous n'étions que tous les deux, il disait qu'Anne était sa petite Antigone, qu'il l'aimait encore plus à cause de cette tare qui pesait sur elle, qu'il la protégerait si je n'étais plus là. Loin de le repousser, je crois que notre malheur le fascinait. Mais il avait juré de ne jamais rien lui dire. Laissez-moi partir. S'il est l'assassin, c'est un dément et ma fille est en danger ! On perd du temps à parler !

— Nous avons lancé un avis de recherche. Pour le moment, nous ne pouvons qu'attendre. Pourquoi vous êtes-vous finalement rendu chez les Malot ?

— J'étais traqué. J'avais été licencié par Louis Malot, à cause de sa belle-fille, au moment où, de toute façon, j'allais donner ma démission et quitter le pays. Mais Jeanne commençait à rôder autour de la maison. Je n'osais plus quitter Anne d'une semelle.

Un jour, la rencontre que je voulais éviter à tout prix allait finir par se produire. Elle était sûre qu'il s'agissait de sa fille, et ne comprenait pas pourquoi elle n'avait pas le droit de la voir. Alors j'ai décidé de lui asséner la vérité. J'ai pensé que, si elle savait, elle renoncerait à tout jamais à nous poursuivre. Je voulais lui parler en tête à tête, mais elle a insisté pour que son mari soit présent. Ça a été terrible. Je n'avais pas mesuré la portée du coup que j'allais frapper. Moi, je vivais avec cette horreur depuis tant d'années ! Je m'étais presque habitué à la souffrance. Je lui ai lancé à la figure qu'elle était ma mère, qu'elle était la grand-mère et la mère de notre fille, qu'elle était un monstre qui m'avait abandonné et devait le payer, expier sa faute en renonçant à ses deux enfants, Anne et moi, dont elle avait fait des réprouvés. J'ai même fait allusion à Antigone, à Œdipe, comparant la malédiction qui pesait sur eux à celle qui nous poursuivait... Elle a poussé un cri terrible, inhumain, que je n'oublierai jamais, et puis elle est tombée. Malot m'a dit de m'en aller, de ne jamais rien dire de ce qui s'était passé. Je me suis enfui, j'étais terrifié. J'avais l'impression que je venais de tuer ma mère. C'est à ce moment-là que j'ai cessé de la haïr. Mais il était trop tard. Elle est morte par ma faute, autant que par celle de l'homme qui l'a pendue.

Les traits de Marek étaient contractés par le chagrin. Carole aurait voulu faire cesser le supplice, mais il fallait en finir, il fallait poursuivre le déballage jusqu'au bout. Après, viendrait l'action. Après, espérait-elle, si on sauvait sa fille, il trouverait enfin un peu de repos. Quand tout serait avoué: Elle demanda :

— Mais pourquoi Louis Malot n'a-t-il rien dit ? Pourquoi tenait-il tant à vous protéger ? Pour éviter le scandale ? Et qu'avait-il à vous dire le soir où on l'a tué ?

Une hésitation perceptible, et puis un haussement d'épaules, comme pour dire « au point où j'en suis ! ».

— Il est venu me dire qu'il était mon père.

La même stupeur se peignit sur le visage des deux inspecteurs. Carole se demanda si elle n'était pas en train de rêver, ou si Marek ne les faisait pas marcher, n'inventait pas un mauvais roman.

— Mais c'est impossible !

— Non, c'est vrai. Mais eux aussi avaient toujours gardé leur secret. Quand ma mère s'est retrouvée enceinte, à quinze ans, pendant la guerre, elle était placée comme bonne dans une famille de la bourgeoisie lyonnaise, des industriels, catholiques. Quand sa patronne s'est rendu compte de son état, elle l'a fichue à la porte. Ma mère n'a rien osé dire à sa famille, elle s'est enfuie, et s'est ainsi retrouvée fille de ferme. Elle n'a pas dénoncé celui qui l'avait séduite. Elle l'aimait. C'était le fils de la maison, il avait dix-sept ans. Il s'appelait Louis Malot. Il m'a raconté qu'il avait vécu des années avec la honte de sa lâcheté, qu'il n'avait jamais cessé de penser à la gamine qu'il avait laissé chasser sans rien dire. Et puis le hasard a fait qu'ils se sont retrouvés dans un hôpital parisien, vingt ans après. Il avait eu un accident de voiture, elle avait tenté de se suicider. C'était juste après ma fuite. Ils se sont reconnus. Louis a voulu racheter sa faute, mais je crois qu'il l'aimait sincèrement. Il savait qu'elle avait abandonné leur enfant, mais elle ne lui avait jamais parlé de sa fille disparue. Il a découvert, le soir où j'ai parlé, en même temps le drame de

Jeanne et, par déduction, le fait que j'étais aussi son fils. Il a décidé de me dévoiler sa paternité. Je crois qu'il était bouleversé. Moi aussi, je l'ai été. J'ai voulu rentrer à pied, pour me remettre du choc de ses révélations. Et puis il a été tué. Comme Laïos. Et il était bien le père d'Œdipe. Mais qui pouvait le savoir ?

— Une voiture vous a suivis. Vous n'avez rien entendu ?

— Non, mais je n'ai pas fait attention.

— Avez-vous ouvert les vitres de la BMW, pendant que vous parliez ?

— Je ne crois pas.

Dubreuil demanda à Carole :

— Alors, comment l'aurait-il su ?

— Il le savait peut-être depuis longtemps, par Mme Malot. Elle buvait, elle a pu se laisser aller à des confidences. Imaginons qu'elle lui ait dit avoir eu un fils autrefois avec son mari. Bouvier avait compris que Jeanne était la mère d'Olivier et d'Anne, cela, j'en suis à peu près sûre. La conclusion était facile à tirer.

Marek les regarda :

— Vous pensez aussi que c'est lui ? C'est monstrueux ! Qu'a-t-il fait de ma fille ?

— Au fait, reprit Carole, quand vous aviez vu Étienne Malot et sa belle-sœur sortir de l'hôtel de Paris, à Rouen, en avez-vous parlé à quelqu'un ?

— Oui, à Antoine. J'avais trouvé ça drôle, je le lui ai raconté. Je pensais qu'il ne les connaissait pas, cela ne tirait pas à conséquence.

Il n'y avait plus de doutes à avoir sur l'auteur de la lettre anonyme. À nouveau, Carole se sentit saisie par l'angoisse et le découragement. Ils connaissaient le coupable, mais ne savaient comment le retrouver, et Anne était entre ses mains.

À ce moment, Modard pénétra dans la pièce, sans frapper, rouge d'excitation :

— Les gravillons, ce sont bien les mêmes. Mais il y a autre chose. La capitainerie du port vient de téléphoner. Ils savaient que Marek était en garde à vue, alors ils se sont étonnés. Le Muscadet n'est plus à quai.

XXIII

Il y eut un instant d'intense stupéfaction qui figea tous les personnages dans une immobilité parfaite, pétrifiés par l'annonce de Modard. Puis ils se remirent en mouvement, gesticulant et s'exclamant dans la plus grande confusion. Marek, décomposé, s'était déjà levé, prêt à l'action. Carole se demandait ce qu'impliquait la nouvelle. Que Bouvier fût parti avec le bateau semblait flagrant, mais le savoir en mer ne les délivrait pas de leurs inquiétudes. L'inspecteur Lefèbvre, qui avait relayé Dubreuil pour mettre à jour la paperasserie, venait de rejoindre le groupe. Le divisionnaire rétablit rapidement le calme et organisa les opérations.

— Modard, vous filez sur le port et vous vérifiez si la voiture de Bouvier est sur le parking du bassin de plaisance. Démerdez-vous pour trouver quelqu'un qui puisse dire à quelle heure il est arrivé. Lefèbvre, téléphonez au sémaphore, demandez-leur s'ils ont vu sortir le bateau et, à tout hasard, s'ils peuvent encore le localiser. J'avertis la gendarmerie maritime, pour qu'ils tiennent leur vedette prête à partir. On va essayer de le rattraper. Il y a peu de vent aujourd'hui, il n'a pas dû avancer beaucoup.

— Tout dépend de l'heure à laquelle il est parti, l'interrompit Carole. C'était peut-être en début de nuit.

— On va essayer de le découvrir.

Il décrocha le téléphone, et demanda la collaboration de la gendarmerie.

Modard et Lefèbvre étaient déjà sortis. Dubreuil se tourna vers Olivier Marek.

— Il y a un moteur sur votre bateau ?

— Oui, mais pas très puissant. C'est un petit hors-bord de 9 CV.

— Donc, s'il est au moteur, il fait au mieux du sept nœuds. La vedette va à peu près quatre fois plus vite. Dans le cas de figure où il n'est parti que ce matin, et où il se dirige vers l'Angleterre, il est possible de les rejoindre à mi-route.

— Les rejoindre ? Vous croyez qu'Anne est avec lui ? interrogea le père de la jeune femme, partagé entre l'espoir et la panique. Alors, il l'a prise en otage. Elle ne serait jamais partie en me sachant en garde à vue à Marville.

La vedette était prête à appareiller, dans l'avant-port, attendant que le Muscadet ait été localisé. Mais Lefèbvre revint rapidement avec des informations inquiétantes. Aucun bateau de plaisance n'avait quitté le port depuis le lever du jour, aucune voile n'était en vue. Seuls des chalutiers avaient pris la mer vers huit heures.

— Il est donc sorti de nuit. Peut-être hier soir après notre passage chez lui. Mais où pense-t-il se rendre ? Pourquoi, s'il voulait s'enfuir, ne pas avoir choisi la route ? Il lui aurait été beaucoup plus facile de se perdre dans la nature, dit Dubreuil. Cela dit, il ne faut pas négliger la possibilité qu'il soit déjà en vue des côtes anglaises. Je vais quand même prendre contact avec Scotland Yard pour qu'ils fassent surveiller leurs ports.

Il demanda au standard de lui passer Londres, et eut une longue conversation en anglais.

Carole était nerveuse. Cette fuite en mer ne lui laissait rien présager de bon, parce qu'elle était apparemment absurde. Or Bouvier avait prouvé qu'il avait un esprit parfaitement organisé, dérangé mais logique dans sa folie. S'il avait décidé d'utiliser le voilier, c'était assurément avec un but précis. Mais elle ne voyait pas lequel et plus elle y réfléchissait, moins elle comprenait. Elle dit :

— Si seulement nous avions un hélicoptère à notre disposition, il pourrait explorer la Manche et tenter de repérer le Muscadet.

Puis saisie d'une inspiration subite :

— Et si on demandait à Patrick ?

— Patrick ?

— Patrick Le Guen. Il a son brevet de pilote, c'est sa passion. Il pourrait filer à l'aérodrome et décoller rapidement. Il a l'habitude de survoler la mer.

Le Guen était l'adjoint administratif du commissariat. Breton, comme Carole, il avait été l'un des rares collègues avec qui elle avait sympathisé à son arrivée. Plein d'humour et gardant son calme dans toutes les circonstances, cet homme d'une quarantaine d'années, brun et mince, était discret, mais efficace. Ils le trouvèrent au deuxième étage, rivé à son ordinateur. Il accepta tout de suite la mission qui lui était confiée et, dès que le commissaire Giffard eut donné son accord, sauta dans sa voiture et fila rejoindre le petit terrain d'aviation, étendue d'herbe rase située juste à la sortie de Marville. Il n'y avait plus qu'à attendre.

Modard revint bientôt. Il confirma que la voiture de Bouvier était bien sur le port, vide et fermée à clé. Mais personne ne l'avait vue arriver. Le patron du café situé juste en face du parking était certain qu'elle était déjà là quand il avait ouvert, à sept heures.

Le temps semblait s'être arrêté. Un moment plus tôt, alors que Marek, enfin, accomplissant une sorte de sacrifice expiatoire destiné à sauver sa fille, leur avait dévoilé ses secrets, la pièce dans laquelle ils étaient cloîtrés à trois s'était transformée en un lieu presque sacré, coupé du reste du monde, où se donnait la représentation d'une vie, liturgie païenne dont les deux spectateurs avaient juré de taire les arcanes. Peu à peu, Olivier Marek, d'abord dans le rôle de l'accusé face à ses juges, s'était retrouvé acteur principal, sorte d'officiant dont la prestation inspirait non plus l'hostilité, mais la pitié et la terreur. Maintenant, ils étaient cinq, pareillement enfermés dans l'attente, mais Modard et Lefèbvre qui n'avaient pas joué dans la scène précédente n'étaient que des comparses. Alain Modard se sentait floué, il devinait que des choses importantes s'étaient dites en son absence, qu'on ne lui confierait sans doute pas. Le dénouement de son enquête lui était confisqué, et il en voulait malgré lui à ses supérieurs. Il se rendait compte que le statut de Marek avait changé. Il faisait bloc avec les deux autres, uni à eux par une angoisse tangible. Il était passé de l'autre côté de la barrière, malgré ses chaussures encore sans lacets, son pantalon sans ceinture. Pourtant, tous éprouvaient la même impatience. Ils espéraient de l'action, sonner l'hallali, entamer la course-poursuite qui leur livrerait l'assassin. Mais celui-ci les narguait parce qu'il était pour le moment inaccessible. Ils ne pouvaient qu'imaginer la coque de noix, invisible dans l'immensité grise de la mer en hiver, bouchon flottant, perdu, hors d'atteinte, jouet des vents, dont dépendait le sort d'Olivier Marek et de sa fille. Dubreuil, le premier, rompit le silence. Il ne supportait plus la prostration et l'air hagard du père que l'inaction, le sentiment de son impuissance dévoraient.

— Venez avec moi, on va vous rendre vos affaires. Vous êtes libre. Si vous le souhaitez, vous pouvez rentrer chez vous. Nous vous tiendrons au courant.

Si Marek suivit l'inspecteur divisionnaire au rez-de-chaussée, il refusa obstinément de s'éloigner.

— Je reste avec vous. Jusqu'à ce qu'on l'ait retrouvée.

Carole était toujours assise, recroquevillée sur un siège, obsédée par l'impression que quelque chose clochait. Elle se concentrait désespérément pour essayer d'attraper l'idée fugitive qu'elle ne parvenait pas à formuler. Des fourmillements parcouraient tout son corps, ses mains étaient moites. Plus rien d'autre n'existait pour elle que l'instinct du chasseur essayant de débusquer une intuition, et un sentiment irrépressible d'extrême urgence. Elle regrettait presque de n'avoir pas foi en un dieu qu'elle eût pu prier pour qu'il leur vienne en aide...

La sonnerie du téléphone remit en route les aiguilles des horloges. On leur transmettait le message radio que Le Guen venait d'envoyer. Il avait réussi. Il avait pu percer le plafond nuageux et survoler la mer d'assez près pour repérer le voilier. Il n'était qu'à sept ou huit milles des côtes françaises.

Le pilote donna sa position exacte. Il avait tourné autour du bateau pendant un certain temps, avec l'impression que celui-ci dérivait, n'était pas gouverné. La grand-voile était hissée, mais faseyait. Le Guen était descendu le plus bas possible. Il était persuadé qu'il n'y avait personne à la barre, que le cockpit était vide. Le Muscadet semblait abandonné au gré des flots. L'avion avait fait demi-tour, et revenait à sa base.

Marek poussa un cri :

— Mais qu'est-ce que ça veut dire ? Où sont-ils passés ?

Dubreuil tenta de le rassurer, mais sans conviction :

— Ils sont peut-être à l'intérieur, dans la carrée.

Il se précipita sur le téléphone, appela la gendarmerie maritime et indiqua la position du Muscadet. Il annonça que l'inspecteur Lefèbvre serait sur le quai cinq minutes plus tard et embarquerait à bord de la vedette, qui, à présent, pouvait partir. Elle aurait vite fait de rejoindre le voilier à la dérive. Les hommes l'accosteraient et monteraient à bord. Ils pourraient ensuite le remorquer jusqu'au port. Mais qu'allaient-ils y découvrir ?

L'image du bateau vide, ou en tout cas livré, sans timonier, aux caprices du vent et des flots, était effrayante. Quelle ultime horreur Bouvier avait-il inventée ? Olivier Marek se tordait les mains. La terreur déformait ses traits. Il tournait en rond, grand félin se cognant aux barreaux d'une cage invisible. Il haleta :

— Laissez-moi partir avec eux. Je ne peux plus supporter cette incertitude. Je veux y aller, je veux savoir. J'aurais dû me méfier. Il l'aimait trop. Il était trop exalté. Il est capable de s'être noyé avec elle plutôt que de renoncer à son amour. J'aurais dû le fuir dès qu'il a jeté les yeux sur ma fille. Tout est ma faute.

Il exprimait à voix haute l'éventualité que tous redoutaient depuis que le bateau à la dérive avait été aperçu. Le désespoir avait pu pousser au pire un être qui n'avait pas reculé devant trois meurtres pour assouvir sa passion. Dubreuil acquiesça :

— Allez-y.

Et Marek et Lefèbvre prirent en trombe la direction du port. Ils communiqueraient avec le commissariat dès qu'ils auraient du nouveau.

Carole, depuis que le message de Le Guen était arrivé, s'était cantonnée dans un silence qui finit par étonner l'inspecteur divisionnaire.

— À quoi penses-tu ?

— Je ne crois pas qu'il ait emmené Anne sur le bateau.

— Mais pourquoi ? Et où serait-elle ?

— Je cours après une vague idée, depuis un moment. Mais je crois que je sais où trouver la réponse.

Elle se précipita dans son propre bureau. Sur la table, les deux livres qu'elle avait apportés le matin semblaient l'attendre. Elle se mit à les feuilleter, l'un après l'autre, avec fièvre, parcourant rapidement les dernières pages.

— Écoute, dit-elle, voici ce que dit le Créon de Sophocle quand il condamne Antigone à mort : « Je la mènerai en un lieu délaissé par les pas des hommes et l'enfermerai toute vive au fond d'un souterrain creusé dans le rocher, en ne laissant à sa portée que ce qu'il faut de nourriture pour être sans reproche, nous, à l'égard des dieux... » et plus loin : « Allons ! Emmenez-moi cette fille au plus vite, et enfermez-la-moi dans son tombeau de roc ainsi que je l'ai dit. Et puis, laissez-la seule à l'abandon, qu'elle y doive, à son gré, ou mourir tout de suite ou vivre sous la terre de la vie du tombeau. » Et Antigone s'écrie : « Ô tombeau, chambre nuptiale ! retraite souterraine ma prison à jamais ! » Chez Anouilh, la punition est la même. Antigone demande : « Comment vont-ils me faire mourir ? » et le garde lui répond : « Je crois que j'ai entendu dire que pour ne pas souiller la ville de votre sang, ils allaient vous murer dans un trou. » « Vivante ? » demande la jeune fille, et on lui répond : « Oui, d'abord. »

— Et qu'est-ce que tu en conclus ?

— Je pense que si Bouvier s'est rendu compte qu'il avait perdu, qu'Anne ne l'aimait pas, il aura voulu la punir. Mais je suis sûre qu'il aura jusqu'au bout suivi son idée fixe. Mouler la fiction dans la réalité. Réincarner le mythe. Sa mise en scène, c'était du happening, du psychodrame poussé jusqu'aux extrémités les plus cruelles pour modifier le destin de celle en qui il a toujours vu son Antigone. Je pense qu'en réactualisant la tragédie dans le sang, il s'est pris pour une sorte de divinité capable de détourner la fatalité de celle qu'il aimait, en éliminant tous ceux qui la liaient à la malédiction qui, selon lui, pesait sur elle. Il faisait en sorte que nul ne puisse plus jamais lui nuire, il supprimait tous les protagonistes de l'histoire, et ainsi, il la libérait, il lui rendait son innocence. Il en faisait sa créature, sauvée par ses soins de génial metteur en scène. Mais s'il a découvert que la créature se rebellait, il a dû complètement péter les plombs. Si elle n'était pas à lui, elle devait mourir, et sans doute lui aussi devait disparaître. Mais Antigone ne meurt pas noyée, elle meurt emmurée vivante. Je suis persuadée que Bouvier n'a pas voulu rater le dénouement.

Et, subitement, Carole se souvint de la vague lueur qu'elle avait cru apercevoir, la veille au soir, filtrant du soupirail de la cave, quand elle était passée devant la maison de Bouvier. Il se produisit dans son cerveau un éclair de lumière. Elle avait trouvé ce qu'elle cherchait. Elle s'écria :

— Je sais où elle est ! Il faut faire vite ! Seigneur, pourvu qu'il ne soit pas trop tard ! J'aurais dû comprendre bien plus tôt !

Dubreuil la regardait, interloqué. Elle reprit :

— Appelle tout de suite le juge d'instruction. Il nous faut un mandat de perquisition pour la maison de Bouvier, et un serrurier pour ouvrir la porte. Je file demander au standard qu'ils appellent celui qui travaille généralement pour nous, et lui disent de nous retrouver là-bas. Dépêchons-nous ! Il nous faut du renfort et du matériel, des masses, des leviers… je ne sais pas trop, ce qu'il faut pour démolir un mur.

Dix minutes plus tard, munis des papiers et des outils nécessaires, les trois inspecteurs se retrouvaient dans le quartier Saint-Michel. Ils avaient réquisitionné Leroux et Barré qui revenaient de la pause de midi. Eux avaient oublié jusqu'à l'idée de la faim. Le serrurier les attendait sur le trottoir. Derrière les fenêtres, quelques rideaux bougèrent à l'arrivée de la voiture de police, le vieillard à la veste de laine franchit son seuil, vint s'accouder à sa barrière. Mais Carole ne voyait rien, elle trépignait d'impatience. La serrure de la porte céda rapidement, le verrou placé plus haut résista un peu plus, mais ils se retrouvèrent bientôt dans l'entrée. Ils ne perdirent pas de temps à visiter les lieux.

— Où est la porte de la cave ?

Ils la découvrirent facilement, sous l'escalier qui montait à l'étage. Elle était fermée par un cadenas, ce qui conforta Carole dans l'idée qu'elle ne s'était pas trompée. Une fois arraché le cadenas, ils aperçurent un autre escalier, étroit, dépourvu de rampe, qui s'enfonçait dans les ténèbres. Ils appuyèrent sur un interrupteur, sans résultat.

— Il a enlevé l'ampoule.

Ils avaient des lampes électriques dans la voiture et parvinrent sans encombre au pied des marches. La cave sentait l'humidité, des caisses en bois, des cartons et un petit tas de briques sur lequel était posée une truelle, étaient empilés contre les parois. Le sol était en terre battue. Mais ce qui frappa les policiers, c'est que ce local était beaucoup plus petit que ne le laissait supposer la surface du rez-de-chaussée. Les lampes éclairèrent un mur qui semblait couper la pièce en deux. Il était fait de briques neuves, assemblées par un ciment encore humide, d'un gris très clair. Visiblement, ce mur venait d'être construit. Dubreuil marmonna :

— Nom de Dieu ! Tu avais raison. Elle est sûrement derrière. Il a construit ça dans la nuit, et puis il l'a abandonnée... Pourvu que...

Il n'acheva pas. Il prit une masse, en frappa de petits coups contre la cloison et tous appelèrent :

— Anne ? Anne Marek ? Est-ce que vous nous entendez ?

Ils crurent percevoir un faible gémissement, mais qui ne se reproduisit pas.

— Il faut démolir le mur. Ce ne devrait pas être trop difficile, le ciment est à peine sec. La difficulté, c'est qu'on risque de la blesser. Les briques vont s'effondrer de son côté.

— On n'a pas le choix. Leroux, commencez à cogner dans l'angle, à gauche, le plus près possible du mur porteur. Dès que les briques se descelleront, arrêtez-vous. Barré utilisera le levier, pour essayer de les faire tomber de ce côté-ci. Il suffit de percer une ouverture suffisante pour que quelqu'un puisse s'y glisser.

Ils travaillèrent en silence pendant un temps qui parut à Carole une éternité. Elle tenait une torche. Le faisceau lumineux éclairait les hommes et projetait leurs ombres, immenses. Le reste de la cave était plongé dans le noir, comme s'ils s'étaient retrouvés prisonniers des entrailles de la terre. Entre deux coups de masse, tous tendaient l'oreille mais aucun signe de vie ne leur parvenait. La sueur dégoulinait sur les visages, sueur de l'effort, sueur de la peur. Qu'est-ce qui les attendait de l'autre côté ? Enfin, la brèche fut assez large pour que Carole, la plus menue, pût se glisser dans le trou. Ses mains tremblaient tant que la lumière qu'elle tendait devant elle vacillait. La partie murée de la cave avait à peu près deux mètres de large. À moitié allongée, à moitié adossée à la paroi du fond, gisait une silhouette. L'éclat de la torche accrocha un visage aux yeux clos. Carole s'agenouilla, prit Anne dans ses bras, écouta…

— Elle vit ! Montez appeler une ambulance ! Vite !

Dès lors, tout alla très vite. Leroux et Barré pénétrèrent à leur tour dans l'étroit caveau, et, de l'intérieur, achevèrent d'abattre le mur de briques. Dubreuil prit la prisonnière dans ses bras, et avec mille précautions, aidé de Modard, la transporta au rez-de-chaussée et la déposa sur le canapé du salon. Elle ne semblait pas blessée, et respirait normalement. Son visage était livide, elle ouvrit un instant les yeux, mais sans montrer qu'elle avait conscience de ce qui l'entourait, comme si son regard n'avait rencontré que le vide.

— Elle est droguée. Il a dû la bourrer de calmants, ou de somnifères.

— Tant mieux pour elle. Elle ne s'est peut-être pas rendu compte de ce qui lui arrivait.

L'ambulance s'arrêta devant la maison, un brancard en fut sorti. Le hurlement de la sirène, l'éclat bleu qui tournoyait avaient instantanément transformé le paisible quartier en théâtre d'un drame. Comme sortie du néant, une foule compacte s'était regroupée sur le trottoir, muette, d'abord, paralysée par la curiosité. Peu à peu, les badauds se mirent à murmurer, puis le bourdonnement enfla, jusqu'à devenir cacophonie. Le silence se rétablit, presque religieux, quand les brancardiers se frayèrent un passage, et installèrent dans le fourgon la civière sur laquelle gisait une forme humaine, sous une couverture. Certains reconnurent le visage resté apparent :

— C'est la fille Marek. Qu'est-ce qu'il lui est arrivé ? Qu'est-ce qu'elle faisait chez Bouvier ? C'est peut-être lui l'assassin. Où est-il ?

Et le mot « assassin » fut répété à tous les échos, renvoyé de l'un à l'autre comme un bonbon que les enfants font tourner dans la cour de récréation. Exaspéré, Dubreuil demanda aux deux brigadiers de repousser les curieux. L'ambulance était en route pour l'hôpital. Le divisionnaire décrocha le téléphone, dans le salon de Bouvier, et appela le commissariat :

— Vous avez des nouvelles de la vedette ?

— Non, pas encore.

— Bon, débrouillez-vous pour les joindre par radio. Il faut faire prévenir Marek tout de suite. On a retrouvé sa fille. Elle était emprisonnée dans la cave de Bouvier. Dites-lui surtout que tout va bien, qu'on l'a emmenée à l'hôpital en observation.

Carole, pendant ce temps, était redescendue dans la cave. Elle explorait le réduit immonde qui avait failli devenir le tombeau d'Antigone. Par terre, elle découvrit une bouteille d'eau et, dans une assiette, quelques tranches de pain. Elle se récita la phrase qui s'était gravée dans sa mémoire : « ... en ne laissant à sa portée que ce qu'il faut de nourriture pour être sans reproche, nous, à l'égard des dieux ». Elle frissonna. La folie qui avait habité Bouvier était terrifiante. C'est au moment où elle allait repartir qu'elle vit le cahier. Il était posé dans le coin opposé à celui où l'on avait retrouvé Anne. C'était un gros cahier à la reliure cartonnée, vert foncé. Elle le prit et, à la lueur de la lampe torche, feuilleta les pages manuscrites. Sur la dernière, la main avait tracé ces mots : *Antigone m'a trahi. Elle doit mourir.*

Épilogue

Avant de boucler définitivement la maison du meurtrier, les trois policiers avaient passé les lieux au crible.
Beaucoup de livres dans le séjour, méticuleusement
rangés. Tout y était dans un ordre parfait, presque ma-
niaque, à l'exception d'un sous-verre brisé et d'une
photo déchirée qui gisaient sur la moquette. Les enquêteurs, patiemment, reconstituèrent le portrait.
C'était le visage d'Anne, souriante. Sur une grande
affiche du film *Rouge*, punaisée au mur, le visage
d'Irène Jacob avait été recouvert de grands traits de
feutre noir tracés avec tant de fureur que le papier
était déchiré. Ils n'avaient pas trouvé de correspondance, rien de ce qui reflète les rapports qu'un être
humain établit avec ses semblables, hors de chez lui,
mais seulement, dans une pièce du premier étage qui
servait de bureau, des livres de classe, des copies non
corrigées, un exemplaire des *Fourberies de Scapin*
avec des indications scéniques écrites à la main à toutes les pages, et, sur les rayonnages, en français et en
grec, les œuvres des auteurs tragiques de l'Antiquité,
Sophocle, évidemment, mais aussi Euripide et Eschyle.
Bouvier s'était même offert l'œuvre d'Homère en
Pléiade. Il y avait aussi de nombreux livres sur la

mythologie. Et en particulier, abondamment annoté, *Les Noces de Cadmos et d'Harmonie*, de Roberto Calasso. Ils finirent pourtant par dénicher, dans le tiroir fermé à clé d'un secrétaire, une liasse de relevés de compte bancaire. Pendant un an, en plus du salaire mensuel, de fortes sommes avaient été régulièrement déposées, par chèques. Carole demanda :

— Le prix de la trahison ?

— Nous le saurons. Je passerai voir le directeur de sa banque.

Dehors, tenace, un petit groupe de curieux, cols relevés, tapant des pieds pour se réchauffer, persistait à attendre, espérant encore plus de sensationnel, mais Barré et Leroux, immobiles et solennels dans leurs uniformes, telles des allégories de l'ordre, les maintenaient à distance. Les scellés furent posés sur la porte, et tous montèrent dans la voiture de police.

Ayant rappelé le commissariat de chez Bouvier, Dubreuil avait appris, par le standardiste qui avait établi la liaison avec la vedette et prévenu Marek que sa fille était sauvée, que le voilier avait été facilement rattrapé, et que, comme tout les avait portés à le croire, il était bien abandonné. Le carré était désert, il n'y avait à bord aucun signe de vie, pas un papier, pas un objet déplacé. Selon toute vraisemblance, celui qui l'avait amené en pleine mer s'était donné la mort en sautant par-dessus bord. Les gendarmes avaient patrouillé dans les environs un moment, sans grand espoir, mais n'avaient rien vu. L'homme avait sans doute coulé dans la nuit. Aucune chance de le retrouver vivant. La vedette avait pris le petit bateau en remorque et revenait au port.

Aux journalistes qui guettaient devant l'hôtel de police, Dubreuil annonça que les personnes mises en garde à vue avaient été relâchées, et que le meurtrier, un enseignant marvillais, s'était suicidé.

— Non, pas de nouvelle victime. Vous en saurez plus en temps voulu. Le mobile des crimes n'est pas encore clairement établi.

Menteur ! pensa Carole.

Mais comment résumer, pour la presse, cette histoire de passion et de folie, où la fiction et la réalité s'étaient rejointes par la volonté d'un homme ? Comment protéger le secret des Marek ? Il faudrait prendre le temps d'inventer une histoire crédible. Fréhel lui courut après dans le hall. Elle ne put l'éviter.

— Jeanne Malot était bien la mère d'Anne Marek ? C'est pour cela qu'elle est morte ? L'enseignant, c'est Bouvier ? L'ami des Marek ? Il a fait ça par amour pour la fille ? Soyez sympa, donnez-moi un scoop.

— Je vous préviens, si vous faites allusion à cette histoire, je vous casse. Je vous mets au trou pour l'histoire du calepin. C'est compris ?

Le journaliste finit par s'éloigner, déçu, traînant les pieds.

Dubreuil prévint le juge Paquet des derniers rebondissements de l'affaire, qui permettaient d'identifier formellement le coupable, insistant bien sur le fait que c'était le flair de l'inspecteur Riou qui avait permis de sauver Anne Marek. L'autre grommela vaguement au bout du fil. Le divisionnaire ajouta :

— En ce qui vous concerne, l'action judiciaire est éteinte puisque le meurtrier a, selon toute vraisemblance, mis fin à ses jours en se jetant à la mer.

— Très bien, envoyez-moi votre rapport, que je puisse clore l'affaire. Vous êtes sûr que ce n'était pas une vengeance politique ?

— Certain. C'était simplement un fou.

— Au fait, je viens de voir le juge des tutelles. Les enfants Lecomte ont été placés en foyer. La grand-mère n'en voulait plus. Elle a promis qu'elle les prendrait un week-end sur deux.

Le commissaire s'impatientait. Une bagarre avait éclaté au Val-Rudel, plusieurs voitures avaient été volées dans la nuit, et un groupe d'hommes masqués venaient de dévaliser une bijouterie.

— J'ai besoin de tout le monde. Il faut que Riou et Modard s'occupent de la bijouterie.

Dubreuil plaida :

— Laissez-moi l'inspecteur Riou jusqu'à ce soir. Je souhaite qu'elle assiste à l'interrogatoire d'Anne Marek.

Et, souriant à Carole :

— Elle l'a bien mérité !

Giffard céda, et Modard, de très mauvaise humeur et le ventre vide, dut partir seul à la chasse aux cambrioleurs.

Dubreuil et Carole eurent juste le temps d'avaler un croque-monsieur et un café avant de se rendre sur le port. Une fringale irrésistible avait remplacé la tension nerveuse qui les habitait depuis des heures. Ils arrivèrent au moment où la vedette accostait, traînant dans son sillage le petit voilier, épave dérisoire. Marek sauta sur le ponton, dans un état d'exaltation et d'impatience extrêmes. Le divisionnaire avait appelé l'hôpital et put le rassurer. Les médecins étaient confiants. Anne avait absorbé une grande quantité de tranquillisants. On lui avait fait un lavage d'estomac, mais ses jours n'étaient pas en danger, et elle commençait à reprendre conscience. Elle pourrait être interrogée en fin d'après-midi. Lefèbvre confirma les informations données par radio, et la voiture repartit aussitôt pour emmener le père au chevet de sa fille. Marek, à qui l'on raconta dans quelles circonstances Anne avait été découverte, se rappela que Bouvier s'était fait livrer des briques quelques semaines auparavant, parce qu'il voulait refaire le muret devant sa maison.

À présent, au milieu de l'après-midi, Carole était dans son bureau, avec Dubreuil, et devant eux était ouvert le gros cahier vert. Lefèbvre était dans la paperasse, une fois de plus. Il fallait bien que quelqu'un se dévouât pour taper les derniers PV avant de rejoindre Rouen, lui avait dit, ironique, l'inspecteur divisionnaire en le chargeant de la corvée. Avec un gros soupir, le petit homme rond s'était attelé à sa tâche en mâchouillant un sandwich qu'il s'était fait apporter de la brasserie voisine. Il se consolait en pensant qu'il allait bientôt rentrer chez lui, et que son épouse lui avait dit le matin qu'elle préparerait une blanquette de veau pour le dîner.

Il était seulement seize heures, mais le ciel pesant et bas ne laissait filtrer qu'une opaque et trompeuse clarté. Partout des lampes s'étaient allumées. Mais un coup de vent brutal souffla et, dans un effort gigantesque pour faire craquer la croûte sombre, poussa devant lui d'énormes masses nuageuses qui se disloquèrent, dansèrent un ballet noir et maladroit, puis se regroupèrent, monstres porteurs de nuit, au-dessus des immeubles de Villeneuve, tandis que, entre les falaises, sur le centre-ville et le port, se répandait une vive lueur jaune, métallique, qui fit scintiller les mâts des bateaux, se mêla aux gaz des voitures en un brouillard éblouissant. Le flamboiement doré se heurta à la zone noire et menaçante. Puis le vent se calma aussi soudainement qu'il s'était déchaîné. Les nuées réinvestirent la ville, et la pluie se mit à tomber. En quelques secondes, les rues furent inondées, mais la lueur étrange qui n'avait pas complètement disparu donnait aux murs ruisselants un étrange éclat d'acier. Marville vivait au diapason du ciel. Entre peur et soulagement. Des bruits couraient, dans les magasins, les entreprises, les écoles. Certains parlaient d'un nouveau meurtre, d'autres affirmaient que l'assassin avait été arrêté. Des informations contradictoires étaient parties du quartier Saint-Michel, et du port où des promeneurs avaient pu voir revenir le Muscadet, remorqué par le bateau de la gendarmerie maritime. Le lendemain, la presse annoncerait le suicide du tueur, et affirmerait qu'il avait agi sous l'emprise de la folie. Pendant quelque temps, les habitants se poseraient des questions qui resteraient sans réponse. Et puis, tout serait oublié, effacé.

La vérité était destinée à être enfouie dans ce cahier que lisaient à présent les deux inspecteurs, ce cahier qui deviendrait une pièce à conviction, confidentielle, définitivement subtilisée, inaccessible à la curiosité publique.

— Pourquoi l'a-t-il placé dans le « tombeau » d'Antigone ?

— Il pensait qu'on finirait bien par le trouver. C'était à la fois sa signature, et la preuve de son génie. Son « grand œuvre ».

— Tu crois vraiment qu'il est mort ? demanda Carole.

— Comment pourrait-il en être autrement ?

394

— N'était-il pas suffisamment fort pour réaliser une nouvelle mise en scène ? La dernière. Un faux suicide. Et il réapparaîtra un jour, ailleurs, loin…

— Arrête. Tu me fais peur.

Il reprit sa lecture. Le texte se présentait sous forme de journal intime. Il avait été commencé plus d'un an auparavant. Le narrateur se considérait déjà comme le démiurge chargé de rétablir dans le monde moderne l'antique cosmogonie établie par la mythologie grecque, et que, selon lui, les religions monothéistes avaient abusivement détrônée. Et puis, il avait rencontré Antigone. Il retraçait l'histoire de cette passion qui l'avait dévoré, en ne donnant aux personnages que leurs noms de théâtre.

Ainsi, il est Œdipe et elle est Antigone. C'est le destin qui me l'offre. Elle a plus de deux mille ans. Elle est belle. Elle est à moi.

— Il a dû écrire cela le jour où Marek lui a dit la vérité sur la naissance d'Anne.

Quelques pages plus loin, Bouvier avait écrit :

Le destin me sert, parce que je sers le destin. Cette femme m'a abordé. Elle sait que je suis l'ami d'Œdipe. Elle m'a posé des tas de questions sur lui et Antigone. Elle semble croire qu'Antigone est sa fille, qu'on lui aurait volée quand elle était un bébé. Elle veut que je l'aide à le prouver. Si c'est vrai, c'est qu'elle est Jocaste. Mais elle l'ignore. Elle ne sait pas qu'Œdipe est son fils. Je ne lui dirai pas cela. Parce qu'Antigone ne doit pas savoir. J'ai décidé de sauver celle que j'aime de la malédiction qui pèse sur elle. Pour cela, il faut qu'elle ignore qui elle est, mais que je manipule

les autres de manière à modifier le cours de l'histoire.
Retourner aux origines du temps, et défier les dieux.

— Voilà pourquoi on l'a vu avec Jeanne Malot. Il la renseignait sur les Marek. Qu'a-t-il pu lui livrer comme informations, en cachant l'essentiel, qui aient permis à Jeanne d'avoir la certitude qu'Anne était bien sa fille ?

— Son âge, sans doute, sa date de naissance, qui n'était pas falsifiée. Et puis le fait que Marek avait fait des études de comptabilité. Peut-être même avait-il découvert son vrai nom, Jules Olivier, sous lequel Jeanne l'avait connu ?

— On ne le saura pas. N'empêche que, s'il était cinglé, cela ne l'empêchait pas d'avoir les pieds sur terre. Il n'a pas joué l'agent double pour rien ! Quel salaud !

Dubreuil avait contacté la banque de Bouvier. Il avait été facile d'établir que les chèques déposés sur son compte étaient tous émis par Mme Malot.

Le même délire s'étalait tout au long des pages suivantes. Bouvier, de plus en plus amoureux, se sentait investi d'une mission sacrée. Il commençait à envisager de faire disparaître les géniteurs de sa bien-aimée, pour la « purifier » quand il eut une nouvelle révélation :

Aujourd'hui, Jocaste était ivre. Elle a encore bu
deux cognacs avec moi, puis s'est mise à pleurer. Elle
m'a avoué qu'elle avait eu un autre enfant, il y a très
longtemps, avec celui qui est aujourd'hui son mari,
et qui n'était alors qu'un adolescent, enfant qu'elle a
abandonné et dont elle ignore tout… Moi, j'ai compris.

J'ai retrouvé Laïos. Je suis en mesure à présent d'adapter le réel pour réécrire le mythe.

— Il n'avait pas besoin d'entendre la conversation, dans la voiture. Il savait déjà que Malot était le père de Marek.

Dans la dernière partie du cahier, l'écriture changeait, elle devenait irrégulière, tremblée, presque illisible par endroits. Bouvier avait appris le départ imminent des Marek. Il avait décidé de passer à l'action. Il avait conçu ses crimes, méthodiquement, sans rien laisser au hasard. Chacun devait mourir comme le personnage qu'il réincarnait, dans la logique de la mise en scène programmée de longue date, mais le but de l'opération était bien de faire accuser Olivier Marek, que, métaphoriquement, de cette manière, Bouvier « mettait dans le noir ». Il avait même pris comme cibles les fils de Malot, presque par jeu :

Je sais bien qu'Etéocle et Polynice ne sont pas les frères d'Antigone, mais mon scénario sera meilleur si deux frères s'entre-tuent... C'est pour cela que j'ai envoyé la lettre. Ils devraient être fils et demi-frères d'Œdipe. Ils sont quand même demi-frères d'Œdipe.

Anne devait rester seule, entièrement dépendante de son sauveur. Le meurtrier racontait complaisamment les premiers crimes. Il était allé sur le Muscadet, prendre la torche, la corde et le couteau, après avoir quitté les Marek. Escalader la grille de l'hôpital, puis forcer le verrou de la porte vitrée avaient été un jeu d'enfant. Puis il s'était caché aux Prairies, dans un placard à linge, attendant qu'Anne-Marie Dubos fût endormie. Ce placard était situé près de

397

la salle de soins, et c'est de là qu'il avait entendu la garde de nuit téléphoner. Il portait un bonnet et une fausse barbe noire, imitant celle de Marek. Il avait croisé dans les couloirs, au moment d'aller accomplir son acte horrible, une vieille femme qui l'avait appelé Papa et lui avait demandé de ne pas la battre. Cela l'avait amusé. Il concluait :

Jocaste s'est pendue. Maintenant il reste les autres. Je regrette seulement d'avoir été obligé d'ajouter la femme blonde à l'histoire. Elle ne devait pas en faire partie. Si seulement elle n'avait pas tant bavardé. Si elle n'avait pas prononcé ce mot, Antigone. Que savait-elle ?

— Tu avais raison, dit Dubreuil à Carole. Puisqu'on est dans la mythologie, je vais désormais t'appeler Cassandre !
— Il n'empêche que, sans ce fouille-merde de Fréhel, Anne-Marie Dubos serait encore en vie, répondit-elle avec amertume.
Bouvier continuait :

Les mythes peuvent encore s'incarner. Au cours des siècles, ils n'ont rien perdu de leur force de destruction et les hommes se trompent qui croient pouvoir vaincre le destin. Moi seul puis le corriger...

— J'en ai marre de ses conneries, soupira Dubreuil.
— Il faut aller jusqu'au bout.
Le meurtre de Malot s'était produit presque par hasard. C'est en revenant de son rendez-vous avec Carole qu'Antoine Bouvier avait vu Marek dans la

BMW. Il avait suivi les deux hommes. Le reste s'était produit comme Carole l'avait imaginé. Il fallait que Laïos fût trouvé au volant, à un carrefour, le crâne fracassé. Bouvier avait effacé ses propres empreintes, mais n'avait pas touché au côté passager où il avait vu son ennemi.

J'ai pris quelques risques ce soir. Mais au fond c'était plutôt drôle. Il est tard.

— À ton avis, il fait allusion au meurtre, au déplacement de la voiture et au retour à pied ou à sa conversation avec toi ?
— Je n'en sais rien. Aux deux ?
Un peu plus loin, l'assassin se vantait d'avoir pu replacer les instruments du premier crime à bord du bateau dont il avait la clé.

J'ai essuyé les empreintes, mais j'ai laissé le sang. Œdipe sera puni.

Les dernières pages étaient écrites dans la rage et la frénésie. La plume avait été tenue avec une telle force que, par moments, elle avait transpercé le papier. L'auteur avait atteint un état de démence totale.

Antigone m'a trahi. Elle doit mourir. J'ai décidé de me transformer en Créon. Elle sera emmurée vivante. Je la hais. Je vais la châtier et je disparaîtrai. Je rejoindrai mon royaume. Nul ne nous retrouvera. Mais mon œuvre survivra.

Les deux inspecteurs refermèrent le cahier. Une grande lassitude les avait envahis. Le sentiment d'un immense gâchis. Comment un être apparemment civilisé, normal, cultivé, pouvait-il s'enfermer dans un délire aussi absurde ? Comment un cerveau pouvait-il ainsi se mettre à dérailler ?

— Je ne suis pas psychiatre, dit Dubreuil, mais cela doit porter un nom. Mégalomanie ? Schizophrénie ?

— Trop tard pour un diagnostic. Il est dans son royaume… Mettons ce cahier en lieu sûr. Personne d'autre que nous ne doit le lire. Il pourrait provoquer des vocations ! Bouvier n'aura pas cette satisfaction posthume.

Dubreuil et Carole se rendirent au chevet d'Anne en fin d'après-midi. Marek les avait fait prévenir que sa fille était réveillée et prête à témoigner. La jeune femme était encore pâle, ses yeux étaient cernés, ses mains, diaphanes, reposaient, inertes sur le drap, mais elle semblait sereine. Une ecchymose bleuissait sur sa tempe. Son père, assis au bord du lit, la contemplait avec une adoration inquiète. Elle raconta qu'Antoine Bouvier avait sonné chez elle peu après le départ de son père.

— Je n'avais pas envie de lui ouvrir. Mais j'étais tellement bouleversée que l'idée d'avoir de la compagnie me soulageait presque. Il a recommencé la scène du matin. Mais c'était encore pire. Il voulait que je fasse mes valises et que j'aille m'installer chez lui. Il me serrait dans ses bras, il m'étouffait. Alors je me suis débattue, j'ai crié, je lui ai dit que je le détestais, que je ne voulais plus jamais le voir. J'ai réussi à courir jusqu'au téléphone. J'ai composé le numéro que vous m'aviez donné.

Elle s'adressait à Carole.

400

— Il y avait le répondeur. Je n'ai pas eu le temps de parler. Il m'a obligée à raccrocher. Je l'ai griffé, je crois. Il est devenu comme fou. Il m'appelait « ma petite Antigone », il n'a plus cessé de m'appeler Antigone.

Elle se tourna vers son père, l'interrogeant du regard :

— Pourquoi m'appelait-il Antigone ? Tu en as une idée ?

Olivier Marek se força à sourire :

— Je ne sais pas. Un de ses délires, sans doute.

— Tu es sûr que tu ne me caches pas quelque chose ?

Un silence s'éternisa. Dubreuil regardait dans le vague. Finalement, Marek dit :

— Non, que veux-tu que je te cache ?

— Finalement, reprit Anne, il m'a donné une gifle, une énorme gifle. J'ai eu mal, et j'ai hurlé. Je l'ai traité de salaud. C'est à ce moment-là que j'ai reçu un coup sur la tête. Il m'a assommée, je ne sais pas avec quoi. Je me souviens que je suis tombée. Il m'a relevée de force. Je tenais à peine debout. Il m'a traînée dans le couloir, puis sur le perron. Il a fermé la porte et m'a presque portée jusque chez lui. J'avais du mal à marcher, je ne pouvais absolument plus résister. Il m'a enfermée dans une chambre, a recommencé à me dire qu'il m'aimait. Alors je lui ai craché à la figure. Après, il m'a fichu la paix. Il est juste venu m'apporter un grand verre de lait chaud. Je l'ai bu sans me méfier, mais il avait un goût amer. J'ai eu très vite sommeil, j'ai dû m'endormir. Ensuite, je ne me rappelle plus rien. Sinon de vagues impressions d'obscurité, une odeur de moisi, la sensation d'étouffer.

Mais je n'ai vraiment repris conscience qu'ici, à l'hôpital.

Dieu merci, se dit Carole, l'angoisse la pire lui a été épargnée. Elle n'a pas su qu'elle était emmurée vivante.

Anne reprit :

— Mon père m'a dit qu'Antoine était l'auteur des autres meurtres. Mais pourquoi a-t-il fait cela ? Je ne comprends pas… Il était si gentil, jusqu'à ces derniers temps…

C'est Dubreuil qui lui répondit :

— C'était un malade mental. Leurs actes restent parfois mystérieux pour ceux qui ne partagent pas leur folie.

Marek accompagna les policiers dans le couloir. Malgré son soulagement, il restait sur le qui-vive :

— Qu'allez-vous dire aux journalistes ? Quelle sera la version officielle ?

— Laconique. Ne vous inquiétez pas. Folie homicide. Cela peut tout justifier.

— Et pour les Malot ?

— Souhaitez-vous qu'ils apprennent la vérité ?

— Cela ne me paraît souhaitable pour personne. Je préfère que Pascal et Étienne restent les seuls fils de leur père, et que la mémoire de Jeanne ne soit pas salie.

— Alors ils n'auront droit qu'à la version officielle. Je suis d'ailleurs certain qu'ils s'en contenteront très facilement. Ils vont avoir des tas de problèmes à régler entre eux. Ils ne se sont pas encore rendu compte que leur père et leur belle-mère allaient leur manquer terriblement. Ça viendra vite.

Dubreuil sembla hésiter, puis commença à s'éloigner, mais Carole ne bougeait pas. Elle fixa Olivier Marek, puis, comme si elle se jetait à l'eau, dit :

— Me permettez-vous de vous donner un conseil ?

— Allez-y.

— Dites-lui la vérité. Vous vivez depuis trente-cinq ans avec le sentiment que vous avez commis le pire des péchés, vous avez fait de votre vie un enfer pour vous punir, et vous étiez prêt à tout pour que votre fille n'apprenne jamais rien. Mais vous n'êtes pas coupable. Vous ne saviez pas ce que vous faisiez. On n'est pas responsable de ce qu'on ignore. Quant à Anne, vous l'avez beaucoup trop protégée. Elle a toujours dû sentir que vous lui cachiez quelque chose, votre angoisse l'a fragilisée. Votre secret est aussi le sien. Elle a le droit de savoir qui elle est. Cet inceste, c'est son histoire autant que la vôtre. Ce n'est pas à vous de décider pour elle, si, par exemple, elle doit ou pas avoir des enfants. Laissez-la choisir en connaissance de cause. Je suis sûre qu'elle sera plus forte si vous lui offrez de partager votre tourment et d'assumer l'histoire de sa naissance. Vous serez près d'elle pour atténuer le choc. Mais je crois que, pour vous deux, vous lui devez la vérité.

Son interlocuteur montra d'abord son opposition avec véhémence :

— C'est impossible, c'est impossible, je ne pourrai jamais...

Puis il se tut, réprima un sanglot, et finalement répondit :

— Peut-être... Vous avez peut-être raison. Nous allons partir pour Prague. Ce sera sans doute plus facile, là-bas, dans la ville du Golem, d'évoquer les vieux démons.

Il prit la main de Carole, qu'il serra longuement, puis se dirigea, sans se retourner, vers la chambre où reposait sa fille.

Le soir même, les inspecteurs de la PJ regagnèrent Rouen. Carole était à nouveau l'officier de permanence. Elle dîna de conserves, posées sur un plateau, en regardant à la télévision un film comique. Dubreuil lui avait promis qu'il lui téléphonerait.

— Tu viendrais passer une soirée à Rouen ? Je connais un bon restaurant.

Elle se demanda si le cauchemar allait revenir cette nuit-là.

DU MÊME AUTEUR

Aux Éditions de La Table Ronde

DOUBLE DAMES CONTRE LA MORT, 2002.
LA NUIT DES AUTRES, 1999.
MEURTRES À L'ANTIQUE, 1998 (Folio Policier n° 218).

Aux Éditions des Équateurs

UN COIN TRANQUILLE POUR MOURIR, 2004.

COLLECTION FOLIO POLICIER

Composition Nord Compo.
Impression Société Nouvelle Firmin-Didot
à Mesnil-sur-l'Estrée, le 7 septembre 2005.
Dépôt légal : septembre 2005.
1ᵉʳ dépôt légal : juin 2001.
Numéro d'imprimeur : 75421.

ISBN 2-07-041286-2/Imprimé en France.